schäfer verlag

Fünf weitere Heinrich-Gerhard-Fälle sind in diesem Verlag erschienen:
Schwälmer Tanz, 322 Seiten (ISBN 3-000-16731-5)
Die Spur des Mädchens, 322 Seiten (ISBN 3-93948200-5)
Froschkönig, 322 Seiten (ISBN 3-939482-01-3)
Benjamin, 272 Seiten, (ISBN 3-939482-02-1)
Übers Grab hinaus, 344 Seiten, (ISBN 3-939482-06-4)

Henning Schäfer, Jahrgang 1942, liebt wie sein Held im Roman seine nordhessische Heimat, die er auf ausgedehnten Spaziergängen durchstreift. Der pensionierte Arzt und Vater dreier Kinder lebt mit seiner Frau auf einem alten Gutshof und frönt dort seinen Leidenschaften Malerei, klassischer Musik und natürlich dem Schreiben.

Henning Schäfer

Falscher Schein

Roman

schäfer verlag

Erstausgabe 11/2011

Umschlagfoto: Daniela Althaus, Wuppertal
Druck: Druckerei Hubert & Co., Göttingen
ISBN 3-939482-07-2
978-3-939482-07-9

1

Der Stein war glatt, von grünem Moos bedeckt. Zwei-, dreimal rutschte Konrad aus, ohne jedoch zu fallen. Dann endlich stand er auf der schrägen Fläche. Mit der Hand beschirmte er die Augen gegen die Helligkeit des westlichen Himmels. Nein, Helmut kam noch immer nicht. Sein Blick suchte den Weg ab, folgte der Straße, die vom Dorf herauf zum Bahnhof führte. Aber so sehr er auch den Hals reckte und verdrehte – sein Freund war nirgends zu erblicken. Viel Zeit blieb nicht mehr.

Das Licht der gerade hinter den Bergen verschwundenen Sonne würde jetzt im März schnell abnehmen – soviel wusste Konrad schon. Die Dämmerung war nicht mehr fern, nicht viel mehr als eine halbe Stunde würde ihm und Helmut, falls der überhaupt noch kam, bis zum Beginn des Abends bleiben. Denn spätestens mit Anbruch der Dunkelheit hatten sie daheim zu sein. Das hatten die Mütter ihren Kindern unmissverständlich klargemacht. Schließlich – es war Krieg. Die Straßenbeleuchtung blieb nachts ausgeschaltet, die Fenster verdunkelt. An solchen lichtlosen Abenden hatten achtjährige Kinder zu Hause zu sein.

Konrad setzte sich auf den Hosenboden und rutschte bis zur Kante des Steins. Er ließ die Beine baumeln und überlegte. Sollte er allein losziehen oder noch warten? Was, wenn Helmut nicht kam oder erst so spät auftauchte, dass ein Losgehen nicht mehr lohnte?

Er entschloss sich, dem Freund noch fünf Minuten zu geben. Solange würde er hier sitzen bleiben und auf sein Erscheinen hoffen. Ausgerechnet heute, wo er ihn brauchte, war sein Spielkamerad nicht zur Stelle. Wem sonst außer ihm konnte er seine Entdeckung mitteilen? Wer außer Helmut würde sofort bereit sein, mit ihm zusammen zu überprüfen, was dort Seltsames im Tunnel vor sich ging?

Normalerweise war Helmut verlässlich, da stand er Konrad in nichts nach. Erst vor einigen Wochen hatten sie sich gegenseitig mit erhobener Hand geschworen, sich nie im Stich zu lassen. Sie wollten immer füreinander da sein – sogar bis in den Tod, so hatten sie feierlich gelobt. Wenn Helmut heute also nicht kam, so musste das seine Gründe haben.

Vielleicht war er von der Mutter mit Eiern oder Gemüse aus dem Garten losgeschickt worden – hinunter ins Unterdorf zum Beispiel oder zur Fabrik in den Nachbarort. In den Familien, deren Männer im Krieg waren, wurde jetzt jede Hand gebraucht. Da hatten auch die Kinder ihren Beitrag zum Lebensunterhalt zu leisten, mussten Botengänge machen und im Haushalt helfen.

Konrad sah sich um. Nahezu verlassen lag das Bahngelände da. Ein einziger Güterzug stand auf den Rangiergleisen, dort, wo sonst an manchen Tagen fünf, sechs Züge abgestellt waren. Wenn er daran dachte, dass es sein Vater war, der darüber zu befinden hatte, wohin in diesem Schienengewirr die Lokomotiven mit ihren Wagen gelenkt wurden, der entschied, wie die Weichen zu stellen und die Signale zu bedienen waren, wurde er von einem mächtigen Stolz erfüllt.

Im Grunde war Konrad dankbar, dass ein Granatsplitter das Bein seines Vaters getroffen und ihm den Oberschenkelknochen zertrümmert hatte. Dadurch, so war ihm von der Mutter erklärt worden, hatte Vater nicht länger Soldat bleiben müssen, hatte zurückkehren dürfen in sein Heimatdorf Schwebda, um dort wieder in seiner früheren Tätigkeit als Bahnhofsvorsteher Dienst zu tun. Wieviel besser war es ihm da ergangen als Helmuts Vater, den sie irgendwo in Russland erschossen hatten. Da war es nebensächlich, dass er humpelte und das Bein nachzog – Hauptsache, er lebte und war daheim.

Konrad blickte hinüber zum Bahnhofsgebäude. Meist erkannte er den Vater schon von weitem an seinem ungleichen Gang. Aber außer ein paar Soldaten, die lustlos über das Gelände schlenderten, war niemand zu sehen.

Der Junge fröstelte, zog die Jacke vor der Brust zusammen und knöpfte sie zu. Noch einmal stellte er sich auf, um von der Höhe des Steins auf den Weg und die Straße schauen zu können. Im schwindenden Licht des Tages lagen die fahlen Felder und Wiesen reglos da, nicht eine Bewegung kündete das Kommen des Freundes an.

Nein, jetzt würde er nicht länger warten. Helmut kam nicht, warum auch immer. Also würde er alleine zum Tunnel hinüber laufen müssen. Schnell ließ er sich vom Stein herunter gleiten. Es war Eile geboten, die Dunkelheit war nicht mehr fern.

Gebückt lief er am Fuß des Bahndamms entlang. Der Boden war feucht, Pfützen hatten sich nach den Regenfällen des Vortages gebildet. Eigentlich hatte er es gar nicht nötig, hier auf dem Bahngelände heimlich zu tun. Jeder kannte ihn, die Wachmannschaft gleichermaßen wie das Zugpersonal. Als Sohn des Vorstehers gehörte er zu diesem Bahnhof wie die blaurote Mütze auf dem Kopf des Vaters, wenn er das Signal zur Abfahrt gab.

Aber wie viel spannender war es, sich verstohlen in der Deckung des Damms fortzubewegen. Als hätte er etwas zu verbergen – oder etwas bemerkt, dem er ungesehen nachgehen wollte.

Und tatsächlich, heute hatte er eine Beobachtung gemacht, die seine Aufmerksamkeit und auch seine Neugier geweckt hatte. Etwas hatte ihn stutzig gemacht, etwas, das anders als gewöhnlich war und das er sich nicht erklären konnte. Nun war er auf dem Weg zu sehen, was es damit auf sich hatte. Schade, dass Helmut nicht dabei war.

Die Bäume reichten nun nahe an den Bahndamm heran, dichtes Buschwerk bewuchs seinen Rand. Der Knabe war gezwungen, bis auf die halbe Höhe der Böschung hinaufzusteigen. Rutschend und stolpernd bewegte er sich über den groben Schotter auf die hinter einer Biegung sichtbar werdende Bergöffnung zu. Er musste jetzt vorsichtig sein, der Tunnel war verbotenes Gebiet. Vater hatte ihm strengstens untersagt, das Innere zu betreten, hatte ihm Strafe angedroht, wenn er seiner Anordnung nicht gehorchte. Konrad musste lächeln. Natürlich befolgte er Vaters Weisung. Er hatte nicht vor, den Tunnel so zu betreten, wie es die Erwachsenen verstanden. Er hatte einen anderen Weg gefunden, um in das Tunnelinnere zu gelangen, damals, als er mit Helmut in der Nähe des Eingangs gespielt hatte.

Sie hatten seinerzeit versucht, den Bach aufzustauen, der das von Decke und Wänden tropfende Wasser sammelte und neben den Gleisen aus dem Tunnel heraus leitete. Dabei waren sie auf eine nur wenige Meter seitlich gelegene Höhlung gestoßen, deren Zugang nahezu unsichtbar hinter einem Felsblock verborgen lag. Nur mit Mühe hatten sie ihre schmalen Kinderkörper in das enge Loch hineinzwängen können. Um so überraschter waren sie gewesen, als sie einen Gang vorfanden, dem sie kriechend mühelos folgen konnten, der sich in seinem letzten Teil sogar so erweiterte, dass es keine Schwierigkeiten machte, sich gebückt darin fortzubewegen.

Doch dann hatten sie den wohl größten Schreck ihres noch jungen Lebens erfahren, als urplötzlich ein gewaltiges Rumpeln und Stoßen über sie hinweggedonnert war. Sie hatten aufgeschrien, hatten sich in panischer Angst aneinandergeklammert. Aber es dauerte nicht lange, bis sie begriffen hatten, dass gerade ein Zug über ihren Köpfen durch den Tunnel rollte. Aus dem ersten Erschrecken war dann im Laufe der Zeit ein prickelndes Abenteuer geworden. So oft sie konnten, suchten sie von nun an ihren geheimen Platz unter dem Bahnkörper auf, um sich mit auf die Ohren gepressten Händen von den über ihnen stampfenden und ratternden Zügen durchrütteln und durchschauern zu lassen. Sie ahnten, dass die Erwachsenen ihr Tun, sollten sie davon erfahren, nicht gutheißen würden. So nahmen sie sich gegenseitig das Versprechen ab, ihre Entdeckung für sich zu behalten als persönliches, unteilbares Geheimnis.

Einmal, als sie wieder in ihrem Versteck unter den Schienen saßen, hatte Helmut den Einfall, ihre Höhlung am Ende des Ganges so zu erweitern, dass sie sich darin aufrichten und sogar stehen konnten. Anfangs versuchten sie, mit den Händen Erd- und Gesteinsbrocken herauszulösen. Als sie die Vergeblichkeit ihrer Bemühungen bemerkten, besorgten sie sich einen Hammer und ein Eisen. Nun, mit dem Werkzeug, ging es besser. Felsstücke, Lehmklumpen und Wurzelwerk lockerten sich und fielen unter dem Stemmen, Hebeln und Schlagen der Kinderarme aus der Decke. Sie arbeiteten so, dass ihnen der Schweiß über die erhitzten Gesichter lief und die Hemden am Körper klebten.

Auf einmal war es ihnen, als ob ein Luftzug über ihre Wangen strich. Verwundert streckten sie die Hände nach oben und ertasteten eine faustgroße Lücke dort, wo sie das Eisen angesetzt hatten. Schnell vergrößerten sie die Öffnung, bis sie ausreichend weit war, um den Kopf durch das Loch zu schieben. Sie begriffen auf den ersten Blick, wo sie waren. Sie brauchten nur der neben ihnen verlaufenden Schiene mit den Augen zu folgen, um zu wissen, dass sie sich ein ganzes Stück weit im Innern des Tunnels befanden. Gedämpftes Tageslicht fiel durch das Oval der westlichen

Eingangsöffnung auf die Gleise, spiegelte sich im Stahl der Schienenstränge und verlor sich auf den gemauerten Steinwänden. Auch den kleinen Lichtfleck des östlichen Portals konnten sie erkennen, wenn sie nur genügend den Kopf zur anderen Seite drehten.

Aber so reizvoll diese offene Verbindung zur verbotenen Tunnelwelt war, so barg sie doch auch die Gefahr der Entdeckung ihres geheimen Verstecks. Was, wenn bei einer Streckenkontrolle das Loch bemerkt und Gang und Höhle zugeschüttet wurden? Sofort machten sich die Jungen daran, die Öffnung mit einem erdbeschichteten Brett zu verschließen und so zu tarnen, dass sie vom Tunnel aus nicht mehr sichtbar war. Sie selbst jedoch hielten sich die Möglichkeit offen, durch Anheben der Abdeckung die Verbindung von innen heraus jederzeit wiederherzustellen.

Konrad hatte jetzt den Felsen erreicht, der das Versteck verdeckte. Die letzten Meter war er im Bach gegangen, um ja keine Spuren vor dem Eingang zu hinterlassen. Ein kurzer Blick überzeugte ihn, dass er allein war. Schnell quetschte er sich in die schmale Öffnung.

Während er auf allen Vieren durch den Gang zu kriechen begann, ging ihm durch den Kopf, wieviel Aufregendes es in letzter Zeit außerhalb und innerhalb des Tunnels zu beobachten gegeben hatte. Das hatte vor allem mit diesem Zug zu tun, der seit einigen Tagen vor der letzten Weiche auf einem Nebengleis abgestellt war. Vier, fünf hohe Wagen standen da, mit dunklen Vorhängen vor den Fenstern, eingerahmt vorne und hinten von offenen Güterwaggons, auf die in den Himmel gerichtete Maschinengewehre montiert waren. Etwas Geheimnisvolles war um diesen Zug, etwas von enormer Wichtigkeit. Das hatte er auch an den vielen Soldaten erkannt, die die Wagen bewachten und niemand Fremden in ihre Nähe ließen.

Und dann die Lokomotiven – eine vor den Wagen und eine dahinter. Ständig waren sie unter Dampf, jederzeit bereit, den Zug sofort in den Tunnel zu ziehen, wenn die Sirenen die Flieger ankündigten. Einmal allerdings war der Alarm zu spät gekommen, das hatte er, wenn auch aus großer Entfernung, selbst miterlebt. Ein Flugzeug war plötzlich ohne Warnung aus den Wolken heruntergestoßen und hatte den Bahnhof beschossen. Der Zug, schon im Anrollen, hatte das Feuer erwidert und den feindlichen Piloten zum Abdrehen gezwungen. Danach war er, wie immer bei solchen Angriffen, in den Tunnel eingefahren.

Er hatte seine Mutter davon reden hören, dass ein Minister in dem geheimnisvollen Zug wohnte. Zwar hatte er keine genaue Vorstellung, was ein Minister war, aber das Wort klang gut, klang nach Bedeutung. Und als er dann noch erfuhr, dass auch wertvolle Dokumente und kostbare Schätze mitgeführt wurden, war er überzeugt, dass ein Minister so etwas wie ein König sein musste. Aber er hielt vergeblich nach jemandem Ausschau, der eine Krone trug.

Die Nässe nach dem ergiebigen Regen war auch im Innern des Berges zu spüren. Der Gang war glitschig und schmierig, überall tropfte Wasser auf den hastig vorwärtskriechenden Jungen. Konrad merkte nichts von der Unwirtlichkeit seiner Umgebung, seine Gedanken waren ganz mit dem beschäftigt, was er am Nachmittag gesehen hatte, aber nicht deuten konnte.

Er hatte gerade in einem Sandhaufen gewühlt, der von einem Instandsetzungstrupp am Rande der Rangierzone abgelagert worden war, als sich plötzlich und unerwartet der Zug des Ministers in Bewegung gesetzt hatte und im Tunnel verschwunden war. Unerwartet deshalb, weil nicht die geringste Alarmierung vorausgegangen war. Weder im Dorf noch von den Nachbarstädten Eschwege und Wanfried her war das sonst so deutlich vernehmbare Heulen der Sirenen zu hören. Keine Motorengeräusche näherten sich, keine Flugzeuge zeigten sich am Himmel – und dennoch war der Zug in den Tunnel eingefahren.

Und dann die nächste Überraschung, die Konrads Neugier noch weiter angestachelt hatte. Ein zweiter Zug – eigentlich war es nur ein Güterwaggon, gezogen von einer Lokomotive – hatte ebenfalls Fahrt aufgenommen und war dem Wagen des Ministers in den Berg hinein gefolgt. Und als dann unmittelbar danach Wachsoldaten aufgezogen waren und sich vor dem Eingangsportal postiert hatten, stand für Konrad fest, dass im Tunnel bedeutsame Dinge vor sich gehen mussten. Sofort war er entschlossen herauszufinden, was da drinnen geschah. Mit eigenen Augen wollte er sehen, warum die beiden Züge ohne erkennbaren Grund in den Berg hineingefahren waren.

Durchnässt und verdreckt, mit triefenden Haaren, richtete sich der Knabe am Ende des Ganges auf. Er machte sich nicht die Mühe, die Erdklumpen von den Kleidern zu klopfen oder sich das Wasser aus dem Gesicht zu wischen. Aufgeregt streckte er den kleinen Körper. Kaum, dass er stand, tastete seine Hand nach dem verschließenden Brett und drückte es leicht nach oben. Vorsichtig schob er es zur Seite.

Zunächst sah er nichts, konnte nicht einmal einen Lichtschimmer von dort entdecken, wo er den Tunneleingang wusste. Einen Augenblick befürchtete er, die Dunkelheit sei heute schneller hereingebrochen, als er es angenommen hatte, und damit der Zeitpunkt verstrichen, an dem er zu Hause erwartet wurde. Beunruhigt hob er den Kopf weiter aus der Öffnung und versuchte, etwas zu erkennen.

Da, plötzlich, seitlich von ihm, fiel der Schein einer Lampe auf die Tunnelwand. Ein schrilles kratzendes Geräusch, wie es beim Aufschieben einer Wagentür entsteht, ließ Konrad zusammenschrecken. Nun begriff er, warum er nichts hatte sehen können. Über ihm stand der Zug und schirmte die durch die Tunnelöffnung einfallende Helligkeit vollständig ab.

Der Junge beugte den Kopf soweit zurück, bis er sehen konnte, woher der Lampenschein kam. Es gab keinen Zweifel, er kam aus dem Wagen, der hinter dem Zug des Ministers in den Berg geschoben worden war. Aus der offenen Tür sickerte das Licht auf den schmalen Schotterstreifen seitlich der Schienen, fiel auf eine Ansammlung übereinander gestapelter, hoher Kisten, die von dort kantige Schatten auf die Tunnelwand warfen.

Darum also waren die Züge in den Berg gefahren, das also war das Geheimnis ihres heimlichen Treffens. Kisten wurden umgeladen, aus dem großen Zug in den Güterwaggon. Aber warum machte man das nicht draußen auf dem Bahngelände? Warum lud man die Kisten nicht bei Licht und ausreichendem Platz um?

Ein Mann stieg aus dem Wagen. Er bückte sich zu einer der Kisten, um sie aufzuheben. Als ihm das misslang, hebelte er das sperrige Stück Kante über Kante bis vor die Schiebetür. Leise rief er in den Wagen hinein. »Hilf mir, alleine schaff ich´s nicht«.

Konrad kannte die Stimme, sie gehörte einem der Mitarbeiter seines Vaters. Wilhelm hieß er, daran konnte er sich erinnern – und, dass er auch aus Schwebda stammte.

Zwei Hände streckten sich aus dem Waggon heraus und halfen, die große Kiste in das Innere zu bugsieren. Sechs-, siebenmal wiederholte sich nun der Vorgang, Kiste um Kiste verschwand im Stauraum des Wagens. Gespannt schaute der Knabe dem Treiben zu. Waren hier Schmuggler am Werk? Oder Bankräuber, die ihre Beute in Sicherheit brachten? Dummkopf, schalt er sich selbst, zum Transport von Geld benutzte man doch nicht solch große Behälter.

Schließlich stand nur noch eine Kiste auf dem Schotter – ein wahres Ungetüm, nicht viel kleiner als der fast bis zur Decke reichende Hochschrank im Bügelzimmer seiner Mutter.

»Den müssen wir zusammen schleppen. Für einen ist der zu schwer«, hörte Konrad Wilhelm sagen, der den anderen im Wagen aufforderte: »Komm raus und fass mit an!«

Zwei Beine wurden sichtbar, die sich über die Türschiene schoben, dann der restliche Körper des Mannes, der sich vorsichtig auf den Tunnelboden gleiten ließ. Dabei hielt er sich mit den Händen an dem seitlich angebrachten Haltegriff fest. Langsam bewegte er sich auf den bei der Kiste Wartenden zu.

Fast hätte Konrad einen Schrei ausgestoßen, als er den Mann gehen sah. Auch wenn er das Gesicht im Schatten des Lampenlichts nicht hatte erkennen können, dieses hinkende Gangbild kannte er nur zu gut. Schnell zog er den Kopf ein. Das Letzte, was er jetzt wünschte, war, dass sein Vater ihn hier entdeckte. Er konnte sich das Donnerwetter vorstellen, dass er vom Stapel lassen würde, wenn er seinen Sohn zu solch später Tageszeit an diesem verbotenen Ort fand.

Unschlüssig, was er tun sollte, stand Konrad regungslos in seiner Höhle. Sollte er versuchen, das Brett schnell wieder über die Öffnung zu ziehen, oder war es besser, einfach zu verschwinden und zu hoffen, dass die Lücke im Boden nicht entdeckt wurde?

Ein krachendes Splittern riss ihn aus seinen Überlegungen. Unwillkürlich streckte er noch einmal den Kopf durch das Loch, bemüht, nur die Augen aus der Öffnung herausschauen zu lassen. Doch die Vorsicht konnte er sich sparen. Zu sehr waren der Vater und sein Mitarbeiter mit der schräg und verkantet in der Wagenluke hängenden Kiste beschäftigt, als dass sie der Umgebung auch nur die geringste Aufmerksamkeit gewidmet hätten.

»Verdammt, das Ding ist aufgerissen«, hörte er Wilhelm fluchen, »was sollen wir jetzt machen?«

»Ziehen wir es erst mal in den Wagen rein«, schlug der Vater vor, »drinnen klopfen wir die Bretter wieder zusammen.«

Ächzend versuchten die Männer nun, die offensichtlich beim Einladen abgerutschte Holzkiste gerade zu rücken und in die richtige Position zu bringen. Dabei drehten und wendeten sie das widerspenstige Stück, bis sein Oberrand auf der Türschwelle zum Liegen kam. Nun stieg der Vater wieder in den Wagen. Er würde ziehen, so sah es aus, während der andere wohl schieben wollte.

»Leucht mal hier rüber auf die ramponierte Seite«, rief Wilhelm zum Wagen hinauf, »ehe wir noch mehr kaputtmachen.«

Das Schwanken des Lampenscheins zeigte, dass der Vater der Aufforderung nachkam. Das Licht näherte sich der Luke, bis es schließlich in voller Helligkeit auf die beschädigte Vorderwand fiel und den Blick durch die verschobenen Bretter auf den Kisteninhalt freigab. Konrad erstarrte. Er blinzelte, schloss kurz die Augen – dann schaute er erneut zu dem Unfassbaren hin.

Nein, er träumte nicht. Das, was er sonst nur aus dem Märchen kannte – hier war es Wirklichkeit. Vor ihm schimmerte in mattem Glänzen eine Wand aus purem Gold. Mit offenem Mund blickte Konrad auf die leuchtende Fläche, deren dunkles Gelb im Schein der Lampe warm zu ihm herüberstrahlte. Er sah Verzierungen, Schlangenlinien und Girlanden – genau so hatte es damals ausgesehen in dem Schloss, in dem er mit seinen Eltern gewesen war.

Doch dann, auf einmal, wie von Zauberhand, war das goldene Leuchten aus seinem Blickfeld verschwunden. Kurz glaubte er, doch geträumt zu haben, bis ihm klar wurde, dass der Vater die Lampe an seine ursprüngliche Stelle zurückgehängt hatte. Er sah, wie sich die Kiste bewegte, hörte, wie sie über die Bodenbretter des Wagens kratzte. Noch einmal kreischte die schwere Schiebeluke, als sie von innen zugezogen wurde. Der Lichtschein verengte sich, bis er endlich ganz erlosch. Mit einem metallischen Klacken glitt die Wagentür ins Schloss.

Es dauerte eine Weile, bis sich Konrad aus seiner Erstarrung löste. Hatte er das alles wirklich erlebt? Kein Mensch würde ihm glauben, wenn er davon erzählte. Aber durfte er überhaupt über das Geschehene sprechen? Eines war sicher – Vater würde ihn übers Knie legen, wenn er erfuhr, dass er im Tunnel gewesen war.

Und dann – dieses heimliche Verladen der Schatzkisten. Der Junge hatte das unbestimmte Gefühl, etwas Verbotenem beigewohnt zu haben, an dem der eigene Vater beteiligt war. Nein, er würde schweigen. Keine Menschenseele sollte von seiner Beobachtung erfahren! Obwohl – Konrad schwankte. Wenigstens Helmut gegenüber würde er doch eine Andeutung machen dürfen? Er brauchte ihm ja keine Einzelheiten erzählen, konnte den Vater in seinem Bericht ganz aus dem Spiel lassen. Aber von dem Gold – das musste der Freund erfahren. Ein solches Erlebnis konnte man einfach nicht alleine mit sich herumtragen.

Auf dem Weg durch den Gang nahm sich Konrad vor, morgen mit Helmut in den Tunnel zurückzukehren. Er würde ihm die Stelle zeigen, an der die Kisten gestanden hatten, bevor sie in den Güterwagen geladen worden waren. Vielleicht hatten sie Glück und erlebten noch einmal ein Abenteuer wie das heutige.

Als die Freunde am folgenden Tag auf dem Bahngelände anlangten, konnten sie weder den Zug des Ministers noch den Güterwagen auf einem der Abstellgleise ausmachen.

Doch was machte das, im Gegenteil. Sie waren sich sicher, beide im Tunnel anzutreffen. Als sie dann jedoch die Köpfe voller Erwartung aus ihrer Höhlung streckten, lagen die Schienen leer und verlassen vor ihren enttäuschten Augen. Nichts war zu sehen von dem Waggon, der noch am Vortag im Tunnel gestanden hatte. Wie eine Fata Morgana, die bei genauem Hinsehen verschwand, hatten sich der Zug und der Wagen mit den Kisten voller Gold über Nacht in Luft aufgelöst.

Die Ereignisse in Deutschland und auch in Schwebda überschlugen sich in diesen finalen Kriegswochen. Am 30. März, einen Monat, bevor sich Hitler in seinem Führungsbunker erschießen sollte, sah man Konrads Vater zum letzten Mal. Er war, wie an jedem Werktag, mit dem Fahrrad das Kellaer Tal hinaufgeradelt, hatte seinen Dienst pünktlich angetreten, war aber am Abend nicht nach Hause zurückgekehrt.

Beunruhigt hatte sich die Mutter zum Bahnhof aufgemacht, hatte dort sein Rad vor dem Hauptgebäude aufgebockt gefunden, aber ihren Mann trotz gründlichem Absuchen des Geländes nirgends entdecken können. Die wenigen Soldaten, die noch das Bahngebiet bewachten, zuckten mit den Schultern, als sie sich nach seinem Verbleib erkundigte. Einer wollte den Vorsteher noch am Nachmittag auf dem Bahngelände gesehen haben. Danach aber verlor sich jede Spur von ihm.

Doch was zählte schon ein Einzelschicksal in diesen letzten Kriegstagen, an denen jeder nur darauf bedacht war, die eigene Haut zu retten: Die Niederlage war besiegelt, alle sehnten das Ende der Kampfhandlungen herbei. Damit beschäftigt, die verbliebenen Habseligkeiten zu sammeln und zu sichten - oder auch zu vernichten, wenn sie belastend waren, versuchte jeder, die bestmögliche Position für den Start in den bevorstehenden Frieden nach der unvermeidlichen Kapitulation einzunehmen.

So war die Suche nach Konrads Vater am nächsten Tag nicht sehr intensiv. Man fand sich schnell damit ab, dass er irgendwo zwischen den zurückweichenden Truppen und den anrückenden Amerikanern in Schwierigkeiten geraten und dann wohl auf der Strecke geblieben war. Ein ungeklärtes Schicksal, wie so viele. Ein Opfer mehr in dieser bewegten Zeit.

2

Fünfundsechzig Jahre später stieß ich auf einer meiner Exkursionen unter ungewöhnlichen Umständen auf Konrad. Natürlich wusste ich am Anfang unserer Begegnung nicht, dass der stöhnende Mann am Fuße des Steilabhangs jener damalige Schwebdaer Knabe aus dem Tunnel war. Das erfuhr ich erst später, als mir Konrad seine Geschichte erzählte. Auch ahnte ich zu diesem Zeitpunkt noch nichts von dem Strudel der Ereignisse, der in dem lange zurückliegenden Geschehen am Kriegsende seinen Ausgang hatte und in den ich mit wirbelnder Macht so unwiderstehlich hineingezogen werden sollte.

Dabei hatte der Tag, an dem ich ihn traf, unspektakulär und harmonisch begonnen, mit einem Frühstück auf der sonnenbeschienenen Terrasse meines Wohnhauses. Umschwebt von einem süßherben Duft nach Gras und Erde, umschwirrt von Spatzen und Schwalben, die sich in Reihen auf der Dachrinne niederließen, um gleich darauf zwitschernd wieder in die Höhe zu steigen, genoss ich das Licht und die milde Wärme des wolkenlosen Augustmorgens. Aber allzu lange gab ich mich nicht der friedlichen Idylle hin. Der Tag versprach heiß zu werden. Da war es angebracht, rechtzeitig aufzubrechen zu der Wanderung, die ich mir für heute vorgenommen hatte.

Noch glitzerten die Tautropfen an den Halmen, dampfte die Feuchtigkeit auf den Wegen, als ich das Auto am Ostufer des Werratalsees abstellte. Ich zog die Bänder der Wanderschuhe fest und griff nach meinem Rucksack. Vor mir lag ein rund siebzehn Kilometer langer Rundweg über die bewaldeten Berggipfel beidseits des Flusses. Es war eine durchaus anspruchsvolle Strecke, die auf fast fünfhundert Höhenmeter hinaufführen sollte, unterbrochen immer wieder von Abstiegen in schmale Seitentäler, ein ständiges Auf und Ab, das einigen Schweiß erfordern würde. Von früheren Streifzügen kannte ich den Wegverlauf, hatte ihn in Abschnitten bereits erwandert, nie aber in einer solchen Schleife und in einem Stück bewältigt. Ich tat ein paar Schritte hinaus auf den Weg, ließ den Blick flussaufwärts über die dunklen Hügel gleiten. Ich freute mich auf die vor mir liegende Aufgabe. Die weiten Aussichten hinunter in die Wiesenauen der Werra würden die anstrengenden Aufstiege mehr als belohnen. Tief atmete ich ein, dann setzte ich mich in Richtung Dachsberg in Bewegung.

Schon das erste, noch flache Wegstück durch die Felder war voller Schönheit. In goldgelber Reife stand der Weizen um mich herum, ein heller Himmel spiegelte sich im See, und vor mir lag Wolfsbrunnen, sandsteinfarben im Buchengrün des Berghangs. Ein Schloss wie aus dem Märchen. Verspielt und prachtvoll zugleich schien es aus alten Zeiten herüber zu grüßen. Doch ich wusste, dass es erst vor gut hundert Jahren erbaut worden war, als eine Art Mitgift, die die Industriellentochter Henschel aus Kassel in die Ehe mit dem ortsansässigen Baron Alexander von Keudell eingebracht hatte. Verbindungen zwischen Erbadel und Geldadel waren damals wie heute beliebt, verhalfen sie doch dem einen, klamme Finanzmittel aufzufrischen, dem anderen zu Titel und gesellschaftlicher Reputation.

Ich nahm den unterhalb des Schlosses in das Kellaerbachtal hinaufführenden Weg, passierte die alte Bahnlinie, um von dort den Einstieg in den Berghang zu erreichen.

Ein plötzlicher gellender Schrei riss mich aus meinem stillen Dahinwandern. Erschreckt blieb ich stehen und blickte zum Waldrand, dorthin, wohin der Bahndamm an den Fuß des Berges führte. Noch einmal ertönte ein Aufschrei, weniger schrill diesmal, eher schmerzerfüllt, gefolgt von einem lauten, klagenden Stöhnen.

Gebannt stand ich da. Drei, vier Sekunden dauerte es, bis ich mich aus meiner Erstarrung löste. Mit wenigen Sprüngen war ich auf dem Damm und hastete über die rostüberzogenen Gleise in die Richtung, aus der die Schreie gekommen waren. Das Jammern wurde lauter, je mehr ich mich ihm näherte. Vor mir tauchte der zubetonierte, normalerweise prächtig anzuschauende Eingang des ehemaligen Bahntunnels auf, aber für das reizvolle, zinnengekrönte Mauerwerk hatte ich jetzt keinen Blick. Mein Auge wurde ganz von der Gestalt gefesselt, die seitlich des Bahnkörpers auf dem Boden lag.

So schnell ich konnte, lief ich zu der Stelle. Aus den Augenwinkeln sah ich eine flüchtige Bewegung oberhalb der Tunnelummauerung, ein Schatten nur, der eilig in den dichten Büschen das Berghangs verschwand. Ein Wild offenbar, ein Reh, vielleicht auch ein Wildschwein.

Doch meine Aufmerksamkeit wurde jetzt von dem Mann in Anspruch genommen, der, aufgestützt auf die Ellbogen, mit halb aufgerichtetem Oberkörper zu mir hinblickte. Das Jammern war nun ganz verstummt, unter zusammengekniffenen Lidern sah er mir entgegen.

Unwillkürlich verlangsamte ich den Schritt. Ich hatte einen Menschen in höchster Not mit schmerzgeweiteten Augen, verzerrten Zügen und hilfesuchend entgegengestreckten Armen vorzufinden erwartet. Stattdessen empfing mich ein skeptischer Blick, der das Gefühl in mir entstehen ließ, gemustert und abgeschätzt zu werden. Fast schon rechnete ich damit, ein barsches »Was wollen Sie!« entgegengeschleudert zu bekommen. Dann aber, plötzlich und unerwartet, öffnete sich der faltige Mund des am Boden Liegenden zu einem warmen Lächeln. Mit einem erleichterten »Gut, dass Sie kommen« sprach er mich an und streckte mir die Hand entgegen. »Bitte, helfen Sie mir auf. Ich bin gestürzt. Aber es wird schon nicht so schlimm sein. Wenn ich erst einmal stehe…«

Doch an ein Stehen, geschweige denn Gehen, war nicht zu denken, das merkte er schnell, als er sich aufzurichten versuchte. Mit einem Schmerzensschrei knickte er ein, als er einen Schritt nach vorne machte.

»Nein, es geht nicht«, schüttelte er den Kopf, bevor er sich, gehalten von meiner Hand, wieder langsam zu Boden gleiten ließ. Stöhnend deutete er auf sein ausgestrecktes rechtes Bein. »Mein Fuß. Ich glaube, ich habe mir den Knöchel verstaucht.«

Ich nahm den Rucksack von den Schultern und ging um den Mann herum. Flüchtig betrachtete ich dabei den Verletzten, sah ein schmales, bartloses Gesicht mit einem Wuschel von weißem Haar drumherum, darunter einen Körper in einer Kostümierung, die einem Wanderkatalog entnommen sein mochte: Ein schlotterndes Baumwollhemd, rot-weiß kariert und viel zu groß, steckte in einer hüftengen, knielangen Lodenhose, die von einem Ledergürtel mit Hirschhornschnalle über dem vorspringenden Bäuchlein zusammengehalten wurde. Rote Strümpfe bedeckten die Waden und um den Hals war ein weißes Tüchlein geschlungen, so wie es die Pfadfinder trugen, wenn sie auf große Fahrt gingen.

Ein Wanderer also wie ich. Was aber suchte er hier am Tunnel? Von dieser Stelle führte kein Weg in den Wald hinauf, die Hänge waren steil und schwer erklimmbar. Oder hatte er sich nur das dekorative Mauerwerk am Tunneleingang ansehen wollen?

Als ich bemerkte, wie der Mann vergeblich versuchte, mit den Fingern die Schnürsenkel seines rechten Schuhs zu erreichen, hockte ich mich zu ihm hin. »Warten Sie, ich helfe Ihnen beim Aufschnüren.«

Nun aus der Nähe sah ich, dass der Verunglückte doch deutlich jünger war, als ich es auf Grund seines schlohweißen Haares angenommen hatte. Fünfundsiebzig, so schätzte ich – vielleicht auch etwas weniger nach dem wachen Ausdruck in seinem Gesicht zu urteilen.

»Was ist denn genau passiert?«, fragte ich, während ich den Wanderstiefel aufband. Ich deutete auf die frische Schleifspur in der Böschung. »Sind Sie etwa von da oben heruntergerutscht?«

»Ja.« Er drehte den Kopf und blickte auf den Streifen glänzender Erde, den er bei seinem Sturz aus dem Waldboden herausgerissen hatte. »Da oben habe ich gestanden.« Sein Finger zeigte auf den Tunnelsims. »War alles andere als einfach, da hinaufzuklettern. Und als ich endlich dort stand…« Er ließ den Satz unvollendet, als wolle er sich erst darüber klar werden, was da oben eigentlich geschehen war.

»Ist Ihnen vielleicht übel geworden? Oder schwindelig? Immerhin eine ganz schöne Höhe. Fünfzehn, zwanzig Meter, nehme ich an – da kann man schon unsicher werden.«

»Nein!« Mit einer entschiedenen Handbewegung schob er meinen Erklärungsversuch beiseite. »Da war etwas anderes…« Wieder blieb offen, was er meinte. Noch einmal schaute er hinauf zur Tunnelhöhe, ließ wie suchend den Blick über den Hang gleiten, wobei er ungläubig den Kopf schüttelte. Ich las Verwunderung in seinen Augen, ja Ratlosigkeit. Dann aber konzentrierte ich mich wieder auf meine Bemühungen, ihm den Schuh über den inzwischen angeschwollenen Knöchel zu ziehen.

»Es kann etwas wehtun«, warnte ich. Aber nicht ein Schmerzenslaut kam über seine zusammengepressten Lippen, als ich das klobige Schuhwerk abstreifte.

»Ich sehe mir Ihren Knöchel mal an«, informierte ich ihn, nachdem ich auch den Strumpf entfernt hatte. »Ich bin Mediziner, kenne mich mit solchen Verletzungen aus.«

In der Tat, in meiner Zeit als Arzt bei der Bundespolizei hatte ich hinreichend mit Sprunggelenksdistorsionen und Knöchelfrakturen zu tun gehabt. Sportliche Aktivitäten hatten zum Ausbildungsprogramm der jungen Polizisten gehört, da waren Verletzungen wie diese nicht ausgeblieben.

Ich hob den Fuß mit beiden Händen etwas vom Boden ab und betastete vorsichtig die Schwellung. Ein Stöhnen verriet mir die Schmerzhaftigkeit meines Tuns. Ich bog an dem Gelenk und drückte auf den Knöchel. Dabei beobachtete ich das Gesicht des Untersuchten, sah, wie die Mundwinkel sich bei jeder Berührung verzogen. Er hielt die Augen fest geschlossen, Schweiß lief ihm über die Stirn.

Behutsam legte ich den Fuß wieder auf den Boden ab. »Nein, das ist mehr als nur eine Verstauchung oder ein Bänderriss. Ich fürchte, da ist etwas am Knochen. Sie müssen unbedingt zum Röntgen.«

»Zum Röntgen? Heißt das ins Krankenhaus?«

»Das wäre das Zweckmäßigste. Falls ein operativer Eingriff erforderlich ist, könnte das gleich dort an Ort und Stelle gemacht werden.« Ich stand auf und holte mein Handy aus dem Rucksack. »Am Besten, ich rufe einen Krankenwagen. Der wird Sie nach Eschwege bringen.«

»Nein, hören Sie, keinen Krankenwagen, bitte«, flehte er mit einer Heftigkeit, die mir angesichts meines aus ärztlicher Sicht vernünftigen Vorschlags reichlich unangebracht erschien.

»Warum wollen Sie denn nicht...?«

»Niemand muss wissen, wo ich mir die Verletzung zugezogen habe«, unterbrach er mich, »das geht keinen etwas an.«

»Aber vielleicht will es Ihre Krankenversicherung wissen?«

»Ich kann ja sagen, ich sei umgeknickt – irgendwo an der Kante eines Bürgersteigs.«

Er spitzte die Lippen und nickte vor sich hin. Der Gedanke schien ihm zu gefallen. Dann sah er mich erwartungsvoll an. Offensichtlich wollte er sich meiner Komplizenschaft versichern, diese Aussage zu bestätigen.

»Aber wenn nicht ein Krankenwagen, wie wollen Sie dann...?«

Erneut unterbrach er mich. »Sie haben doch bestimmt Ihr Auto hier in der Nähe geparkt?« Fragend hob er die Augenbrauen.

»Ja, unten am See«, antwortete ich total überrumpelt, bis ich begriff, was er von mir wollte. »Sie meinen, ich soll Sie mit meinem Wagen...?«

»Wäre doch kein großes Opfer für Sie – die paar Kilometer.«

»Aber ich wollte doch...«

»Bitte!«

»Und meine Wanderung?«

»Können Sie auch danach noch machen. Der ganze Tag liegt noch vor Ihnen.«

Ich zögerte, stand unschlüssig da. Ich wusste nicht, wie ich reagieren sollte. Aber im Grunde hatte er Recht. Es würde nicht viel Mühe machen, das Auto zu holen und bis nahe an die Unglücksstelle heranzufahren. Eine Fahrzeugspur verlief, das sah man deutlich, bis dicht an den Tunnel. Doch noch immer verstand ich nicht, warum er aus dem Ort seiner Verletzung ein solches Geheimnis machte.

»Also gut«, ich steckte das Handy in die Tasche, »ich hole den Wagen. – Aber versuchen Sie nicht, aufzustehen«, mahnte ich. »In einer Viertelstunde bin ich wieder da.«

Ich ging den Weg, den ich gekommen war, zurück, war schon nach wenigen Minuten bei meinem Auto. Ich öffnete die Beifahrertür, schob den Sitz so weit es ging nach hinten, um genügend Beinfreiheit zu schaffen. Dann fuhr ich los, fand ohne Schwierigkeit die Fahrspur und erreichte noch vor der vorhergesagten Zeit den Tunneleingang. Dort lenkte ich den Wagen rückwärts so nahe, wie es eben machbar war, an den Verletzten heran.

»Dann wollen wir mal«, rief ich ihm beim Aussteigen zu und trat zu ihm hin. »Am Besten, Sie stützen sich bei mir auf und humpeln zum Wagen. Versuchen Sie, den kaputten Fuß nicht zu belasten.« Ich kniete mich neben ihn. »Den Schuh lassen wir aus, den kriegen Sie sowieso jetzt nicht mehr über den Knöchel. Aber den Strumpf will ich Ihnen vorher noch anziehen.« Ich griff nach dem roten Wollstück und begann, es über die Zehen zu streifen. Dabei fiel mir eine Rötung auf, die sich vom Großzehengrundgelenk bis auf das Endglied der Mittelzehe erstreckte. Bei genauerem Hinsehen erkannte ich eine prallgefüllte Blase am Rand des Ballens. Eine weitere bemerkte ich an der Ferse, als ich den Fuß anhob.

»Mein Gott, haben Sie denn nicht bemerkt, dass die Schuhe reiben?«, rief ich aus. »Jeder Schritt muss doch wehgetan haben.« Ich nahm den Wanderstiefel auf und befühlte ihn. »Der ist ja steinhart. Haben Sie Ihre Schuhe nicht eingelaufen?«

»Ich habe sie gestern erst gekauft – wie die andere Wanderausrüstung auch. Ich hatte keine Ahnung, dass man solche Schuhe einlaufen muss.«

»Natürlich muss man das«, dozierte ich mit der Überlegenheit dessen, der seine schlechten Erfahrungen schon hinter sich hat. »Ein Wanderstiefel muss weichgelaufen, muss geknetet und gewalkt werden, bis er sich an den Fuß anschmiegt wie die Katze an das Hosenbein. Oder man schmiert das Leder mit Melkfett ein – messerrückendick – und lässt es einige Stunden einwirken. Ein Bekannter hat mir erzählt, dass er in seiner Wehrdienstzeit mit dem Auto so lange über seine Komissstiefel gefahren ist, bis sie butterweich waren. Und wenn das alles nicht hilft, kann man immer noch in die Schuhe pinkeln…«

»Mein Gott, wie Sie das sagen!«, protestierte der Belehrte und hob wie zur Abwehr die Hand. »Von all dem habe ich nichts gewusst. Es ist heute das erste Mal, dass ich Wanderkleidung trage.«

»Sie sind nie vorher gewandert?«, wunderte ich mich.

»Nein, dazu fehlte mir bisher die Zeit.«

»Und jetzt wollen Sie das nachholen«, vermutete ich und hob den Wanderstiefel hoch. »Das ist wohl Ihre erste Tour?«

»Ja«, gestand er – und ich glaubte ihm. Etwas Weltfremdes ging von ihm aus, etwas Unbeholfenes, Hilfebedürftiges. Vielleicht war das ja auch der Grund, weshalb ich seiner Bitte, ihn ins Krankenhaus zu fahren, so widerstandslos nachkam. Er wirkte wie ein aus dem Nest gefallener Vogel, der ohne Beistand verloren war.

»Und da wandern Sie ausgerechnet hier in diesem schwierigen Gelände?« Ich zeigte auf die weglosen, steilen Berghänge. »Ohne jegliche Erfahrung?« Er senkte die Augen unter meinem fragenden Blick. »Hatten Sie denn eine bestimmte Absicht, gerade hierher zu kommen?«

»Ich wollte mich einfach ein bisschen umsehen, weiter nichts«, wich er aus. Einige Sekunden des Schweigens vergingen, dann hob er den Kopf. »Wenn Sie mir jetzt bitte aufhelfen wollen. Schließlich haben Sie doch selbst noch eine Wanderung vor sich. Je früher Sie mich im Krankenhaus abliefern, desto eher können Sie aufbrechen.«

Zwanzig Minuten später fuhr ich vor der Notaufnahme in Eschwege vor. Ich half dem Verletzten aus dem Wagen und übergab ihn dem Krankenpfleger, der mit einem Rollstuhl herbeigeeilt war. Wir verabschiedeten uns mit einem Händedruck. Seine Dankbarkeit war überschwänglich, allerdings hatte ich meine Zweifel, ob sie ausschließlich meiner Hilfsbereitschaft galt oder nicht viel eher darin begründet war, durch meine Unterstützung den Unfallort – warum auch immer – verschweigen zu können. Ich sah ihm nach, bis er hinter der Glastür verschwunden war. Ich kannte weder seinen Namen, noch wusste ich, woher er kam. Auch was er dort am Tunnel gesucht hatte, blieb mir ein Rätsel. Ich hatte im Krankenhaus meine Handynummer hinterlassen, mehr aus Routine, als in der Absicht, eventuell aufkommende Fragen zum Unfallgeschehen zu beantworten. Wenn der Mann wünschte, dass niemand erfuhr, wo er gestürzt war, so wollte ich das respektieren.

Trotz des jetzt schon etwas fortgeschrittenen Vormittags beschloss ich, meine geplante Wanderung durchzuführen. Die morgendliche Verzögerung würde vielleicht erforderlich machen, die ins Auge gefasste Strecke um ein paar Kilometer zu verkürzen. Aber der Tag war zu schön, um das Vorhaben nur wegen des Zwischenfalls am Tunnel aufzugeben.

Also folgte ich noch einmal dem Kellaerbach bis zu dem Weg, der steil bergauf in die Wälder des Dachsbergs hineinführte. Ich genoss die dämmrige Kühle unter den hohen Buchen, freute mich an den herrlichen Aussichten, wenn die Bäume sich öffneten und den Blick freigaben auf die silbrigen Seen, die Hügel der Leuchtberge und die Kreisstadt Eschwege dahinter. Noch vor dem Abstieg hinunter ins Friedatal hatte ich den weißhaarigen Mann und die Umstände seines Auffindens aus meinen Gedanken verdrängt. Er war nicht mehr als eine Episode, eine flüchtige Begegnung mit einem Menschen, den ich nie wiedersehen würde. In diesen Minuten ahnte ich noch nicht, wie sehr ich mich irren sollte.

3

Meine Wanderung ging dem Ende zu. Ich merkte es in den Beinen und den müden Füßen, die schwer über den Boden schleiften. Noch einmal vor dem letzten Abstieg hatte ich vom Schlierbachswald herunter in die Flussebene schauen können, auf Schwebda mit dem Schloss und auf den See, an dessen Ufer ich mein Auto ausmachen konnte. Noch eine halbe Stunde, dann würde ich es wieder erreicht haben.

Am Ortsrand von Aue überquerte ich die Landstraße. Gerade als ich die Wasserburg passierte, klingelte mein Handy.

»Herr Dr. Gerhard?«, fragte eine Stimme, als ich mich meldete. »Hier ist Schwester Monika. Einen Moment, der Oberarzt will Sie sprechen.«

Ich nutzte die Pause, die sie zur Herstellung der Verbindung brauchte, und setzte mich auf einen der alten Steine. Ein Anruf aus dem Krankenhaus? Was wollte man von mir?

»Hallo, Herr Kollege.« Es war Dr. Merkel, das erkannte ich, auch ohne, dass er sich vorstellte. Sein polternder Bass war unverwechselbar. In der Zeit vor meiner Pensionierung hatte ich fachlich einige Male mit ihm zu tun gehabt. Ich schätzte seine Kompetenz und den Witz, den er seinen Worten beizumischen pflegte.

»Was haben Sie uns denn da für einen seltsamen Vogel angeliefert«, lachte er, »so etwas hatten wir lange nicht.«

»Wie meinen Sie das?«, fragte ich unsicher. »Sprechen Sie von dem Mann, den ich Ihnen heute Morgen gebracht habe?«

»Ja, von Ihrem Professor mit der Sprunggelenksfraktur.«

»Das ist nicht mein Professor. Ich wusste nicht einmal, dass er habilitiert ist.«

»Ist er. Und wenn man´s nicht wüsste, würde man´s schnell erfahren aus der Art, wie er sich gibt. Scheint sich sein halbes Leben hinter seinen Büchern verschanzt zu haben. Von der Welt und ihrem sündigen Treiben hat er wenig mitbekommen. Ja, glauben Sie denn, der hat sich ausziehen lassen im Beisein der Schwester? Erst, als sie das Untersuchungszimmer verlassen hatte, durften wir ihm die Hose runterziehen.«

»Sie sagten, der Knöchel war gebrochen?«

»Ja, ein Drehbruch des Wadenbeins. War nicht schwer zu reponieren.«

»Sie brauchten also nicht operieren?«

»Nein, das Fragment stand gut. Wir mussten das Gelenk lediglich ruhigstellen. Das war nicht das Problem.«

»Und was, wenn ich fragen darf, war das Problem?«

»Wir hätten ihn gern ein paar Tage beobachtet. Der Knöchel ist verdammt dick. Der Unterschenkel muss ruhiggestellt und kontrolliert werden. So etwas macht man am besten stationär.«

»Natürlich, ja.« Ich stimmte ihm zu. Es gab zu viele unvernünftige Menschen, die, kaum entlassen, alle Anweisungen und Mahnungen des Arztes vergaßen oder einfach über Bord warfen. Die wenigsten gingen deshalb nach Hause, um sich dort zu schonen. Es war schon besser, sie im Krankenhaus unter Beobachtung zu haben.

»Und warum behalten Sie ihn nicht auf der Station?«

»Er weigert sich, bei uns zu bleiben, will unbedingt entlassen werden.« Dr. Merkel seufzte. »Er pocht auf sein Recht, auf eigene Verantwortung gehen zu können, wann er will.«

»Ja, so etwas gibt's.« Auf Anhieb fielen mir zwei, drei Fälle aus meiner Krankenhauszeit ein, die trotz triftiger Gründe nicht zum Bleiben zu bewegen waren.

»Doch sagen Sie, warum rufen Sie gerade mich an? Ich kenne den Mann kaum.«

»Aber irgendwer muss ihn doch abholen«, schnaubte der Oberarzt, »und irgendwo muss er unterkommen.«

»Sind dafür nicht die Angehörigen die richtigen Ansprechpartner?«

»Das ist es ja eben – es gibt keine Angehörigen. Er hat uns erzählt, dass erst vor wenigen Tagen seine Schwester verstorben ist – die letzte außer ihm aus der Familie, wie er behauptet. Er selbst ist kinderloser Junggeselle, lebt in einer Wohnung in Marburg – im zweiten Stock. In dem Zustand kann er weder reisen noch sich selbst versorgen.«

»Warum, um Gottes willen, bleibt er dann nicht im Krankenhaus?«

»Weil er ein seltsamer Vogel ist, das sagte ich schon.« Der Oberarzt wurde ungeduldig. »Also kommen Sie nun und holen ihn?«

»Ich?«

»Ja. Er hat gebeten, Sie zu verständigen.«

»Wieso denn mich? Ich habe ihn heute Morgen zum ersten Mal gesehen.«

»Nach dem, wie er von Ihnen redet, scheinen Sie ein guter Bekannter von ihm zu sein.«

»Um Himmels willen, nein«, widersprach ich. »Ich habe kaum ein paar Worte mit ihm gesprochen.«

»Also holen Sie ihn nicht ab?« Dr. Merkel schien jetzt ärgerlich. Der Dialog hatte sich anders entwickelt, als er es erwartet hatte. Ich rechnete damit, dass er die Telefonverbindung jeden Augenblick unterbrechen könnte.

»Halt, warten Sie!«, rief ich in mein Handy. Was konnte schließlich Dr. Merkel dafür, dass der Professor sich so benahm. »Ich komme vorbei und rede mit dem Mann. Vielleicht nimmt er ja von mir einen Rat an. Es wird allerdings noch eine Dreiviertelstunde dauern, bis ich…«

»Das spielt keine Rolle. Hauptsache, Sie erscheinen«, beendete der Arzt erleichtert das Gespräch.

Rückblickend fragte ich mich, warum zum Teufel ich damals nicht nein gesagt habe, als er mich bat, zum Krankenhaus zu kommen. Wieviel Aufwühlendes, wieviel Entsetzliches wäre mir erspart geblieben, wenn ich abgelehnt hätte. Auf der anderen Seite – waren die folgenden Tage und Wochen nicht ein einziges Abenteuer gewesen voller prickelnder Begegnungen und fantastischer Momente? Im Nachhinein bin ich mir nicht sicher, ob meine Zusage, zu kommen, nicht doch die richtige Entscheidung war.

Diesmal fuhr ich auf den Parkplatz und betrat das Krankenhaus durch den Haupteingang. An der Pforte erkundigte ich mich, wo der Verunfallte gelandet sein könnte. Als ich nach dem Namen gefragt wurde, zuckte ich mit den Schultern. »Ich weiß nur, dass er Professor ist. Ein weißhaariger Mann…«

»Ach der«, der Pförtner winkte ab »den finden Sie auf Station 1.« Offensichtlich war die Kunde von dem »seltsamen Vogel« bis hinunter in die Eingangshalle gedrungen.

Vor dem Fahrstuhl stand ein junges Paar. Ich nahm die Treppe. Als ich im ersten Stock ankam, sah ich die jungen

Leute aus der sich öffnenden Lifttür treten. Waren es nicht der Sport und die Bewegung, die ständig als prophylaktische Säulen unserer Gesundheit ausgelobt wurden? Ich begriff, warum ein Krankenhaus so viele Betten brauchte.

Dr. Merkel kam mir auf dem Gang entgegen. »Gut, dass Sie kommen, Herr Kollege. Schon seit einer Stunde sitzt er im Stationszimmer und wartet auf seine Abholung.«

»Wie kommt er nur dazu, mich…?«

»Das klären Sie am Besten mit ihm selbst. Im Übrigen hat er uns nicht die Wahrheit hinsichtlich seines Unfalls gesagt. Hat behauptet, er sei an der Bordsteinkante umgeknickt. Nie und nimmer! Das Supinationstrauma am Knöchel mag ja noch so entstanden sein, aber nicht die vielen Prellungen und Schürfungen am übrigen Körper. Ich müsste mich sehr täuschen, wenn da nicht ein kapitaler Sturz und eine rasante Rutschpartie ursächlich waren. Aber er besteht auf seiner Bürgersteigversion. Na, mir soll´s egal sein. Ich bin Mediziner und kein Detektiv.«

Mit einem Lachen legte er mir die Hand auf die Schulter und drehte mich zu einer großen Glastür, hinter der ich eine Schwester in einem Medikamentenschrank hantieren sah. »Gehen Sie nur hinein. Sie werden sehnsüchtig erwartet.«

Vielleicht war es Zufall, vielleicht auch bezeichnend, dass sich der Mann, dem ich mein Erscheinen im Krankenhaus zu verdanken hatte, ziemlich genau in der Mitte des großen Raumes platziert hatte. So zog er schon beim Eintritt alle Aufmerksamkeit auf sich. Leicht vornübergebeugt saß er in einem Rollstuhl, die Augen erwartungsvoll auf die Tür gerichtet. Er machte den Eindruck, als sei er bereit, sofort aufzuspringen, wenn ich, sein »guter Bekannter«, ihn endlich abholen kam.

Mit seinen Wandersachen bot er einen etwas ungewöhnlichen Anblick in einer Umgebung, in der normalerweise

Schlafanzüge, Bademäntel und Trainingsanzüge die Kleiderordnung bestimmten. Grell leuchtete sein kariertes Hemd in der sterilen Farblosigkeit des Stationszimmers. Die an den Knien schnürbare Hose hatte man ihm wieder angezogen. Offenbar war sie aufgebunden weit genug, um über die rosafarbene Aircastschiene seines rechten Beines gestreift werden zu können.

»Da sind Sie ja!«, rief er mir erleichtert entgegen und auch die Krankenschwester atmete hörbar auf, als sie mich eintreten sah. »Wir können gleich los. Ich habe schon alles geregelt, was geregelt werden musste.« Wie zur Bekräftigung seines Aufbruchwillens rollte er ein Stück auf die Tür zu.

»Hier, Ihre Gehhilfen!« Die Schwester presste ihm zwei metallicfarbene Krücken in die Arme. »Ich sage einem Pfleger Bescheid, dass er Sie im Fahrstuhl nach unten und weiter zum Eingang bringen soll. Wenn Sie dann bis vor die Tür fahren«, wandte sie sich an mich, »kann er die paar Meter bis zum Wagen auf seinen Stützen humpeln.«

Es war offensichtlich, dass sie es eilig hatte, ihren Patienten loszuwerden.

»Aber ich will doch gar nicht…«, setzte ich gerade zu einem Protest an, als von draußen Dr. Merkels mahnende Stimme ertönte: »Schwester Beate, wo bleiben Sie?«

»Der Oberarzt ruft.« Die junge Frau griff nach dem Visitenwagen und schickte sich an, den Raum zu verlassen. »Der Pfleger wird gleich hier sein«, rief sie über die Schulter zurück, »und Ihnen alles Gute für die nächsten Tage.« Kurz fragte ich mich, ob sie vielleicht mich mit ihrem Wunsch gemeint haben könnte.

Verwirrt stand ich da und schaute zu der offenen Tür. Erst als der Professor mit seinem Rollstuhl über die Schwelle nach draußen holperte, kam Bewegung in mich.

»Warten Sie«, sprang ich ihm hinterher, fasste in den Ledersitz und bremste das Gefährt, »da müssen wir aber jetzt etwas klären. Ich habe nicht die Absicht…«

Ein stämmiger Mann in weißer Klinikkleidung trat auf uns zu. »Sind Sie der, der nach unten soll?« Es war weniger eine Frage als vielmehr eine Feststellung mit dem Ergebnis, dass er ohne eine Antwort abzuwarten den Rollstuhl ergriff und zielstrebig dem Fahrstuhl zusteuerte.

»Hören Sie!« Ich wedelte mit dem Arm, um auf mich aufmerksam zu machen. »Sie können den Mann doch nicht so einfach…«

Wir waren inzwischen am Lift angelangt. Gerade wurde ein leeres Bett in die Kabine geschoben, offensichtlich um jemanden aus dem Operationssaal abzuholen.

Ich fasste den Krankenhausbediensteten am Kittel. »Bitte, verstehen Sie doch. Der Herr und ich, wir haben uns erst heute…« Doch meine flehenden Worte stießen auf taube Ohren. Alle Einwände ignorierend beugte sich der Pfleger über die Schultern seines Passagiers, entriss ihm die Krücken und drückte sie mir mit den Worten »Hier, nehmen Sie!« in die Hände. Dann quetschte er sich und den Rollstuhl mit der spielerischen Gewandtheit jahrelanger Übung in den engen Raum seitlich des Bettes. »Wir sehen uns unten am Eingang«, ließ er mich wissen, bevor sich die Fahrstuhltür lautlos hinter ihm schloss.

Wie versteinert stand ich da, überrollt von der zielgerichteten Selbstverständlichkeit, mit der die Vorgänge um mich herum abliefen. Ich fühlte mich einem Spielball gleich, hin und hergeworfen und unfähig, auch nur einmal die Richtung zu bestimmen.

Auf dem Weg die Treppe hinunter überlegte ich, wie ich mich verhalten sollte. Es gab zwei Möglichkeiten. Entweder ich begehrte auf, hieb, zumindest bildlich, mit der Faust auf den Tisch und überließ den weißhaarigen Alten der Obhut des Krankenhauses. Sollten die doch sehen, wo sie ihn unterbringen konnten! – Oder aber ich nahm mich seiner an, wenigstens vorübergehend, bis geklärt war, wohin er gehörte und wer ihn während seiner temporären Pflegebedürftigkeit versorgen konnte.

Bis heute weiß ich nicht, warum ich mich für die zweite Möglichkeit entschied. War es ein wenn auch in nichts begründetes Gefühl von Verantwortlichkeit für den hilflosen Mann? Schließlich war ich es, der ihn am Morgen am Fuß des Berghangs gefunden hatte, der ihm die Notwendigkeit einer fachchirurgischen Untersuchung nahegelegt und ihn endlich hierher gebracht hatte. War es das, was mich glauben machte, ich hätte möglicherweise die Pflicht, ihn auch weiter zu begleiten?

Mit sichtbarer Ungeduld wartete der Pfleger am Haupteingang. Wortlos nahm er mir die Gehhilfen ab und reichte sie dem Rollstuhlfahrer hin. »Versuchen Sie´s!«, forderte er ihn auf. Dabei griff er ihm hilfestellend unter die Arme.

»Sie können inzwischen das Auto holen«, wies er mich an.

Als ich vor dem Portal vorfuhr, stand der Professor, gestützt auf seine Krücken, schon am Bordsteinrand. Vom Rollstuhl und dem, der ihn geschoben hatte, war nichts mehr zu sehen. Ich konnte mir gut vorstellen, dass der Alte dem Krankenpfleger auf drastische Weise seine Entbehrlichkeit klargemacht hatte.

Ich stieg aus und hielt die Wagentür auf. »Kommen Sie, fahren wir erst einmal zu mir nach Hause. Dort können wir alles Weitere besprechen.«

Bevor ich losfuhr, warf ich heimlich einen Blick auf meinen Gast. Selbstzufrieden saß er neben mir, die Augen halb geschlossen, ein Lächeln lag auf seinen Lippen. Mir war zumute wie der sprichwörtlichen Jungfrau, die aus allen Wolken fiel, als sie erfuhr, dass sie schwanger war. Auch ich war gerade zu einem Kind gekommen, ohne recht zu wissen wie.

4

Schon auf der Fahrt nach Oberhone begann ich, meinem Begleiter auf den Zahn zu fühlen. Ich wollte nun Näheres über seine Lebensumstände und auch den Grund seines Hierseins erfahren. Letzteres war gar nicht so einfach, denn noch immer machte er ein Geheimnis um seinen Aufenthalt in dieser Gegend. Soviel erfuhr ich jedoch, dass er von Marburg nach Schwebda gekommen war – mit der Bahn und dem Bus, denn über ein Auto verfügte er nicht -, um nach dem Tod seiner Schwester das dort von ihr bewohnte Elternhaus leerzuräumen und für einen späteren Verkauf vorzubereiten. Mit der Entrümpelung der Wohnung, mit der Auflösung des Haushalts und dem Abtransport des Mobiliars hatte er eine Firma beauftragt, sich jedoch selbst um die Sichtung und das Sortieren der persönlichen Dinge gekümmert. Nun nach dem Ausräumen des Hauses hatte er nach Marburg zurückkehren wollen. Und dann diese Verletzung, ausgerechnet jetzt!

Laut lamentierend ließ sich der Professor über das unbarmherzige Schicksal aus, das ihn außer Gefecht gesetzt hatte. Es nutzte wenig, dass ich ihm klar zu machen versuchte, wie vergleichsweise glimpflich sein Sturz vom Tunnelsims verlaufen war, wie viel schlimmere Verletzungen er sich hätte zuziehen können. Ein Knöchelbruch, versicherte ich ihm, heilte gewöhnlich ohne Folgen ab. In zwei, drei Wochen würde er den Fuß bestimmt schon wieder belasten können.

»Zwei, drei Wochen? – Wie soll das gehen? Jetzt brauche ich meine Füße und nicht später!«

Verwundert schaute ich meinen Beifahrer an. Ich konnte mir den verzweifelten Ton in seinem Ausruf nicht erklären. »Was haben Sie denn vor?«, fragte ich. Aber ich erhielt keine Antwort. Mit schmalem Mund und engen Augen saß der alte Mann neben mir und starrte durch die Windschutzscheibe.

Noch einmal brachte ich das Gespräch auf unsere heutige Begegnung am Tunnel, wollte von ihm wissen, was Ziel und Zweck seiner morgendlichen Wanderung gewesen war. Wieder wartete ich vergeblich auf eine Antwort. Ich beschloss, dieses Thema vorerst nicht mehr anzusprechen. Vielleicht war er später von sich aus bereit, darüber zu reden.

Ich fuhr auf den Hof unseres Anwesens in Oberhone und half dem Professor aus dem Auto. Schon unterwegs hatten wir darüber gesprochen, dass er in seinem hilfebedürftigen Zustand unmöglich in das leere Haus nach Schwebda zurückkehren konnte, in dem er die letzten Nächte auf einer Liege verbracht hatte. Auch eine Fahrt mit Bahn und Bus zurück in seinen Wohnort war in dem jetzigen Stadium seiner Verletzung unmöglich, abgesehen davon, dass er in Marburg offensichtlich das Einsiedlerdasein eines Gelehrten führte, der Nachbarschaftskontakte und Freundschaften weitgehend vermied. Wer also sollte sich dort um ihn kümmern?

Ich hatte ihm angeboten, die nächsten Tage in meinem Haus zu verbringen, solange zumindest, bis er sich in der Lage fühlte, sich wieder selbst zu versorgen. Sein Aufenthalt würde keine Einschränkung des häuslichen Ablaufs bedeuten, denn die restliche Familie war samt und sonders ausgeflogen – ausgeflogen diesmal im wörtlichen Sinn: Franziska begleitete eine Gruppe auf einer Flugreise nach Kroatien, sie würde erst in einer Woche zurückkehren. Matthias, unser Sohn, blieb sogar noch zehn Tage, ehe er mit Frau und

Töchterchen den Rückflug aus Mallorca antreten musste. Ich war allein zurückgeblieben und hatte jede Menge Platz zur Verfügung.

Günstigerweise befand sich das Gästezimmer im Nebenhaus unseres Anwesens, dem alten Stallgebäude des ehemaligen Bauernhofs, in das Franziska und ich nach einigen Umbauten und einer gründlichen Renovierung vor gut einem Jahr umgezogen waren, um der wachsenden Familie unseres Sohnes im größeren Haupthaus Platz zu schaffen. Der Gästeraum lag zu ebener Erde, das würde dem Gehbehinderten das Treppensteigen ersparen.

»Was ist mit Ihren Sachen? Waschzeug, Wechselwäsche, Hemden?«, fragte ich, als ich ihn auf sein Zimmer brachte. »Sie haben doch bestimmt etwas mit, oder nicht?«

»Natürlich habe ich einen Koffer mit dem Notwendigsten dabei. Ich wusste doch, dass ich ein paar Tage in Schwebda verbringen würde, also habe ich etwas eingepackt. Dort im Haus meiner Schwester steht der Koffer jetzt.«

»Dann wird es das Beste sein, ich hole ihn gleich«, schlug ich vor. »Sie werden sicher froh sein, wenn Sie Ihre Wandersachen ausziehen können.«

»Ja, tatsächlich. Irgendwie hatte ich mir mehr von ihnen versprochen. Als wenn das Laufen in solcher Kleidung ganz von alleine ginge.« Verlegen lachte er. »Ich sagte es ja, ich habe wenig Erfahrung in diesen Dingen.« Schwer ließ er sich in einen der beiden Sessel fallen.

Ich schob den anderen Sessel nah zu ihm hin. »Es wäre gut, wenn Sie für eine Weile Ihr Bein hochlegen würden«, riet ich ihm. »Ein knappes Stündchen wird es dauern, Ihren Koffer zu holen. Ruhen Sie in der Zeit. Wenn ich wiederkomme, essen wir zu Abend.« Ich brachte ein paar Zeitschriften und die Tagespresse, stellte eine Flasche Mineralwasser auf den

Tisch und informierte ihn, wo sich Bad und Toilette befanden. Dann wandte ich mich zur Tür.

»Aber Sie wissen doch gar nicht, wohin Sie müssen.« Der Professor kramte in der Hosentasche. »Und außerdem brauchen Sie den Schlüssel! Ich habe die Haustüre natürlich abgeschlossen.«

»Mein Gott, da hätte ich vor verschlossener Tür gestanden. Das heißt, noch nicht einmal das, denn ich hätte ja nicht gewusst, vor welcher Tür.« Ich trat ins Zimmer zurück, nahm ihm den Schlüssel aus der Hand und fragte. »Und wo in Schwebda hat Ihre verstorbene Schwester gewohnt? Und unter welchem Namen?«

»Mein Elternhaus steht am Anger. Ein altes Fachwerkgebäude mit einem Doppelgiebel. Das Ganze nennt sich »Am Gänsemarkt«, Hausnummer 12. Ein bisschen baufällig – ja, so wirkt es, man hätte längst etwas daran machen müssen. Aber verstehen Sie, ich hatte meine Arbeit in Marburg, hatte eigentlich überhaupt keinen Kontakt mehr zu meiner Schwester. Erst jetzt durch ihren Tod bin ich wieder nach Schwebda gekommen. Ein bisschen erschrocken war ich schon, als ich das Haus mit seiner abgeblätterten Farbe und den verzogenen Fenstern sah. – Aber man kann Henriette keinen Vorwurf machen, sie ist nie besonders praktisch gewesen. – Und von ihrer kleinen Rente auch noch Handwerker bezahlen…« Mit einer Handbewegung schob er diesen abwegigen Gedanken beiseite.

»Und wie hieß Ihre Schwester mit Nachnamen?«, fragte ich noch einmal.

»Seeger, Henriette Seeger – sie war nie verheiratet.«

»Aha! – Dann heißen Sie mit Familiennamen also auch Seeger«, schloss ich und wunderte mich, wie viele Stunden wir beiden uns nun schon kannten, ohne unsere Namen ausgetauscht zu haben.

»Seeger, ja. Das heißt, um es präzise zu sagen: Professor

Seeger – soviel Zeit muss sein«, stellte er richtig. Die Ernsthaftigkeit seiner Belehrung ließ mich schmunzeln. Ich ging auf sein Spiel ein und stellte mich meinerseits vor.

»Heinrich Gerhard – Dr. Heinrich Gerhard, um korrekt zu sein«, wobei ich eine kleine Verbeugung machte. Beifällig hob und senkte sich der weiße Schopf des Gelehrten.

Diese Art der Präsentation fand ganz augenscheinlich seine Zustimmung.

»Ich bin erfreut, Sie kennenzulernen, Herr Dr. Gerhard«, sprach er mich an und streckte mir die Hand aus seinem Sessel entgegen – so als sähen wir uns gerade das erste Mal. Ich fühlte mich an die legendären Engländer erinnert, die erst dann voneinander Notiz nahmen, nachdem einer dem anderen vorgestellt worden war.

»Ein Titel ist wie ein liebgewordenes Kleidungsstück, das man immer wieder gerne überstreift«, dozierte er, während ich ihm die Hand schüttelte. »Er gehört zum Erscheinungsbild eines Menschen, so wie eine Hose, eine Strickjacke oder auch ein Hut. Jede Vernachlässigung der mühsam erworbenen Graduierung käme einer Entblößung gleich – meinen Sie nicht?«

»Nun…«, drückte ich mich vor einer Antwort und entzog ihm die Hand. »Ich fahr dann mal los. Umso eher bin ich zurück.«

5

Schwebda geht es wie anderen Dörfern auch, die an einer vielbefahrenen Straße liegen, von der man nur ungenügend in den Ortskern hineinsehen kann. Viel zu beschäftigt mit dem lebhaften Verkehr bemerkt der Durchreisende nichts von den verborgenen Schönheiten des alten Dorfzentrums, zumal sein Blick, sollte er einmal schweifen, unweigerlich von den Häusern weg hin zu dem verwunschenen Schloss am nördlichen Berghang gelenkt wird. Dabei ist die Ortsmitte, das Ziel meines jetzigen Besuchs, einen Abstecher mehr als wert. Allein der Lindenanger sucht seinesgleichen unter den Dörfern in Nordhessen. Umstanden von Fachwerkhäusern, eingerahmt von den Gebäuden eines Rittergutes und überragt vom Turm der Dorfkirche weitet sich der Platz unter mächtigen Bäumen und lockt zum Verweilen in ihrem Schatten. Aber so gerne ich mich auf eine der Bänke gesetzt und dem Wispern des Windes im Laub zugehört hätte – ich hatte eine Aufgabe übernommen, die mir jetzt dazu keine Muße ließ.

Ich fand das Elternhaus der Geschwister Seeger schnell, musste nicht einmal nach der Nummer Ausschau halten. Allzu deutlich fiel der Doppelgiebel, den der Professor beschrieben hatte, ins Auge. Das alte Fachwerkgebäude war in der Tat etwas heruntergekommen, eine Renovierung überfällig. Die Haustür brauchte, ebenso wie die Fensterrahmen, dringend einen Farbanstrich.

Ich schloss auf, betrat die dunkle Diele und knipste das Deckenlicht an. Eine Birne in einer nackten Lampenfassung leuchtete auf kahle Wände.

Die Bodenbretter knarrten, als ich durch das Haus ging. Überall das gleiche Bild: Ausgeräumte Zimmer, vorhanglos. Helle Vierecke an den Wänden, dort, wo Bilder gehangen hatten, zeigten, wie licht und freundlich die verschmutzten Tapeten früher gewesen sein mussten. Ich konnte mich des Eindrucks nicht erwehren, dass dieses Haus von einem Menschen bewohnt gewesen war, der es abgelebt hatte bis zu seinem Verfall – ohne Hoffnung, es jemals jemandem übergeben zu können.

Während ich durch die Räume ging, fragte ich mich, wer um alles in der Welt denn bereit sein würde, ein solches Objekt zu erwerben – eine Immobilie, die nichts als Arbeit versprach und zudem den Einsatz beträchtlicher Geldmittel erforderlich machte? Gerade jetzt in der vielbeschworenen demographischen Krise, in der die Bevölkerung unserer Region drastisch abnahm, die jungen Leute dem ländlichen Raum zunehmend den Rücken kehrten und unzählige Wohnungen und Gebäude leerstanden, würde es nahezu unmöglich sein, ein Haus wie dieses zu verkaufen. Ich konnte mir vorstellen, dass dem Professor, so realitätsfremd, wie ich ihn bisher erlebt hatte, diese Schwierigkeit gar nicht bewusst war. Ich nahm mir vor, mit ihm darüber zu sprechen.

Ein einziger Raum im Haus war nicht vollständig ausgeräumt. Er lag im ersten Stock, gleich neben dem Badezimmer, und enthielt eine kleine, quadratische Umzugskiste, einen altmodischen Koffer und die Schlafliege. Ein kurzer Blick in den Pappkarton bestätigt, was ich erwartet hatte: Zeitschriften erkannte ich, lose Bilder, wohl auch ein Fotoalbum und Dokumente. Darunter waren einige Erinnerungsstücke gepackt: Eine Brosche, ein Medaillon, ein Hut - offensichtlich Sachen der Mutter. Auch eine Tabakspfeife fand ich unter einer blauroten Schirmmütze, wie sie früher die Eisenbahner getragen hatten. Dinge, die wohl dem Andenken des Vaters dienten.

Nur flüchtig inspizierte ich den Koffer, entdeckte außer Kleidung und Wäsche auch drei, vier Bücher. Ich machte mir nicht die Mühe, die Titel zu lesen.

Im Bad fand ich die Toilettenutensilien. Ich steckte sie zu den anderen Sachen, dann nahm ich den Koffer und verließ das Haus.

Professor Seeger schlief den Schlaf des Erschöpften, als ich nach mehrmaligem unbeantwortetem Anklopfen das Gästezimmer betrat. Zuerst erschrak ich beim Anblick der leblosen Gestalt, glaubte einen Moment gar, ihn könnte der Tod ereilt haben, so wie er in dem Sessel lag – den Kopf schwer auf die Brust gesenkt, den Mund halboffen. Der linke Arm hing schlaff über die Lehne, während sich die rechte Hand in einen der Zeitungsbögen krallte, die sich über seinen Leib verteilten. Dann aber stellte ich erleichtert fest, dass er atmete, ja sogar leise schnarchte. Seine Augenlider bewegten sich unruhig, wie unter einem lebhaften Traum.

Sollte ich ihn wecken? Es schien mir noch zu früh am Abend, um ihn durchschlafen zu lassen. Auch sollte er nicht in den Sesseln, sondern in einem bequemen Bett liegen, schon seines verletzten Beines zuliebe. Ein paar Minuten wollte ich ihn noch in Ruhe lassen. Leise stellte ich den Koffer ab und entfernte mich aus dem Raum.

Draußen begann es, dämmrig zu werden. Ich trat auf den Freisitz und schaute auf die vor mir liegenden Wiesen. Die Kühe des Nachbarn, die den ganzen Tag darauf geweidet hatten, waren zum Melken in den Stall getrieben worden. Kurzgefressen, fast wie gemäht, lag das Grünland da, Büschel harten Grases, von den Tieren verschmäht, ragten wie Inseln aus der planen Fläche. Die Hitze des Tages hing noch immer in der Luft. In der auch jetzt noch aufsteigenden flimmernden Wärme waren die Berge am Horizont nur undeutlich zu erkennen.

Einen Abend wie diesen durfte man nicht im Haus verbringen. Ich beschloss, den Tisch auf dem Rasenstück neben der Feuerstelle zu decken. Es hatte sich genügend Holz angesammelt, das verbrannt werden musste. Warum nicht heute das Schöne mit dem Nützlichen verbinden?

Die Auswahl dessen, was ich meinem Gast zum Abendessen bieten konnte, war nicht sehr groß. Das lag daran, dass ich in der Zeit, in der meine Frau auf Reisen war, sehr uniform und wenig abwechslungsreich lebte. Da Franziska im Sommer durch die Verpflichtungen des von ihr betriebenen Reiseunternehmens sehr oft und ausdauernd unterwegs war, hatte ich mir eine Strategie zulegen müssen, die mein Überleben in ihrer Abwesenheit wahrscheinlich machte, ja sogar garantierte. Ich hatte mir angewöhnt, in einem gesonderten Fach des Speiseregals einige Vorräte an haltbaren, konservierten Lebensmitteln zu bunkern, auf die ich blind zurückgreifen konnte, wenn ich mal wieder nicht daran gedacht hatte, frische Nahrung einzukaufen. Da lagerten Gläser mit Leberwurst und Mettwurst, Frankfurter Würstchen in Büchsen, dazu diverse Fertigsuppen in Tüten. Auch einige Fischdosen hielt ich auf Vorrat. Und drum herum, sozusagen als krönender Rahmen, hing ein halbes Dutzend roter Würste, denn auf vieles konnte der Nordhesse in freiwilliger oder erzwungener Askese verzichten, nicht aber auf den Verzehr seiner geliebten »Ahlen Worscht«, einer Spezialität der Region, derzuliebe man in Eschwege inzwischen sogar in jährlicher Wiederholung ein eigenes Wurstfest feierte.

In Anbetracht der Tatsache, dass der Frischverletzte sich möglicherweise schwertun könnte beim Essen, bereitete ich eine Platte mit belegten Broten vor, garnierte das Ganze mit Gurken, Oliven und Tomatenstückchen. Dann ging ich, den Professor zu wecken. Doch als ich das Zimmer betrat, war der Schlafende schon wach. Mit entblößtem Oberkörper saß er im Sessel und versuchte gerade, die Hose über die Schiene zu streifen.

»Warten Sie, ich helfe Ihnen.« Ich fasste das Hosenbein, weitete es mit beiden Händen und zog es über den roten Kunststoff. »Solange Sie das Ding hier tragen müssen«, ich klopfte auf den Aircast, »sollten Sie auf das Anziehen von

Hosen möglichst verzichten. Sie haben doch einen Bademantel mit. Ziehen Sie den über. Jetzt im Sommer ist das durchaus ausreichend.«

Ich nahm den Koffer und legte ihn vor ihm auf den Tisch. Während er ihn öffnete und darin wühlte, bedankte er sich. »Das war sehr freundlich von Ihnen, Herr Dr. Gerhard. Wir kennen uns kaum, und doch kümmern Sie sich in so liebenswerter Weise um mich.« In aufrichtiger Zuneigung sah er mich an.

Aber es dauerte nicht lange, bis er mit einem tiefen Seufzer wieder in sein altes Lamento verfiel: »Ist das nicht schrecklich, wie hilflos ein Mensch werden kann? Ausgerechnet jetzt, wo ich soviel zu tun habe.«

Ich widerstand der Versuchung, ihn zu fragen, was er damit meinte. Wer so oft wie er erwähnte, etwas Wichtiges vorzuhaben, würde früher oder später von selbst darüber reden.

Also informierte ich ihn lediglich, dass ich Brote vorbereitet hatte und angesichts des milden Abends beabsichtigte, im Freien zu speisen.

»Ausgezeichnet!« Seine Zustimmung war lebhaft, der Schlaf hatte ihm sichtlich gut getan. »Ich mache mich im Bad ein bisschen frisch, dann komme ich zu Ihnen hinaus.«

»Schaffen Sie das denn alleine?«

»Ja, ja, kein Problem«, versicherte er und zog sich seine Krücken heran, »wenn nicht, rufe ich Sie.«

Zehn Minuten später – ich war noch dabei, das Holz in der Feuerstelle zu stapeln – humpelte er auf den Rasen. Er kam erstaunlich gut mit seinen Gehhilfen zurecht, diesbezüglich würde er kaum Unterstützung von mir benötigen.

Ich zeigte auf den Gartenstuhl mit der ausklappbaren Fußbank, Franziskas Lieblingsmobiliar, in dem sie Stunden lesend verbringen konnte. »Machen Sie sich´s bequem, Professor«, forderte ich ihn auf und sah zu, wie er sich mit einiger Mühe setzte. Ich ließ ihn absichtlich allein gewähren, auch wenn dadurch alles etwas länger dauerte. Ich wollte ihn nicht noch in dem Gefühl bestärken, von meiner Hilfe abhängig zu sein und mir zur Last zu fallen.

Als sein Bein endlich auf der Fußstütze lag, reichte ich ihm die Brotplatte. »Bitte, bedienen Sie sich. Die Wurst in der Mitte kann ich besonders empfehlen. Ahle Worscht, eine Besonderheit Nordhessens.« Ich nahm eine Scheibe, entfernte die Pelle und reichte sie ihm.

Während er kaute, nickte er ein paar Mal anerkennend. »Nicht schlecht. Die kann es ohne weiteres mit unserer oberhessischen Wurst aufnehmen.«

Schon wollte ich protestieren, als ich mich an meine Zeit in Alsfeld erinnerte. Dort, vor über zwei Jahrzehnten nun schon, war ich in einer eigenen Allgemeinpraxis tätig gewesen. Ich erinnerte mich noch gut daran, wie oft ich damals von meinen Hausbesuchen in den umliegenden Dörfern mit einer Wurst heimgekehrt war – besonders in den Monaten, in denen überall auf den Höfen geschlachtet wurde. Und wie gut die Rote seinerzeit geschmeckt hatte, davon konnte ich ein Lied singen.

Zufrieden kauten wir beide eine Weile, genossen schweigend die Brote, die Wurst und den lauen Augustabend. In dem wenigen Licht, das noch auf den Wiesen lag, waren die Konturen der Weidezäune nur undeutlich zu erkennen. Nicht mehr lange, und sie würden sich völlig in der Dunkelheit aufgelöst haben.

Ich stand auf, nahm die Streichhölzer und trat zu dem aufgeschichteten Holzstoß. »Ich würde gerne noch ein bisschen am Feuer sitzen. Es ist schade um jede Stunde, die man in einer solchen Nacht im Bett verbringt. Oder sind Sie schon müde?«

»Nein, nein«, der Professor hob abwehrend die Hände, »ich habe ja gerade erst geruht. Ich könnte jetzt nicht schon wieder schlafen. Wenn es Ihnen nichts ausmacht, leiste ich Ihnen gerne Gesellschaft.«

Das Holz war trocken. Flink sprangen die kleinen Flämmchen über die dürren Birkenzweige, umspielten die dicken Äste, bis diese ebenfalls Feuer fingen. Gebannt sahen wir dem Schauspiel zu, verfolgten das wechselnde Aufflackern und Erlöschen. Erst als eine gleichmäßige Flamme über der roten Glut brannte, löste ich den Blick und richtete ihn auf den Professor: »Als ich gerade in Ihrem Elternhaus war…«, begann ich.

Der Alte hob den Kopf und sah mich an: »Nicht wahr, es liegt schön, direkt am Anger. Ich habe dort eine herrliche Kindheit und Jugend verbracht.«

»Ja, wenn Sie nur die Lage betrachten…«, räumte ich ein.

»Man tritt aus dem Haus und ist sofort auf dem großen Platz«, kam er ins Schwärmen. »Der Fluss ist nicht weit, und auf der anderen Seite des Dorfes beginnt gleich der Wald. Das waren wilde Zeiten damals im Krieg und auch in den Jahren danach.«

Er schwieg und schaute, offensichtlich ganz den Gedanken an jene Tage hingegeben, ins Feuer. Ich überließ ihn eine Weile seinen Erinnerungen, bevor ich ihn in die Gegenwart zurückholte.

»An dem Haus muss einiges gemacht werden«, bereitete ich ihn behutsam vor. »In diesem Zustand wird es nicht leicht zu verkaufen sein.«

»Ja, ja, ich weiß, wenn ich einen guten Preis dafür erzielen will, muss ich es wohl erst in Ordnung bringen.«

»Auch dann wird es schwierig, einen Käufer zu finden.«

»Wie meinen Sie das?«

»Nun, die Entwicklung der letzten Jahre…«, dosierte ich

schonend, »viele Menschen haben unsere Gegend verlassen. Vor allem die Jungen zieht es in die Ballungsräume – dorthin, wo sie Arbeit finden. Eine Menge Häuser stehen leer. Verstehen Sie, was ich sagen will?«

Auch wenn der Feuerschein sein Gesicht nur schwach beleuchtete, es war deutlich zu sehen, dass er nicht verstand. Die Gesetzte der Marktwirtschaft, das Regulativ von Angebot und Nachfrage schienen ihm fremd zu sein.

»Aber wenn ich alles in Schuss gebracht habe, dürfte es doch ein Leichtes sein, das Haus zu veräußern.«

»Ich fürchte, Sie werden mit dem Verkaufspreis – wenn einer überhaupt kauft – noch nicht einmal die Kosten für die Renovierung decken können. Es gibt einfach zu viele Immobilien und zu wenige Interessenten.« Ich beugte mich zu seinem Stuhl und legte ihm die Hand auf den Arm. »Das sind lausige Zeiten, um ein Haus loszuwerden.«

Fassungslos schaute er mich an. Auf eine Situation wie diese war er nicht vorbereitet, Überlegungen in der von mir gerade aufgezeigten Richtung hatte er nie angestellt. Mit seinem ungläubigen Blick und den leicht geöffneten Lippen sah er aus wie ein Fisch, der unversehens aufs Trockene geraten war – oder auch wie ein Kind, dem man gerade eine Illusion genommen hatte. Hilflos hob er die Arme. »Das, was Sie da sagen, kommt für mich völlig überraschend. Ich dachte, ich brauchte nur…« Ratlos ruderte er mit der Hand.

»Sie dachten, Sie bräuchten nur ein Preisschild ins Fenster zu hängen, ein bisschen zu warten und dann das Geld zu kassieren«, ergänzte ich. »So einfach geht das nicht heutzutage. Da wird gefeilscht und gehandelt. Die wenigen Käufer suchen sich das Beste unter den vielen Angeboten heraus.«

»Ach, das wusste ich alles nicht. Ich kenne mich mit diesen Dingen nicht aus«, entschuldigte er sich, »meine Arbeit lässt mir einfach keine Zeit, mich mit so etwas zu beschäftigen.«

»Ihre Arbeit?« Jetzt war ich neugierig. »Was, wenn ich fragen darf, machen Sie denn? Wenn ich das richtig verstanden habe, sind Sie als Professor in Marburg an der Universität.«

»Ja, ich lehre dort an einem wissenschaftlichen Institut. Ich arbeite gerade an einem bedeutenden Projekt. Schon seit über fünf Jahren befasse ich mich damit.« Stolz schwang jetzt in seiner Stimme mit. »Meine Klassifizierung wird alles Bisherige in den Schatten stellen und eine ganz neue Sicht auf die Erdentwicklung möglich machen.«

»Sind Sie Geologe?«

»Geologe!« Er sprach das Wort mit einer großen Verachtung, so als fasse er mit spitzen Fingern einen schmutzigen Gegenstand. Dabei ließ er offen, wem seine Geringschätzung mehr galt, mir oder dem Gesteinsforscher. »Mein Gebiet ist die Geopaläontologie«, verkündete er, »ich stehe kurz vor der Etablierung einer neuen Systematik aller geogenetischen Perioden. Ein Jahrhundertwerk, das ich bald vollendet haben werde.«

Um Himmels willen, nicht schon wieder die Umstellung eines Systems. Gerade hatte ich mich mit dem alten einigermaßen arrangiert, kannte die Erdzeitalter in ihrer geogeschichtlichen Abfolge wenigstens so ungefähr, da sollte eine neue Einteilung und Benennung auf den wissenschaftlichen Markt kommen. Nicht mit mir, entschied ich augenblicklich für mich und beschloss, im guten alten Quartär weiterleben zu wollen, was auch immer dem Professor an anderslautendem Namen dafür einfallen sollte.

Dann kam mir ein Gedanke: »Ist es das, was Sie vorhaben? Prähistorische Zeugnisse suchen? Oder haben Sie sogar schon etwas gefunden? Sind Sie deshalb hier?« Als ich seinen verständnislosen Blick sah, berichtete ich von unserer Dorfsensation.

»Erst vor einigen Jahren haben wir hier in Oberhone einen aufsehenerregenden Fund gemacht. In einer Felsspalte des Gipsberges dort oben« - ich zeigte mit dem Arm zu dem Hügel, der in der Dunkelheit natürlich nicht zu sehen war -, »ein ganzer Haufen Knochen wurde da entdeckt, unter anderem Beckenknochen von ausgestorbenen Wollnashörnern. Inzwischen hat man ihr Alter bestimmt. Stellen Sie sich vor, 44000 Jahre sind die Knochen alt.« Erwartungsvoll sah ich ihn an. Er als Paläontologe würde diesen Fund zu würdigen wissen.

Aber Professor Seeger hob nicht einmal die Augenbrauen. »Das war ja gerade mal vor zehn Minuten – erdgeschichtlich gesehen. Die Zeiten, mit denen ich mich befasse, liegen einige Millionen Jahre zurück.« Er zuckte mit den Achseln, dann wandte er den Kopf wieder dem Feuer zu. »Nein, deswegen bin ich nicht hier. Sie wissen doch, der Tod meiner Schwester, die Verpflichtung, mich um das Haus zu kümmern. Das ist der Grund, weshalb ich nach Schwebda kam. Nichts anderes zunächst.«

»Zunächst?«, fragte ich.

»Ja, am Anfang war es wirklich das einzige Motiv, mich in Schwebda aufzuhalten. Aber jetzt…« Der Professor fuhr sich mit der Hand über die Stirn, als könne er dort ein Bild wegwischen.

Der Wandel in seiner Stimme ließ mich aufhorchen. Ich sah zu ihm hin. Seine Haltung hatte sich von einem Moment auf den anderen geändert. Einer Marionette gleich, deren Fäden man losgelassen hatte, war er in sich zusammengesunken, alle Spannung und Lebhaftigkeit war aus ihm gewichen. Mit hängenden Schultern saß er da und starrte ins Feuer. Schließlich schloss er die Augen und senkte den Kopf. Wie eine Perücke umfloss der Kranz seiner hellen, von der Glut rot gefärbten Haare das unbewegliche Gesicht. Ich fühlte mich an eine Theaterszene erinnert, in der dem Schauspieler die Tragweite einer gerade gewonnenen Einsicht bewusst wird, einer Erkenntnis, mit der fertigzuwerden ihm nicht gelingt.

»Wie konnte ich wissen, was ich finden würde? Wie konnte ich ahnen, dass Henriette den ganzen Krempel aufgehoben hatte.« Der Alte sprach mit leiser Stimme, wie zu sich selbst. Ich hatte Mühe, ihn zu verstehen. Die sachliche, fast schon belehrende Art seiner vorherigen wissenschaftlichen Erklärungen war nun ganz verschwunden, ein Anklang trauriger Resignation lag in seinen Worten.

Ich erhob mich, griff nach einigen Ästen und zog sie über die Glut. Ich spürte, die Entscheidung, sich mir anvertrauen, stand unmittelbar bevor. Der Alte schien die Bürde seines einsamen Geheimnisses alleine nicht tragen zu können. Vor allem jetzt, wo er nach der Verletzung die Fäden nicht mehr so in den Händen hielt, wie er sich das ausgedacht hatte, brauchte er neben der Notwendigkeit, sich mit jemandem auszusprechen, offensichtlich auch die gesunden Beine eines Menschen, der ihm bei der Verwirklichung seines Vorhabens half – was auch immer das sein mochte.

»Ich hole mir ein Bier«, rief ich ihm zu. Er sollte etwas Zeit haben, sich zu seinem Entschluss durchzuringen. »Soll ich Ihnen eine Flasche mitbringen?«

»Nein, kein Bier. Ich trinke nie Alkohol.«

»Möchten Sie etwas anderes? Wasser? Saft?«

»Wenn es Ihnen nichts ausmacht, mir einen Tee zu kochen? Schwarzen Tee mit Milch und viel Zucker?«

»Nein, überhaupt nicht«, versicherte ich, froh, so auf natürliche Weise die Gelegenheit zu erhalten, ihn für eine Weile alleine zu lassen.

Als ich nach einigen Minuten mit den Getränken zurückkehrte, sah mir Professor Seeger mit offenem Blick entgegen. Ich begriff, dass ich jetzt von ihm zu hören bekommen würde, was er mir bisher in rätselhafter Geheimnistuerei vorenthalten hatte. Er war offenbar entschlossen, mich zum Mitwisser, wahrscheinlich auch zum Mithelfer zu machen, womit er allerdings bei mir ein durchaus zwiespältiges Gefühl weckte, solange ich nicht wusste, um was es sich handelte.

Auf einen Gartenstuhl dicht neben ihn stellte ich den Tee, öffnete mein Bier und goss es in ein Glas. »Sie haben also etwas gefunden – im Haus Ihrer Schwester.« Auffordernd schaute ich ihn an. Ich wollte es ihm leicht machen, mit mir zu reden. »Etwas, das Sie nicht erwartet hatten, von dem Sie vielleicht noch nicht einmal wussten, dass es das gab? War es so?«

Sekunden verstrichen, ohne dass einer von uns etwas sagte. Der Professor hatte das Gesicht wieder dem Feuer zugewandt, vornübergebeugt saß er da, reglos, ein stummer Schemen, der mit sich zu Rate ging.

Dann, als ich schon fast glaubte, mich getäuscht zu haben, hob er den Kopf.

»Bevor ich Sie erfahren lasse, was ich in meinem Elternhaus gefunden habe, muss ich etwas ausholen, muss in eine Zeit zurückgehen, die schon weit zurück liegt. Ich will Ihnen eine Geschichte erzählen, eine wahre Geschichte, die sich so in meinem Heimatdorf zugetragen hat. Ohne sie zu kennen, würden Sie das Weitere nicht verstehen.« Er griff nach seinem Tee, rührte ihn lange um, ehe er einen Schluck davon nahm.

»Es ist das Erlebnis eines kleinen Jungen am Ende des letzten Krieges – vor fünfundsechzig Jahren also. Eine Episode, die ich längst vergessen, vielleicht auch nur verdrängt hatte, bis sie mir vor wenigen Tagen wieder in Erinnerung gerufen wurde.« Er rückte sich auf seiner Liege zurecht, reichte mit der Hand noch einmal nach dem Becher und trank ihn aus. Dann begann er zu erzählen.

Es war die Geschichte von Konrad, von seinen abenteuerlichen Aufenthalten im Tunnel, von dem Tag, an dem die geheimnisvollen Kisten verladen wurden und von der goldenen Wand, die der Knabe gesehen zu haben glaubte. So weltfremd sich der Alte auch bisher gezeigt hatte, eines musste ich ihm lassen: Er verstand, zu erzählen. Gebannt hing ich an seinen Lippen und verfolgte, ohne ihn auch nur ein einziges Mal zu unterbrechen, seine Worte. Erst als er geendet hatte, stellte ich eine Frage: »Was ist mit dem Vater? Hat man später etwas über sein Schicksal erfahren?«

»Nein, er galt als verschollen. Weder der Ort noch die Art seines Todes wurden je bekannt. Dieser Knabe Konrad war damals ja noch sehr klein, ein Junge von acht Jahren. Er hat sich schnell mit dem, was die Erwachsenen erzählten, abgefunden. Es starben und verschwanden damals zu viele Menschen, als dass man sich allzu lange Gedanken darüber gemacht hätte.«

Ich sah ihn an und begriff. »Professor Konrad Seeger?« fragte ich.

»War wohl nicht schwer zu erraten.« Auch er blickte jetzt zu mir, ein warmes Lächeln legte sich um seinen Mund. Ich nickte ihm zu. Allmählich kamen wir uns näher.

»Warum haben Sie mir diese Geschichte erzählt? Was wollen Sie mich dadurch verstehen lassen?« Jetzt wollte ich auch den Rest wissen.

Das Feuer war fast aus, zwei, drei kleine Flämmchen flackerten noch aus der roten Glut. Die Erzählung des Professors hatte mich so gefesselt, dass ich das Herunterbrennen des Holzes gar nicht bemerkt hatte. Schnell legte ich die restlichen Äste nach, schürte und stocherte so lange, bis wieder eine ansehnliche Flamme im Steinkreis zu lodern begann.

Als ich zu meinem Platz und meinem Bier zurückkehrte, sah ich, dass der alte Mann einige Papiere in den Händen hielt. Eng an den Körper gepresst schien er die Blätter wie einen kostbaren Schatz oder einen liebgewonnenen Wert sichern zu wollen. Sein Blick war wieder dem Feuer zugewandt, die flackernden Schatten machten es unmöglich, den Gesichtsausdruck zu erkennen. Er streckte mir die Arme entgegen. Die Zögerlichkeit seiner Bewegung verriet die Überwindung, die es ihn kostete, mir die Papiere zu reichen.

»Hier, das habe ich gefunden. Deshalb haben Sie mich heute Morgen am Tunnel getroffen. Lesen Sie, dann werden Sie es verstehen.«

Ich zögerte, die Bögen zu nehmen. Stattdessen fragte ich: »Wo hat das gelegen? Im Haus Ihrer Schwester?«

»Ja, auf dem Dachboden. In einem Koffer voller altem Plunder und Erinnerungsstücken.« In einer anrührend traurigen Geste ließ er die Hände sinken.

»Ich hätte wissen müssen, wo Vater seine Sachen versteckt. Mein Gott, wenn ich damals doch nur daran gedacht hätte!« Verzweifelt schwenkte er die Blätter. »Vielleicht hätte er dann den Krieg überlebt. Können Sie sich vorstellen, welche Vorwürfe ich mir mache?« Er streckte den Oberkörper, stützte sich mit der Hand auf der Liege ab. Wenn er gekonnt hätte, wäre er jetzt aufgestanden, so erregt war er.

Dann aber, als er mein Nichtverstehen sah, zwang er sich zur Ruhe und begann zu erzählen: »Mein Vater war ein zwanghafter Schreiber. Vielleicht träumte er davon, dass ihm einmal der große Wurf gelingen möge – ein erfolgreicher Roman zum Beispiel. Ich weiß es nicht, ich war damals noch zu jung, um das beurteilen zu können. Jedenfalls schrieb mein Vater, wo er nur konnte. Am Auffälligsten war das, wenn er abends von der Arbeit heimkam und sich an seine Eintragungen machte. Wo andere sich im Wirtshaus oder im Gespräch mit Freunden abreagierten, vertraute er seine Erlebnisse und Gefühle dem Tagebuch an. Vor allem aber schrieb er Geschichten, lustige und spannende, auch Märchen. Immer hatte er Papier und Stift dabei, um das, was ihm einfiel, sofort notieren zu können. So hatte er es sich zur Angewohnheit gemacht, ein kleines Schreibheft, manchmal auch nur einige Bögen, unter dem aufklappbaren Futter seiner Bahnhofsvorstehermütze zu deponieren, um auch im Dienst Schreibmaterial zur Hand zu haben. Wenn ich ihn auf dem Bahnhof besuchte, geschah es immer wieder, dass er plötzlich mit geheimnisvollem Brimborium ein Blatt aus seiner Mütze hervorzauberte und mir die gerade verfasste Geschichte vorlas.«

Professor Seeger schwieg einige Augenblicke. Still lächelte er vor sich hin. Es schien, als sei er für einen kurzen Moment wieder in die Rolle des kleinen Konrad geschlüpft.

»Sie sehen also, ich hätte es wissen können«, fuhr er schließlich selbstanklagend fort, »hätte unbedingt in der Mütze nachsehen müssen, ob sich etwas von meinem Vater Geschriebenes darin befand.«

Ich sah die blaurote Schirmmütze vor mir, die ich auf dem Boden des Pappkartons im Haus der Schwester gefunden hatte. Sollten darin etwa die Papiere verborgen gewesen sein?

Wie zur Antwort hob sich mir die Hand mit den Bögen entgegen. »Das hier lag mehr als ein halbes Jahrhundert lang in der alten Bahnmütze, versteckt im Futter. Eine Nachricht vom Vater an die Familie – vielleicht seine letzte – und ich, der Sohn, bin noch nicht einmal auf die Idee gekommen, dass er uns auf diese Weise eine Botschaft zukommen lassen wollte.«

Wieder verstummte er, überwältigt von seinen Gefühlen. Dann hielt er mir nochmals die Papiere hin, drängte sie mir regelrecht auf.

»Hier, lesen Sie, was mein Vater schrieb. Sie müssen jetzt alles wissen, eher können wir uns nicht darüber unterhalten, wie es weitergehen soll.« Er griff nach seinen Krücken. »Ich lasse Sie jetzt ein paar Minuten allein. Wenn ich wiederkomme, müssen wir reden.«

Schwerfällig humpelte er davon und verschwand im dunklen Schatten des Hauses.

6

Ich blieb allein in der warmen Stille des mondlosen Abends, allein mit den Papieren, die mir der Professor in die Hand gedrückt hatte. Es waren zwei Blätter, eng beschrieben auf Vor- und Rückseite. Die Tinte war verblasst, aber noch gut lesbar, die Ränder etwas ausgegilbt und brüchig. Man merkte der Schrift an, dass sie in Eile hingeworfen, möglicherweise auf einer provisorischen Unterlage verfasst worden war. Es würde nicht leicht sein, das Ganze zu entziffern. Vor allem brauchte ich dazu Licht.

Ich schob die letzten noch unverbrannten Holzstücke zusammen und entfachte so eine hell lodernde Flamme, deren Leuchten mir die Lektüre ermöglichen würde. Dann zog ich meinen Stuhl nah an die Feuerstelle, beugte mich soweit vor, dass der flackernde Schein voll auf die Seiten fiel. Einen Moment noch saß ich unbeweglich da, schaute in die Flammen und sammelte mich. Endlich begann ich zu lesen:

Seit einer halben Stunde ist mein ruhiges Leben, das ich als Vorsteher dieses kleinen Bahnhofs bis heute geführt habe, völlig aus den Fugen geraten. Ich weiß nicht, wie viel

Zeit mir noch zum Schreiben bleibt. Deshalb will ich mich kurz fassen. Da es mir im Moment unmöglich ist, Kontakt mit euch zu Hause aufzunehmen, werde ich diese Zeilen, die die Gründe für mein Verhalten erklären werden, meiner Mütze anvertrauen. Konrad weiß, wo er meine Nachricht finden kann. Er hat ja oft genug miterlebt, wie ich meine beschriebenen Blätter unter dem Mützenfutter hervorgezogen habe.

Es ist etwas passiert, das mich mit verhängnisvoller Macht in den Taumel hineingezogen hat, der alle im Angesicht der bevorstehenden Kriegsniederlage ergriffen zu haben scheint. Ich schreibe dies hier spätabends, im Schein einer Taschenlampe auf einer Holzkiste, ungewiss, ob ich nicht schon bald tot sein werde. Als ich heute Morgen so wie immer meine Arbeit begann, wies nichts darauf hin, dass am Ende des Tages mein Leben keinen Pfifferling mehr wert sein könnte.

Dabei sah es zunächst für Wilhelm und mich wie normale Routine aus, als uns der Oberst den Auftrag erteilte, einige Kisten aus einem der Wagen des Regierungszugs in einen anderen Waggon umzuladen. Obwohl, gewundert haben wir uns schon, dass er uns als Zivilisten diese Aufgabe übertragen hatte. Auf dem Bahnhof gab es jede Menge Soldaten, die das viel besser hätten ausführen können als ich mit meinem lahmen Bein. Aber da wir der militärischen Führung gegenüber weisungsgebunden sind, haben wir natürlich gehorcht und die Kisten verladen. Über ihren Inhalt hat man uns nichts gesagt, wir nahmen an, es seien Dokumente oder belastende Unterlagen, die heimlich auf die Seite geschafft werden sollten. Dazu passte auch, dass das Umladen innerhalb des Tunnels vonstatten ging, unter Ausschluss fremder Augen und Ohren, die offensichtlich nichts von dem Manöver mitbekommen sollten.

Der Transport der Kisten war, besonders für mich, nicht leicht. Die zum Teil schrankhohen Holzkästen waren wuchtig und sperrig, wir mussten sie über den Schotter bis zur Ladeluke hebeln, um sie dann in den Wagen hineinschieben zu können. Dabei passierte das Unheil, dem wir die jetzige prekäre Lage zu verdanken haben: Eine Kiste, die größte von allen, rutschte beim Einladen so unglücklich ab, dass die Vorderwand aufriss. Die Bretter verschoben sich dabei derart, dass der Blick auf ihr Inneres frei wurde. Unser Erstaunen war groß, als wir statt auf die vermuteten Dokumente auf Gegenstände blickten, die aussahen, als wären sie mit Gold überzogen. Es konnten Schrankteile sein, vielleicht auch Wandvertäfelungen, was weiß ich. Ohne uns weiter um die nähere Beschaffenheit zu kümmern, begannen wir augenblicklich, den Schaden zu reparieren. Je weniger wir von dem Inhalt wussten, desto besser. Denn uns war natürlich sofort klar, dass wir mit dem Erblicken der Objekte zu Mitwissern einer heimlichen, unerlaubten Beiseiteschaffung von Kunstgegenständen geworden waren.

Es gelang uns endlich, die Kiste wieder einigermaßen zu verschließen, doch bei genauem Hinsehen waren die Bruchstellen natürlich noch zu sehen. Ein Risiko, dessen wir uns bewusst waren. Wir konnten nur hoffen, dass in der Dunkelheit niemand die Beschädigung der Bretterwand bemerkte.

Es war früher Abend, als wir nach Erledigung des Auftrags den Tunnel verließen und zum Bahnhof zurückkehrten. Wilhelm wollte vor dem Nachhausegehen noch duschen. Ich machte mich auf zu meinem abendlichen Abschlussrundgang über das Bahngelände. Ich weiß nicht, was mich warnte. Vielleicht der leise Flüsterton, der mich in seiner Heimlichkeit sofort stutzig werden ließ, möglicherweise aber auch der dunkle, nicht einsehbare Winkel, in den sich die beiden gestellt hatten. Mit dem Instinkt eines Tieres witterte ich sofort die Gefahr, die von den Männern ausging. Lautlos schlich ich näher, bis ich hören konnte, was sie sprachen. Trotz des Flüsterns erkannte ich auf Anhieb die Stimme des Oberst, die des anderen Mannes war mir fremd. So eng es ging, drückte ich mich an die Wand und hielt den Atem an, um zu verstehen, worüber sie redeten. Nur ein, zwei Sekunden brauchte ich, um zu begreifen, dass ich keinen Moment zu früh und keinen Augenblick zu spät gekommen war, denn gerade war der Oberst dabei, mein und Wilhelms Todesurteil zu verkünden.

»Wir können sie nicht leben lassen«, hörte ich ihn sagen, »jetzt, wo sie wissen, was in den Kisten ist. Die notdürftig geflickten Bretter haben sie verraten. Entweder haben sie die Kiste selbst aufgebrochen oder sie ist irgendwie anders zu Schaden gekommen. Fakt ist jedenfalls, dass sie ihren Inhalt gesehen und wahrscheinlich die richtigen Schlüsse gezogen haben – vielleicht sogar die wahre Bedeutung ihrer Entdeckung erkannt haben. Nein, wir können sie nicht leben lassen«, wiederholte der Offizier, »noch heute müssen sie sterben.«

Man muss es selbst erlebt haben, um nachempfinden zu können, wie einem zumute ist, wenn man so etwas hört. Ich glaubte, mein Herz blieb stehen, obwohl ich es in meiner Brust rasen fühlte. Mit Mühe nur hielt ich mich aufrecht und lauschte weiter.

»Ich kann mich doch auf Sie verlassen, Gottfried?«, fuhr der Oberst fort, »der Preis ist schließlich nicht klein.«

»Selbstverständlich können Sie sich auf mich verlassen«, versicherte der andere, »Sie haben schließlich mein Wort. Am besten, ich erledige die Sache sofort, gleich hier an Ort und Stelle.«

»Nein, das wäre zu gefährlich. Hier sind zu viele Leute, die etwas mitbekommen könnten. Bitte, die Liquidierung muss abseits vom Bahnhof passieren, vielleicht auf dem Heimweg der beiden.«

»Ich erwische die zwei, da können Sie sicher sein – zur Not weiß ich, wo sie wohnen. Die werden ihre Häuser nicht lebend wiedersehen. Sie sollten mir vertrauen«, appellierte der Mann an den Oberst, »so wie ich Ihnen vertraue – ich hoffe, zu Recht.«

»Sie kriegen die Hälfte, das habe ich Ihnen zugesagt«, beruhigte der Offizier. »Ich bin nun mal beim Abtransport auf Ihre Hilfe angewiesen. Die schnelle Verfügbarkeit Ihrer Fahrzeuge unweit der Entladestelle und des Depots ist unerlässlich für das Gelingen der Aktion. – Hier, meine Hand«, ein leises Klatschen zeigte, dass der andere eingeschlagen hatte. »Schließlich sind wir doch Ehrenmänner, oder?«

»Natürlich, Oberst, daran gibt es keinen Zweifel.«

Mich schauderte, als ich sie so reden hörte, sie, die Diebe und Mörder. Als führten sie eine lockere Konversation, befanden sie über unsere Schicksale, unseren Tod. So als wäre eine solche Entscheidung nur eine Marginalie in ihrem großen Geschäft. Rasende Wut machte sich in mir breit.

Aber für solche Gefühle hatte ich jetzt keine Zeit. Es galt, Wilhelm zu warnen vor der Gefahr, die außerhalb des Bahnhofs auf uns lauerte. Ich musste verhindern, dass er ahnungslos den Heimweg antrat und dabei seinem Mörder in die Hände lief.

Sorgfältig darauf bedacht, nicht das geringste Geräusch zu machen, zog ich mich zurück. Gebückt bewegte ich mich langsam im Sichtschutz eines Lattenzauns so weit, bis ich sicher sein konnte, von den Männern weder gehört noch ge-

sehen werden zu können. Schnell richtete ich mich auf und lief in panischer Sorge auf das Stationsgebäude zu.

Wilhelm war noch im Duschraum. Während er sich anzog, berichtete ich ihm, was ich belauscht hatte.

»Diese Dreckschweine!«, machte er seiner Empörung Luft. »Wollen vor dem Zusammenbruch ihre Schäfchen noch ins Trockne bringen und schrecken dabei vor nichts zurück.«

Kurz erwogen wir, die Militärdienststelle oder auch die Polizei zu informieren, verwarfen diese Idee aber sofort wieder. Wer würde uns glauben, wenn das Wort eines Oberst dagegen stand. »Wir müssen fort«, sprach ich aus, was uns beiden unterdessen klar geworden war. »Hier sind wir unseres Lebens nicht mehr sicher – und nach Hause können wir auf keinen Fall. Wir müssen von der Bildfläche verschwinden, ein paar Tage wenigstens.«

Dass dies die einzige Möglichkeit ist, die uns bleibt – darüber sind wir uns inzwischen einig. Wir müssen untertauchen, uns unsichtbar machen, bis die anderen mit ihrer Beute abgezogen sind und das Interesse an uns verloren haben.

Wilhelm ist jetzt dabei, ein paar Sachen zusammenzusuchen. Ich sitze derweil im Werkzeugschuppen und schreibe euch diese Zeilen. Ihr sollt doch wissen, warum ich nicht nach Hause komme. Wie lange wir nun fort sein werden und wohin wir gehen, ist noch völlig unklar. Es kann gefährlich sein, euch von unterwegs eine Nachricht zukommen zu lassen. Unser Aufenthaltsort könnte dadurch verraten werden. Seid also nicht ungeduldig, wenn ihr eine Zeitlang nichts von uns hört.

Wilhelm kommt gerade herein. Ich mache jetzt Schluss, wir müssen los. Die Blätter schiebe ich noch schnell in die

Mütze. Konrad wird sie finden, da bin ich mir sicher. Er ist ein aufgeweckter Bursche.

Ich umarme und küsse euch und hoffe, dass wir uns bald gesund wiedersehen.

Eine Zeitlang rührte ich mich nicht. Ich saß über die Papiere gebeugt da und stierte auf das leere untere Drittel der letzten Seite, so als suchte ich dort eine Fortsetzung des Geschriebenen, eine Aufklärung, wie die Geschichte weiterging.

Ich stand auf und streckte mich. Um im schwindenden Licht der verlöschenden Flamme überhaupt noch etwas sehen zu können, hatte ich mich weit zum Feuer hinneigen müssen. Jetzt schmerzte mir der Rücken.

Ich ging ein paar Schritte in die Dunkelheit hinein. In den Händen hielt ich die Blätter mit der – so wie es aussah – letzten Botschaft des Vaters an seine Familie. Was mochte aus den beiden geworden sein, dem Bahnhofsvorsteher und seinem Freund Wilhelm?

Ich kehrte zum Feuer zurück, das im Begriff war, nun ganz zu verlöschen. Der Holzvorrat war aufgebraucht, kein Ast lag mehr da, um die Glut neu zu entfachen. Ich schaute in das im sanften Wind an- und abschwellende Glimmen. Nun verstand ich, warum der Professor glaubte, schuldig am Schicksal seines Vaters zu sein, und ich begann zu ahnen, was er seit dem Auffinden der Papiere durchgemacht haben musste.

7

Ich konnte nicht erkennen, ob der Professor mich vom Haus her beobachtete. Jedenfalls ließ er mir noch zwei, drei Minuten Zeit, über das Gelesene nachzudenken, ehe er heranhumpelte. Ich wartete, bis er mich erreicht und sich gesetzt hatte.

»Nach diesem hier«, ich hielt ihm die Blätter hin, »hat Ihr Vater also nie mehr etwas von sich hören lassen? Sie haben keine weiteren Nachrichten von ihm bekommen?«

»Nein, kein einziges Lebenszeichen, aber auch keine Bestätigung seines Todes. Das war für Mutter fast genauso schlimm. Ständig lebte sie in der Hoffnung, der Vater könnte eines Tages vor der Tür stehen. Eine Hoffnung, die genährt wurde von den vielen Wundern in den Jahren nach dem Krieg, wenn Vermisste und Verschollene plötzlich wieder auftauchten. Nein«, der Alte schüttelte den Kopf, »wir haben nie eine Nachricht von ihm erhalten, nicht einmal eine Andeutung, was mit ihm passiert sein könnte. Er war auf einmal verschwunden, wie vom Erdboden verschluckt, ohne jede Vorwarnung.«

»Jedenfalls wissen Sie jetzt, warum er so plötzlich gehen musste. Die Frage bleibt, wohin gingen er und Wilhelm?«

»Ja, das beschäftigt mich. Wohin könnten sie geflohen sein? Blieben sie in der Nähe oder haben sie versucht, Distanz zwischen sich und den Ort zu legen, an dem man sie bedrohte? Vielleicht haben sie ja irgendwo anders in Deutschland Unterschlupf gefunden.«

»Sie glauben doch nicht etwa, dass Ihr Vater noch am Leben sein könnte?«

»Nein, natürlich nicht. Er wäre jetzt nahezu hundert Jahre alt. Nein, diese Illusion habe ich nicht. Aber trotzdem…«

Ich blickte ihn an und glaubte zu begreifen, was er empfand. »Sie wollen also deshalb wissen, was damals geschehen ist, weil Sie sich dafür verantwortlich fühlen«, mutmaßte ich, »Sie meinen, die Ereignisse hätten sich vielleicht anders entwickelt, wenn Sie der Mutter noch am selben Abend von Ihren Beobachtungen im Tunnel erzählt hätten?«

»Unter Umständen, ja. Im Nachhinein betrachtet war es ein Fehler, es nicht zu tun – und nicht der einzige. Hätte ich nämlich in der Mütze gesucht und die Blätter entdeckt – vielleicht wäre dann ja eine Rettung für Vater möglich gewesen. Man hätte bestimmt Nachforschungen angestellt, gegebenenfalls auch offizielle Stellen eingeschaltet. Vielleicht hätte man auch… - Ach, hätte, hätte!« Ein Stöhnen brach sich Bahn. »Traurige Tatsache jedenfalls ist, dass ich die Papiere nicht gefunden habe, dass ich nicht einmal nach ihnen gesucht habe. Dabei hatte ich die Mütze ständig vor Augen.«

Als er meinen fragenden Blick sah, erklärte er: »Sofort nach Vaters rätselhaftem Verschwinden war Mutter zum Bahnhof geeilt, hatte dort die Sachen durchsucht, um eventuell daraus einen Hinweis auf seinen Verbleib zu erhalten. Die Uniformjacke und die Mütze hat sie dann gleich mit nach Hause genommen. Als ob sie da schon geahnt hätte, dass sie einmal zu Erinnerungsstücken an ihren verschollenen Mann werden könnten. Wie eine Reliquie lag die Mütze in den folgenden Jahren, für alle gut sichtbar, auf der Anrichte im Esszimmer. Links neben ihr ein Bild, das Vater in voller Montur zeigte, rechts daneben eine Vase mit frischen Blumen – eine Art Miniaturaltar zum Andenken an das vermisste Familienoberhaupt. Auch ich habe die Mütze täglich gesehen, aber nicht erkannt, was sie mir mitzuteilen hatte. Damit muss ich nun leben.«

»Sie können sich keine Vorwürfe machen, Sie waren damals noch ein Kind.«

Er hob den Kopf und sah mich an. »Doch, ich muss mir Vorwürfe machen. Denn gerade von mir als Kind konnte man erwarten, dass ich einem so eingefahrenen Ritual wie dem Verbergen und Auffinden der Geschichten unter dem Futter folgen und in der Mütze nachsehen würde. Aber ich habe es nicht getan.« Ein Seufzer begleitete seine Selbstanklage. »Solange ich nichts Näheres wusste, hat mich das Verschwinden des Vaters in meinem bisherigen Leben nur wenig tangiert. Aber nun kenne ich die Umstände – und jetzt leide ich unter dem Versäumnis, das ich mir anlasten muss. Nachdem ich diese Zeilen gelesen habe, gehen mir Vaters Worte nicht mehr aus dem Kopf.« Ohne in die Blätter zu sehen, zitierte er: *»Konrad weiß, wo er meine Nachricht finden kann. Er wird sie finden, da bin ich mir sicher. Er ist ein aufgeweckter Bursche.«*

Die Hand, die die beschriebenen Bögen hielt, zitterte, leise raschelten die Papiere in der Stille der Nacht. »Soviel Erwartung – und ich konnte sie nicht erfüllen«, flüsterte der Sohn, als bäte er den Vater um Vergebung. Seine Stimme war voller Resignation.

Wir schwiegen beide. Was sollte ich dazu sagen? Konnte man einem achtjährigen Kind wirklich den Vorwurf machen, etwas falsch beurteilt oder in seiner Bedeutung nicht erkannt zu haben? Objektiv wohl kaum. Auf der anderen Seite, ich konnte mich in den Professor hineinversetzen. Ab seinem neunten Lebensjahr vaterlos aufgewachsen, mag sich in ihm eine latente Sehnsucht nach einer väterlichen Leitfigur, einem Vorbild entwickelt haben, so wie er es aus Nachbarfamilien kannte.

Und dann muss er, plötzlich und unvorbereitet, erfahren,

dass möglicherweise er selbst mit seinen Fehlentscheidungen dazu beigetragen hat, dass sich diese Sehnsucht nicht erfüllen konnte. Welch ein Humus für das Aufkeimen von übersteigerten Selbstvorwürfen, welch ein Nährboden für die Etablierung selbstzerfleischender Eigenvorhaltungen, die ein Außenstehender nur schwer nachvollziehen kann.

»Also gut«, unterbrach ich das Schweigen. Ich erhob mich und stellte mich vor ihn. Unsere Gestalten waren jetzt nur noch schemenhaft zu erkennen. Mit dem Herunterbrennen des Feuers war der letzte Rest Helligkeit verschwunden, lichtlos umhüllte uns die Nacht. Ich resümierte: »Sie finden die Nachricht Ihres Vaters fünfundsechzig Jahre, nachdem sie geschrieben wurde. Aus der Tatsache, dass er Ihnen ihr sofortiges Auffinden zugetraut hat, leiten Sie ab, versagt zu haben. Sie machen sich Vorwürfe, geben sich sogar eine Mitschuld an seinem Schicksal. Soweit habe ich das verstanden. Was ich allerdings nicht verstehe, ist, welche Konsequenzen das Ganze für Sie hat. Was bewegt Sie, sich jetzt mit dieser lange zurückliegenden Geschichte zu beschäftigen? Rache für das Ihrem Vater Angetane kann es ja wohl kaum sein, denn die an dem damaligen Geschehen Beteiligten sind mit großer Wahrscheinlichkeit nicht mehr am Leben. Was also, wenn nicht Rache?«

Gut eine Minute verging, ohne dass der Professor antwortete. Offensichtlich benötigte er Zeit, um sich über seine Beweggründe und Gefühle klar zu werden. Als er sprach, klang er unsicher; eigene Zweifel an dem, was er vorbrachte, waren unüberhörbar. »Rache im landläufigen Sinn, also eine direkte Zurrechenschaftziehung der Täter ist, wie Sie eben selbst angeführt haben, nicht mehr möglich. Auch liegt sie nicht in meiner Absicht. Dennoch möchte ich wissen, wem mein Vater sein Schicksal zu verdanken hat, wer ihn in sein

Verderben getrieben hat. Ebenso will ich die Umstände kennen lernen, unter denen er zuletzt gelebt hat, will erfahren, wie er zu Tode gekommen ist. Das ist das Wenigste, was ich für meinen Vater tun kann, auch wenn es ihm eigentlich nichts mehr nützt.«

»Aber Ihnen, dem Sohn, soll es nützen? Denken Sie vielleicht an die vergoldeten Kunstgegenstände? Wollen Sie nach deren Verbleib forschen?«

»Nein, daran denke ich überhaupt nicht. Mir geht es einzig und allein um das, was mit meinem Vater geschehen ist. Da steht kein materielles Interesse dahinter.«

Ich ahnte mehr, als ich es sah, dass er sich aufsetzte und das Bein von der Fußstütze nahm. »Natürlich habe ich mich in den vergangenen Tagen gefragt, warum mich Vaters letzte Zeilen so berühren, mich geradezu versessen machen, die Hintergründe der damaligen Vorkommnisse aufzudecken. Gewiss spielen das Gefühl des Versagens, das schlechte Gewissen, den eigenen Vater in seiner Not alleine gelassen zu haben, eine Rolle. Aber mindestens ebenso wichtig wie die Aufklärung des Geschehens ist der Wunsch, meinem Vater nahe zu sein in den Tagen vor seinem Tod, ihn zu begleiten auf seinem letzten Weg, wohin auch immer er geführt haben mag. Es gab ja so wenig Lebenszeit, die ich mit ihm zusammen verbringen durfte.«

An der Veränderung seiner Stimme erkannte ich, dass er mir wieder das Gesicht zuwandte. Seine Worte klangen flehentlich: »Ich wollte, Sie verstünden mich. Es ist wichtig, dass der Sohn an der Seite des Vaters ist, wenn es mit ihm zu Ende geht. Ich konnte nicht bei ihm sein, als es soweit war. Wenigstens jetzt will ich es sein. Das ist der Hauptgrund, weshalb ich wissen muss, wie und wo Vater zu Tode gekommen ist.« Die Stimme des alten Mannes war leiser und leiser geworden, am Ende brüchig, zerbrechlich und schwer zu verstehen. Es war offenkundig, er litt unter der Tatsache, den Vater unwiederbringlich verloren zu haben, bevor ihm die Möglichkeit gegeben worden war, ihn zu einem entscheidenden Teil seines Lebens zu machen. In diesem Augenblick verstand ich ihn mehr denn je in seinen Empfindungen. Auch ich hatte vor nicht allzu langer Zeit meinen Vater verloren. Ich erinnerte mich, wie tröstlich es für mich gewesen war, ihm bei seinem endgültigen Abschied die Hand gehalten zu haben. Ich mochte gar nicht daran denken, wie mir zumute gewesen wäre, wenn ich in diesem Moment nicht an seinem Bett hätte sitzen können.

Das Schweigen legte sich um uns wie ein umhüllendes Tuch, das uns gemeinsam zudeckte. Es brauchte seine Zeit, bis ich die Frage stellen konnte, die sich mir aufdrängte. »Was wollen Sie unternehmen? Wie wollen Sie nach nun fünfundsechzig Jahren noch herausfinden, was damals geschehen ist?«

Die Worte des Professors klangen mutlos. »Das weiß ich nicht.« Dann, etwas bestimmter und schließlich mit Nachdruck: »Ich weiß nur, dass ich alles versuchen muss, die Wahrheit herauszubekommen.«

»Ihre Exkursion zum Tunnel – war das schon so ein Versuch?«

»Ja, obwohl ein etwas misslungener. Ich wollte mir ein Bild machen von der Umgebung, in der die Geschichte damals passiert ist.«

»Haben Sie etwas Bestimmtes zu finden erwartet?«

Er seufzte. Möglicherweise hob er dabei die Hände, ich meinte eine solche Geste der Ratlosigkeit erkennen zu können. Es war überhaupt eine seltsame nächtliche Unterhaltung, die wir führten. In der tiefen Dunkelheit waren gerade noch die groben Umrisse unserer Körper auszumachen. Sonst waren wir ganz auf unser Gehör angewiesen, auf das Erfassen der unterschiedlichen Stimmlagen, auf das Verändern sprachlicher Nuancen, auf die Geräusche unserer Bewegungen.

»Hatten Sie vielleicht schon eine Spur, der Sie nachgehen konnten?«, ergänzte ich meine Frage.

»Nein, Sie wissen doch, wie überrascht ich von dem Fund in Vaters Mütze war. Da blieb keine Zeit, einen Plan zu entwerfen. Auf gut Glück bin ich losgezogen. Ich hatte vor, einige Tage in der Gegend zu wandern und die Augen offen zu halten. Ich war überzeugt, mir würde beim Umherstreifen schon etwas auffallen oder doch zumindestens eine Idee kommen, wo ich ansetzen konnte.«

»Und da mussten Sie ausgerechnet auf das Dach des Tunnels steigen? Was wollten Sie da oben?«

»Ich weiß es nicht. Ich sagte ja, ich hatte keine feste Vorstellung, wollte einfach sehen, ob es da etwas Auffälliges gab.«

»Und dann rutschten Sie ab?«

»Nein, so war es nicht. Ich habe darüber nachgedacht. Ich glaube, es war anders.«

»Wie meinen Sie das?«

»Ich bin mir fast sicher, dass mich jemand gestoßen hat.«

»Gestoßen? Wollen Sie damit sagen, es hat Sie jemand mit Absicht vom Tunnelsims gestoßen?«

Er musste die Ungläubigkeit aus meiner Stimme herausgehört haben. Schnell versicherte er: »Ich weiß, es klingt verrückt. Aber ich habe den Stoß im Rücken gespürt, bevor ich stürzte.«

Mir fiel der Schatten ein, den ich weghuschen gesehen

und für ein Wild gehalten hatte. War es möglich, dass es etwas anderes als ein Reh oder ein Wildschwein gewesen war? Das alles erschien mir so unwahrscheinlich, dass ich es einfach nicht glauben konnte. »Haben Sie die Person, die Sie gestoßen hat, gesehen?«

Er schüttelte den Kopf, ich erkannte es an den Bewegungen des hellen Haars. »Nein, ich habe niemanden gesehen. Nur die Hand, die habe ich im Rücken gespürt.«

»Vielleicht ist Ihnen beim Herumklettern ein Ast entgegengeschnellt und hat Sie im Rücken getroffen?«

»Ich weiß nicht. Mein Gefühl sagt mir, es war eine Menschenhand. Aber sicher bin ich mir natürlich nicht.«

Zu diesem Zeitpunkt hielt ich das Ganze für ein Hirngespinst des Alten. Er bildete sich da etwas ein, suchte, um seine eigene Unbeholfenheit zu kaschieren, nach einer äußeren Ursache, die den Sturz erklärte. »Na, wie´s auch gewesen sein mag. Der Unfall hat Ihnen jedenfalls einen Strich durch die Rechnung gemacht. Ihr Wandervorhaben können Sie vergessen – und auch sonst wird es mit den Krücken alles andere als leicht, Nachforschungen anzustellen und Erkundungen einzuziehen.«

»Ja, da haben Sie recht. Alleine komme ich nicht weiter.« Ein Schnaufen zeigte seine Enttäuschung. »Wenn ich nicht Hilfe bekomme, bin ich aufgeschmissen. So bewegungseingeschränkt, wie ich bin, brauche ich unbedingt Unterstützung.«

Es war die Änderung des Tonfalls, das Anheben der Stimme, das mich aufhorchen ließ. Möglicherweise hatte mich die Dunkelheit tatsächlich sensibilisiert für die feinen Untertöne, die ich herauszuhören glaubte. Der ehrlichen Zerknirschung am Anfang seiner Klage waren im Weiteren Worte gefolgt, die eher wie ein Abtasten geklungen hatten, wie ein Sondieren nach dem Motto »bist du nicht auch meiner Meinung, dass ich Hilfe brauche?« Es war nicht schwer zu erraten, welcher Gedanke sich gerade in seinem Kopf breit machte.

»Herr Dr. Gerhard«, er schien diesen formalen Anlauf zu brauchen, »da uns der Zufall, um nicht das Wort Vorsehung zu bemühen, heute Morgen am Tunnel zusammengeführt hat und Sie sich freundlicherweise meiner Hilflosigkeit angenommen haben, - da Sie meiner Geschichte soviel Geduld und, wie ich zu erkennen glaubte, Mitgefühl entgegengebracht haben, - und da Sie als hier Wohnhafter über aktuelle Ortskenntnisse verfügen, außerdem, motorisiert und, im Gegensatz zu mir, uneingeschränkt gehfähig sind, dachte ich, wir beide, Sie und ich, zwei studierte Menschen, verbunden im akademischen Geist…« Er stockte, stotterte ein wenig, offenbar hatte er den Faden seines Satzungetüms verloren. Aber auch ohne, dass er den Wortbandwurm vollendete, wusste ich, was er von mir wollte.

»Ich soll Ihnen helfen – ist es das, was Sie von mir wünschen?«

»Herr Dr. Gerhard, Sie würden das tun?« Ich spürte regelrecht, wie er den Atem anhielt während der Sekunden, in denen ich die Frage unbeantwortet in der Luft hängen ließ. Einige Augenblicke schwieg ich, als müsste ich erst darüber nachdenken. Dabei hatte ich innerlich schon längst beschlossen, ihm unter die Arme zu greifen. Er tat mir leid in seinem Missgeschick, das ihn gerade jetzt, wo ein großes und tiefes Gefühl in ihm erweckt worden war und er sich einer zwingenden Aufgabe verpflichtet fühlte, außer Gefecht gesetzt hatte. Er war auf die Hilfe anderer angewiesen, wollte er Licht in die Geschichte von damals bringen. Nein, ich würde ihn nicht im Stich lassen.

Doch wenn ich ehrlich bin, es war nicht die reine Selbstlosigkeit, die mich zu diesem Entschluss brachte. Schon beim Hören der Abenteuer des kleinen Konrad im Tunnel, später dann beim Lesen der Blätter des Vaters, war in mir ein Interesse an der Geschichte erwacht, das für mich von mindestens gleichstarker Bedeutung war wie das Mitleid mit dem Alten. Der Wunsch, einer geheimnisvollen Sache auf den Grund zu gehen, war schon immer eine große, oft allzu große Versuchung für mich gewesen, der ich nur selten widerstehen konnte. Zwar konnte ich mir ausmalen, wie mühsam es werden würde, nach so langer Zeit noch brauchbare Informationen in dieser Sache aufzutreiben. Aber die Story faszinierte mich, das Los der beiden Bahnbediensteten gleichermaßen wie das Schicksal der beiseite geschafften Kunstgegenstände. Ich war entschlossen, das, was nur eben möglich war, darüber in Erfahrung zu bringen.

»Ja, Herr Professor, ich werde Ihnen helfen«, sicherte ich ihm zu und hörte, wie er erleichtert aufatmete. »Ich werde Sie bei der Beschaffung von Informationen unterstützen – zumindest so lange, bis meine Frau von der Reise zurückkehrt.«

Am Knarren der Liege erriet ich, dass er sich vorbeugte und mir seinen Arm aus der Dunkelheit entgegenstreckte. Ich ergriff die Hand und fühlte die Dankbarkeit in ihrem Druck. »Versprechen Sie sich nicht zuviel«, dämpfte ich seine Erwartung, »es dürfte verdammt schwer werden, an verwertbare Zeugnisse aus den Kriegs- und Nachkriegsjahren zu kommen.«

»Aber in Archiven und Chroniken lässt sich doch bestimmt etwas finden«, vermutete er. »Wenn Sie mir die Dokumente hierher ins Haus bringen, kann ich sie in Ruhe studieren und nach Hinweisen durchforsten.«

»Ja, so könnte es funktionieren. Ich mache die Außenrecherche und die Feldarbeit, Sie ermitteln aus den Akten.«

»Wann wollen wir beginnen? Und wo sollen wir ansetzen?«

»Lassen Sie uns das morgen entscheiden. Es ist immer gut, eine Nacht über einem Projekt zu schlafen, bevor man sich an seine Umsetzung macht.« Etwas fiel mir ein. »Haben Sie vielleicht vor, die Polizei einzuschalten? Immerhin geht es um ein Verbrechen – oder richtiger um zwei: Zum einen der Kunstraub – und dann den geplanten Mord an Ihrem Vater und seinem Kollegen.«

»Nein«, wehrte er ab, »die Polizei soll vorerst aus dem Spiel bleiben. Sollten wir in eine Sackgasse geraten oder der Mord sich als Faktum herausstellen, kann ich immer noch offizielle Ermittler hinzuziehen. Bedenken Sie, mein Vater hat, wenn auch absichtslos, an der Entwendung der Kunstgegenstände mitgewirkt. Ich habe kein Interesse, dass das publik wird. Bitte, zunächst also keine Polizei«, bat er und fügte hinzu: »Aber in einem haben Sie recht, wir sollten darüber schlafen. Morgen sehen wir dann weiter.«

Eine Weile saßen wir noch stumm im Finstern und hingen unseren Gedanken nach. Dabei hatten wir den Blick nach oben gerichtet auf das lautlose Feuerwerk, das vom Meteoritenschwarm der Perseiden wie in jedem August am Himmel entfacht wurde. Sternschnuppe auf Sternschnuppe schickte ihr flüchtiges Leuchten zu uns herunter.

Ich weiß nicht, ob der Professor bei jedem Aufglühen heimlich eine Bitte aussprach – angeblich sollte ja ein stumm geäußerter Wunsch in Erfüllung gehen. Ich jedenfalls hatte bei all dem himmlischen Hin- und Herhuschen nur das eine sehnsüchtige Verlangen, meine ferne Frau bald wieder in die Arme schließen zu können. Ich sah auf die Uhr. Es war kurz vor Mitternacht, noch wenige Minuten, dann würden es nur noch sechs Tage sein, bis Franziska zurückkam.

8

Das Stadtarchiv war in einem der attraktivsten Gebäude Eschweges, dem Hochzeitshaus, untergebracht. Während ich vom Marktplatz zum Schulberg hinaufstieg und mich dem prächtigen Gebäude näherte, kam mir der jetzt schon einige Jahre zurückliegende Streit um seine Restaurierung in den Sinn. Monatelang war seinerzeit in der Bevölkerung diskutiert worden, ob die nackten Fassaden mit einem hellen Putz versehen werden durften oder nicht. Hauptziel der städtischen Absicht, die Wände unter Putz zu legen, war es, den ursprünglichen Zustand des Renaissancebaus wieder herzustellen. Gleichzeitig konnten so auch die Schäden an den witterungsanfälligen Sandsteinen beseitigt werden. Ich erinnerte mich noch gut an das Geschrei und Gezeter, das vor allem von den Gegnern dieses Vorhabens angestimmt wurde.

Jetzt, nach erfolgreicher Sanierung, dürfte es wohl kaum noch jemanden geben, dem Putz und Neuanstrich ein Dorn im Auge sind. Prachtvoll in strahlendem Weiß präsentiert sich heute das herrschaftliche Gebäude dem Betrachter. Die Kritik ist verstummt, eine allgemeine Bewunderung an ihre Stelle getreten.

Auch ich ließ den Blick eine Weile anerkennend auf dem schönen Haus ruhen, ehe ich es über den breiten Treppenaufgang betrat. Es war noch früh am Morgen. Die Angestellten der Stadtverwaltung, die hier und im Rathaus ihren Dienst taten, hatten gerade erst ihre Büros bezogen, die für Besucher zugänglichen Einrichtungen erst vor wenigen Minuten ihre Türen geöffnet.

Ich war deshalb so früh, weil der Professor mich schon gleich nach dem Aufstehen gedrängt hatte, doch endlich loszuziehen und ihm Material heranzuschaffen. Er halte das untätige Herumsitzen einfach nicht aus. Diese verflixte Verletzung! Irgendetwas müsse er jetzt tun.

Also hatte ich mich nach einem flüchtigen Frühstück ins Auto gesetzt und war nach Eschwege gefahren. Wir waren uns einig gewesen, dass das umfangreiche Archiv der Kreisstadt noch am ehesten über die uns interessierenden Informationen verfügen dürfte. Dort mit den Erkundigungen zu beginnen, erschien uns am erfolgversprechendsten.

Das Stadtarchiv lag im Erdgeschoss, links vom Eingang. Ich durchquerte den Lichthof, das frühere Atrium des alten Gebäudes. Trotz der dichten Bewölkung, die an diesem Morgen aufgezogen war, durchflutete Helligkeit den glasüberdachten Innenhof. Die Tür des Archivs stand, wie eigentlich immer, wenn ich dieses Haus besuchte, einladend offen. Das erübrigte ein Anklopfen, ein »Hallo« genügte, um die Aufmerksamkeit des freundlichen Herrn hinter dem Schreibtisch auf sich zu ziehen.

Dr. Karl Kollmann, Historiker und verantwortlich für die Erforschung und Dokumentation der Stadtgeschichte, war ein Mann, dem man auf den ersten Blick die Gewichtigkeit und Repräsentanz seines Amtes nicht ansah. Er war von lockerer Art, leger gekleidet, gelegentlich sogar mit einem Pullover oder T-Shirt, das die Vermutung nahe legte, er gehöre eher einem amerikanischen Baseballteam an als der Verwaltung einer deutschen Kleinstadt. Einem Uneingeweihten erschloss sich meist erst im Laufe des Gesprächs, welche Kompetenz und welches fachliche Wissen sich hinter dem bescheidenen und unprätentiösen Leiter des Stadtarchivs verbargen. Dr. Kollmann, bekannt für seine Hilfsbereitschaft, würde genau der Mann sein, den ich für den Einstieg in meine Nachforschungen brauchte.

»Na, Herr Gerhard«, begrüßte mich der Archivar, nachdem er sich erhoben und mir über den Schreibtisch die Hand gereicht hatte, »was führt Sie heute zu mir? Schreiben Sie wieder an einer Chronik?«

»Nein«, lachte ich, »das kommt erst wieder in fünfzig Jahren auf mich zu – frühestens zum 800 jährigen Jubiläum.« Oberhone hatte nämlich gerade die 750. Wiederkehr seiner schriftlichen Ersterwähnung mit großem Pomp gefeiert. Für die zu diesem Anlass erstellte Dorfchronik hatte ich einige Beiträge verfasst und mich dazu der Quellen des Stadtarchivs bedient. »Nein, heute geht´s nicht ganz so weit in die Vergangenheit zurück – statt ins Mittelalter diesmal nur in die Zeit um das Kriegsende herum. Was aber nicht heißen muss, dass das, was ich wissen will, deshalb leichter zu finden ist.«

»Was wollen Sie denn wissen?« Die Augen des Historikers blickten mich hinter dicken Brillengläsern fragend an, ohne jedoch ein größeres Interesse erkennen zu lassen. Offensichtlich hatte er unter dem täglichen Bombardement von Auskunftsersuchen und Erklärungswünschen einen Schirm sachlicher Zurkenntnisnahme um sich errichtet, der ihm nur selten den Luxus persönlicher Anteilnahme erlaubte.

»Es gibt da etwas aus den letzten Kriegstagen«, begann ich, mein Anliegen vorzutragen. »Ein Eisenbahnzug eines Reichsministers aus Berlin soll für längere Zeit auf der Gleisanlage des Bahnhofs Schwebda gestanden haben. Wissen Sie davon?«

Natürlich hatte ich schon auf dem Weg von Oberhone hierher überlegt, wie ich die Sache angehen wollte. Ich hielt es nicht für nötig, die ganze Geschichte zu erzählen. Von der persönlichen Verwicklung Konrads und seines Vaters, vor allem von den in der Bahnmütze gefundenen Papieren, brauchte der Archivar nichts zu wissen. Es würde reichen, sich nach dem Zug zu erkundigen, vielleicht auch anzudeuten, es gäbe da Gerüchte, dass Kunstgegenstände damit transportiert und illegal auf die Seite geschafft worden waren. Sollten diese Angaben nicht genügen, konnte ich ja immer noch ins Detail gehen.

Aber genauere Informationen schien Dr. Kollmann gar nicht zu benötigen. Kurz legte er die Stirn in Falten, dann nickte er und stand auf. »Ja, da gab's mal was. Ein Bericht in irgendeiner Zeitschrift. Kommen Sie, wir gehen hinüber ins Archiv.«

Auf dem Weg in die Nebenräume fragte er mit einer Beiläufigkeit, die in mir den Verdacht aufkommen ließ, er wolle nur Zeit gewinnen, um zu überlegen, wo er den Beitrag finden konnte: »Warum interessiert Sie das?«

»Ein Bekannter von mir hat mich darauf angesprochen. Sein Vater war damals am Kriegsende Bahnhofsvorsteher in Schwebda. Diese Geschichte mit dem Zug, der bei Bombenangriffen immer in den Tunnel fuhr – das hat ihn beeindruckt. Er will einfach mehr darüber erfahren. Auch was es mit dem Gerede auf sich hat, im Bereich des Bahnhofs Schwebda sei gestohlene Kunst umgeschlagen worden.« Ich war froh, dass ich bei der Wahrheit bleiben konnte, auch wenn ich das meiste von dem, was ich wusste, verschwieg. Die Auskünfte, um die ich ersuchte, waren unverfänglich. Der Historiker würde darin nicht mehr vermuten als das Interesse des Sohnes an den Lebens- und Arbeitsumständen seines Vaters in einer schwierigen Zeit.

Das Archiv der Stadt Eschwege, das wir nun betraten, war nach funktionalen, praktischen Gesichtspunkten eingerichtet, ein Ort zum sortierten Verwahren der Stadthistorie, mehr nicht. Dem Flair der Jahrhunderte, deren Geschichte die Wandregale beherbergten, war es nicht gelungen, aus den Bücherdeckeln herauszuschlüpfen und den Raum mit seiner Patina zu überziehen. Anders als beispielsweise eine Universitätsbibliothek war ein Stadtarchiv eine Einrichtung, an der man mal eben Auskünfte einholte, schnell etwas nachschlug oder Zahlen und Daten in Erfahrung brachte. Selten aber hielt man sich lange dort auf.

An einem der beiden großen Tische saß, umgeben von Akten und Papieren, ein Mitarbeiter vor seinem Bildschirm, der andere Tisch war leergeräumt für Besucher, die die Dokumente studieren und sich daraus etwas notieren wollten.

Dr. Kollmann bat mich, Platz zu nehmen. Er brauche nicht lange, er wisse, wo er suchen musste. Zielstrebig verschwand er im Nachbarraum. Ich zog ein Blatt Papier aus der Tasche, legte es zusammen mit einem Kugelschreiber auf den Tisch und wartete. Ich war gespannt, was der Historiker finden würde.

Nicht einmal fünf Minuten waren vergangen, als der Archivar zurückkehrte. In der Hand hielt er einen Stoß Hefte, den er vor mir aufstapelte. »Hier, die Zeitschrift ‚Moment'. Ich weiß, dass die Sache mit dem Zug in einer der Nummern beschrieben ist, weiß allerdings nicht, in welcher. Das Beste ist, Sie nehmen sich alles hier mit und studieren die Ausgaben zu Hause.« Er schob mir die Hefte zu. »Ich mache mir eine Ausleihnotiz. Sie haben drei Wochen Zeit, sich alles in Ruhe durchzulesen.«

Regen fiel, als ich das Hochzeitshaus verließ – ein prasselnder Augustregen, der die Luft mit den unverwechselbaren Düften des Sommers füllte. Nun war ich froh, dass Dr. Kollmann mir die Zeitschriften in eine Plastiktüte gepackt hatte, denn an einen Schirm hatte ich nicht gedacht. Ich beschloss, den Regenschauer in der nahen »Traube« abzuwettern. Den Weg zum Auto wollte ich später im Trockenen zurücklegen.

Leicht durchnässt erreichte ich die Gaststätte in der Fußgängerzone. Evas herzlicher Gruß hieß mich willkommen. Als sie mir dann noch mit einem warmen Lächeln den Kaffee mit den obligaten drei Plätzchen brachte, war es mir letztendlich egal, wie lange es draußen regnen würde. Zumal ich genügend Lektüre hatte, die Zeit sinnvoll zu nutzen.

Ich zog die Hefte aus der Tüte und breitete sie auf dem Tischchen vor mir aus. Acht Nummern der Zeitschrift »Moment«, eines Kulturmagazins aus der Mitte Deutschlands, hatte mir der Leiter des Stadtarchivs herausgesucht. In einer von ihnen sollte das Gewünschte stehen. Dr. Kollmann war sich sicher, es in der Artikelserie über die Berlin-Coblenzer Eisenbahn gelesen zu haben. Es sei dort in mehreren Fortsetzungsfolgen veröffentlicht worden.

Ich schlug das Heft mit der niedrigsten Ausgabennummer auf und fand die angesprochene Serie über die historische Bahnlinie. Ein Hermann Josef Friske war der Verfasser, ein offenkundig begeisterter Eisenbahnfreund, wie beim Lesen schnell deutlich wurde. Verliebt in die Materie bis hin zum kleinsten Detail ließ er die Eisenbahnromantik vergangener Tage wieder aufleben, schwärmte von Dampfloks und Dieselloks, von Stellwerken, Triebwagen und Viadukten.

Das Ziel der abgedruckten Serie war es, die örtlichen Abschnitte der Bahntrasse, also die Passagen durch das thüringische Eichsfeld und den nordhessischen Werra-Meißner-Kreis, in ihrer Entwicklung, ihrer Geschichte und ihrer baulichen Besonderheit darzustellen. Der Bericht begann mit den Anfängen der Linie, mit ihrer Planung in den 70er Jahren des 19. Jahrhunderts, der zehn Jahre später die Ausführung des Bauvorhabens folgte. Die Errichtung der Bahn entsprach dem Wunsch der damaligen preußischen Regierung, eine Verbindung der östlichen Reichsteile mit der westlichen Staatsgrenze zu schaffen. Es waren also vorwiegend militärstrategische Gründe, die zum Bau der Strecke führten. Im Volksmund sprach man deshalb auch von der »Kanonenbahn.«

Nach dem Überfliegen der ersten Artikel erkannte ich schnell, dass der Autor die einzelnen Bahnabschnitte in streng geographischer Aneinanderreihung abgehandelt hatte. Beginnend im nördlichen Eichsfeld folgte die Serie Heft für Heft dem Trassenverlauf bis hin nach Eschwege. Ich war erleichtert, diese Systematik würde mir eine Menge Lesearbeit ersparen. Konnte ich doch so einen Großteil der Hefte überspringen und mich gleich auf den Streckenabschnitt konzentrieren, der mich interessierte.

Unter der Überschrift »Die Berlin-Coblenz Eisenbahn, der Friedatunnel und das Viadukt bis 1945« fand ich in Heft 7 des Jahrgangs 2009 auf der Seite 9 das, was ich suchte. Knapp nur und ziemlich unbestimmt befasste sich der Autor mit dem, was am Kriegsende im Bahnbereich Schwebda abgelaufen war. Seine Schilderung enthielt einige Fakten, bestand jedoch großteils aus Andeutungen und Vermutungen – kein Wunder, durfte doch seinerzeit jeder der an dieser Geschichte Beteiligten sorgsam darauf bedacht gewesen sein, seine Aktionen vor der Öffentlichkeit geheim zu halten.

Ich musste ein Geräusch verursacht haben, als ich den Schlussabsatz las, vielleicht ein heftiges Ausatmen oder einen halblauten Ausruf der Verblüffung.

Eva schaute zu mir hinüber. »Alles in Ordnung, Heiner?«

»Ja, alles o.k.«, winkte ich ab und tat, als sei das Gelesene und meine Reaktion darauf ohne Bedeutung. Dabei begriff ich, dass das, was ich gerade aus der Lektüre erfahren hatte, alles andere als bedeutungslos war. Nicht, dass sich die Tatsachen und Abläufe des Geschehens dadurch verändert hätten, nein, aber die Geschichte im Tunnel hatte jetzt ein anderes Gewicht bekommen, hatte eine Dimension erhalten, die mich erschreckte. Noch einmal las ich die entscheidenden Passagen des Artikels:

Gegen Ende des Krieges wurde die Verwaltung der Reichsbahndirektion Berlin wegen der zunehmenden Bombardierung der Hauptstadt in ein Barackenlager verlegt, das im Kellaer Tal oberhalb der Kanonenbahn errichtet wurde. Der Sonderzug von Reichsverkehrsminister Dr. Julius Dorpmüller stand im Bahnhof Schwebda an der letzten Weiche vor dem Friedatunnel. Die Lok wurde ständig unter Dampf gehalten, so dass die durch Vierlingsflak gesicherten Wagen bei Fliegeralarm sofort in den Friedatunnel gezogen werden konnten.

In den letzten Kriegswochen ging ein Sondertransport des Oberkommandos der Wehrmacht in Richtung Schwebda ab. Nach Angaben des Bundestagsabgeordneten Gerhard Reddemann soll dieser von Feldgendarmerie schwer bewachte Zug Kunstschätze aus Königsberg und Danzig enthalten haben. Er soll von Heiligenstadt kommend in den Friedatunnel geleitet worden sein, wo sich die Spuren dann aber verlieren. Unter anderem sollen sich in den Waggons

27 Großkisten befunden haben mit einem Inhalt von unermesslichem Wert – dem legendären Bernsteinzimmer.

9

Ein drittes Mal las ich den Artikel, noch immer fassungslos ungläubig über das, was dort geschrieben stand. Sollte Konrads goldene Wand tatsächlich ein Teil des Bernsteinzimmers gewesen sein, die Kisten wirklich die berühmte Kostbarkeit enthalten haben?

Ich schaute hinüber zur Theke. Eva zapfte. Als sie meinen Blick bemerkte, stellte sie das Glas ab und sah mich fragend an.

»Kann ich für einen Augenblick das Telefonbuch haben?«, bat ich.

»Das kleine oder das große?«

»Ich brauche nur das örtliche. Will mir zwei Adressen raussuchen, eine in Eschwege und eine in Wanfried.« Ich nahm das dünne Büchlein, das sie mir über den Tresen reichte. Unaufgeschlagen legte ich es vor mich auf den Tisch. Erst zog ich noch einmal das Heft heran.

Zwei Namen waren in dem Artikel genannt, ein Georg Siebert und ein Karl Unger, die Namen der beiden Lokführer, die im letzten Kriegsjahr ihren Dienst auf dem Bahnhof in Schwebda verrichtet hatten. Sie waren dort in erster Linie zuständig gewesen für die Rangierarbeiten und das Zusammenstellen der Züge. Immerhin war die kleine Dorfstation damals so etwas wie ein Bahnknotenpunkt, der Züge aus vier Richtungen ankommen und in vier Richtungen abfahren lassen konnte. Da dürfte einiges los gewesen sein auf den Gleisen. Ich wollte mit beiden sprechen, wollte sie fragen, ob sie etwas mitbekommen hatten von dem, was dort geschehen war. Vielleicht konnten sie mir weiterhelfen. Vorausgesetzt, dass sie noch lebten.

Ich schlug das Telefonbuch auf und suchte zunächst im Ortsbereich Eschwege unter Siebert. Acht Eintragungen fand ich, aber keine mit dem Vornamen Georg. Sollte ich auf gut Glück alle Sieberts durchtelefonieren und mich bei jedem nach dem ehemaligen Lokführer erkundigen? Ich blätterte weiter zu den Anschlüssen von Wanfried. Hier sah die Sache anders aus, denn es gab nur einen Unger. Vor dem Gatter 33, lautete die Adresse, ein Vorname war nicht angegeben. Ich zog mein Handy aus der Tasche und wählte die Nummer.

Normalerweise telefoniere ich nie in einer Gaststätte, es sei denn, ich bestelle mir ein Taxi oder übermittle irgendeine Kurznachricht von höchstens zehn Sekunden Dauer. Ich gehöre nicht zu den Menschen, die sich öffentlich akustisch zur Schau stellen in der Überzeugung, das, was sie reden, müsse die Welt interessieren. Auch bin ich so erzogen, mich niemandem aufzudrängen oder ihn gar zu belästigen, wohl wissend, wie störend eine private telefonische Konversation, coram publico geführt, für die unfreiwilligen Mithörer sein kann. Dass ich an diesem Morgen das eherne Prinzip durchbrach und mein Mobiltelefon in einem Gastraum benutzte, war allein der Tatsache geschuldet, dass ich zu so früher Stunde nahezu der einzige Gast in der »Traube« war. Lediglich vorne am Eingang, weit entfernt von meinem Platz, saßen ein paar Leute. Sie würden mein Sprechen nicht hören können.

Die verwaschene Stimme eines Mannes, der offenbar auf etwas herumkaute, meldete sich. »Olaf Hensler.«

»Oh, ich bitte um Entschuldigung, da muss ich falsch gewählt haben. Eigentlich wollte ich mit einem Herrn Karl Unger sprechen.«

»Ja, doch, da sind Sie richtig. Ich bin sein Schwiegersohn. Meine Frau hat den privaten Telefonanschluss noch unter dem Namen ihres Vaters laufen.« Er machte eine Pause, wohl um den Bissen herunterzuschlucken. Seine Stimme war nun klar, als er fragte: »Was wollen Sie denn von meinem Schwiegervater?«

»Ich brauche nur ein paar Auskünfte von ihm – über seine Eisenbahnerzeit – als er noch Lokführer in Schwebda war. Meinen Sie, er ist in der Lage, mit mir zu reden?«

»Wenn Sie glauben, der alte Herr ist wirr und tatterig, nur weil er schon 86 ist, dann sind Sie auf dem Holzweg. Mein Schwiegervater ist fit wie der sprichwörtliche Turnschuh.«

»Na, wenn das so ist, dann könnte ich ihm ja einige Fragen stellen – über die gute alte Zeit und die Bahn.«

»Das wollen Sie sich wirklich antun?« Er seufzte. »Na, meinetwegen. Wenn Sie wollen, kommen Sie gleich.«

»Aber müssen wir Ihren Schwiegervater nicht erst fragen?«

»Nicht nötig. Ich informiere ihn übers Streckentelefon, das reicht. Wissen Sie denn, wie Sie zu ihm kommen?«

»Ich habe Ihre Adresse.«

»Der Schwiegervater wohnt nicht bei mir – zumindest nicht im Sommer. Aber mit meiner Anschrift werden Sie ihn finden. Fahren Sie einfach bis zu meinem Haus und dann noch drei Grundstücke weiter. Stellen Sie den Wagen da ab und gehen den kleinen Weg, der nach rechts in die Gärten führt. Dort werden Sie Karl Unger finden.«

»Aber wie erkenne ich, wo er wohnt?«

»Sie werden es erkennen, da bin ich sicher. Schließlich wollen Sie zu einem Bahner.« Noch einmal seufzte er, dann wünschte er mir viel Vergnügen und beendete das Gespräch.

Etwas verwundert war ich schon über den skeptischen, fast schon mitleidigen Ton, mit dem er meinem Gesprächswunsch begegnet war. Schließlich wollte ich von seinem Schwiegervater doch nur ein paar harmlose Antworten auf Fragen, die mit seinem früheren Beruf zu tun hatten.

Ich beschloss, gleich loszufahren und das Gespräch mit Karl Unger zu führen. Vom Gehalt seiner Auskünfte würde ich es abhängig machen, ob ich den anderen Lokführer, diesen Georg Siebert, noch kontaktieren musste oder nicht. Wenn ich genügend in Wanfried erfuhr, konnte ich mir das möglicherweise schenken.

Ich bezahlte und verließ die »Traube«. Der Regen hatte aufgehört, die Nässe sich bereits wieder von den Gehsteigen verflüchtigt. Trocknen Fußes erreichte ich das Auto.

Bevor ich losfuhr, rief ich zu Hause an. Schon nach dem zweiten Klingeln hob mein Logiergast ab. Er musste unmittelbar neben dem Telefon gesessen und auf einen Anruf gewartet haben. Seine Stimme war so förmlich wie die eines Butlers bei der Vorstellung der Neuankömmlinge. »Hier spricht Professor Konrad Seeger vom Anschluss Dr. Heinrich Gerhard. Was kann ich für Sie tun?«

Um Himmels willen, was sollte das? Ich kam mir vor, als sei ich mit der Akademie der Wissenschaften verbunden.

»Herr Professor, ich bin's, Heinrich Gerhard – Ihr Kumpel vom Lagerfeuer«, versuchte ich, unserer Konversation das Formale zu nehmen. Aber der Gelehrte ließ sich nicht beirren. »Herr Dr. Gerhard, ich sitze hier und warte mit

Ungeduld auf die Ausbeute Ihrer morgendlichen Exkursion. Sind Sie fündig geworden?«

Ich sah ihn vor mir, wie er, den Blick fest auf die Wand gerichtet, mit dem Hörer in der Hand auf seinem Stuhl hockte und konzentriert meiner Antwort entgegenlauschte.

»Ja, ich habe einiges Interessantes, ja geradezu Sensationelles erfahren. In etwa ein, anderthalb Stunden bin ich zurück, dann werde ich Ihnen alles berichten. Bis dahin können Sie sich aber nützlich machen. Wissen Sie, wie man einen Computer bedient?«

»Herr Dr. Gerhard«, die Strenge seines Tonfalls ließ mich ahnen, wie er seinen Studenten begegnete, wenn er sie bei einer unverzeihlichen Fehleinschätzung ertappte, »ein Wissenschaftler, befasst mit einem Forschungsvorhaben von der Größenordnung und Bedeutung wie das meine, ist auf den Zugriff globusumfassender und immer verfügbarer Informationen angewiesen. Der Computer ist nicht unbedingt mein Freund, aber ein unverzichtbarer Mitarbeiter, dessen Handhabung mir natürlich geläufig ist.«

»Na, dann bin ich aber beruhigt.« Die Belehrung war bei mir angekommen. Ich würde mich darauf einstellen müssen, hin und wieder mit professoralen Zurechtweisungen bedacht zu werden. Das entsprach seinem Naturell und war, so liebenswürdig, wie er es meist vortrug, durchaus auszuhalten. »Dann wird es Ihnen ja keine Schwierigkeiten machen, den PC auf meinem Schreibtisch anzustellen und einige Informationen aus dem Internet herauszuholen.«

»Natürlich nicht! Wie lautet Ihr Passwort?«

»Passwort? Ich habe kein Passwort.«

»Kein Passwort? Aber Ihre geheimen, persönlichen Daten?«

»Auch so etwas habe ich nicht. In meinem Computer ist nichts gespeichert, was nicht jeder lesen darf.«

»Herr Dr. Gerhard…!«, wieder hob sich die Stimme. Schon rechnete ich mit einer erneuten, belehrenden Ansprache, doch dann, fast resignierend, kehrte er zur normalen Sprachhöhe zurück. »Was also soll ich aus dem Internet besorgen?«

»Suchen Sie alles zusammen, was Sie über das Bernsteinzimmer finden können. Seine Entstehung, seine Geschichte und vor allem, was über sein Verschwinden und den Verbleib bekannt ist.«

»Hat das Bernsteinzimmer etwas mit der Sache von damals zu tun?«

»Sieht ganz so aus. Ich erkläre Ihnen alles, wenn ich zurück bin.«

»Aber Sie könnten mir doch schon jetzt…«

»Nein, Professor, ich bin verabredet. Ich werde erwartet. Das Stündchen werden Sie sich noch gedulden müssen.«

»Nun gut, dann mache ich mich an die Arbeit«, versprach er und legte auf.

10

Es war nicht schwer, das Haus Nr. 33 zu finden. Die Straße mit dem Namen »Vor dem Gatter« befand sich am östlichen Stadtrand Wanfrieds in einem Wohnbereich mit Häusern vorwiegend aus den 60er- und 70er-Jahren des vergangenen Jahrhunderts. Den Gebäuden und Gärten hier fehlte noch der Prunk und die sichtbar platzierten Statussymbole später erschlossener Wohngebiete. Schlicht, mehr auf Funktion als auf Wirkung ausgerichtet, lagen sie zwischen alten Busch- und Baumbeständen, ohne sich dem Auge aufzudrängen.

Im hinteren Teil der Straße war nur die linke Seite bebaut, rechterhand reihte sich Garten an Garten. Blumenrabatte sah ich, Stauden und Sträucher, dazwischen Obstbäume und Holzhütten. In den Scheiben eines kleinen Gewächshauses spiegelte sich das Morgenlicht. Ein Schild verkündete, dass sich hier das Areal des Schrebergartenvereins Wanfried befand.

Das Haus mit der Nummer 33 lag etwas zurückgesetzt von der Straße hinter einem großen, mit roten Verbundsteinen gepflasterten Hof. Das stattliche zweistöckige Gebäude hob sich deutlich von den bescheidenen Ein- und Zweifamilienhäusern in der Nachbarschaft ab. Drei, vier Kleinlaster standen in akkurater Ausrichtung vor einem flachen Nebenhaus. »Hensler - Sport und Textilien« las ich in schwarz-grünen Großbuchstaben auf den Heckklappen der Transporter.

Ein massiger, breitschultriger Mann lehnte am Pfosten des Eingangstores und sah meinem langsam heranfahrenden Auto entgegen. Ich bremste und fuhr an den Bordstein. Ich streckte den Kopf durch das offene Seitenfenster und sprach ihn an. »Herr Hensler?«, dabei vergewisserte ich mich noch einmal mit einem Blick auf die Hausnummer, dass ich auch vor dem richtigen Anwesen stand, »ich hatte Sie vorhin angerufen. Wegen eines Gesprächs mit Ihrem Schwiegervater.«

Der Mann nickte, während er herankam. »Ja, ja, Sie sind also der, der über die Bahn mit ihm reden will.« Mit beiden Händen stützte er sich auf das Wagendach und beugte den Kopf zu mir herunter. »Der Alte weiß Bescheid. Er erwartet Sie – falls Sie wirklich mit ihm über alte Eisenbahnzeiten sprechen wollen.« Ungläubig sah er mich an, wiegte den schweren Kopf und verzog den Mund. Dann richtete er sich auf. »Da hinten, sehen Sie den Weg, der rechts in die Gärten führt?« Er deutete die Straße hinauf. »Den nehmen Sie, bis es nicht mehr weiter geht. Sie können es gar nicht verfehlen.« Mit einem leichten Schlag auf das Autodach verabschiedete sich Olaf Hensler. Wortlos kehrte er mir den breiten Rücken und betrat, ohne sich noch einmal umzusehen, seinen Hof.

Ich fuhr die paar Meter und stellte den Wagen am Rand des beschriebenen Weges ab. Ich sah mich um.

Die Straße war menschenleer, längst waren die Berufstätigen zur Arbeit gefahren. Auch in den Gärten sah ich niemanden. Vielleicht war es nach dem Regenguss einfach noch zu nass, um sich jetzt schon darin aufzuhalten.

Es knirschte unter meinen Füßen, als ich auf dem geschotterten Weg in die Gartenkolonie hineinging. Neugierig ließ ich den Blick über die Anlagen gleiten und fragte mich, wo in diesem grünen, blumenbunten Terrain jemand wohnen sollte – und wenn's auch nur im Sommer war, wie der Schwiegersohn angedeutet hatte.

Vierzig, vielleicht fünfzig Meter war ich gegangen, als der Weg eine Biegung machte. Eine Gruppe von Apfelbäumen nahm mir die weitere Sicht. Ich blieb stehen und blickte mich um. Von einem Haus oder einer größeren, bewohnbaren Hütte sah ich nichts. Unschlüssig setzte ich mich wieder in Bewegung.

Ein seitlicher, sich auf mich zu bewegender Schatten ließ mich abrupt anhalten. Ein Geräusch drang an mein Ohr, ein quietschendes Reiben, dann schlug Metall auf Metall. Ich sprang zurück und traute meinen Augen nicht. Eine Bahnschranke war vor mir heruntergegangen und hatte mir den

Weg versperrt. Eine Minute stand ich ratlos da und fragte mich, was diese bahntechnische Demonstration zu bedeuten hatte. War ich vielleicht auf ein Gelände geraten, das Unbefugten zu betreten untersagt war? Ein diesbezügliches Verbotsschild war mir allerdings nicht aufgefallen.

Das Schnaufen einer Dampflok unterbrach meine Überlegungen. Verwirrt schaute ich in die Richtung, aus der sich das mir aus früheren Zeiten so vertraute Geräusch näherte. Träumte ich, eine Dampflokomotive hier in den Gärten? Doch da waren sie schon heran, Lok und Wagen – vier, fünf zählte ich, als der Zug langsam an mir vorbeifuhr. Es war eine dieser kleinen Eisenbahnen, wie man sie zunehmend in Städten oder Ferienorten als Transportmittel für Besucher und Touristen antreffen kann, nur dass hier Wagen und Lokomotive nicht bunt und fantasievoll angemalt waren, sondern bis ins Detail, soweit ich das auf die Schnelle beurteilen konnte, den Vorgaben der alten deutschen Reichsbahn entsprachen. Hinter der Scheibe des Lokführerhauses glaubte ich ein Gesicht zu erkennen, aufmerksame Augen schauten zu mir hin. Dann aber war auch schon der Spuk vorüber, das Schnaufen und Rattern wurde leiser und leiser, bis es schließlich ganz verschwand. Erst jetzt bemerkte ich die Schienen, die in den Schotter des Weges eingelassen waren. Zu beiden Seiten liefen sie hinein in die Gärten, deren dichter Busch- und Baumbestand es verhinderte, ihnen weiter mit den Augen zu folgen.

Was war das, was ich da gerade gesehen hatte? Ein Geisterzug? Wohl kaum. Von einer Bahnlinie, die hier entlang lief, war mir nichts bekannt.

Ich war schon drauf und dran, mich umzudrehen und den Weg wieder zurückzugehen, als ein Klacken mich aufhorchen ließ. Ein leichtes Zittern kündete die Bewegung an, als sich der Haltedraht spannte. Dann, langsam wie in Zeitlupe, hob sich die Schranke. Ein Ampellicht an der seitlichen Auflagegabel, das ich vorher nicht wahrgenommen hatte, sprang von rot auf grün und gab mir den Durchgang frei.

Vorsichtig ging ich weiter, auf neue Überraschungen gefasst. Schon nach zehn Metern endete der dichte Baumbestand. Ein paar Büsche noch – dann war der Blick frei. Verblüfft blieb ich stehen und starrte auf das, was vor mir lag.

Ich fühlte mich sofort an meine Kindheit erinnert, an die Märklin-Modellbahn, mit der meine Brüder und ich tage-, wochenlang gespielt hatten, deren Anlage wir Zug um Zug ausgebaut und vergrößert hatten, bis schließlich ein ganzer Landschaftspark mit Brücken, Seen, Tunneln und Dörfern entstanden war. Ich glaubte, das alles jetzt wieder vor meinen Augen auferstehen zu sehen, nur dass der Maßstab hier um einiges größer war als der unserer damaligen Modellanlage. Ich blickte auf geschwungene Holzbrückchen, die schmale Wasserläufe überspannten, sah auf binsen- und rohrbestandene Teiche. Dazwischen vier, fünf kleine Hütten, die eine mit einem spitzen Dach, wohl die Kirche der angedeuteten Ortschaft. Einen in der Mitte der Anlage aufgeschütteten, wacholderbepflanzten Erdhügel durchquerte ein Tunnel, dessen Eingänge mit einem ähnlich dekorativen Mauerwerk verziert waren, wie ich es am Schwebdaer Tunnel gesehen hatte.

Ich trat tiefer hinein in die Anlage. Ein Kreis von Schienen umschloss mich in weitem Bogen. Von der Höhe einer Brücke bemerkte ich einen großen Personenwagen, grün, mit abgerundetem Dach und der Aufschrift: Reichsbahn, 2. Klasse. Der Hügel hatte mir bisher die Sicht darauf genommen. Vor die Einstiegstüren war eine flache Veranda gebaut mit einem Geländer, dass einen breiten Treppenaufgang freiließ. Ein großes, leuchtend weißes Emailleschild, angeschraubt an das Vordach, verkündete: »Ungershausen - Hauptbahnhof.« Ich glaubte, eine Bewegung wahrzunehmen. Als ich genauer hinschaute, sah ich einen Schaukelstuhl und darin einen Menschen, der mir, sich langsam hin- und herwiegend, entgegensah.

Auf der Treppe zur Veranda blieb ich stehen, grüßte und fragte: »Herr Karl Unger?«

Ein freundliches Gesicht voller Runzeln mit hellen, lachenden Augen strahlte mich an. »Ja, der bin ich.« Mit einem bekräftigenden Nicken erhob sich der Mann – erstaunlich mühelos für sein Alter – und streckte mir die Hand entgegen. »Sie müssen der Herr sein, der mit mir über die gute alte Bahn reden will.« Das Leuchten in seinen Augen wurde, wenn möglich, noch intensiver. »Mein Schwiegersohn hat mir Ihr Kommen übers Streckentelefon schon angekündigt. Nun sind Sie hier.« Erwartungsvoll sah er mich an.

Schon als Olaf Hensler von seinem Schwiegervater gesprochen hatte, von der Freude, die es diesem bereiten würde, über frühere Bahnzeiten zu reden, war mir klar gewesen, dass ich dem Alten gegenüber nichts von den Gründen für meine Fragen erzählen musste. Ich brauchte mich nur umzusehen, um zu begreifen, dass einzig und allein die Eisenbahn und nichts anderes für Karl Unger von Interesse war.

Ich stellte mich vor und teilte ihm meine Absicht mit, etwas über seine Tätigkeit als Lokführer auf dem Bahnhof Schwebda zu erfahren. Besonders über die dienstlichen Abläufe in den letzten Kriegswochen wollte ich Näheres wissen.

Wieder nickte der alte Mann, sein kahler Schädel bewegte sich lebhaft auf und ab. Das hatte er verstanden, sichtbar freute er sich auf die Unterhaltung. »Ein Gespräch über die Bahn«, genüsslich hob er die Augenbrauen. »Das sollten wir aber in einer passenden Umgebung führen. Wie wär's mit einer kleinen Rundfahrt?« Ohne meine Antwort abzuwarten, betrat er durch einen der Eingänge den Wagen. Hinter der offenen Tür sah ich einen Tisch mit zwei Stühlen, daneben ein Bettgestell. Hier also wohnte der alte Eisenbahner im Sommer, in seiner Welt, die ihm alles zu bedeuten schien.

Schon nach kurzem kam er wieder heraus aus dem Wagen. Sein Gang war würdevoll, der Bahnuniform angemessen, die er jetzt trug. Seine Mütze, die ihm auf einem früher behaarten Kopf gepasst haben mochte, war nun über die Glatze bis auf die Ohren gerutscht. Um den dürren Leib schlotterte die dunkelblaue Jacke. Die schwarze Ledertasche des Bahnkontrolleurs hing ihm über die linke Schulter. Daraus entnahm er jetzt feierlich ein Papier und reichte es mir hin. »Ihre Fahrkarte, Herr Gerhard, bitteschön.« Dann griff er noch einmal in die Tasche, zog eine Trillerpfeife heraus und steckte sie sich in den Mund. Ein schriller Pfiff ertönte, kurz darauf klang das Fauchen der Dampflok auf – und dann rollte er schon heran, der Zug. Ich sah in die Richtung, aus der er angefahren kam. Der flache Unterstand, halb hinter Büschen verborgen, war mir bisher nicht aufgefallen. Dort mussten Lok und Wagen geparkt gewesen sein.

Herr Unger lachte über meine Verblüffung. »Nicht wahr, das ist Hexerei«, freute er sich, »wie ein Hund kommt der Zug, wenn ich nach ihm pfeife.« Einige Sekunden noch sonnte er sich in meinem kopfschüttelnden Erstaunen, dann klärte er das Geheimnis auf. »Hier, diese Fernsteuerung«, er holte ein Funkgerät aus der Tasche, »die hat den Zug herangeholt. Hochwertige Elektronik – hat mein Schwiegersohn besorgt. Wollte mir das Ganze etwas erleichtern – in meinem Alter.« Stolz fügte er hinzu: »Früher hatte ich eine echte kleine Dampflokomotive, die mit Koks beheizt wurde. Da hat's noch richtig gequalmt und gestunken – und nach der Fahrt sah man aus wie ein Schornsteinfeger. Mein Gott, war das schön.« Er seufzte und überließ sich einen Moment der nostalgischen Erinnerung. »Als mir die Sache dann aber zu anstrengend wurde, haben sie mir einen funkgesteuerten Elektromotor eingebaut. Das Geräusch kommt vom Tonband, der Dampf aus der Nebelmaschine.« Er zuckte mit den Schultern. »Aber es macht auch so noch Spaß, mit dem Zug zu fahren. Sie werden es gleich erleben.«

Lokomotive und Wagen waren inzwischen vor dem »Bahnhof« zum Halten gekommen. Mit einer Armbewegung forderte der alte Herr mich auf, ihm zu folgen. Vor der Tür eines der Wagen baute er sich auf, gewichtig, sich der Autorität seines gerade ausgeübten Amtes bewusst. Mit höflicher Strenge hielt er die Hand hin: »Die Fahrkarte, bitte!« Aus der Tasche seiner Jacke beförderte er einen Knipser und lochte das Papier, das ich ihm reichte. Dann öffnete er die Wagentür und ließ mich mit einem »Ich wünsche eine gute Fahrt« einsteigen.

Ein Empfinden warmen Erinnerns durchströmte mich, als ich auf die harte Holzbank sank. Bilder tauchten in mir auf, Geräusche, Gerüche. Ich setzte mich in die Zeit zurück, als es in deutschen Zügen und auf den Bahnhöfen noch Menschen gab statt Automaten, Männer und Frauen, die für Ordnung sorgten, kontrollierten, die halfen, wenn man einen Rat brauchte, die Auskunft gaben oder einem einfach nur mit einem freundlichen Wort das Gefühl gaben, der Bahn willkommen zu sein als Mensch und nicht nur als zahlende Ware. Wehmütig begriff ich, dass diese Ära für immer vorbei war, zerfleddert und zerschreddert von den beiden Ungeheuern unserer Zeit, der Wirtschaftlichkeit und dem Profit. Ich beschloss, die kommenden Minuten zu genießen und mich ganz der Illusion hinzugeben, es wäre, wenigstens in diesem Bereich, noch so wie früher. Was ich allerdings da noch nicht ahnte, war, dass aus den wenigen Minuten, auf die ich die Dauer unseres Gesprächs geschätzt hatte, mehr als eine ganze Stunde werden sollte. Runde auf Runde drehten wir, saßen uns in dem Züglein gegenüber, ließen uns durchrütteln und uns die Ohren vollrattern.

Meist sprach der Alte. Er erzählte von seinen Lokomotiven, ausführlich, detailliert und so liebevoll, als wären sie seine Kinder. Ich erfuhr die Rangierordnung und die Regelung der Vorfahrt auf Bahnhöfen, bekam den Mechanismus der Weichen in allen Einzelheiten zu hören. Wenn wir an einem der vielen Signale vorbeifuhren, deren Stellung er mit seiner Fernbedienung verändern konnte, erklärte er mir den Zweck der Anlage, und machte mich auf ihre Bedeutung aufmerksam. Meine Kenntnisse wuchsen und wuchsen, bald stand mein Wissen dem eines altgedienten Bahners kaum noch nach.

Fünfundzwanzig, vielleicht auch dreißig Runden mochten wir gefahren sein, und noch immer war ich nicht dazu gekommen, ihn nach den Ereignissen auf dem Bahnhof in Schwebda zu fragen. Mir war klar, wenn ich ihn nicht in seinem Redefluss stoppte, wir würden noch weitere dreißig Runden drehen, ohne dass ihm der Gesprächsstoff ausgegangen wäre. Nun verstand ich, was der Schwiegersohn gemeint hatte, als er mich fragte, ob ich mir das antun wollte.

Es fiel mir schwer, den begeisterten Eisenbahner zu unterbrechen, denn gerade begann er, von seinen Fahrten auf der Schublok zu schwärmen, sich zu begeistern für die Kraft der Vierzylinderverbundlok, die die Güterzüge mit spielerischer Leichtigkeit die Steigungen hinaufschieben konnte. Seine Augen glänzten, seine blasse Haut hatte Farbe bekommen. Speichel lief ihm aus dem Winkel des Mundes, der unaufhörlich in Bewegung war.

»Herr Unger«, passte ich den Zeitpunkt ab, als er zwischen zwei Episoden Luft holte, »das, was Sie erzählen, ist hochinteressant – und ich würde auch gerne noch mehr davon hören. Leider ist meine Zeit etwas knapp, ein Bekannter wartet auf mich. Wenn ich Ihnen noch ein, zwei Fragen stellen dürfte, am Schluss unserer Unterhaltung« - eigentlich war es ja eher ein Vortrag seinerseits als ein Gespräch gewesen. »Ich hatte vorhin schon einmal angedeutet, dass mich vor allem interessiert, wie es in den letzten Kriegstagen auf dem Schwebdaer Bahnhof zuging. Man munkelt, ein Regierungszug habe da gestanden?« Verschwörerisch beugte ich mich vor.

»Ja, ja, das war auch so. Irgendein Reichsminister hat mit seinen Leuten in den Wagen und den daneben errichteten Baracken residiert. War ihnen zu gefährlich geworden in Berlin. Kann man ja auch verstehen bei der Menge Bomben, die da runtergingen.«

»Haben Sie mit diesen Leuten zu tun gehabt?«

»Nein, überhaupt nicht, die hielten sich ganz schön bedeckt – geheime Dinge und so. Wir durften ihren Zug in den Tunnel schieben, wenn die Flieger kamen – das war's dann auch schon.« Der Alte winkte ab, es war ihm anzusehen, dass er ganz froh war, nichts mit den Nazibonzen zu schaffen gehabt zu haben.

»Was war denn in den Zugwagen drin? Haben Sie davon etwas mitbekommen?«

»Na, ich nehme an, die haben ihren ganzen Aktenkram aus Berlin mitgenommen. Wichtige Dokumente, die sie vor den Bomben in Sicherheit bringen wollten.«

»Und von ausgelagerten, vielleicht sogar gestohlenen Kunstschätzen – haben Sie da etwas gesehen?«

»Nein, davon weiß ich nichts. Aber wie gesagt, wir haben den Zug gezogen und geschoben – aber betreten haben wir ihn beide nicht.«

»Beide?«, fragte ich, froh, dass er von sich aus auf den anderen zu sprechen gekommen war. »Sie hatten also noch einen Kollegen?«

»Ja, wir waren zu zweit. Alleine wäre das gar nicht zu schaffen gewesen. Oft kamen Transporte mitten in der Nacht. Wir hatten so eine Art Schichtplan entwickelt, einer hatte immer Dienst, manchmal mussten wir auch beide ran. Georg war ein guter Kumpel. Schade um ihn.«

»Heißt das, er lebt nicht mehr?«

»Ja, er ist schon lange tot. Noch im März 1945 kam er um.« Sein tiefes Seufzen ließ mich aufhorchen. »Wenn ich daran denke, dass es genauso gut auch mich hätte treffen können. Hätte ich nicht mit ihm getauscht, dann wäre er noch am Leben und ich....«

Jetzt war ich hellwach. Vielleicht erfuhr ich doch noch etwas, was mir weiterhalf. Ich schwieg und fragte nicht nach. Er würde gleich weitersprechen, da war ich mir sicher.

Der Alte schloss kurz die Augen. »Es war am Karfreitag 1945, am 30. März, als ich mit Georg den Dienst tauschte. So einen Tag vergisst man nie mehr, auch wenn inzwischen schon über sechs Jahrzehnte vergangen sind. Ich kann mich noch genau an den Anlass des Tauschs erinnern: Meine Schwester Leonie heiratete. Wir feierten zusammen in

Lollar. Jedenfalls bat ich den Kollegen, die zwölfstündige Bereitschaft für mich zu übernehmen. Ich tat dies ohne schlechtes Gewissen, denn es war nicht viel los an diesem Tag. Lediglich ein Rangiermanöver im Tunnel war geplant, sonst war es ruhig auf dem Bahngelände, wahrscheinlich wegen der bevorstehenden Feiertage.«

Karl Unger machte eine Pause. Die Lebhaftigkeit der vorherigen Minuten war jetzt aus seiner Sprache und Gestik verschwunden. Man sah, wie ihm die Erinnerung an das damalige Geschehen zusetzte. »Erst am Ostersamstag, als ich nach Schwebda zurückkehrte, erfuhr ich von der Katastrophe. Ich war wie erschlagen, als ich hörte, was geschehen war, habe geheult wie ein Schlosshund. Dabei hätte ich eigentlich froh sein müssen, durch den Diensttausch dem fürchterlichen Schicksal entkommen zu sein.« Unauffällig wischte er sich mit dem Handrücken über die Augen, ehe er mich aufklärte: »Georg hatte den Auftrag, den Güterwagen, den er im Tunnel rangiert hatte, an jenem Ostersamstag nach Waldkappel zu bringen. Dort sollte er einem Munitionszug angehängt werden. Wahrscheinlich hat Georg die Erfüllung seines Auftrags teuer bezahlt, nämlich mit seinem Leben. Denn an diesem Tag wurde der Bahnhof in Waldkappel von alliierten Verbänden angegriffen. Vom massiven Beschuss der Tiefflieger getroffen flog der Munitionszug in einer gewaltigen Explosion in die Luft. Es gab viele Tote, dreißig, vierzig, manche sprechen gar von achtzig. Unter ihnen muss mein Freund und Kollege Georg gewesen sein.«

Eine Zeitlang war nur das Rattern und Schlagen des Zuges zu hören. Wir schwiegen, betroffen, jeder auf seine Art, von dem Erzählten.

»Es tut mir leid, dass ich diese Geschichte angerührt habe, aber ich konnte ja nicht wissen...«

»Jetzt jedenfalls wissen Sie's.« Der Alte nickte wie ein Weiser, der die Zufälligkeiten des Lebens und Sterbens seit Langem begriffen hat. »Eigentlich müsste ich längst zu Staub und Asche zerfallen sein. Lange wird's sowieso nicht mehr dauern. Bald bin ich auch da, wo Georg schon seit Jahrzehnten ist.« Dann, in einem Anflug von Aufbegehren: »Aber bis dahin will ich jeden Tag genießen.« Er griff in die Ledertasche und zog die Fernbedienung heraus. Mit einem Knopfdruck ließ er das Fauchen der Dampflok, das er während unseres Gesprächs abgestellt hatte, wieder aufdröhnen. Drei Pfiffe ertönten aus seiner Trillerpfeife – wie die Verkündigung des Endes der Trauerstimmung. Seine hagere Gestalt richtete sich auf, rutschte bis nahe an den Rand der hölzernen Bank. Schwung und Haltung signalisierten, dass er die Zeit, die ihm in seinem Leben noch blieb, mit heiterem Tun zu verbringen gedachte.

Er packte mich am Arm. »Ich weiß noch vieles, was sich zu hören lohnt. Unser Eisenbahnerleben ist reich an Episoden und Geschichten. Ich könnte Ihnen zum Beispiel von dem Wolkenbruch erzählen – damals auf der Fahrt nach Lengenfeld...«

»Nein!« rief ich und machte Anstalten aufzustehen. Ich hatte keine Lust, die Endlosschleife noch weiter fortsetzten zu müssen. Wenn der Wagen eine Notbremse besessen hätte, ich glaube, in diesem Moment hätte ich sie gezogen. »Der Bekannte – ich sagte es schon – er wartet. Ich habe jetzt schon so viel von Ihnen erfahren, dass ich Sie nun nicht länger aufhalten will.«

»Oooch, ich habe Zeit. Aber wenn Sie unbedingt weg müssen...« Das frühere Leuchten kehrte in seine Augen zurück. »So aber lasse ich Sie nicht ziehen. Wenigstens eine Runde lang sollen Sie den Zug selbst lenken dürfen, sollen am eigenen Leib erleben, wie das ist, Herr über Lok und Wagen zu sein. Na, was halten Sie davon?«

Nichts, hätte ich ihm am liebsten geantwortet, denn ich wollte jetzt nur eines – zurück nach Oberhone. Aber ich war zur Höflichkeit erzogen – und außerdem, der alte Eisenbahner glaubte, mir eine besondere Freude zu machen. Ich tat ihm den Gefallen. Also sagte ich: »Das würden Sie tun? Mich den Zug alleine fahren lassen? Ich wüsste nichts, was schöner wäre.«

Herr Unger lächelte mir zu, seine Mundwinkel berührten fast die Ohren. Mit einer leichten Beugung des Kopfes reichte er mir die Fernbedienung. Erst später begriff ich, dass mich dieses Lächeln eigentlich hätte warnen sollen. Es fiel so überschwänglich herzlich aus, dass ich das Boshafte darin übersah.

»Hier, Sie brauchen nur diesen Hebel zu bedienen. Wenn Sie daran ziehen, beschleunigt der Zug, wenn Sie ihn von sich wegschieben, verlangsamt er die Fahrt. Es ist ganz einfach.« Er zeigte mit dem Finger auf das Steuerelement. »In den Kurven und vor den Weichen sollten Sie ein bisschen vorsichtiger sein, sonst aber können Sie volle Pulle fahren.« Er lehnte sich zurück, erwartungsvoll, wie ich mich später erinnern sollte, und übergab mich meinem fragwürdigen Zugführerschicksal.

Ich ließ es langsam angehen, fuhr die erste Gerade nur mit halber Kraft. Ich wollte ein Gefühl für die Stellung des Hebels, ein Gespür für das Beschleunigungsvermögen des Elektromotors entwickeln. Ich schob und drückte und hatte schnell heraus, wie ich die Geschwindigkeit des Zügleins steuern konnte. In der Kurve agierte ich noch vorsichtig, dann aber auf der Gegengeraden zog ich den Hebel ganz zu mir heran. Lok und Wagen nahmen Fahrt auf, wurden schnell und schneller, und donnerten schließlich mit voller Geschwindigkeit über kreischende Schienen dem zweiten Kreisbogen entgegen. Kurz vor der Biegung schob ich gefühlvoll den Hebel zurück, verlangsamte das Tempo, bevor ich es auf der Bahngeraden wieder beschleunigte. Herrgott, das machte ja richtig Spaß. Begeistert streckte ich meinem Gegenüber den gehobenen Daumen zu.

»Fahren Sie ruhig noch eine Runde«, nickte der, »ich sehe, Sie haben Freude daran.« Zufriedenheit lag auf seinem Gesicht. Ein Bahnenthusiast mehr, schien sein Blick zu sagen. »Vorher will ich nur schnell die Weiche stellen, dann kann der Zug nachher gleich in seinen Abstellschuppen rollen.« Er nahm mir die Fernsteuerung aus der Hand, drückte zwei, drei Knöpfe, dann reichte er sie mir zurück. »So, es ist alles programmiert, jetzt können Sie wieder loslegen.«

Und ich legte los. Wie die Feuerwehr auf einer Einsatzfahrt ging ich an die Grenzen des Machbaren. Ich ließ Lok und Wagen in höchstem Tempo über die Geraden rollen, bremste in den Kurven nur eben so viel ab, wie es notwendig war, um nicht zu entgleisen. Ich vergaß Zeit, Raum und Alter, wurde in diesen herrlichen Augenblicken wieder zu dem Buben von früher, der wie alle Jungen nur den einen Wunsch hatte, einmal Lokomotivführer zu werden.

Es war wie ein Traum. Ich durfte einen, wenn auch kleinen Zug eigenhändig lenken, durfte darüber entscheiden, wie schnell oder wie langsam er fuhr, durfte bestimmen, wann losgefahren und wann angehalten werden musste. Klein Heinrich wähnte sich im siebten Eisenbahnhimmel.

Ein plötzliches Rumpeln und Schüttern brachte mich in die Wirklichkeit zurück. Was war das? Hatte ich etwas falsch gemacht? Ich spürte, wie der Zug bockte, schwankte, zwei, dreimal hüpfte – ein Quietschen noch, ein Krachen – dann war es still.

Ich rappelte mich auf aus der Ecke, in die mich das Schaukeln geworfen hatte. Erstaunt sah ich auf den alten Eisenbahner, der, mit den Fingern die Lehne umkrallend, aufrecht auf seiner Bank saß, so als hätte er geahnt, was mit dem Zug passieren würde und sich rechtzeitig festgehalten. Aber was, zum Teufel, war denn eigentlich passiert?

»Was ist geschehen?«, fragte ich, während ich die Wagentür öffnete und nach draußen sah.

»Der Zug ist entgleist«, stellte Karl Unger fest und trat hinter mich. Täuschte ich mich, oder genoss er diesen Augenblick? »Sie sehen doch, Sie waren zu schnell an Weiche 7. Da ist die Lok aus den Schienen gesprungen.«

Tatsächlich, wir waren auf einem toten Nebengleis gelandet. Offensichtlich hatte ich die Weiche so rasant genommen, dass sie den Zug nicht in die vorgegebene Fahrspur zu lenken vermocht hatte. Ein Prellbock hatte uns aufgehalten. Bei dem Aufprall waren neben der Lok auch zwei Wagen entgleist.

»Oh weh«, bedauerte ich, »das tut mir leid. Das habe ich nicht gewollt.«

»Natürlich nicht, wer baut schon freiwillig einen Unfall.« Der Alte war inzwischen ausgestiegen. Begutachtend ging er um den Zug herum. »Ist ja nichts passiert«, tröstete er mich und klopfte mir lachend auf die Schulter. Wie konnte jemand nur so gut gelaunt sein, wenn ihm gerade sein Zug neben die Gleise gesetzt worden war? »Schließlich sind der Prellbock und die Puffer dazu da, den Aufprall abzufangen. Na, da sollten Sie sich mal keine Gedanken machen. Wir müssen Lok und Wagen nur wieder auf die Schienen heben, dann kann der Zug aus eigener Kraft zurück aufs Hauptgleis fahren.«

Erleichtert atmete ich auf. »Dann sollten wir gleich anpacken«, schlug ich vor und trat neben die entgleiste Lokomotive.

»Nein, jetzt noch nicht!« Karl Unger hob die Hand und gebot meinem Eifer Einhalt. »Der Elektromotor hat sich bei dem Aufprall automatisch abgeschaltet. Er muss jetzt erst einmal abkühlen. Das wird ein paar Stunden dauern. Morgen«, er fasste mich am Arm und zog mich in die Richtung seines zum Bahnhof umfunktionierten Wagens, »morgen heben wir den Zug wieder auf die Gleise.«

Widerstrebend nur verließ ich die Unglücksstelle. Ich machte mir Vorwürfe, dass ich mich von meiner infantilen Bahnleidenschaft zur Außerachtlassung aller Vorsicht hatte hinreißen lassen. Ich in meinem Alter!

Ich spürte, wie mich der Blick des ehemaligen Lokführers taxierte. Fragend sah er mich an. »Sie kommen doch morgen und helfen mir mit dem Zug!?«

»Natürlich«, beeilte ich mich zu versichern, »natürlich helfe ich Ihnen.« Was konnte ich auf einen imperativen Satz wie diesen anderes antworten, zumal wenn mich das schlechte Gewissen des Unfallverursachers zu einer Zusage geradezu verpflichtete. Wir vereinbarten, uns morgen zur gleichen Zeit hier zu treffen. Gemeinsam wollten wir den Zug dann wieder auf die Schienen hieven.

11

Der Computer brummte. Ich hörte es, als ich die Haustür öffnete und den Flur betrat.

Irgendetwas war mit dem Ventilator des Terminals, er

lief nicht mehr richtig rund. Mein Sohn hatte das alte Ding vor Jahren zum Elektromüll geben wollen. Angeblich war das Laufwerk zu langsam, die Technik überholt, die Speicherkapazität zu klein. Es hatte schon am Straßenrand gestanden, abholbereit, als ich die Idee hatte, der elektronische Methusalem könnte für meine bescheidenen Ansprüche noch durchaus tauglich sein. Ich kam gerade noch rechtzeitig, um das Gerät vor dem Zugriff einer polnischen Kleinlastwagenbesatzung zu sichern. Seitdem steht es auf meinem Schreibtisch und erfüllt hektikfrei in beruhigender Langsamkeit die wenigen Aufgaben, die ich ihm abverlange.

Wie gut der PC noch funktionierte, sah ich, als ich den Kopf durch die halboffene Tür meines Arbeitszimmers streckte. Professor Konrad Seeger hatte, das wurde mir auf den ersten Blick klar, den von mir erteilten Auftrag, alles Verfügbare über das Bernsteinzimmer aus dem Internet zu ziehen, mit akademischer Gewissenhaftigkeit und wissenschaftlicher Akribie ausgeführt. Berge von Papier, akkurat gestapelt, umgaben ihn wie die Zinnen einer Burg. Das Klacken des Druckers verriet, dass die Informationsbeschaffung noch nicht abgeschlossen war.

»Herr Professor, ich bin wieder da«, rief ich ihm zu, bei dem Lärmpegel der Computeranlage konnte er mein Eintreten nicht hören.

Der weiße Wuschelkopf fuhr zu mir herum. Zwei funkelnde Augen blitzten mich an. »Wo bleiben Sie denn? In einer Stunde wollten Sie zurück sein.« Vorwurfsvoll zeigte sein Arm auf die vor ihm liegenden Papiere. »Das alles habe ich mir schon aus dem Internet geholt, habe das meiste bereits geordnet und gelesen. Aber je mehr ich über das Bernsteinzimmer erfahre, desto mehr Fragen stellen sich. Wenn ich das alles ausdrucken soll, was hier geschrieben steht…«

Er klopfte mit den Fingernägeln gegen die Glasscheibe des Bildschirms, »tausend Links, die ich noch anklicken könnte.«

»Nein«, bremste ich seinen Eifer und versuchte gleichzeitig, seinen Ärger zu dämpfen, dass ich ihn hatte warten lassen. »Sie haben gute Arbeit geleistet. Das hier ist völlig ausreichend.« Ich ließ meinen Blick über die Papierstapel gleiten. Morgen würde ich mir neue Druckerpatronen besorgen müssen. »Im Moment genügt es, uns einige Basiskenntnisse über das Bernsteinzimmer anzueignen. Sollten wir Spezielleres benötigen, können wir ja immer noch reagieren.«

»Gut, dann will ich zuerst einmal diese Höllenmaschine ausmachen. Hatte schon Angst, das Ding fliegt mir jeden Moment um die Ohren.« Geschickt führte er die Maus über die Unterlage, klickte drei-, viermal, bis der Bildschirm dunkel wurde. Dann schaltete er Drucker und Computer aus.

»So«, er drehte sich zu mir um. »Meinen Sie nicht, dass es, verflixt noch mal, an der Zeit wäre, mich endlich aufzuklären?« Mit unprofessoraler Heftigkeit klatschte er die flache Hand auf die Schreibtischplatte. »Was, zum Teufel, hat das alles mit unserer Geschichte zu tun? Seit Stunden recherchiere ich nun schon über das Bernsteinzimmer und habe keine Ahnung, warum.«

»Ich kann Ihre Ungeduld verstehen«, versicherte ich und versuchte, ihn zu beruhigen. »Ich werde Ihnen sofort alles erklären. Lassen Sie uns in die Küche gehen. Ich koche uns einen Kaffee, dabei berichte ich, was ich im Stadtarchiv gefunden habe. Dann sollen Sie auch erfahren, warum ich erst so spät zurückgekommen bin.«

Gemeinsam gingen wir nach nebenan, ich vorneweg,

er humpelnd hinterher. Nachdem ich die Kaffeemaschine in Gang gesetzt hatte, packte ich die Hefte der Zeitschrift »Moment« aus der Plastiktüte. Ich suchte die Nummer 7, blätterte bis zur Seite 9 und legte sie aufgeschlagen auf den Tisch. »Lesen Sie diesen Artikel, dann werden Sie wissen, wie das Bernsteinzimmer in unsere Nachforschungen hineinpasst, möglicherweise sogar eine Hauptrolle darin spielt.«

Bevor er zu lesen begann, zog sich der Professor einen zweiten Stuhl heran und legte das geschiente Bein darauf. Die Krücken ließ er achtlos neben sich auf den Boden gleiten. Die Zeit, sie ordentlich in eine Ecke zu stellen, nahm er sich nicht. Er wollte nun schnellstens wissen, was es mit dem Bernsteinzimmer auf sich hatte.

Während ich den Kaffee aus dem Glasbehälter in eine Thermoskanne umgoss, beobachtete ich aus den Augenwinkeln das Gesicht des Lesenden. Die erwartungsvolle Spannung, das in dem Bericht Geschilderte zu erfahren, war unverkennbar. Konzentriert las er die ein, zwei Absätze. Dann aber, ebenso deutlich sichtbar, verlor sich sein Blick, glitt zurück in eine ferne Zeit, die ihm durch das Geschriebene in Erinnerung gerufen worden war. Seine Augen umhüllten sich, wurden weich und begannen zu schimmern. Wie mochte er sich fühlen, wenn er von dem Zug des Reichsverkehrsministers las, welche Bilder in ihm auferstehen bei der Erwähnung der Luftangriffe und der Fahrten in den Tunnel.

Ich entfernte den Kaffeefilter und warf ihn in den Mülleimer. Das leise Aufstöhnen hinter meinem Rücken verriet, dass er mit dem Lesen bei der Passage über das Bernsteinzimmer angelangt war.

Als ich die Kanne zum Tisch brachte, schaute er mich

an. Ungläubigkeit lag in seinem Blick. »Jetzt begreife ich, weshalb Sie mich gebeten haben, im Internet zu suchen. Obwohl, so ganz fasse ich´s immer noch nicht. Habe ich seinerzeit wirklich das Bernsteinzimmer gesehen?«

Er verbarg den Kopf zwischen den Fingern. Offenbar wollte er das Bild wieder heraufbeschwören, das sich ihm damals im Tunnel dargeboten hatte. »Es ist zu lange her«, seufzte er und nahm die Hände vom Gesicht. »Zwar habe ich die Kiste noch vor Augen, die zersplitterten Bretter, auch das goldene Schimmern darin – aber was es nun tatsächlich war, Bernstein oder Gold, das kann ich unmöglich sagen. Allerdings meine ich mich zu erinnern, damals nur ein mattes Glänzen bemerkt zu haben, kein helles Strahlen, wie man es von Gold erwarten müsste. Das könnte ein Hinweis sein, dass das, was ich gesehen habe, in der Tat Bernstein war. Aber vielleicht projiziere ich auch jetzt nach dem Lesen des Artikels etwas in meine damaligen Beobachtungen hinein, das ich ohne die Andeutungen des Autors nie so getan hätte.« Er schüttelte den Kopf. Für ihn als Wissenschaftler war es unvorstellbar, etwas anzunehmen, ohne den Beweis dafür antreten zu können.

Eine Weile nippten wir schweigend an unseren Kaffeebechern. »Auch Ihr Vater hat nur vage Angaben zu dem Kisteninhalt gemacht«, erinnerte ich. »Er hat, wenn ich mich richtig entsinne, von Gegenständen geschrieben, die wie mit Gold überzogen aussahen. Bei dem wenigen Licht im Tunnel kann auch Bernstein wie mattes Gold gewirkt haben.« Ich setzte den Becher ab. »Aber lassen Sie mich zunächst berichten, weshalb ich mich so verspätet habe. Mir ist da ein Ding in Wanfried passiert…«

Ein zunehmendes Schmunzeln begleitete meine Worte, während ich meinem Zuhörer von dem Abenteuer mit dem

Eisenbahner erzählte. Als ich ihm schließlich von meinem Unfall berichtete, lachte er laut heraus: »Ja, ja, wem die Gäule durchgehen. Nicht auszudenken, wenn wir beide verletzt ans Haus gebunden wären.«

Ich beruhigte ihn mit den Worten Karl Ungers: »Es ist ja nichts passiert.« Dann fiel mir etwas ein, das für uns von Interesse sein könnte. »Ich habe da etwas erfahren, das uns möglicherweise Aufschluss geben kann, wohin die Kunstgegenstände verschwunden sind.« Ich berichtete von der Explosionskatastrophe auf dem Bahnhof von Waldkappel, deutete an, dass mit dem Munitionszug auch der Wagen mit den Kisten in die Luft geflogen und verbrannt sein könnte. »Aber das ist genauso spekulativ wie die vielen Hypothesen über den Verbleib des Bernsteinzimmers. Viele reden darüber, setzen Gerüchte in die Welt. Doch im Grunde weiß man viel zu wenig über die wahren Zusammenhänge. Deshalb bat ich Sie, einige Informationen zu besorgen, die die Hintergründe etwas näher beleuchten. Was haben Sie gefunden?«

»Eine ganze Menge«, brummte Professor Seeger, scheinbar verdrossen, doch es war ihm anzusehen, dass ihm die Suche im Internet viel Freude bereitet hatte. Mit einer gewissen Umständlichkeit, die die Gewichtigkeit seines bevorstehenden Vortrags betonen sollte, zog er einige zusammengefaltete DIN-A-4-Bögen aus der Jackentasche. Bedächtig legte er sie vor sich auf den Küchentisch, nahm das oben liegende Blatt, faltete es auseinander und strich es glatt. »Ich habe einen kleinen Auszug gemacht mit dem Wichtigsten, was man über das Bernsteinzimmer wissen sollte. Wenn Ihnen das nicht reicht, bin ich gerne bereit, noch weiter ins Detail zu gehen.«

»Nein, nein, das ist vollauf genug!« Heimlich hatte ich

die Blätter gezählt, mindestens fünf Bögen lagen vor ihm. Mein Gott, das würde die reinste Vorlesung werden. Schnell goss ich mir Kaffee nach, zog das Stuhlkissen zurecht und lehnte mich zurück. »Was also muss man über das Bernsteinzimmer wissen?«

Mich erstaunte, dass der Professor keine Brille zum Lesen brauchte. Das war ungewöhnlich für einen Menschen in seinem Alter. In normalem Abstand hielt er sich das Blatt vor die Augen und begann, aus seinen Aufzeichnungen vorzutragen: »Bernstein ist das Harz von Nadelbäumen aus der Tertiärzeit, besonders aus dem Diluvium. Es ist von honiggelber, manchmal auch braunroter Farbe und wird seit Urgedenken als Schmuck verwendet. In unseren Regionen findet man es vorzugsweise an der Ostsee, besonders im ostpreußischen Samland, in den Gegenden von Danzig und Königsberg.«

Wie befürchtet verlor sich der Professor in Einzelheiten, streute sogar noch zusätzlich Ergänzungen aus seinem paläontologischen Fachgebiet ein, sobald sich ihm dazu die Gelegenheit bot. Ich ließ ihn gewähren, freute mich, wie er unter dem Erzählen aufblühte.

Um nicht im Wust der Fakten zu ersticken, fasste ich schon während seines Redens gedanklich das Gehörte zusammen und erhielt so folgendes Bild: Das Bernsteinzimmer wurde Anfang des 18. Jahrhunderts im Auftrag des Preußenkönigs Friedrich I. von dänischen und ostpreußischen Bernsteindrehern und -schnitzern hergestellt. Ursprünglich für das Charlottenburger Schloss bestimmt, baute man es nach Friedrichs Tod in ein Kabinett des Berliner Stadtschlosses ein. Dem neuen König Friedrich Wilhelm I., dem Soldatenkönig, lag weniger der Prunk und die Kunst als vielmehr sein Heer am Herzen. Als der russische Zar

Peter der Große 1716 bei einem Besuch in der preußischen Residenz seine Bewunderung für den Raum mit den Wandverkleidungen aus Bernstein kundtat, schenkte der Preußenkönig ihm kurzerhand das Zimmer. Der Zar nahm dankend an und revanchierte sich mit 55 »langen Kerls« für die königlich-preußische Leibgarde. Peters Tochter, Zarin Elisabeth, ließ das Kunstwerk zunächst im St. Petersburger Winterpalast installieren, später dann im Katharinenschloss, dem Sommersitz der Zarenfamilie in Zarskoje Selo. Der italienische Architekt Rastrelli erweiterte dort das Zimmer und ließ neben Spiegelpilastern auch vergoldete Schnitzereien einfügen. Wegen der makellosen Schönheit dieses einmaligen Bernsteinwerkes sprach man damals respektvoll vom »achten Weltwunder.«

Einiges von dem, was der Professor zitierte, war mir bekannt, anderes hörte ich heute zum ersten Mal. Um den Überblick zu behalten, versuchte ich erst gar nicht, seine ausführlichen Schilderungen der Vertäfelungen, der Panneaus und Tableaus im Gedächtnis zu speichern. Mir kam es auf den großen Zusammenhang an. Dieser Methode blieb ich auch treu, als ich vom Schicksal des Kabinetts im Zweiten Weltkrieg erfuhr:

Im September 1941 wurde der Katharinenpalast von der deutschen Wehrmacht als Wohnunterkunft beschlagnahmt. Es war den Sowjets nicht gelungen, die Wandtafeln des Bernsteinzimmers vorher zu demontieren und vor dem Zugriff der Deutschen in Sicherheit zu bringen. Sie hatten sie lediglich notdürftig unter Tapeten verbergen können. Innerhalb von 36 Stunden bauten deutsche Kunstschutzoffiziere die wertvollen Bernsteinwände in 27 Kisten und transportierten sie nach Königsberg.

Im dortigen Schloss stellte man bis 1944 Teile des Zimmers aus. Dann, nach einem Brand, wurden die Wände erneut demontiert, wieder in Kisten verpackt und wahrscheinlich im Keller eingelagert. Das war das letzte Mal, dass man das Bernsteinzimmer öffentlich gesehen hat.

»Ab dieser Zeit«, der Professor holte weit mit den Armen aus, um das Vage des Folgenden anzudeuten, »schießen die Gerüchte über den Verbleib des Zimmers ins Unendliche. Behauptungen gibt es genug, Vermutungen zuhauf und der Spekulation sind keine Grenzen gesetzt. Mit großer Wahrscheinlichkeit ist das Kunstwerk 1945 bei der Eroberung von Königsberg im Schlosskeller verbrannt. Aber solange das nicht bewiesen ist, sind auch andere Wege denkbar, die die Kisten genommen haben könnten.«

Von den vielen Möglichkeiten, die der Professor nun aufzählte, behielt ich mir nur einige spektakuläre. So zum Beispiel die These, die torpedierte »Wilhelm Gustloff« habe den Schatz an Bord gehabt. Nun ruhe er im Wrack des Schiffes auf dem Grund der Ostsee.

Oder auch die, das Zimmer sei zusammen mit den Bronzesarkophagen des Ehepaars Hindenburg auf dem Kreuzer »Emden«, später auf der »Pretoria« per Seeweg aus Ostpreußen herausgeschafft worden. Die Spur führt dann weiter an Land ins thüringische Eichsfeld, nach Bernterode. Dorthin nämlich wurden die Särge der Hindenburgs und auch die der Preußenkönige Friedrich Wilhelm I. und Friedrich II. gebracht und neben anderen Kunstschätzen in der Tiefe des ehemaligen Kalischachtes versteckt. Warum nicht auch die Bernsteinkisten?

Andere sind überzeugt, das Bernsteinzimmer könnte auf der Sechshundertmetersohle der Grube »Wittekind« in Volpriehausen bei Göttingen gelandet sein. Denn auch dorthin waren 1944/45 viele Kunstschätze ausgelagert worden, nachweislich auch Kisten aus Königsberg mit Preziosen aus der dortigen Bernsteinsammlung. Aber diese Annahme ist heute nicht mehr nachzuprüfen, da hier wie auch in Bernterode schwere Explosionen in den als Munitionslager genutzten Schächten die betreffenden Sohlen völlig zerstört und unter Wasser gesetzt haben.

Wie aktuell die Suche nach dem Bernsteinzimmer noch immer ist, machte mir der Professor am Beispiel Deutschneudorfs klar, einem kleinen Ort im Erzgebirge nahe der tschechischen Grenze. Dort hat man in 20 Meter Tiefe einen Felsenhohlraum geortet, in dem große Mengen Edelmetall vermutet werden. Die Annahme, hier könne neben anderen Kunstwerken auch das berühmte Bernsteinkunstwerk verborgen sein, fasziniert Bürgermeister und Gemeinde so, dass sie sich, bisher allerdings vergeblich, auf Schatzsuche begeben haben.

Schließlich war alles vorgetragen, was sich der Professor auf seinen Blättern notiert hatte. Fragend sah er mich an. Ich staunte über die Frische, die er nach eineinhalbstündigem Reden noch immer ausstrahlte. Ich hingegen fühlte mich erschlagen von dem Schwall an Sachverhalten und Informationen, die auf mich herniedergeprasselt waren.

Trotzdem wollte ich noch etwas von ihm wissen: »Was wäre denn das Bernsteinzimmer auf dem heutigen Kunstmarkt wert – falls man es jemals finden sollte? Stand darüber irgend etwas?«

»Ja, Schätzungen belaufen sich auf 250 Millionen Euro. Natürlich hängt diese Zahl vom Zustand und der Vollständigkeit des Objekts ab. Immerhin sind 66 Jahre seit seinem Verschwinden vergangen.«

»250 Millionen, eine Viertelmilliarde!« Voller ehrfürchtigem Staunen hielt ich die Luft an. Ein flaues Gefühl lag plötzlich in meinem Magen. Ich stand auf und drehte mich zum Kühlschrank. »Was halten Sie davon, wenn wir uns erst einmal etwas zu essen machen. Mittag ist längst vorüber. Später reden wir dann weiter.«

12

Es war Nachmittag geworden. Nach dem Essen hatten wir uns zu einer Ruhepause zurückgezogen. Ich hatte gespürt, dass ich meinen Akku erst wieder aufladen musste. Der Besuch im Archiv, später die Eisenbahnepisode in den Wanfrieder Schrebergärten und nicht zuletzt die detaillierten Ausführungen des Professors bezüglich des Bernsteinzimmers hatten mich mehr ermüdet, als ich es mir zunächst eingestehen wollte. Mit dem Buch in der Hand hatte ich mich aufs Sofa gelegt, war dann aber über dem Lesen eingeschlafen. Als ich eine Stunde später wieder aufwachte, stellte ich fest, dass ich nicht einmal zwei Seiten geschafft hatte.

Draußen war es wieder heiß geworden. Nach dem Regen am Morgen dampften die Wiesen. Ein tropenfeuchter Geruch hing in der Luft, die Kleider klebten unangenehm am Körper. Ich duschte und zog ein leichtes T-Shirt über. Ich spürte, dass der Mittagsschlaf mir neue Spannkraft gegeben hatte. Als ich das Zimmer des Professors passierte, hörte ich ihn schnarchen. Der lange gestrige Abend am Feuer und die kurze Nachtruhe hatten ohrenkundig ihren Tribut gefordert. Ich setzte Teewasser auf und trug eine Schale mit Gebäck zu dem kleinen Tisch am Gartenteich. Die Stühle stellte ich so, dass wir im Schatten der hohen Buche sitzen konnten. Dann ging ich, den Schlafenden zu wecken.

Als wir wenig später am Wasser saßen, den Tee genossen und auf den harten Zimtsternen herumkauten, die noch von Weihnachten übrig geblieben waren, nickte mein Gegenüber mir nach einem Rundblick anerkennend zu. »Schön haben Sie's hier. Ein geradezu paradiesisches Plätzchen, Herr Doktor.«

»Da haben Sie Recht, Herr Professor«, spielte ich das Titelspiel mit. »Aber anders als in der Bibel, in der Adam und Eva sich nur in die gemachten paradiesischen Betten zu legen brauchten, musste dieser Garten Eden erst erschaffen werden. Das hat einiges an Arbeit und viel Schweiß gekostet.«

Ich dachte an damals zurück, als wir zum ersten Mal vor dem alten renovierungsbedürftigen Bauernhaus gestanden hatten, Franziska und ich. Wir hatten uns an den Händen gehalten, das weiß ich noch. Ob wir uns dabei in die Augen schauten, wie es die Siedlerpaare in den Filmen stets taten, wenn ihnen ihr Rodungsland zugewiesen wurde – das kann ich jetzt nicht mehr sagen. Aber es ist eher anzunehmen, dass unser Blick von dem großen Anwesen gefesselt war, dem langgezogenen Fachwerkhaus und dem backsteingemauerten Stall dahinter. Umrahmt von den nahen Hügeln und den fernen bewaldeten Bergen hatten die Häuser mit ihrem alten Baumbestand seinerzeit wie eine Oase auf uns gewirkt, verlockend zum Verweilen und, wie in unserem Fall, zum Bleiben.

Vom Grundstück bis nach Oberhone, unserem künftigen Heimatdorf, waren es nur gut hundert Meter, nah genug, um dichtgewebte Fäden mit der örtlichen Gemeinschaft zu knüpfen, aber zugleich noch genügend Distanz, um sich nicht im Netz der vielfältigen dörflichen Bindungen und Verpflichtungen zu verfangen.

Wahrscheinlich hatten wir uns damals dann doch in die Augen geschaut, in der stummen Übereinstimmung, dass dieses Anwesen mit seinem verwilderten Garten, den unbeschnittenen Bäumen, der blätternden Fassadenfarbe und den zersprungenen Dachziegeln den Schweiß und die Mühsal wert sein würde, die es uns in den nächsten Jahren abfordern sollte. »Auch wenn es vielleicht nicht gerade die Insel der Glücksseligen ist, so ist es doch ein Ort, an dem man sich wohlfühlen und dem Glück ganz schön nahe kommen kann«, formulierte ich voller Stolz mein Bekenntnis zu dem schönen Wohnsitz.

Die Sonne stand noch immer hoch am Himmel. Es war schwül, doch im Schatten konnte man es einigermaßen aushalten. »Wollen Sie etwas Kaltes trinken? Ich habe eine Kanne Tee in den Kühlschrank gestellt.«

»Ja, gerne«, nahm der Professor mein Angebot an. »An Tagen wie diesen sollten wir reichlich Flüssigkeit zu uns nehmen. Mein Mund ist so trocken wie der Vortrag eines Paläontologen, wenn er über die Evolution von Ober- und Unterkiefer einer Zwiebelmaus referiert.« Er lachte über seinen selbstkritischen Humor, neigte sich zu mir hinüber und legte seine Hand auf meinen Arm. »Wir Wissenschaftler sind schon komische Käuze.« Es war offensichtlich, mein Gesprächspartner war bestens gelaunt, die Mittagsruhe hatte auch ihm gut getan.

Ich ging, holte den gekühlten Tee und goss ein. Bedächtig schwenkten wir die Gläser, ließen die Eiswürfel darin klingen und lehnten uns in den Korbsesseln zurück. Eine Weile verharrten wir so. Die warme Luft umspielte uns und gab uns ein Gefühl der Entspannung.

Ich beugte mich vor und unterbrach die stille Zufriedenheit. »Also, wie wollen wir nun weitermachen? Immerhin haben wir in der kurzen Zeit schon Einiges in Erfahrung bringen können. Wir wissen vom Bernsteinzimmer, das vielleicht in den von Ihrem Vater verladenen Kisten war, haben von der Katastrophe in Waldkappel gehört, von der Möglichkeit, dass mit der dortigen Explosion der Schatz vernichtet wurde. Das ist doch schon ganz gut für den Anfang, oder?«

»Ja, ja, das schon, aber es ist nicht das, was mich vorrangig interessiert. Etwas über das Schicksal meines Vaters herauszufinden, über die letzten Stationen seines Lebens – das liegt mir vor allem am Herzen. Darüber wissen wir noch gar nichts.«

»Ganz so sehe ich das nicht. Dieser Kunstschatz – nehmen wir einfach an, es sei das Bernsteinzimmer gewesen – ist nun mal der Dreh- und Angelpunkt der Geschichte. Wenn wir seinen Weg verfolgen, stoßen wir vielleicht auf die Personen, die die Kisten beiseite geschafft haben. Das sind die gleichen Leute, die Ihren Vater und seinen Freund möglicherweise auf dem Gewissen haben. Insofern können uns Nachforschungen über den Verbleib des Bernsteinzimmers durchaus auf die Spur der Verschwundenen bringen. Meinen Sie nicht auch?«

»Da ist was dran«, räumte der Professor ein. »Aber was, wenn die Fährte schon in Waldkappel endet, wenn der Waggon mit den Kunstschätzen dort tatsächlich in die Luft geflogen ist?«

»Das ist nur eine Hypothese. In den Aufzeichnungen Ihres Vaters ist nirgends ein Ortsname genannt. Er hat den Oberst lediglich sprechen hören von ;Hilfe beim Abtransport', die er von diesem Gottfried erwartete. Wohin der Transport gehen sollte – davon steht nichts geschrieben.«

»Hat nicht Ihr Lokomotivführer in Wanfried von einem

Kollegen erzählt, der den Wagen mit den Kisten nach Waldkappel gefahren hat?«

»Er hatte den Auftrag, ihn dorthin zu fahren. Ob er es tatsächlich getan hat, oder ob er vielleicht kurzfristig umdirigiert wurde – das steht in den Sternen. Die Lok mit dem Bernsteinzimmerwaggon kann auf vier möglichen Schienenwegen Schwebda verlassen haben.«

»Also nicht nur auf dem Weg nach Waldkappel?«

»Nein, das ist zwar eine Möglichkeit, aber von Schwebda gehen auch noch andere Bahnstrecken ab. Eine zum Beispiel führt über Wanfried nach Treffurt, eine andere nach Heiligenstadt. Und schließlich noch die Trasse der Kanonenbahn, die in nordöstlicher Richtung verläuft, nach Leinefelde und dann weiter bis nach Berlin. Zahlreiche Wege also, Kunstgegenstände abzutransportieren.«

»Mein Gott, wie sollen wir denn bei diesen vielen Möglichkeiten herausfinden, auf welcher Strecke der Waggon Schwebda verlassen hat?«

»Es wird uns nichts anderes übrigbleiben, als die Ortschaften längs der Strecke abzuklappern. Es ist, wie wir gesehen haben, durchaus möglich, einiges auszugraben, wenn man nur intensiv genug danach sucht. Heutzutage hat jedes Dorf, jede Stadt zumindest eine Chronik, wenn nicht gar ein Archiv. Wenn wir allen Hinweisen auf mysteriöse Bahntransporte in der Endkriegszeit, auf verschwundene und wieder aufgetauchte Kunstgegenstände oder auch auf vermisste Personen nachgehen, bin ich mir sicher, dass wir fündig werden.«

Während des Redens war ich aufgestanden und am Teichrand auf und ab gegangen. Mit der Wahl der Worte und der sie begleitenden Gestik hatte ich mich unreflektiert in eine Zuversicht hineingesteigert, die eher einem Wunsch als einer realistischen Einschätzung entsprach. Meine Begeisterung war dabei, mich zumindest im Moment die Augen verschließen zu lassen vor den Schwierigkeiten, die bei allem Optimismus vor uns lagen.

Ich schaute den Professor an, bemerkte, dass er meinen Blick erwiderte. In unser beider Augen musste das gleiche Glänzen zu sehen, aus unseren Gesichtern die gleiche hoffnungsvolle Entschlossenheit herauszulesen sein.

Weit beugte sich der weißhaarige Kopf des Alten zu mir hin, seine Hand ergriff die meine. »Mit welcher Strecke beginnen wir also, mit welcher Stadt?« Einige Momente schwebte die Frage in der flirrenden Nachmittagsluft, ich spürte den Druck seiner Finger. Den Blick weiter auf mich gerichtet, wartete er auf eine Antwort.

»Wir beginnen in Wanfried, gleich morgen früh. Ich habe Karl Unger versprochen, ihm zu helfen, die entgleiste Bahn wieder auf die Schienen zu heben. Danach habe ich Zeit, mich in der Stadt umzuschauen und die Fühler auszustrecken. Ich bin gespannt auf das, was ich morgen dort in Erfahrung bringen werde.«

13

Schon beim morgendlichen Frühstück war unsere Ungeduld greifbar und spürbar. Beide waren wir voller Tatendrang.

»Kann ich Sie nicht nach Wanfried begleiten?«, fragte Professor Seeger mit einem Blick, der dem eines Hundes glich. »Ich bin doch schon wieder ganz gut auf den Beinen. Vier Augen sehen mehr als zwei«, bettelte er.

»Nein!«, entschied ich, resoluter, als ich eigentlich wollte, und kehrte den Arzt heraus. »Die Verletzung ist noch zu frisch, um stundenlang mit hängendem Fuß herumzuhüpfen. Wir wollen nicht riskieren, dass der Knöchel wieder anschwillt.«

Brummend fügte sich der Lädierte meiner ärztlichen Autorität. Ich konnte ihm seine Verstimmung nachfühlen. Gerade erst hatten wir uns zu einem Jägerteam zusammengefunden, gepackt vom gleichen Jagdfieber – und dann durfte nur ich auf die Pirsch gehen, er hingegen musste untätig in der Hütte bleiben.

Ich sollte ihm eine Aufgabe geben. Mir fiel ein, dass es noch etwas gab, das ich unbedingt wissen wollte: »In der Zeit, während ich weg bin, könnten Sie versuchen, im PC Informationen über den Bundestagsabgeordneten Gerhard Reddemann zu finden. Angeblich soll der von dem damaligen Sondertransport mit Kunstschätzen aus Königsberg Kenntnis gehabt haben. Kriegen Sie heraus, wie er davon erfahren hat. Das könnte für uns wichtig sein.«

Gut zwanzig Minuten brauchte ich bis Wanfried. Ich parkte den Wagen an der gleichen Stelle wie am Vortag. Als ich den Schotterweg durch die Schrebergärten betrat, sah ich auf die Uhr. Es war noch früh. Kurz zögerte ich. Sollte ich noch ein bisschen warten? Dann aber war ich mir sicher: Auch wenn wir uns etwas später zu unserem gemeinsamen Bergungsmanöver verabredet hatten, der Alte würde um diese Zeit bestimmt schon aktiv in seinem Bahngelände herumwerkeln. Zumal der Tag heute wieder sonnig zu werden versprach, die Morgenluft milde und voller würziger Düfte war.

Eine Frau mittleren Alters lehnte über einer Gartenpforte. Sie war blond, naturblond, wie ich zu erkennen glaubte. Ihre Wangen sahen aus wie reife Äpfel, so rot, so rund und so glänzend. Ein mächtiger Busen quoll über das halbhohe Eingangstor, speckige Arme, aufgestützt auf die Ellenbogen, hielten den breiten Kopf. Mit freundlicher, doch auffällig interessierter Neugier sah sie mir entgegen.

»Na?«, fragte sie und musterte mich mit einem Blick, den ich erst später als eine Mischung aus Mitleid und Schadenfreude begriff. »Wollen Sie zum alten Unger? Sie waren doch gestern schon hier.«

»Ja«, gab ich zu. Sie musste mich aus ihrem Garten heraus beobachtet haben, ohne dass ich sie bemerkt hatte. Ein dermaßen dralles Erscheinungsbild wie diese Frau wäre mir bestimmt in Erinnerung geblieben.

»Sie sind mit Herrn Unger verabredet. Ist es nicht so?« Spitzbübisch schaute sie mich an, Grübchen bildeten sich in ihren Apfelwangen. »Er wartet auf Sie, an Weiche 7.«

Erstaunt trat ich einen Schritt näher. »Sie haben mit ihm gesprochen?«

»Nein, ich habe ihn seit drei, vier Tagen nicht mehr gesehen.«

»Aber woher wissen Sie dann von meinem Unfall an Weiche 7?«

»Alle, die ihn besuchen, verunglücken an Weiche 7.« Sie riss ein Weinblatt von einer Ranke, steckte sich den Stiel in den Mund und kaute genüsslich darauf herum. Ich fühlte mich an ein gespicktes Spanferkel erinnert.

»Alle, sagen Sie?« Ich begriff noch immer nicht.

»Zumindest alle, die ihn zum ersten Mal besuchen. Die den Trick noch nicht kennen.«

»Welchen Trick denn, um alles in der Welt!?«

»Den Trick mit der Weiche.« Sie nahm die Hände vom

Kopf, schüttelte die blonden Haare und trat einen Schritt zurück. »Haben Sie denn nicht bemerkt, dass der Unfall von dem Alten absichtlich herbeigeführt worden war? Der hat doch Weiche 7 so gestellt, dass der Zug unweigerlich dort entgleisen musste. Hat einen extra weich gefederten Prellbock an dieser Stelle postiert, um den Aufprall abzufangen. Haben Sie das nicht gespürt?«

»Nein.« Mir waren der Knall und der Ruck des gestrigen Aufpralls erschreckend laut und heftig vorgekommen. Von einer Dämpfung hatte ich nichts bemerkt. Fassungslos starrte ich die Frau an. »Aber warum macht er das?«

»Na, damit er am nächsten Tag wieder einen Spielkameraden hat, mit dem er auf seiner Anlage herumfahren kann. Bestimmt hat er Ihnen auch das Märchen von dem überhitzten Motor erzählt. So verpflichtet er die schuldbewussten Zuglenker, am Folgetag wieder zu erscheinen.« Und dann mit einem gütigen Lächeln, das nichts als Wärme enthielt. »Es ist halt seine große Leidenschaft, diese Eisenbahn. Herr Unger lebt dafür. Für ihn gibt es nichts Schöneres, als andere an seinem Glück teilhaben zu lassen.«

Ich glaube, es war dieser Satz, der mich veranlasste, mich nicht zu empören, mich nicht beleidigt zu fühlen und vor allem, nicht umzukehren, sondern weiterzugehen. Verdammt, ja, der Alte hatte mich gelinkt, hatte mich hereingelegt und mein schlechtes Gewissen ausgenutzt. Aber dahinter, das begriff ich schnell, stand nichts Böses, kein Eigennutz im materiellen Sinn, keine Absicht, jemandem zu schaden. Die Motivation seines Handelns entsprang einzig dem Wunsch, mit anderen die Freude zu teilen, von der er selbst bei der Beschäftigung mit seinem Lebenswerk erfüllt wurde. Und wenn er sie mit einem kleinen Kniff ein bisschen länger an sich zu binden versuchte, um so noch ausführlicher das gemeinsame Erleben genießen zu können – was machte das schon. Wenn ich den alten Lokführer vor mir sah, seine leuchtenden Augen, seinen Ausdruck von Seligkeit, als wir zusammen Runde um Runde gedreht hatten, fiel mir mein Entschluss leicht, ihn trotzdem aufzusuchen und ihm sein Vergnügen nicht zu nehmen.

Tatsächlich, Karl Unger stand, an den Prellbock gelehnt, schon neben dem entgleisten Zug, als ich das Eisenbahnterrain betrat. So wie vorausgesagt, wartete er an Weiche Nummer 7 auf mich. Nach einer kurzen Begrüßung, bei der wir beide es vermieden, uns in die Augen zu sehen, hoben wir das Züglein ohne Schwierigkeiten wieder auf die Schienen.

»Wollen Sie es selbst auf die Hauptstrecke zurückfahren?«, fragte mich der Alte und hielt mir die Fernbedienung hin.

»Nein, heute lenke ich keinen Zug. Ein Unfall reicht.« Ich streckte ihm die Hand hin.

»War schön, Sie kennengelernt zu haben, Herr Unger. Und ganz ehrlich, das Fahren hat riesigen Spaß gemacht. Wenn da nicht diese verflixte Weiche 7 wäre, an der alle scheitern…«

Nun hob der alte Mann doch seinen Kopf und schaute mich an, fragend zunächst, dann vorsichtig lächelnd. Doch nichts von Zerknirschtheit war in seinen Augen zu lesen, nichts, was einer Bitte um Verzeihung ähnlich war. Das, was ich sah, war die pure Freude, dem Leben mal wieder eine köstliche Episode abgerungen zu haben.

Nun lächelte auch ich und nickte ihm zu. Und dann, als bräche plötzlich ein Damm, lachten wir, verhalten zunächst, dann laut und lauter. Dabei schlugen wir uns auf die Schultern wie zwei Kumpel, die ein gerade aufgedecktes

Geheimnis zu bewahren sich gegenseitig zusicherten. Wir verstanden uns auch ohne Worte und, vor allem, wir mochten uns. Ein kurzer winkender Gruß noch, dann drehte ich mich um und verließ mit einem guten Gefühl das Bahngelände von »Ungershausen«.

14

Ich fuhr in die Innenstadt, parkte das Auto unmittelbar vor dem Wanfrieder Rathaus. Irgendwo musste ich ja anfangen. Der Sitz der Stadtverwaltung, in dem man auch die Touristeninformation untergebracht hatte, war sicher nicht der schlechteste Ort, um mit den Nachforschungen zu beginnen.

Ein Torbogen war zu durchschreiten, um in den Hof des großen, dreistöckigen Fachwerkhauses zu gelangen. Ich war schon oft in Wanfried gewesen, hatte bei meinen Streifzügen durch die kleine Stadt das schöne Ensemble der alten Handels- und Bürgerhäuser auf mich wirken lassen, es aber stets als Ganzes in mich aufgenommen, ohne mich um die dahintersteckende Historie der einzelnen Gebäude zu kümmern.

Jetzt als Recherchierender, der lange vergangenen Ereignissen nachspürte, sah ich die Stadt mit anderen Augen. Plötzlich interessierte mich, was auf der seitlich des Einganges angebrachten Tafel stand. Ich erfuhr, dass das Rathaus Mitte des 17. Jahrhunderts als Handelshof auf dem Kellergewölbe eines im 30-jährigen Krieg niedergebrannten Wohnhauses errichtet worden war, gut zweihundert Jahre später aber wegen Baufälligkeit abgerissen und durch ein neues Gebäude ersetzt werden musste.

So informiert stieg ich die Steinstufen hinauf zum Verwaltungszentrum der Stadt. Mühsam drückte ich die schwere Eingangstür auf, die historisch und gewichtig in ihren Angeln hing. Die Wanfrieder Kinder würden sich anstrengen müssen, wenn sie ihren Bürgermeister besuchen wollten, räsonierte ich, während ich in den Vorraum trat.

Ich sah mich um. Es war unübersehbar, dass hier der Besucher und Tourist ausführlich informiert werden sollte über das, was die Ortsverantwortlichen als entdeckens- und wissenswert in ihrer Stadt erachteten. In hohen, mehrfächrigen Regalen lagen Prospekte aus, die Auskunft gaben über die Geschichte und die wirtschaftliche Entwicklung des Ortes, aber auch die Rad-, Reit- und Wanderwege in der Umgebung aufzeigten.

Ich nahm einige Broschüren auf und blätterte darin. Glanzfotos, bunt, unter einem ewig blauen Himmel verhießen das Schönste und das Beste dem, der die kluge Wahl getroffen hatte, nach Wanfried zu kommen. Menschen lächelten mir aus farbenfrohen Bildern entgegen, in den Augen das pure Glück, sich in dieser Stadt aufhalten zu dürfen. Wer nicht wusste, wie schön es hier wirklich war, der hätte das glatt für eine Übertreibung halten können.

Aber das, was ich wollte, war aus diesen Werbe- und Informationsprospekten natürlich nicht herauszulesen. Nichts war da geschrieben von mysteriösen Sonderzügen am Kriegsende, nichts von verschwundenen und versteckten Kunstgütern, nein, darüber würde ich in den Broschüren nichts finden.

Ich klopfte an eine der Türen, hörte ein aufforderndes »Bitte« und trat ein. Zwei junge Frauen, eine Dunkelhaarige und eine Blonde, sahen mir mit einem ermutigenden Lächeln entgegen. Ich schaute von einer zur anderen, erfreute mich an dem wohltuenden Anblick, bevor ich die Erwartung äußerte: »Ich hoffe, Sie können mir helfen!?«

Vier Augenbrauen hoben sich, zwei schöne, glatte Stirnen versuchten sich zu runzeln. Schließlich sprach mich die rechts von mir Sitzende an. »Wie können wir Ihnen denn behilflich sein? Suchen Sie etwas Bestimmtes?« Das kurze Lächeln hinüber zu ihrer Kollegin signalisierte die beidseitige Bereitschaft, mir, dem Fremden, mit Auskünften jeder Art zur Verfügung zu stehen.

In zwei, drei Sätzen erklärte ich ihnen, hinter welcher Art Informationen ich her war. »Was ich brauche, ist Insiderwissen, am besten jemanden, der die damalige Zeit selbst miterlebt oder der sich wenigstens so intensiv mit ihr beschäftigt hat, dass er einiges darüber weiß. Fällt Ihnen da jemand ein?« Wieder ging mein Blick hin und her, von der Dunklen zur Blonden, von links nach rechts.

»Sie könnten`s ja mal im Heimatmuseum versuchen«, schlug die Hellhaarige vor. »Herr Eberhardt weiß viel von dem, was in Wanfried vorging.«

»Ja, Herr Eberhardt wäre ein guter Ansprechpartner«, stimmte die junge Dame ihr gegenüber zu. »Allerdings, ob er über die Kriegs- und Nachkriegszeit genauso viel weiß, wie über die jüngere Wanfrieder Geschichte?« Zweifelnd wiegte sie den Kopf. »Herr Eberhardt hat sich eher mit dem beschäftigt, was hier so um die Wende herum abging«, erklärte sie und fügte in ihrer jugendlich saloppen Ausdrucksweise hinzu: »Hier war der Bär los, das können Sie mir glauben. Sie müssen nämlich wissen – Wanfried liegt unmittelbar an der thüringischen Grenze. Als im November 89 die ersten Trabis hier durch kamen, ging´s hoch her. Sie können sich überhaupt nicht vorstellen, was für ein Trubel damals hier herrschte.«

»Doch«, widersprach ich und informierte sie, dass ich als Oberhöner den historischen Augenblick der Grenzöffnung ebenfalls aus nächster Nähe miterlebt hatte, bewusster wahrscheinlich noch als die jungen Frauen, die seinerzeit noch Kinder gewesen sein mussten.

Ich erinnere mich noch gut an jenen denkwürdigen Tag, habe noch lebhaft vor Augen, wie damals auf beiden Seiten des Zaunes die Menschenmassen aufeinander zuquollen, sich berührten, sich vermischten, spüre noch immer die Umarmungen mit Menschen, die ich vorher nie gesehen, mit denen ich nie gesprochen hatte, die mir an diesem Herbsttag aber alles andere als fremd erschienen waren. Sollte ich einmal gefragt werden nach den glücklichsten Tagen meines Lebens – dieser 9. November zählt bestimmt dazu. »Ich bin seinerzeit am Übergang Frieda-Großtöpfer Zeuge der Grenzöffnung gewesen. Dort wird's nicht anders zugegangen sein als hier in Wanfried.«

Die Damen nickten. Sekunden stummen Erinnerns verbanden uns in diesem Moment. Ich war nun nicht mehr der Tourist, der mit den gängigen Auskünften zufriedengestellt werden konnte. Ich war ein fast Hiesiger, einer aus der gleichen Region, der augenscheinlich an einem anderen Teil der Wanfrieder Historie interessiert war, als es Tages- und Urlaubsbesucher üblicherweise waren.

»Sie suchen also nach etwas aus der Kriegs- und Nachkriegszeit«, knüpfte die Blonde an unser Vorgespräch an. So ehrfurchtsvoll, wie sie sprach, musste für sie diese Zeit ähnlich lange zurückliegen wie das Mittelalter. »Vielleicht gibt es ja Unterlagen im Museum. Möglich, dass Herr Eberhardt etwas archiviert hat.« Sie wandte sich ihrer Kollegin zu. »Wer könnte dem Herrn denn sonst noch helfen?«

Kurz debattierten sie, tauschten sich über einige Personen aus. Schließlich hielt mir die Dunkle einen Zettel hin. »Hier, das sind Leute, die sich in der Wanfrieder Geschichte ganz gut auskennen müssten. Ich habe Ihnen die Telefonnummern und Adressen gleich dazugeschrieben.«

Ich las die Namen Streitenberger, Henze, Hacker. »Versuchen Sie's. Irgendetwas werden Ihnen die Herrn schon erzählen können.«

Vielleicht war es mein enttäuschter Gesichtsausdruck, der sie begreifen ließ, dass ich nicht an irgendetwas, sondern an etwas ganz Speziellem interessiert war. Schon im Begriff, den Raum zu verlassen, sah ich, halb aus den Augenwinkeln, hinter mir einen Arm in die Höhe gehen. Wie in der Schule, wenn einem Schüler nachträglich etwas einfällt und er auf sich aufmerksam machen will, wackelte ein gestreckter Finger energisch hin und her, begleitet von einem »Hallo, Sie!«

Ich drehte mich um. Es war die mit den hellen Haaren, die mir offensichtlich noch etwas zu sagen hatte.

»Da gibt es noch jemanden, an den Sie sich wenden könnten. Vielleicht ist diese Person sogar die einzige, die Ihnen etwas über vermisste Kunstschätze erzählen kann.«

»Wen meinst du?« fragte die andere und beugte sich vor.

»Na, Gretel.«

»Gretel? Welche Gretel?«

»Gretel Meinl.«

»Gretel Meinl? Ach, die vom Röhrbrunnen?«

»Ja, die.«

Hier mischte ich mich ein. »Wer, bitte, ist Gretel Meinl? Und wie kann sie mir helfen?«

Die Blonde klärte mich nicht ohne Stolz auf: »Dr. Gretel Meinl ist eine Freundin von mir. Sie ist Kunsthistorikerin. In ihrer Dissertation hat sie über Kunstschätze unserer Region recherchiert und geschrieben. Ich habe mal in ihrer Doktorarbeit herumblättern dürfen. Das meiste habe ich nicht verstanden. Ich weiß nur noch, dass da etwas von verschwundenen Büchern erwähnt war, die man irgendwo hier in der Gegend versteckt hatte. Wenn Sie an so was oder Ähnlichem interessiert sind, sollten Sie mit Gretel sprechen.«

»Ja, ja«, beeilte ich mich zu versichern. Das war genau das, was ich suchte, jemanden, der über die allgemein zugänglichen Fakten hinausgehende Kenntnisse besaß. Vielleicht war diese Frau Dr. Meinl bei ihrer Recherche ja auf etwas gestoßen, was mir nützlich sein konnte. »Wie erreiche ich diese Dame? Ist sie außerhalb tätig?«

»Nein, im Moment nicht. Gretel ist vor einigen Wochen Mutter geworden. Sie macht gerade ihre Babypause. Normalerweise ist sie jetzt zu Hause.« Die Blonde griff zum Telefon. »Aber ich kann sie ja mal anrufen. Kann Sie anmelden, wenn Ihnen das heute Morgen passt?«

»Ja«, nickte ich zustimmend, »je früher ich mit ihr sprechen kann, umso besser.«

»Na dann!« Die junge Frau wählte und drückte einen Knopf. Der Lautsprecher schaltete sich ein, wir konnten das Gespräch mitverfolgen.

»Hallo, Bärbel«, tönte eine sympathische Stimme aus dem Hörer.

»Hi, Gretel.« Eine Weile wurden die üblichen Gesprächsfloskeln ausgetauscht, ein »Wie geht's« und ein »Lange nicht gesehen« fehlten ebensowenig wie das obligate »Was macht das Kind?«. Schließlich erfuhr die Kunsthistorikerin den Grund des Anrufs der Freundin. »Ja, ich bin jetzt daheim.« Dr. Meinl war bereit, mich zu empfangen. »Er soll nur kommen, dein geschichtsinteressierter Herr.

Gerade eben habe ich Edda gestillt. Ein, zwei Stunden wird sie Ruhe geben, wir können uns also ungestört unterhalten. Frag ihn, ob er Kaffee trinkt.«

Bärbel übersetzte mein eifriges Nicken in Worte, bevor sie den Lautsprecher ausschaltete. Drei, vier Sätze noch wechselten die Freundinnen über gemeinsame Bekannte, dann beendeten sie das Gespräch.

Hell und Dunkel sahen mich zufrieden an. Sie hatten mir helfen können, das gefiel ihnen sichtbar. »Na dann«, wiederholte die Blonde und zeigte mit der Hand auf die Tür. »Gretel wartet auf Sie.«

Der beschriebene Weg führte durch enge Gassen zum Schloss hinunter, dessen weiten Komplex ich einmal umrundete. Vergeblich hielt ich nach einem Brunnen Ausschau, bis ich schließlich begriff, dass die Bezeichnung »Beim Röhrbrunnen« keinen Ort, sondern eine Straße meinte.

Die auf dem mitgegebenen Zettel als Wohnadresse der Familie Meinl angegebene Nummer 9 war ein hellverputztes, auf einem Sandsteinsockel errichtetes Haus. Rote Ziegel verkleideten und deckten das Dachgeschoss, eine seitliche Steintreppe führte zum Eingang.

Ich stieg die Stufen hinauf und läutete an der Haustür. Obwohl ich die Stimme schon im Telefon gehört hatte und mir ausrechnen konnte, dass die gerade erst Mutter gewordenen Frau ähnlich jung wie ihre Rathausfreundin sein musste, war ich doch überrascht von der jugendlichen, fast mädchenhaften Erscheinung, die mir öffnete und mich einzutreten bat.

Ob man es will oder nicht, bei der Nennung einer Berufsbezeichnung oder eines Titels entstehen in dem Hörer automatisch Bilder, denen die Bezeichneten in den meisten Fällen ja auch entsprechen. Es gibt wohl niemanden, dem nicht mehlbestäubte Kleidung und teigverklebte Hände einfielen, wenn von einem Bäcker gesprochen wird. Oder aber ein Staatsanwalt – wem kommt nicht unwillkürlich die aufrechte Gestalt mit dem erhobenen Finger und dem anklagend forschenden Blick vor Augen, wenn von ihm die Rede ist. Ähnlich musste sich auch in mir unterbewusst eine klischeehafte Vorstellung vom Aussehen einer Kunsthistorikerin geformt haben: Schmallippig, blass, bebrillt mit vorsichtigen Bewegungen, feingliedrig im Körperbau, zerbrechlich im Auftreten.

Wie anders aber war die Frau, die mir mit kraftvollem Schritt ins Wohnzimmer voranging. In den verwaschenen Jeans, auf die ich von hinten blickte, ließen sich die stämmigen Beine erahnen, darüber sah ich ein ausladendes Becken, das wie geschaffen war, Kinder zu gebären. Lange, braune Haare fielen über breite Schultern. Als sie sich umdrehte und mich zum Platznehmen aufforderte, schaute ich in funkelnde, lebensvolle Augen, die die Neugier gar nicht erst zu verbergen versuchten, zu erfahren, was einer wie ich von ihr eigentlich wissen wollte.

»Edda schläft tief«, beruhigte sie mich, als wir saßen. Sie deutete auf eine Tür, hinter der die Kleine mit dem ungewöhnlichen nordischen Namen vermutlich in ihrem Bettchen lag. »Wir können uns also in aller Ruhe unterhalten.«

Während sie Kaffee eingoss, sah ich mich im Zimmer um. Obwohl alle Attribute des Bildungsbürgertums vorhanden waren – Bücherregale voller Klassiker und anspruchsvoller moderner Literatur, Impressionisten an den Wänden, eine umfangreiche Sammlung von CDs -, wirkte der Raum alles andere als akademisch überladen. Die Bücher, das sah man, waren gelesen, die Bilder in unverkennbarer Bewunderung dicht an dicht gehängt, ohne geregelten Abstand, ohne sichtbare Ordnung. Auf dem Sofa lagen bunte Kissen, zerknautscht vom vielen Daraufsitzen und -liegen. Eine Zeitung war aufgeschlagen und über den Tisch verteilt. Ich fühlte mich auf Anhieb wohl in diesem Zimmer. Eine Atmosphäre von lebensnaher Wärme schwebte um die hellen, nicht mehr neuen Möbel, ein Geist intensiven Beschäftigens erfüllte den Raum. Der Fernseher, zwar vorhanden, ergänzte die Ausstattung, aber beherrschte sie nicht.

Wir unterhielten uns angeregt, plauderten zunächst ungezwungen bei Kaffee und Gebäck. Ich erfuhr, dass Frau Meinl bis kurz vor ihrer Entbindung an einem wissenschaftlichen Projekt des kunsthistorischen Instituts in Kassel mitgearbeitet hatte und beabsichtigte, so schnell wie möglich dort auch wieder einzusteigen. Ihr Ziel war die baldige Habilitierung und ein Lehrauftrag an der Universität. Da sie einen Mann nicht erwähnte, fragte ich auch nicht nach dem Vater des Kindes.

Dann lenkte ich das Gespräch auf das, dessentwegen ich hierher gekommen war. Auch wollte ich den Professor zu Hause nicht zu lange allein lassen, er wartete mit Sicherheit bereits sehnlichst auf meine Rückkehr.

»Frau Meinl, Ihre Freundin Bärbel hat mir von Ihrer Doktorarbeit erzählt, in der Sie unter anderem über Kunstgüter der hiesigen Region geschrieben haben. Sie sagte, vielleicht könnten Sie mir mit einigen Auskünften helfen.«

»Das ist schon möglich. Aber dazu müssten Sie mir verraten, an was Sie interessiert sind.« Auffordernd lehnte sie sich zurück und verschränkte die Arme vor der Brust. Also erzählte ich ein weiteres Mal die Geschichte von den im Zug verborgenen Kunstschätzen, von ihrem Verschwinden und der daraus resultierenden Frage, wo sie verblieben sein könnten. Alle persönlichen Details sparte ich auch diesmal aus, erwähnte nichts von den Augenzeugenberichten Konrads und seines Vaters. Bezüglich des Bernsteinzimmers deutete ich lediglich an, es gäbe Gerüchte, dass sich zumindest Teile dieses bedeutenden Kunstwerks am Kriegsende in unserer Region befunden haben könnten.

»Ja, ja, das Bernsteinzimmer«, lachte sie und breitete die Hände aus in einer Geste der Nachsicht, dass auch ich diesem Märchen aufgesessen war. »Es dürfte kaum eine Gegend in Deutschland geben, in der dieses Prunkstück nicht gesehen und sein Versteck nicht vermutet worden wäre. Nun also auch hier. Nein, von dem Gerücht habe ich nichts gehört. Auch nichts von einem Zug mit Kunstgegenständen.« Nachdenklich legte sie die Hand an die Stirn, dann schüttelte sie den Kopf. »Nein, davon weiß ich nichts. Aber andere Kunstobjekte gibt es, die in den Kriegswirren verschwunden und nur teilweise wieder aufgetaucht sind. Ist das für Sie von Interesse?« Fragend sah sie mich an.

Ich nickte. Es konnte nicht schaden, darüber etwas zu hören. Vielleicht gab es irgendeine Querverbindung. »Ja«, ermunterte ich sie, »das interessiert mich schon. Um welche Kunstgegenstände handelt es sich denn?«

Gretel Meinl beugte sich vor, mit den Händen strich sie sich die Haare aus dem Gesicht. Ich sah, dass es ihr Freude machte, über das zu berichten, was sie in langen, mühsamen Recherchen zusammengesucht, gesichtet und bewertet hatte. Sie sprach mit großem Eifer, steigerte sich in eine regelrechte Begeisterung hinein. Ich wagte nicht, sie zu unterbrechen, obwohl ich schon bald erkannte, dass das, wovon sie erzählte, kaum in einem Zusammenhang stehen konnte mit dem, was in Schwebda damals geschehen war.

In ihrem Bericht ging es hauptsächlich um den Verlust wertvoller Handschriften aus dem Buchbesitz der Landesbibliothek Kassel. Diese hatte ihre Kostbarkeiten zum Schutz vor den zunehmenden Bombardierungen im Jahr 1943 aus der gefährdeten Stadt herausgeschafft und in das zwischen Wanfried und Wendehausen gelegene Forsthaus auf dem Karnberg ausgelagert. Neben anderem befanden sich unter den Büchern eine mit Bildern versehene Bibel aus dem 13. Jahrhundert sowie das berühmte Hardehausener Evangeliar, eines der bedeutendsten Evangeliare des Mittelalters. 1945 bedienten sich die Bewohner der umliegenden Ortschaften des eingelagerten Kulturguts, nahmen es mit nach Hause, teils in der ehrenhaften Absicht, es vor der Zerstörung oder der Entwendung zu bewahren, teils aber auch, um es zu verhökern und zu Geld zu machen. Einige Handschriften wurden in den Folgejahren zurückgegeben, andere von der Polizei beschlagnahmt und sichergestellt, als man versuchte, sie zu verkaufen. Auch der Pfarrer von Wendehausen schaltete sich in die Suche nach den verschollenen Büchern ein. In einer sonntäglichen Predigt appellierte er an seine Gemeinde, die damals entwendeten Handschriften doch bitte wieder herauszurücken. Die Wirkung seines Appells war jedoch gering, gerade mal zwei Stücke tauchten wieder auf. Von der Bibel und dem Hardehausener Evangeliar fehlt bis heute jede Spur.

Mit einem empörten Schnauben machte sich Gretel Meinl Luft. Die Kunsthistorikerin in ihr betrauerte den wertvollen Verlust. »Man hat nach Verstecken Ausschau gehalten, an denen die Bücher vergraben oder verborgen sein könnten, hat Erdlöcher, Felsspalten und Höhlen durchsucht. Das einzige, was man gefunden hat, waren menschliche Knochen in einem der Taterlöcher.«

»Taterlöcher? Was ist denn das?«

»Das sind kleine Karsthöhlen, geologisch streng genommen eigentlich Spalten, wie man sie häufig findet im Muschelkalk des Höhenzugs, der sich von Schwebda hinüber zur Plesse zieht. Dort fand man die Skelette der beiden Männer.«

Abrupt richtete ich mich auf in meinem Sessel und starrte die junge Frau an. Eine Welle der Erregung erfasste mich und ließ mein Herz schneller schlagen.

»Zwei Männerskelette, sagen Sie?« Meine Stimme musste seltsam klingen, ich sah es an der Art, wie mich die Kunsthistorikerin anschaute. Ich zwang mich zur Ruhe. »Weiß man denn, wer die beiden waren?«, fragte ich betont beiläufig, »und wann sie ums Leben gekommen sind?«

»Wann sie starben, hat man feststellen können. Das war 1945, am Kriegsende. Aber soviel ich gelesen habe, ist ihre Identität bis heute nicht geklärt. Kurzfristig war sogar mal die Vermutung geäußert worden, sie könnten etwas mit dem Verschwinden der Handschriften zu tun haben. Aber das konnte nicht belegt werden, auch in der Höhle fanden sich keinerlei Hinweise, dass dort etwas versteckt gewesen sein könnte.«

»Wissen Sie denn noch, wann man diese Skelette gefunden hat? Ist darüber etwas veröffentlicht worden?«

»Ja, es stand groß aufgemacht in der Zeitung. Ein menschlicher Knochenfund ist in unserer ländlichen Umgebung immer eine Sensation, die gründlich ausgeschlachtet wird. Aber wann war das?« Sie wölbte die Lippen und legte den Zeigefinger darauf. Angestrengt dachte sie nach. »Das ist schon Jahrzehnte her, irgendwann in den 60er-Jahren, oder war's in den Siebzigern? - Aber warten Sie, in meinen Dissertationsunterlagen müsste ich das genaue Datum haben. Hoffentlich finde ich es auf die Schnelle.« Sie verließ das Zimmer, kehrte aber schon nach wenigen Minuten zurück. In der Hand schwenkte sie einen Zettel. »Ich bin ordentlicher, als ich dachte«, wunderte sie sich über den schnellen Erfolg. »Zwar habe ich nicht das exakte Datum des Fundes, weiß aber, dass es im April 1971 war. Damit müssten Sie doch etwas anfangen können, falls Sie Näheres dazu erfahren wollen.«

»Ja, das hilft mir schon, vielen Dank«, freute ich mich über den konkreten Anhalt, den ich nun hatte. Ich entschied mich, nicht weiter in sie zu dringen. Ich wollte nicht den Verdacht erwecken, hinter etwas anderem her zu sein als den Kunstschätzen.

Jetzt lag mir vorrangig am Herzen, dem Professor von dem Entdeckten zu berichten. Zwei männliche Skelette zwischen Schwebda und Wanfried...! Was, wenn sich bestätigte, was ich annahm?

Das schlechte Gewissen, die freundliche junge Frau nun so plötzlich verlassen zu müssen und dabei vielleicht unhöflich zu wirken, wurde mir durch das laute Schreien des Babys erspart.

»Die Kleine...«, bedauerte die Mutter und stand auf.

Auch ich erhob mich und zeigte schmunzelnd auf die Tür. »Der Ruf der Edda, kräftig wie seit tausend Jahren.«

Gretel Meinl lachte. »Als Studentin war ich einige Wochen in Island, bin mit dem Rucksack durchs Land gewandert. So etwas hinterlässt Spuren.«

Ich verabschiedete mich jetzt schnell, das Kind brauchte hörbar Milch. Ich dankte für die Hilfsbereitschaft und verließ das Haus.

Als ich das Auto erreichte, schlug gerade die Rathausuhr. Es war inzwischen Mittag geworden. Ich hatte es nun eilig, nach Oberhone zurückzufahren.

15

»Wie, Sie glauben wirklich, die beiden Toten könnten mein Vater und Wilhelm sein?« Fassungslos sah mich Professor Seeger an. Gerade eben war er von mir über meine morgendliche Entdeckung unterrichtet worden. Ich hatte mich erst gar nicht damit aufgehalten, ihm zu erzählen, wie es mir auf dem Eisenbahngelände in den Schrebergärten ergangen war. Auch von den verschwundenen Handschriften der Landesbibliothek Kassel hatte ich nur soviel berichtet, dass er verstehen konnte, auf welchem Weg ich zu der Kenntnis von den Skeletten gekommen war.

»Es ist nur eine Möglichkeit«, schränkte ich ein, »ein Gedanke, der mir spontan kam, als ich von den zwei toten Männern hörte. Immerhin, der Zeitpunkt ihres Todes stimmt – und auch der Ort: Der Höhenzug, auf dem man die Knochen fand, ist die direkte Verbindung nach Schwebda hinüber. Wenn jemand von da ungesehen fliehen will, dann ist die Wahrscheinlichkeit groß, dass er die dichten Wälder dort oben statt den Weg durch das belebte Flusstal wählt.«

»Das leuchtet ein – wenn mein Vater und Wilhelm diese Richtung überhaupt eingeschlagen haben.« Der Professor trommelte mit den Fingern auf den Tisch. Seine Erregung war unübersehbar. »Wir sollten Näheres über diesen Skelettfund herausfinden. So schnell wie möglich.«

»Sie sind sich darüber im Klaren, was das bedeuten kann?«, fragte ich.

Verständnislos sah mich der Professor an. »Was meinen Sie?«

»Nun, wir werden möglicherweise nicht umhin kommen,

die Polizei um Hilfe zu bitten. Die Resultate der damaligen Untersuchung werden dort am ehesten zu erhalten sein.«

»Aber vielleicht wurden die Ergebnisse seinerzeit auch in der Lokalpresse veröffentlicht, dann sparen wir uns den Gang zur Polizei.« Die Angst, der Ruf seines Vaters könnte bei einer Einschaltung offizieller Ermittler Schaden erleiden, hatte den Sohn noch immer nicht losgelassen. »Ein Blick in die damaligen Zeitungen könnte uns doch auch weiterbringen«, schlug er vor und sah mich auffordernd an.

»Natürlich, das ist sogar wahrscheinlich. Das meiste von dem, was damals herausgefunden wurde, dürfte im Lokalteil der Heimatzeitung publiziert worden sein. Aber dennoch...« Meine Bedenken gingen weniger in die Richtung, es könnten zu spärliche Fakten in die Presse gelangt sein, als vielmehr dahin, dass die Berichterstattung so ausschweifend und ausschmückend ausgefallen sein könnte, dass Dichtung und Wahrheit nur schwer auseinander zu halten waren. »Also gut, machen wir den Versuch!«

Ich stand auf. »Ich bereite uns etwas zu essen. Danach werde ich noch einmal dem Stadtarchiv meinen Besuch abstatten. Ich bin gespannt, was in den alten Blättern über die Skelettfunde steht.«

»Haben Sie etwas vergessen? Oder habe ich Ihnen am Ende die falschen Zeitschriften mitgegeben?« Dr. Kollmann kam eilig um seinen Schreibtisch herum, bereit, einen möglichen Fehler seinerseits sofort wiedergutzumachen.

»Nein, das mit den Zeitschriften war schon in Ordnung. Ich habe den Artikel über den Bahnhof Schwebda in Heft Nr. 7 gefunden. Der Zug des Ministers und das Gerücht von den Kunstschätzen wurden darin ausführlich behandelt.

Mein Bekannter hat sich sehr über den Bericht gefreut. Er will eine Kopie davon machen, danach werde ich Ihnen die Hefte zurückbringen.« Ich deutete auf das Nebenzimmer. »Jetzt brauche ich andere Informationen.«

»Na, dann kommen Sie.« Der Historiker öffnete die Tür zum Stadtarchiv. »Was brauchen Sie denn?«

»Zeitungsberichte. Allerdings lange zurückliegende. Ich hoffe, Sie haben noch die alten Ausgaben der »Werra-Rundschau«?«

»Herr Gerhard«, ein nachsichtiges Lächeln begleitete seine Worte, »fast 140 Jahre lokaler Journalismus liegen hier geordnet und gebündelt. Wir bieten die komplette Sammlung unserer Heimatzeitung von 1873 bis heute zum Nachschlagen an.«

»Donnerwetter«, entfuhr es mir leise, ich war sogar kurz versucht zu klatschen, hielt mich aber gerade noch zurück. Stattdessen informierte ich Dr. Kollmann, an was ich interessiert war. »Ich benötige sämtliche Ausgaben des Aprilmonats 1971. Ich will lediglich etwas nachschauen, brauche diesmal also nichts zum Ausleihen. Ist es möglich, dass Sie mir die Nummern raussuchen?«

»Nichts leichter als das«, tat der Archivar diese kleine Herausforderung mit einer Handbewegung ab. Dann ging er, mir die Zeitungen zu holen.

Der Band, den er brachte, war dick und schwer. Ich erfuhr, dass die Blätter immer quartalsweise gebündelt wurden. Das Schwarz der steifen Deckel wirkte streng und abweisend, vielleicht in der Absicht, dem Leser den notwendigen Respekt vor dem archivierten Material abzufordern. Auf dem Buchrücken las ich: 2/1971.

Ich begann am Monatsanfang. Da ich nicht wusste, an welchem Apriltag die Skelette gefunden worden waren, blieb mir nichts anderes übrig, als die Zeitungsnummern eine nach der anderen durchzusehen, bis ich auf die gesuchten Artikel stoßen würde. Ich beschränkte mich auf den Lokalteil der »Werra-Rundschau«, denn es war kaum anzunehmen, dass die Knochenfunde bei Wanfried in den Weltnachrichten gebracht worden waren.

Ich blätterte und blätterte, überflog die Artikelüberschriften. Es war ein mühsames Geschäft, mir brannten die Augen, der Rücken schmerzte vom starren Sitzen.

Ich stand auf und streckte mich. Dr. Kollmann war längst zu seinem Schreibtisch zurückgekehrt, sein Mitarbeiter am Tisch neben mir saß stumm und unbeweglich vor dem Bildschirm, als sei auch er archiviert in diesem Raum voller schweigender Zeugen vergangener Zeiten. Die Stille um mich her tat gut, ich schloss die Augen, presste die Lider aufeinander und verharrte so einige Sekunden. Schließlich setzte ich mich wieder, zog den Zeitungsband heran und begann erneut, die Aprilnummern des Jahres 1971 durchzusehen.

Einmal öffnete sich die Tür zum Nebenraum. Der Kopf des Archivars erschien, verschwand aber gleich wieder, als er sah, dass ich noch immer über den Zeitungen saß. Inzwischen hatte ich schon die Hälfte des Monats durchforstet, ohne auf das Gesuchte gestoßen zu sein. Ein einziges Mal verließ der Mann seinen Bildschirm, kam aber schon nach wenigen Minuten zurück, genau die Zeitspanne, die man für einen Toilettengang brauchte.

Doch dann wurde ich fündig. Auf Seite 3 der Ausgabe vom 17.04.1971 fand ich die Zeitungsnotiz, hinter der ich her war. Unter der Überschrift »Knochenfunde auf der Plesse« war ein mehrspaltiges Foto zu sehen, auf dem Polizeibeamte und auch Zivilisten den laubbedeckten Waldboden absuchten. Ein Kind stand im Hintergrund und schaute zu.

Ich überflog den Artikel, las ihn ein zweites Mal und notierte mir das Wesentliche:

Beim Spielen im Wald hatten Kinder im Erdreich Knochen entdeckt. Ein Absuchen des Geländes durch die Polizei und den Bundesgrenzschutz hatte weitere Gebeine zutage gefördert, die der hinzugezogene Leiter des Gesundheitsamtes, Dr. Sekol, schnell als menschliche Skelettteile identifizierte. Die entscheidenden Funde machte man dann jedoch in einer der beiden zu Höhlen vertieften Felsspalten, die allgemein unter dem Namen Taterlöcher bekannt waren und deren Eingänge nur wenige Meter von der Erstfundstelle entfernt lagen. Dort in einer Erweiterung des Höhlengangs fand man eine größere Anzahl von menschlichen Knochen, unter anderem einen Schädel, daneben die Reste von Kleidungsstücken und Gegenständen, die zu den Toten gehört haben mussten: Ein paar hohe Arbeitsschuhe mit dicker Sohle, eine Metallschnalle sowie Reste eines Ledergürtels, eine Mütze, dazu ein paar Münzen, einen Schlüsselbund und – was die Aufmerksamkeit der Polizei besonders geschärft hatte – eine stark verrostete Patronenhülse Kaliber 7,65 mm.

Die Vermutungen gingen dahin, dass die Skelette anfangs als Ganzes in der Höhle gelegen hatten, wobei offen blieb, ob die Menschen, von denen die Knochen stammten, selbst in die Erdlöcher gekrochen waren oder ob man sie, schon tot, dort hineingelegt hatte. Es mussten Tiere, Füchse oder Marder gewesen sein, die wahrscheinlich einen Teil der Gebeine aus dem Höhlengang herausgezerrt und in der Eingangsumgebung verstreut hatten. Völlige Unklarheit herrschte dagegen, ob die Toten gewaltsam ums Leben gekommen oder natürlich gestorben waren.

Ich blätterte erneut in dem Zeitungssammelband. Am

19.4. fand ich einen weiteren Bericht, der zwei entscheidende Neuigkeiten enthielt. Zum einen war man sich nun nach dem Sortieren und Zusammensetzen der Knochen sicher, die unvollständigen Skelette zweier junger Männer gefunden zu haben. Zum anderen ließ sich die Liegezeit der Toten anhand der in der Höhle entdeckten Geldstücke, Münzen im Wert von 50 und fünf Reichspfennigen, auf 25 oder 26 Jahre festlegen, also auf die Zeit um das Kriegsende herum.

Einen Tag später, am 20.4., war noch einmal ein Artikel erschienen, der sich hauptsächlich mit der Frage beschäftigte, wer die beiden toten Männer gewesen sein könnten. Von Grenzgängern war die Rede, die in den damaligen Zeiten häufig das unwegsame Waldgebiet der Plesse für heimliche Grenzübertritte genutzt hatten, von Flüchtlingen sprach man, auch von geflohenen Kriegsgefangenen. Wilde Thesen wurden aufgestellt und von der Presse bereitwillig übernommen. Das war der Stoff, aus dem man Geschichten machen konnte, das gefundene Fressen für eine spektakuläre Berichterstattung in dieser ereignisarmen Region. Am Schluss des Artikels stand die Meldung, dass die Knochen und die daneben gefundenen Gegenstände dem Landeskriminalamt in Wiesbaden zur näheren Untersuchung überstellt worden waren. Ergebnisse seien erst in einiger Zeit zu erwarten.

Ich klappte das Buch zu und stand auf. Mir war klar, dass es Stunden weiteren Zeitungsstudiums dauern konnte, bis ich auf die Veröffentlichung der Untersuchungsresultate aus Wiesbaden stieß. Diese Strapaze wollte ich mir nicht antun. Möglicherweise war die Polizei nun doch die bessere Option, an die Ergebnisse von damals heranzukommen.

Dr. Kollmann hob kurz den Kopf und nickte mir zu, als

ich das Stadtarchiv über sein Arbeitszimmer verließ. »Na, alles gefunden?«

»Ja, so ziemlich«, wich ich aus und war froh, dass er nichts über das Objekt meiner Recherche wissen wollte. »Ich komme wieder, wenn ich noch etwas brauche.«

Der Professor saß auf der kleinen Gartenbank an der Einfahrt zum Hof. Die Ungeduld, zu erfahren, was ich herausgefunden hatte, war ihm deutlich anzusehen. Ich ließ mich neben ihm nieder, zog das Papier mit den Notizen aus der Tasche und begann zu berichten. Ich versuchte, mich auf die Tatsachen zu beschränken, konnte aber nicht umhin zu erwähnen, wie die Knochen außerhalb der Höhle gelangt waren. Ich sah, wie er während meiner Worte die Augen schloss und die Lippen aufeinander presste. Er litt sichtbar unter der Vorstellung, die Gebeine seines Vaters könnten möglicherweise von Tieren abgenagt worden sein.

»Einiges an diesen Knochenfunden fügt sich erkennbar in unsere Geschichte«, folgerte ich. »Der Fundort zum Beispiel – unweit von Schwebda. Dann die Höhle, ein Ort, der sich Fliehenden geradezu zum Verstecken anbietet. Auch der Todeszeitpunkt und die Tatsache, dass es sich um die Skelette zweier junger Männer handelt. Es könnte also durchaus sein, dass uns die Nachforschungen bezüglich des Verbleibs Ihres Vaters schon hier zum Ziel geführt haben.«

»Ob es wirklich seine sterblichen Reste sind, die man dort gefunden hat? Das müsste sich doch anhand eines Vergleiches unser beider Erbanlagen leicht feststellen lassen.«

Zweifelnd wiegte ich den Kopf. »Ich weiß nicht, was in der forensischen Labordiagnostik heutzutage alles möglich ist – aber bedenken Sie, nach fünfundsechzig Jahren ist nichts Organisches mehr an und in den Skeletten, das genanalytisch verwendet werden könnte. - Und außerdem, ob die Knochen überhaupt noch existieren, ist mehr als fraglich. Wahrscheinlich ist, dass sie irgendwo beigesetzt, möglicherweise auch verbrannt wurden und der Ort der Bestattung gar nicht mehr bekannt ist.«

»Aber wie sonst kann ich feststellen, ob einer der Toten mein Vater ist?«

»Es gibt da noch die gefundenen Kleidungsstücke und Gegenstände – vielleicht gelingt darüber eine Identifizierung.«

Der Alte schnaubte. »Wissen Sie denn noch, was Ihr Vater in jungen Jahren getragen hat? Welchen Gürtel er umgeschnallt hatte, mit welchen Schuhen er ging, wie sein Schlüsselbund aussah?«

Tatsächlich, als ich versuchte, mir das Bild meines Vaters als junger Mensch vor Augen zu führen, tauchte lediglich sein vertrautes Gesicht vor mir auf. Wie er aber angezogen war, das konnte ich mir beim besten Willen nicht mehr ins Gedächtnis rufen. Die abgetragene Strickjacke war das einzige, das mir hinsichtlich seiner Kleidung in den Sinn kam, aber die trug er erst im Alter, vielleicht konnte ich mich auch deshalb noch an sie erinnern.

»Möglicherweise fällt Ihnen ja das eine oder andere wieder ein, wenn Sie die Objekte vor Augen haben«, versuchte ich Mut zu machen. »Wir müssen herauskriegen, wo die Fundsachen hingekommen sind.«

»Also müssen wir doch zur Polizei?«

»Ich fürchte, es geht kein Weg daran vorbei.«

Professor Seeger seufzte. »Also gut.« In einer Geste der Resignation hob er die Hände. »Wenn ich wirklich wissen will, was damals geschehen ist, bleibt mir wohl keine andere Wahl.«

Ich bemühte mich, ihn hinsichtlich seiner Bedenken zu beruhigen. »Mein Freund Charly ist Hauptkommissar bei der Kripo in Eschwege. Er wird uns helfen, an die notwendigen Informationen zu kommen. Von der Sache mit dem Kunstraub damals im Tunnel müssen wir nichts erzählen. Es genügt, wenn wir ihm sagen, wir hätten erst jetzt von den Skelettfunden gehört und wollten lediglich wissen, ob es sich bei den Toten vielleicht um Ihren vermissten Vater und seinen Freund handeln könnte. Sind Sie damit einverstanden?«

Er nickte. »Wenn es uns weiterhilft.«

»Das hoffe ich. Ich werde den Hauptkommissar gleich anrufen und für morgen früh ein Treffen mit ihm vereinbaren.«

Gemeinsam begaben wir uns ins Haus. Ich fasste den Professor am Arm, bevor er in sein Zimmer verschwand. »Ich hatte Sie gebeten, etwas über den Bundestagsabgeordneten Gerhard Reddemann in Erfahrung zu bringen. Waren Sie erfolgreich?«

»Ja und nein«, zögerte er, sich zu entscheiden. »Ich habe zwar etwas gefunden, weiß aber nicht, ob uns das weiterhelfen kann.« Er deutete mit der Hand zur Küchentür. »Sie könnten schon mal Kaffee kochen. Ich hole in der Zwischenzeit das, was ich mir aus dem Internet herausgeschrieben habe.«

Die Kaffeemaschine lief noch, als er heranschlurfte. Ich registrierte, dass er nur noch eine Gehhilfe benutzte, sagte aber nichts. Solange er den verletzten Fuß nicht belastete, ging das in Ordnung.

»Was ich herausgefunden habe, ist folgendes«, begann er und legte das Blatt mit den Notizen vor sich auf den Tisch: »Dr. Gerhard Reddemann, ein inzwischen verstorbener ehemaliger Bundestagsabgeordneter aus Hagen, erfuhr durch seinen Vater von dem Gerücht, das Bernsteinzimmer könnte in unserer Region gelandet sein. Reddemann Senior, ein Amtsgerichtsrat, war nämlich ab Januar 1945 Kommandeur des Volkssturms in Heiligenstadt. Er hat dem Sohn erzählt, dass er miterlebt habe, wie wenige Wochen vor Kriegsende – an das genau Datum konnte er sich nicht erinnern – ein Sondertransport des Oberkommandos des Heeres aus Potsdam kommend im dortigen Bahnhof eintraf. Dieser Zug war begleitet von Feldgendarmerie des Heeres und enthielt neben anderem Verpackten auch 27 Großkisten. Zug und Wagen wurden weitergeleitet zum Eisenbahntunnel in Schwebda und dort, glaubt sich Dr. Reddemann zu erinnern, der Sicherungsgruppe SD oder SS übergeben. Was dann weiter mit dem Zug geschah, darüber macht er keine Angaben.« Der Professor ließ das Blatt mit einem Schulterzucken sinken. »Was diese Transportbehälter enthielten, scheint Reddemann Senior allerdings nicht gesehen zu haben. Er berichtet lediglich von 27 Großkisten, ohne ihren Inhalt zu erwähnen.«

»Immerhin ein starkes Indiz, dass sich darin tatsächlich das Bernsteinzimmer befunden haben könnte, denn in genau dieser Anzahl von Kisten wurde das kostbare Kabinett damals verpackt.« Ich stand auf und holte den Kaffee. »Jedenfalls noch jemand außer Ihnen und Ihrem Vater, der den möglichen Transport des Kunstwerkes in den Tunnel bezeugt hat. Ein Puzzleteilchen mehr in dem Bild, das sich so langsam zu beleben beginnt und in groben Umrissen erkennen lässt, was sich damals abgespielt haben könnte. Vielleicht kommt ja morgen in der Polizeidirektion noch ein weiteres Teilchen hinzu. Warten wir es ab.«

16

Punkt 10 Uhr, so wie gestern telefonisch vereinbart worden war, stand ich vor dem Dienstzimmer des Polizeihauptkommissars Karl Montag. Ich klopfte und hielt die Bäckertüte wie ein Empfehlungsschreiben vor die Brust.

Charly öffnete, ein zufriedenes Lächeln überflog sein bärtiges Gesicht beim Anblick meines Mitbringsels. »Ah, wie in alten Zeiten. Komm herein, Heiner«, zog er mich in den Raum und deutete auf Gunter, der gerade dabei war, drei Kaffeebecher auf das kleine, leergeräumte Tischchen zu stellen. »Wir haben uns schon gedacht, dass du etwas mitbringen würdest. Es ist alles für unser Gespräch vorbereitet.«

Ich begrüßte Oberkommissar Gunter Schröder mit Handschlag und legte die Tüte mit den Gebäckstückchen zwischen die Becher. »Und was hättet ihr gemacht, wenn ich nichts mitgebracht hätte?«

»Keine Angst, Heiner«, Gunter tätschelte meinen Arm, »wir haben vorgesorgt – für alle Fälle. Nicht wahr, Charly?«

Der Hauptkommissar nickte und trat auf den schmalen Aktenschrank zu, der in schmuckloser Dienstzimmernüchternheit an der dem Fenster gegenüberliegenden Wand aufgestellt war. In sichtbarer Vorfreude hob er die Augenbrauen und öffnete die Tür. Erstaunt blickte ich auf eine Tüte, doppelt so groß und mit dem gleichen Aufdruck wie die meine. Das halbe mittlere Schrankfach wurde von ihr ausgefüllt.

»Kein Wunder, dass die Mohnschnecken und Quarktaschen in der Bäckerei nicht mehr zu haben waren. Ihr habt alles aufgekauft.« Ich zeigte auf das Tischchen. »Ich konnte nur noch ein paar Plunderstückchen bekommen.«

»Macht nichts, Heiner«, beruhigte Charly, während er die große Tüte neben die kleine legte, »zu viel ist besser als zu wenig.«

Als wir endlich saßen, den Kaffee in den Bechern und die Teilchen in den Händen, brachte ich etwas zur Sprache, was mir gerade aufgefallen war. »Was ist mit euren Würsten?« Ich deutete auf den Schrank. »Sonst hing dort doch jede Menge Ahle Worscht, eine Stracke neben der anderen. Wo sind die hin?«

Unwillkürlich strichen sich die Kommissare über die Bäuche. »Würste«, Charlys Stimme war voller Traurigkeit, »haben wir aus unserem dienstlichen Speiseplan herausnehmen müssen. Gunter zuliebe.« Sein Arm zeigte auf den Oberkommissar, der bedauernd mit den Schultern zuckte. »Das Blatt hat sich gewendet. Wir mussten wieder auf Kaffeestückchen umsteigen.«

»Aber Gunter und sein Diabetes? Das war doch ein Grund, weshalb ihr von den Süßigkeiten zur Wurst gewechselt seid.«

»Der Zucker, der ist gut eingestellt.« Gunter winkte ab und biss in seine Mohnschnecke, »das ist nicht das Problem.«

»Ja, aber, was dann?«

Charly seufzte und holte sich seine zweite Quarktasche aus der Tüte. »Die Ahle Worscht – sie war einfach zu gut.«

»Zu gut? Was ist daran schlimm?«

»Wir haben sie aufgegessen, alle Würste. Das war ein Fehler, zumindest für Gunter...«

Fragend sah ich den Oberkommissar an. Zu meiner Überraschung hob dieser den Fuß und deutet auf seine Schuhspitze. »Mein großer Zeh...« Dabei verengten sich seine Augen und Lippen, als leide er unter einer heftigen Schmerzattacke.

»Es war schrecklich für ihn«, berichtete Charly, »aber auch für mich, der ich es mit ansehen musste.«

Nun verstand ich, was er meinte und begriff, dass Gunter nach diesem schmerzhaften Ereignis – zumindest in der nächsten Zeit – keine Würste mehr anrühren würde. »Podagra, die Gicht im großen Zeh«, nickte ich ihm voller Mitgefühl zu. Doch dann konnte ich mir nicht verkneifen, hinzuzufügen. »Die Krankheit der Völler und Schlemmer. Früher war die Gicht ein Privileg der Könige und Reichen, heutzutage kann sich jeder Polizist so etwas leisten.« Ich nahm mir ein Plunderstückchen aus der kleinen Tüte und hielt es pathetisch in die Luft. »Es lebe der soziale Aufstieg!«

Während ich hineinbiss und kaute, dachte ich an frühere Treffen mit den Kommissaren. Mehrfach in den letzten Jahren hatten uns Angelegenheiten zusammengeführt, in die wir auf die eine oder andere Weise gemeinsam involviert gewesen waren, Gunter und Charly dienstlich als Polizisten, ich als Privatmann und pensionierter Mediziner. Zwei-, dreimal hatte mich der Zufall in polizeirelevante Fälle verwickelt. Doch meine Wissbegier und Neugier waren ebenso häufig daran Schuld gewesen, dass ich parallel zu den offiziellen Ermittlungen einer ungeklärten Sache nachgegangen war, nur um zu wissen, wie sie ausgehen würde.

Oft schon hatten wir hier zusammen gesessen, im gleichen Raum, an gleicher Stelle, diskutiert, gestritten, eine Fallauflösung gefeiert, stets mit den von beiden so geliebten Mohnschnecken und Quarktaschen. Dabei war es im Laufe der Zeit zum Ritual geworden, dass ich das Gebäck mitbrachte und sie den Kaffee stellten. Erst später mit der Feststellung der Zuckerkrankheit des Oberkommissars war die Wurst hinzugekommen in dem irrigen Glauben, ihr Verzehr sei weniger schädlich für einen Diabetiker als die Kaffeestückchen. Nun also hatte eine Sünde die andere abgelöst. Die Wurst war weggeblieben, die Gebäckteilchen wieder auf den Tisch gekommen.

Der Hauptkommissar räusperte sich. Der letzte Bissen der Quarktasche hing ihm noch im Hals, was ihn aber nicht daran hinderte, sich ein neues Teilchen aus der großen Tüte zu angeln. Aber bevor er in die Mohnschnecke hineinbiss, wollte er eine Vermutung loswerden. »Du bist doch bestimmt nicht nur gekommen, um dich über Gunters Gicht zu informieren. Ist es mal wieder soweit, Heiner? Hast du etwas entdeckt, das wir übersehen haben?« Ein leichter Spott in seiner Stimme war unüberhörbar. Dabei hatte er nicht den geringsten Grund dazu, denn häufig genug hatte ich tatsächlich etwas herausgefunden, das der Polizei entgangen war, hatte ein um das andere Mal so zur Klärung eines Falles beigetragen.

»Nein, Charly, diesmal bin ich nicht wegen etwas akut Kriminalistischem hier. Das, was ich von euch wissen will, liegt schon Jahrzehnte zurück, hat möglicherweise überhaupt keinen verbrecherischen Hintergrund. Ich brauche ein paar Auskünfte, mehr nicht.«

»Am besten, du erzählst uns, was du willst«, forderte mich der Hauptkommissar mit einer Handbewegung auf. »Und lass dir Zeit, Heiner, die Tüte ist noch halb voll.«

Also berichtete ich, schilderte, wie ich mit dem Professor zusammengetroffen war, wie ich mich seiner angenommen und ihn schließlich bei mir zu Hause untergebracht hatte. »Dort hat er mir von seinem verschollenen Vater erzählt. Beim Ausräumen des Elternhauses nach dem Tod der Schwester ist die Geschichte von dessen plötzlichen Verschwinden wieder in ihm hochgekommen. Überwältigt von den Erinnerungen, die er in dem alten Haus fand, hat er sich auf die Suche nach Spuren seines Vaters gemacht. Aber sein Unfall setzte ihn dann unerwartet außer Gefecht. Hilflos, wie er nun war, bat er mich um Unterstützung. Ich sollte mich in der Umgebung umhören, ob es irgendwelche Hinweise gäbe, die zur Klärung des damaligen Geschehens beitragen könnten. In Wanfried erfuhr ich von den 1971 gefundenen Skeletten. Deshalb bin ich hier.«

Ich beschrieb ihnen, was ich bisher herausgefunden hatte, berichtete von meinem Gespräch mit der jungen Kunsthistorikerin. Auch die Fakten, die ich aus den alten Zeitungsartikeln im Stadtarchiv zusammengesucht hatte, trug ich ihnen vor. »Ich weiß also einiges über die beiden Skelette, aber das Entscheidende fehlt mir noch. So weiß ich zum Beispiel nicht, ob die dazugehörenden Menschen jemals identifiziert wurden. Auch ob ihr Tod gewaltsam war oder nicht, ist unklar. Da die Kriminalpolizei in Eschwege mit der Aufklärung des damaligen Knochenfundes befasst war, erhoffe ich mir von euch ein paar nähere Auskünfte. Ihr habt doch sicherlich die Untersuchungsergebnisse dieses Falls archiviert?«

»Da bin ich mir nicht so sicher.« Oberkommissar Schröder wischte sich die zuckerverklebten Finger an einer Serviette ab, dabei wiegte er zweifelnd den Kopf. »1971, sagtest du, wurden die Knochen gefunden? Das sind...« Gunter legte in einer Pose des Nachdenkens die Stirn in Falten.

»39 Jahre«, kam ihm der Hauptkommissar zur Hilfe, »da dürfte es in der Tat keine Unterlagen mehr geben. Bis vor gar nicht so langer Zeit galt nämlich noch eine Aktenaufbewahrungsfrist von dreißig Jahren. Heute sieht das anders aus. Die Pflicht, Unterlagen aufzuheben, hat sich deutlich verlängert.«

»Also könnt ihr mir möglicherweise überhaupt nicht helfen?« Die Enttäuschung musste aus meiner Frage herauszuhören sein.

Gunter hob beschwichtigend die Hände: »Langsam, Heiner, das kann man jetzt noch nicht sagen. Erst müssen wir überprüfen, ob noch etwas von dem damaligen Untersuchungsmaterial vorhanden ist. An was bist du denn besonders interessiert?«

»In erster Linie natürlich, wer die Toten sind. Dann auch, wie sie umgekommen sind, ob sie ermordet wurden oder aber einfach verhungert und an Schwäche gestorben sind.«

»Das festzustellen, dürfte damals nicht leicht gewesen sein«, vermutete der Oberkommissar und rieb sich das Kinn. »Wenn die beiden Männer tatsächlich 1945 ums Leben gekommen sind, liegen fast drei Jahrzehnte zwischen ihrem Tod und dem Auffinden der Knochen. Nach so langer Zeit ist nichts mehr an Weichteilgewebe übrig, aus dem man Schlüsse auf ein Verbrechen ziehen könnte, keine Muskeln mehr, keine Haut, keine inneren Organe. Wenn nicht gerade Gewaltspuren am Skelett vorhanden sind – ein Schusskanal zum Beispiel, oder schwere Frakturen – dürfte es unmöglich sein, Tötungen durch Erwürgen, Ersticken, Vergiften oder ähnliches nachzuweisen. - Aber gut, wir werden sehen, ob wir darüber etwas finden können. Was willst du sonst noch wissen?«

»Was ist mit den Fundstücken passiert? Ich meine sowohl die Knochen als auch die Gegenstände. Sind die noch irgendwo eingelagert?«

Gunter hob ratlos die Schultern und sah seinen Vorgesetzten an. »Was meinst du, Charly, ist da noch etwas in der Kammer?«

»Das glaube ich kaum. Die Knochen dürften längst unter

der Erde sein, nach so vielen Jahren. Aber möglicherweise sind die anderen Fundstücke aufgehoben worden. Man müsste in der Asservatenkammer nachsehen.« Charly legte mir die Hand auf den Arm. »Lass uns einen Tag Zeit, Heiner. Wir tun, was wir können. Gunter kann gleich ins Archiv hinunter gehen und nach der Akte suchen. Später dann werden wir uns unter den Asservaten umsehen. Ich sage dir morgen Bescheid, ob wir etwas entdeckt haben.«

Zufrieden nickte ich den Kommissaren zu. Das war doch schon mal etwas, worauf man hoffen konnte. »Danke jedenfalls für eure Mühe.« Ich erhob mich. Neben mir auf dem Tischchen lag schlaff und inhaltsleer die große Tüte. Bis spätestens Mittag würde auch die kleine ihre jetzt noch bauchige Form verloren haben, da war ich mir sicher.

Gut gelaunt winkte ich von der Tür zurück. »Macht´s gut, ihr zwei. Wir hören morgen voneinander.«

Da wusste ich allerdings noch nicht, wieviel früher schon ich die beiden Polizeibeamten wiedersehen sollte.

17

Am Nachmittag klingelte das Telefon. Durch das offene Fenster meines Arbeitszimmers drang das Läuten bis hinaus in den Garten. Leise stand ich auf, denn ich wollte den Professor nicht wecken, der auf seiner Liege im Schatten der Buche eingeschlafen war.

Ich ging ins Haus und nahm den Hörer ab. »Heinrich Gerhard« meldete ich mich mit vollem Namen, eine Selbstverständlichkeit für mich, auch wenn ich wusste, dass es

Leute gab, die lediglich ein »Hallo » oder »Ja« von sich gaben in der Befürchtung, sich mit der Namensnennung etwas zu vergeben. Was eigentlich?

»Heiner«, Charlys Stimme klang rauh und belegt, »was machst du gerade?«

»Nichts. Du weißt doch, ich bin Pensionär und kann mir mein Leben nach eigenem Gusto einteilen. Warum fragst du?« Der Ernst seiner Stimme machte mich nun doch etwas stutzig, aber noch glaubte ich, er riefe wegen der Sache an, die ich heute Morgen mit ihm besprochen hatte. »Habt ihr etwa schon die Akte über die Skelette entdeckt?«

»Nein, darum geht's jetzt nicht. Ich möchte, dass du nach Wanfried kommst. So schnell wie möglich. Schaffst du das?«

Einc plötzliche Beklemmung befiel mich, für einen Augenblick blieb ich stumm. Ein Bild tauchte vor mir auf, ein Dialog, der damals nahezu genauso wie dieser begonnen hatte. Im gleichen Tonfall, mit der gleichen Dringlichkeit wie jetzt, hatte mich der Hauptkommissar vor gut einem Jahr an ein offenes Grab gerufen, um mir die Leiche meines Freundes darin zu zeigen. Ein Schauer durchlief mich, als ich daran dachte.

»Ist etwas passiert?«, fragte ich und merkte, dass nun auch meine Stimme nicht mehr frei war.

»Ja, es ist etwas passiert.« Die Bedeutsamkeit in Charlys Worten war unüberhörbar. »Komm! Wenn´s geht, schnell.«

»In die Schrebergärten?« Ich ahnte, wohin ich musste.

»Ja, auf die Anlage des Eisenbahners. Du weißt ja, wo das ist.«

Ich wählte die schnellste Strecke nach Wanfried, fuhr, die Durchfahrtsverbote missachtend, über befestigte Feldwege und erreichte knapp fünfzehn Minuten nach dem Anruf die Ortsgrenze. Den Professor hatte ich schlafen lassen, hatte ihn auf einem Zettel lediglich informiert, dass ich fortgerufen worden war und bald wiederkäme.

Die Parkfläche vor den Gärten, auf der ich gestern und vorgestern noch gestanden hatte, war mit Polizeifahrzeugen besetzt. Ein Beamter, den ich kannte, lotste mich auf einen freien Platz und wies mir nach dem Aussteigen mit der Hand die Richtung. »Bitte, Herr Gerhard, hier entlang.«

»Ich weiß«, sagte ich und betrat den geschotterten Weg zwischen den Gärten.

Lauter als in den Tagen zuvor, so schien es mir zumindest, knirschte es unter meinen Schuhen, als ich über den kiesigen Untergrund dem Bahngelände zueilte. Es mussten meine Nerven sein, die, aufs Äußerste gespannt, jede kleinste sinnliche Wahrnehmung verstärkten. Ich spürte eine Unruhe in mir, eine angstvolle Erwartung. Was würde ich am Ende des Weges vorfinden?

Ich kam an dem Garten vorbei, über dessen Pforte der Oberkörper mit dem üppigen Busen gelegen hatte, passierte die heute offene Schranke und bog um die Biegung, hinter der ich normalerweise auf die Eisenbahnanlage schauen konnte. Aber statt des gewohnten freien Blicks sah ich jetzt auf eine dichte Menschentraube. Schulter drängte sich an Schulter, Rücken an Rücken. In Dreier-, Viererreihen pressten sich die Leiber aneinander, aufgehalten von dem rotweißgestreiften Flatterband, das ihnen das Weitergehen verwehrte.

Eine lichte Stirn schob sich über die gaffenden Leute, zwei suchende Augen blickten in meine Richtung. Ich machte mich bemerkbar, als ich den Oberkommissar erkannte.

Gunter winkte mich heran und bahnte mir einen Weg

durch die Menschen. »Ich weiß gar nicht, wie die alle hierher gelangt sind«, flüsterte er, als wir unter dem Absperrband hindurchkrochen. »Von der Straße her lassen wir keinen mehr herein. Die müssen alle aus den Gärten gekommen sein.«

Ich richtete mich auf und ging ein paar Schritte in die Eisenbahnanlage hinein. Ein Dutzend Menschen sah ich herumwuseln, Uniformierte gleichermaßen wie zivil Gekleidete. Polizisten knieten am Boden, andere suchten zwischen den Gleisen oder in den Büschen. Mein Blick fiel auf eine Ansammlung von Personen, die eng zusammen standen und miteinander diskutierten. Ihre Augen waren auf etwas vor ihnen gerichtet, das ich von hier aus nicht einsehen konnte.

Dann aber erkannte ich den Ort, um den sie sich gruppiert hatten. Erschrocken blieb ich stehen. Bilder und Geräusche stürmten plötzlich auf mich ein. Ich glaubte das Schütteln wieder zu spüren, das Schaukeln und Hüpfen, hörte das Kreischen des Metalls und schließlich den Knall.

Gunter riss mich aus meinen Erinnerungen. Er fasste mich am Arm und zog mich mit sich. »Komm, da vorne am Fundort ist Charly. Er will mit dir sprechen.«

Als wir uns der Menschengruppe näherten, löste sich Karl Montag aus dem Pulk. »Gut, dass du sofort gekommen bist, Heiner. Die Sicherungsgruppe aus Kassel ist noch nicht da, wir haben deshalb nicht viel verändert. Komm, sieh dir's an.«

Der Kreis der Herumstehenden öffnete sich, als ich mit Charly herankam. Der Hauptkommissar ließ mich vorgehen, blieb aber dicht hinter mir. Die Gespräche ringsum verstummten. »So haben wir das Ganze vor gut einer halben Stunde vorgefunden.« Charly zeigte nach vorn. »Der Schwiegersohn hat uns zusammen mit dem Notarzt alarmiert. Er wollte seinem Schwiegervater Kuchen zum Kaffee bringen und stieß dann auf das hier.«

Man ließ mir Zeit, mit dem fertig zu werden, was ich vor mir sah. Dabei war das Bild nicht neu. Gerade zwei Tage war es her, dass auch ich mit dem kleinen Zug entgleist war, an der gleichen Stelle, an Weiche 7. Und doch war es heute anders, das erkannte ich sofort. Das Ausmaß der Zerstörung an Lokomotive und Wagen war hier beträchtlich im Gegensatz zu den paar Schrammen, die mein Unfall verursacht hatte: Zahlreiche Dellen und Beulen bedeckten die Verkleidungsbleche, die Bretter der Seitenwände waren teilweise zersplittert, die Scheiben der Fenster geborsten. Das Züglein musste mit großer Geschwindigkeit auf den Prellbock aufgefahren sein, wie anders ließen sich sonst die Schäden erklären?

Ich trat seitlich an den Zug heran in der Absicht, die Zerstörung etwas genauer zu betrachten. Der Prellbock war, soweit ich das beurteilen konnte, intakt geblieben, die ramponierte Lokomotive lag dicht neben den Schienen. Ich bückte mich, wollte unter den Tender schauen, als ich etwas nahe der Räder im Gras liegen sah. Es war eine grüne Plane. Sie war mir vorher nicht aufgefallen. Ich beugte mich vor, um besser sehen zu können, fuhr aber erschreckt zurück, als ich erkannte, dass das Tuch einen menschlichen Körper bedeckte.

Charly war neben mich getreten. Er deutete auf das reglose Bündel. »Der Arzt hat ihn unter der Lok hervorgezogen, er wollte feststellen, ob er noch lebt. Aber bei den Verletzungen hatte der alte Unger keine Chance.« Betrübt schüttelte er den Kopf. »Willst du ihn sehen?«

Ich zögerte, nickte dann aber. »Wenn das möglich ist?« Wir kannten uns zwar kaum, der alte Eisenbahner und ich, hatten gerade mal ein paar Stunden unseres Lebens zusammen verbracht. Aber er war mir lieb geworden wie ein Freund, von dem man sich persönlich verabschieden will. »Ja, ich möchte ihn sehen«, bekräftigte ich.

Innerlich wappnete ich mich vor dem, was mir bevorstand. Selbst nach vielen Jahren als Arzt, nach unzähligen Begegnungen mit dem Tod, empfand ich beim Anblick eines Verstorbenen oder Verunfallten ein Gefühl des Unbehagens, eine Art innere Abwehr, die rational kaum erklärbar war. Besonders beim Ableben junger Menschen oder auch bei gewaltsam herbeigeführtem Sterben, wenn der Tod nicht das voraussehbar akzeptierte Ende eines Lebens war, sondern ein unwillkommener, viel zu früh erschienener Gast, der ungebeten in Pläne, Wünsche und Hoffnungen eingriff, befiel mich und befällt mich noch heute eine tiefe Traurigkeit, ein Unverständnis, manchmal auch ein Zorn auf die Willkür seiner Auswahl. Auch bei diesem alten Mann, der, die Jahre betrachtet, schon an der Schwelle seines Todes stand, konnte ich mich dieser Gefühle nicht erwehren. Wer ihn so wie ich vor Kurzem noch in seiner lebhaften, blühenden Daseinslust erleben durfte, musste einfach betroffen sein von einem solchen Ende.

Inzwischen hatte der Hauptkommissar die Plane zurückgeschlagen. Mit einer Handbewegung bat er mich, heranzutreten. Zögernd folgte ich seiner Aufforderung und bückte mich noch einmal zu der umgestürzten Lokomotive hinunter. Als ich in das Gesicht des Toten sah, erschrak ich heftig, zwang mich aber zur Ruhe. Um Fassung bemüht machte ich noch einen weiteren Schritt auf den Körper zu.

Der Anblick, der sich mir bot, war nahezu unerträglich. Ich war froh, dass Charly nur den Kopf und einen Teil des Brustkorbs aufgedeckt hatte. Ich konnte mir vorstellen, dass der restliche Körper sich in ähnlich grauenvollem Zustand befand. Von den schelmischen, gelegentlich listigen Gesichtszügen, von dem hintergründigen Lächeln, den vergnügten Falten und Runzeln war in dem, was einmal das Gesicht Karl Ungers war, nichts mehr zu sehen. Überall klafften unter einer Kruste von geronnenem Blut Risse und Schnitte. Schief hing der gebrochene Unterkiefer und verzerrte den Mund. Die Nase war eingedrückt. Der zersplitterte Knochen des Jochbeins ragte spitz aus der rechten Wange. Gespenstisch sah mich ein blutunterlaufenes Auge an, während das andere in dem eingesunkenen Krater seiner zertrümmerten Höhle ganz verschwunden war. Auch der Brustkorb war betroffen, die eingesenkten Rippenpartien waren nicht zu übersehen.

Ich richtete mich auf, trat drei Schritte zur Seite und atmete tief durch. Wie war das möglich? Soviel Blut, soviel Zertrümmerung, soviel Zerstörung? Und nur, weil die kleine Lokomotive gegen den Prellbock geprallt und die Wagen umgekippt waren? Ich hatte das Bähnlein selbst gefahren, kannte seine Höchstgeschwindigkeit. Sie würde niemals ausreichend sein, einen Unfall mit derartigen Folgen zu verursachen. Welch unglückliche Umstände mussten hier zusammengekommen sein, um zu einem solch desaströsen Ergebnis zu führen.

Charly zog mich von der Unfallstelle fort. Er stützte mich am Arm. Offenbar sah man mir an, wie ich mich fühlte.

»Komm, Heiner, lass uns von hier weg. Wir gehen in den Nachbargarten. Der Besitzer hat uns für die Zeit der Untersuchung sein Häuschen zur Verfügung gestellt. Dort können wir uns ungestört unterhalten. Ich nehme an, du hast genauso viele Fragen an mich wie ich an dich.«

Bevor wir losgingen, informierte er Gunter, wo er zu finden war. Man sollte ihn rufen, wenn die Kasseler Spurensicherung eintraf.

»Aber nicht in der nächsten Viertelstunde. Da möchte ich nicht gestört werden. Heiner und ich haben einiges zu bereden.«

18

Auf dem Weg zu dem Gartenhaus schwiegen wir. Meine Gedanken und Gefühle waren unter dem Eindruck des gerade Gesehenen durcheinandergeraten, ich brauchte einige stille Momente, um sie wieder zu ordnen. Charly schien das zu spüren, er ließ mir die Zeit. Stumm ging er vor mir her.

Ein schmaler Pfad lief von der rückwärtigen Gartenpforte um das im Blockhausstil erbaute Häuschen herum. Auf einer Bank im Eingangsbereich ließen wir uns nieder. Über uns spannte sich ein Vordach, das uns Schatten gab. Das Bahngelände konnten wir von hier aus nicht sehen.

Der Hauptkommissar verschränkte die Arme vor der Brust und lehnte sich zurück. Vier, fünf Sekunden vergingen, ohne dass einer von uns etwas sagte. Dann forderte Charly mich auf. »Du hast doch sicher einige Fragen, die dir auf der Zunge brennen. Also, was willst du wissen?«

Hilflos hob ich die Schultern. Es gab so vieles, das mir unklar war. »Zuallererst – das große Polizeiaufgebot – was soll das? Jetzt wartet ihr sogar noch auf die Kasseler Spezialisten – was hat das zu bedeuten? So ein großer Aufwand für einen Unglücksfall. Oder steckt am Ende etwas anderes dahinter?«

Charly nahm die Arme herunter, beugte sich vor und

legte die Handflächen auf die Oberschenkel. »Ja, es scheint, dass mehr dahinter steckt. Wegen eines Unfalls wären wir sicher nicht so zahlreich hier. Der Doktor war es, der uns auf den Plan gerufen hat, Dr. Pippart. Er war als Erster am Unfallort. Olaf Hensler, der Schwiegersohn, hatte ihn gleich nach dem Auffinden des Alten telefonisch herbeizitiert. Helfen hat er, wie ich schon sagte, nicht mehr können, der Tod Karl Ungers war definitiv. Aber etwas fiel ihm bei der Untersuchung der Leiche auf. Aus diesem Grund hat uns Dr. Pippart informiert.«

Ich nickte. »Ich nehme an, er hat sich über die schweren Verletzungen gewundert.«

»Ja, sie passten nicht zu dem Unfallhergang. Bei einem Aufprall oder auch bei einem Umkippen wird der Betroffene nach vorne geworfen – meinetwegen auch wieder zurück. Oder aber er schlägt seitlich gegen eine Wand, einen Sitz oder, wie es hier passiert ist, er wird aus dem Wagen herausgeschleudert.« Mit seinen Armen und Händen verdeutlichte der Hauptkommissar die Fliehkräfte eines herumwirbelnden Körpers. »Prellungen, Schnittwunden, Brüche an den unterschiedlichsten Partien sind dann die mögliche, ja sogar wahrscheinliche Folge. Was den Arzt aber hier stutzig gemacht hat, waren die überproportional schweren Kopfverletzungen, die mit dem übrigen Verletzungsmuster nicht übereinstimmten. Du hast ja eben selbst die schrecklichen Entstellungen im Schädel- und Gesichtsbereich gesehen.«

Mich schauderte, als ich an den grauenvollen Anblick dachte. »Und was folgert Dr. Pippart daraus?«

»Er hat es etwa so ausgedrückt: Mich würde nicht wundern, wenn der Alte vor oder nach seinem Unfall kräftig eins über den Schädel gezogen bekommen hätte.«

»Soll das heißen, es war gar nicht der Unfall, der den Tod herbeigeführt hat?«

»Das kann man jetzt noch nicht mit Bestimmtheit sagen. Aber es sieht jedenfalls so aus, als hätte jemand mitgeholfen, Karl Unger in die ewigen Jagdgründe zu schicken.« Die Hand des Kriminalkommissars fuhr schneidend schnell durch die Luft, wie der Schlag eines Tomahawks, um im indianischen Bild zu bleiben.

»Du meinst, es könnte ein Beil gewesen sein?«

»Möglich, ja. Aber auch andere scharfe Gegenstände kommen in Frage. Wir müssen die gerichtsmedizinische Untersuchung abwarten. Nun weißt du jedenfalls, warum die Polizei und die Mordkommission vor Ort sind.«

Der Hauptkommissar lehnte sich wieder zurück. Erneut verschränkte er die Arme und wartete, bis ich das Gehörte verdaut hatte.

»Was willst du sonst noch wissen?« Auskunftsbereit drehte er sich mir zu.

»Das für mich Wichtigste natürlich«, ich fasste ihn an der Schulter. »Wie, um alles in der Welt, kamt ihr darauf, mich hierher zu zitieren? Woher wusstet ihr, dass ich den alten Unger kannte?«

Charly nickte, die Frage hatte er erwartet. »Ganz einfach. Dein Name stand auf einem Zettel, den wir im Wohnwaggon des Eisenbahners gefunden haben. Also habe ich dich angerufen.«

»Mein Name? Aber wer soll hier meinen Namen schreiben?«

»Die Tochter sagt, es sei die Schrift ihres Vaters. Es muss so eine Art Merkzettel gewesen sein, den der Alte in der Zuckerdose verborgen hatte. Laut Edith Hensler ein bekanntes Versteck, in dem der Vater Notizen zu hinterlegen pflegte. Da er stets Zucker in seinem Kaffee trank, wurde er so zwangsläufig an getroffene Verabredungen oder geplante Vorhaben erinnert. Weil die Tochter das wusste, hat sie veranlasst, als erstes in der Dose nachzusehen, als wir nach Spuren oder Auffälligkeiten suchten. Auf dem Zettel stand dann die Notiz ‚Heinrich Gerhard anrufen'!«

Charly erhob sich. Langsam ging er die paar Schritte bis zur Brüstung des kleinen Vorbaus. Dort stützte er sich auf das Geländer, schaute eine Weile in den Garten hinein. Dann drehte er sich zu mir herum. »So,iner, jetzt bist du dran zu berichten. Wie kommt ein alter Mann, der möglicherweise gerade ermordet worden ist, dazu, dich anrufen zu wollen? Kannst du mir das erklären? Olaf Hensler hat uns gesagt, dass du seinen Schwiegervater wegen irgendwelcher alter Bahngeschichten aufsuchen wolltest. Geht's da um dieselbe Sache, wegen der du bei uns warst?«

Nun stand ich auch auf. Ich wollte Charly auf Augenhöhe begegnen, wenn ich ihm erzählte, was ich wusste. Denn dass ich ihm jetzt ohne Auslassung alles offenlegen musste, was ich an Fakten in den letzten Tagen herausgefunden hatte, das stand für mich außer Zweifel. Nun ging es nicht mehr nur darum, dubiose Vorgänge aus der Kriegs- und Nachkriegszeit aufzudecken und auf ihren Wahrheitsgehalt abzuklopfen. Hier war ein Mensch gestorben, ein alter, wehrloser Mann, der mir dazu ans Herz gewachsen war. Brutal erschlagen, so wie es aussah. Da durfte es keine Geheimhaltung mehr geben, keine Rücksichtnahme auf eventuelle Animositäten des Professors. Alles, was dazu beitragen konnte, dieses Verbrechen aufzuklären, musste auf den Tisch.

Also berichtete ich, lückenlos, ergänzte das am Morgen auf der Polizeidirektion Gesagte um das Wissen, das ich da noch bewusst verschwiegen hatte. Ich erzählte von den Beobachtungen des kleinen Konrads damals im Tunnel, vom Auffinden der Blätter in der Mütze des Vaters, gab, so gut es ging, deren Inhalt wieder. Auch die Hypothese, es könnte sich bei dem im Tunnel verladenen Kunstschatz um das Bernsteinzimmer gehandelt haben, verheimlichte ich nicht.

Charly unterbrach mich kein einziges Mal. Er hatte sich wieder dem Garten zugedreht, schaute auf Blumen und Rasen, ohne eine sichtbare Regung zu zeigen. Aber ich spürte die Konzentration, mit der er meinem Bericht folgte, fühlte die Spannung, die sich in ihm aufbaute. Erst als ich ihm meine vorgestrige Begegnung mit dem alten Eisenbahner schilderte, hakte er ein: »Bitte, erinnere dich genau, Heiner. Was habt ihr an jenem Morgen getan, über was habt ihr gesprochen? Das könnte sehr wichtig sein, vielleicht sogar mit dem zusammenhängen, was heute geschehen ist.« Er warf einen schnellen Blick um die Hausecke. »Der Spurensicherungstrupp aus Kassel scheint noch nicht da zu sein, also lass dir Zeit. Denk sorgfältig nach, alles kann Bedeutung haben.« Dabei trat er wie absichtslos aus dem Schatten des Vordachs in die heiße Nachmittagssonne und tat, als bewundere er die Rosenbeete. Ich begriff, er wollte mich nicht drängen, wollte mir die Gelegenheit geben, mir in Ruhe die Gespräche mit Karl Unger ins Gedächtnis zurückzurufen. Doch was war es, das wir an jenem Vormittag besprochen hatten?

Ich kehrte zurück zur Bank, setzte mich und versuchte, mir die Unterhaltung wieder in Erinnerung zu bringen: Ich sah den Alten vor mir, wie er mich empfangen hatte, sah seine Augen glänzen, als er hörte, dass ich mit ihm über alte Bahnzeiten sprechen wollte. Einen passenden Rahmen hatte er für unser Gespräch schaffen wollen, daran erinnerte ich mich, hatte sich ausstaffiert mit Mütze, Jacke und Trillerpfeife, den Zug herbeigezaubert und mir beim Einsteigen die Fahrkarte gelocht. Und dann waren wir im Kreis gefahren, Runde um Runde. Dabei hatte er mich in die Geheimnisse der Eisenbahn eingeweiht, mich mit sprühendem Enthusiasmus an der Welt der Schienen und Lokomotiven teilhaben lassen. Ich war mit Fachausdrücken und Details aus Technik und Regelwerk dermaßen überhäuft worden, dass ich mich jetzt nur noch vage an Einzelheiten entsinnen konnte. Und schließlich waren wir auf seine frühere Lokführertätigkeit in Schwebda zu sprechen gekommen. Vielleicht war es ja das, was die Polizei interessierte. Möglicherweise fand sich in der Vergangenheit des Eisenbahners eine Erklärung für seinen Tod.

Ich rief Charly neben mich auf die Bank. Kurz berichtete ich ihm von dem aus polizeilicher Sicht unwichtigen Geplänkel zu Gesprächsbeginn, erzählte von dem Fachvortrag, den ich während der Zugfahrt über mich hatte ergehen lassen müssen, und kam endlich zu der Passage unserer Unterhaltung, in der Karl Unger meine Fragen zu seiner Schwebdaer Zeit beantwortet hatte.

»Viel hatte er eigentlich nicht mitzuteilen. Seine Aufgabe damals bestand hauptsächlich in dem Rangieren von Wagen und dem Zusammenstellen von Zügen. Von dem ominösen Zug des Ministers hatte er zwar Kenntnis, kannte aber keine Einzelheiten. Er hatte lediglich die Anweisung, bei Fliegeralarm die Wagen mit seiner Lok in den Tunnel zu schieben. Wer jedoch im Zug saß und was die Waggons geladen hatten, davon hatte er keine Ahnung.«

»Sonst hat er nichts aus dieser Zeit erwähnt?« Charlys Stimme klang enttäuscht.

»Doch«, fiel mir jetzt ein, »etwas hat er noch erzählt.

Eine traurige Geschichte, die ihn persönlich sehr getroffen hat.« Ich berichtete von dem Diensttausch der beiden Lokführer und der verhängnisvollen Zugfahrt nach Waldkappel, die Karl Ungers Kollege wahrscheinlich mit dem Leben bezahlt hatte. »Er hat an Ungers Stelle den Waggon mit den Kisten nach Waldkappel gebracht. Dort ist er bei der Explosion eines Munitionszuges mitsamt dem Bahnhof in die Luft geflogen.«

»Ja, davon habe ich gehört. Das muss einen gewaltigen Rumms damals gegeben haben – mit vielen Toten«, sinnierte der Hauptkommissar. »Hat der alte Unger sich dazu noch näher geäußert?«

»Nein, hat er nicht. Unser Gespräch war dann auch schon zu Ende. Ich musste zurück nach Oberhone und sagte das auch. Da hat der Alte sich den Trick mit dem Entgleisen einfallen lassen. Übrigens nicht zum ersten Mal, wie ich später erfuhr.« Ich schilderte, wie es zu dem Unglück gekommen war, beschrieb den bei allem Krachen und Rumpeln doch sehr milden Verlauf des Unfalls. »Das, was ich eben hier gesehen habe, kann ich gar nicht verstehen«, äußerte ich mein Befremden darüber, dass es heute mit der gleichen Bahn, deren limitierte Geschwindigkeit ich kennengelernt hatte, an der gleichen Weiche und an dem gleichen gefederten Prellbock zu solch gravierenden Schäden gekommen war. »Das ist wie mit den Verletzungen des alten Mannes. Auch die waren übertrieben schwer und entsprachen genausowenig dem, was bei so einem Unfall zu erwarten gewesen wäre, wie die übermäßigen Zerstörungen an dem Zug. Womöglich ist ja an Lok und Wagen, was die Schwere der Schäden betrifft, ebenfalls nachgeholfen worden. Vielleicht, um die schlimmen Verletzungen des Toten glaubhaft wirken zu lassen.«

»Möglich, Heiner, ja. Aber es ist noch zu früh, um darüber zu spekulieren.« Wieder ging Charly zur Hausecke, trat aber jetzt unter dem Dach hervor. »Ich komme«, winkte er zum Bahngelände hinüber, »ich bin sofort da.« Dann fasste er mich am Arm und zog mich mit sich auf den Weg. »Wir sprechen morgen weiter, Heiner. Jetzt muss ich rüber, die Spurensicherung ist eingetroffen. Für mich war es erst einmal wichtig zu erfahren, ob und wie die Worte ‚Heinrich Gerhard anrufen' mit dir zu tun haben. Was sie im Einzelnen bedeuten, darüber werden wir uns morgen Gedanken machen. Wie wär's, wenn du wieder um zehn bei mir im Dienstzimmer erscheinst?«

»Ja, natürlich«, stimmte ich zu. Ich war ja nicht minder interessiert am Fortgang der Ermittlungen und an möglichen ersten Ergebnissen, die morgen früh vielleicht schon vorliegen konnten.

»Aber diesmal ohne Kaffeestückchen«, rief mir Charly zu. Er war bereits auf dem Weg zu den Spezialisten aus Kassel, die mit Koffer und Gerät neben der entgleisten Lokomotive standen. »Wir haben morgen viel zu arbeiten, ernsthaft zu arbeiten, richte dich darauf ein.«

19

Der Professor war abgereist. Noch bevor ich, wie verabredet, um 10 Uhr die Polizeidirektion aufsuchen wollte, hatte ich ihn zum Stadtbahnhof nach Eschwege gebracht. Es war sein Wunsch gewesen, für zwei, drei Tage nach Marburg zurückzukehren. Er wolle dort nach seiner Wohnung sehen, außerdem einige Dinge an der Universität regeln. Mit seiner einen Gehhilfe fühle er sich inzwischen so sicher, dass er sich zutraue, in den Zug ein- und auszusteigen und auch die Treppe seines Wohnhauses zu bewältigen.

Sicherheitshalber hatte ich einen seiner wissenschaftlichen Mitarbeiter im paläontologischen Institut angerufen und ihn über den Gesundheitszustand des Professors informiert. Dr. Seitz hatte sich bereit erklärt, den Gehbehinderten am Marburger Hauptbahnhof abzuholen und ihn bis zu seiner Wohnung zu bringen. Auch wollte er das Lebensnotwendige für ihn einkaufen und in den nächsten Tagen nach ihm sehen.

Natürlich hatte ich den Professor vor dem Betreten des Zuges eindringlich gebeten, sein Bein zu schonen und keiner übermäßigen Belastung auszusetzen. Da war ich nicht anders als eine Mutter, die ihr alleinreisendes Kind vor der Abfahrt mit Ermahnungen überhäuft und dabei weiß, dass nur das Wenigste davon befolgt wird.

Um das, was in Wanfried geschehen war, wusste der Professor. Gleich nach meiner gestrigen Rückkehr am Nachmittag war er von mir über das schreckliche Ende des Eisenbahners informiert worden. Ich hatte ihm von dem Zettel mit dem Vermerk des Toten, mich anrufen zu wollen, erzählt, hatte ihm von dem Verdacht berichtet, das Unfallgeschehen sei möglicherweise vorgetäuscht, um einen Mord zu verbergen. Wir waren beide gleichermaßen entsetzt gewesen über das Vorgefallene, hatten vergeblich versucht, Karl Ungers Tod in einen Zusammenhang mit unserer Geschichte zu bringen. »Wir müssen sehen, was die Polizei herausfindet, sowohl was den toten Eisenbahner als auch die Skelettfunde auf der Plesse betrifft«, waren wir uns einig, »im Moment bleibt uns nichts anderes übrig, als auf die Ergebnisse der Untersuchungen zu warten.«

Vielleicht war diese erzwungene Passivität ja auch der Grund, weshalb Professor Seeger so kurzentschlossen nach Marburg fahren wollte. Übermorgen, vielleicht auch einen Tag später, wollte er aber unbedingt wieder in Eschwege zurück sein, um dem Schicksal seines Vaters weiter nachzuspüren. Seine Ankündigung, sich dann ein Hotel suchen zu wollen, wies ich entschieden zurück. Natürlich konnte und sollte er auch künftig bei mir wohnen, schließlich waren wir jetzt ein Gespann mit gleichen Interessen, eine Art Seilschaft, zusammengeschweißt von der Aufgabe, den vor uns liegenden Weg gemeinsam zu gehen.

Seinen Einwand, meine Frau käme morgen von der Reise zurück, da wolle er nicht stören, tat ich mit lässiger Geste ab: »Dann bleibt uns doch noch ein ganzer Tag in trauter Zweisamkeit, ehe Sie wieder aufkreuzen. Das ist in unserem Alter mehr als genug, um aufgestauten Liebesgefühlen nachzugehen. Also kommen Sie nur, Franziska wird sich freuen, Sie kennenzulernen.«

Ich ließ mein Auto am Bahnhof stehen und ging die wenigen Meter bis zum Gebäude der Polizei. Wieder stieg ich die Treppe hinauf in den ersten Stock und klopfte an die Tür.

»Komm herein«, bat mich Charly in sein Zimmer. Er begrüßte mich, schob einen Stuhl neben den Schreibtisch und forderte mich mit einer Handbewegung zum Platznehmen auf. »Ich schicke dir Gunter. Er soll erst einmal all das aufnehmen, was du mir gestern erzählt hast. Danach können wir darüber sprechen, was das Ganze zu bedeuten hat.« Charly ging zur Tür. »Gunter soll mich rufen, wenn er fertig ist. Ich habe nebenan eine Vernehmung. Wird nicht lange dauern.«

Kurz darauf betrat der Oberkommissar den Raum. Die

Begrüßung fiel, dem Anlass unserer Zusammenkunft angemessen, ruhiger und gesetzter aus, als es sonst üblich war. Wir schüttelten uns die Hände, klopften uns leicht auf die Schultern und setzten uns, ich wieder auf den Stuhl, Gunter in den Bürosessel seines Chefs. Bedächtig breitete der Oberkommissar die für die Erstellung des Protokolls notwendigen Unterlagen auf dem Schreibtisch aus. Dann griff er nach dem Stift. Auffordernd blickte er mich an. »Dann wollen wir mal, Heiner.«

Ich kannte Gunter Schröder seit vielen Jahren, wir wohnten nur wenige hundert Meter voneinander entfernt im gleichen Dorf. Unsere Familien waren befreundet, die Töchter hatten als Kinder zusammen gespielt, später die gleiche Schule besucht, die Frauen in der gleichen Gymnastikgruppe geturnt. Ich schätzte seine verlässliche, besonnene Art. Es fiel leicht, sich ihm anzuvertrauen – das Beste, was man von einem Polizeibeamten sagen konnte.

Also legte ich los. Ich bemühte mich, nichts auszulassen, und strengte mich an, das Geschehene so genau wie möglich wiederzugeben. Fast eine halbe Stunde dauerte es, bis Gunter meinen Bericht niedergeschrieben hatte. Ich war in aller Ausführlichkeit auf die Ereignisse damals auf dem Bahngelände in Schwebda eingegangen, aber auch auf das, was ich auf der Anlage Karl Ungers in Wanfried erlebt hatte. Wie sehr mich die Erinnerung an den toten Eisenbahner mitnahm, merkte ich erst, als mir Gunter die Hand auf den Arm legte, wohl um mich zu beruhigen. »Wir kriegen den Kerl, der das gemacht hat, früher oder später«, sicherte er mir zu. Als könnte das meinen Zorn besänftigen.

Gunter hatte gerade die Protokollierung meines Rapports beendet, als Charly zurückkehrte. Kurz überflog er das Geschriebene, nickte zwei-, dreimal; dann wandte er sich mir zu. »Lass mich zunächst berichten, was es Neues gibt in dem gestrigen Mordfall.«

»Mordfall? Also ist jetzt sicher, dass der Alte umgebracht wurde?«

»Ja. Der Gerichtsmediziner hat schon nach einer ersten Inspektion des Toten die Vermutung Dr. Pipparts bestätigt. Karl Unger wurde erschlagen, mit einem scharfkantigen Gegenstand. Die meisten seiner Verletzungen können nicht durch den Zugaufprall verursacht worden sein, sondern sind durch Schlageinwirkung entstanden. Genaueres wird die Obduktion heute oder morgen ergeben.«

»Und die schweren Schäden am Zug?«

»Sind ebenfalls künstlich herbeigeführt, so wie du es schon vermutet hattest. Jemand hat Wagen und Lokomotive bewusst so zugerichtet in der Absicht, sie zu zerstören.«

»Aber warum, um alles in der Welt?«, stieß ich hervor und blickte von einem Kommissar zum anderen.

»Eine mögliche Erklärung hatten wir gestern schon einmal diskutiert.« Charly streckte mir den Arm entgegen, bot mir Gelegenheit, mich zu erinnern.

»Du meinst, der Täter wollte einen Unfalltod simulieren? Wollte mit den schweren Demolierungen einen rasanten Aufprall des Zuges vortäuschen, um damit die Verletzungen erklärbar zu machen?«

»Das ist die eine Möglichkeit«, räumte der Hauptkommissar ein.

»Und die andere?«

»Das liegt doch auf der Hand«, meldete sich Gunter zu Wort. »Wenn nicht berechnendes Kalkül Grundlage dieser Handlungen war, dann war es die pure Emotion.«

»Was meinst du?« Mir war nicht klar, worauf er hinaus wollte.

»Was treibt einen Menschen zu einem dermaßen zerstörerischen Wüten?« Gunter schaute mich an, hielt drei, vier Sekunden fragend den Blick auf mich gerichtet. Dann, als ich noch immer nicht begriff, klärte er mich auf: »Rache, was sonst, Rache oder Hass. Es gibt nichts, was stärker Kräfte, wie sie hier am Werk waren, freisetzen kann.« Mit einer emphatischen Handbewegung legte sich der Oberkommissar auf diese Deutung fest.

Charly versachlichte das Gespräch: »Solange wir nicht mehr über das Vorleben und die Umgebung des Toten wissen, bleibt jede Konstruktion bezüglich der Motivation reine Spekulation. Das einzige, was man vielleicht sagen kann, ist, dass der Täter, sollte er wirklich einen Unfall vorgetäuscht haben, sich ausgesprochen stümperhaft angestellt hat. Selbst einem Laien muss doch auffallen, dass Verletzungen und Beschädigungen nicht mit dem Unglückshergang übereinstimmen können.«

»Was für die von mir vermutete ungezügelte Emotion spricht«, warb Gunter für seine These.

»Was sagen denn die Tochter und ihr Mann zum Tod des Vaters?«, wollte ich wissen, »haben sie eine Erklärung?«

»Nein, haben sie nicht«, bedauerte Charly. »Laut Olaf Hensler ist das Leben des Schwiegervaters ohne jegliche Auffälligkeiten verlaufen. Pflichtbewusst ging er in seiner Tätigkeit als Lokomotivführer auf, führte ein unscheinbares, aber erfülltes Eisenbahnerdasein. Soll bei allen beliebt gewesen sein, von Feinden ist nichts bekannt. Weder Tochter noch Schwiegersohn können sich an Ereignisse erinnern, die Hassgefühle oder Rachegedanken zur Folge gehabt haben könnten. Nie ist Karl Unger in ein Zugunglück verwickelt gewesen, in dem jemand zu Schaden gekommen war, nie hat er nach Überzeugung der Tochter jemandem derart

Unrecht getan, dass daraus eine ernsthafte Gegnerschaft erwachsen sein könnte. Du siehst also, Heiner, bezüglich Täter und Motiv tappen wir völlig im Dunkeln.«

»Und was ist mit der Notiz auf dem Zettel? Warum wollte mich der Alte anrufen?«

Charly seufzte. »Wenn du's nicht weißt? Wir haben keine Ahnung. Ich hatte die Hoffnung, du könntest uns darauf eine Antwort geben.«

»Das Telefonat, das er mit mir plante, muss etwas mit unserem Gespräch am Tag vor seinem Tod zu tun gehabt haben. Da bin ich mir sicher. Wahrscheinlich ist ihm irgend etwas eingefallen, was er mir noch mitteilen wollte.«

»Das ist anzunehmen«, stimmte mir Gunter zu. »Doch die Frage ist, steht das, was er dir anvertrauen wollte, in irgendeiner Beziehung zu seiner Ermordung? Eher unwahrscheinlich.«

»Möglicherweise ging es lediglich um eine Ergänzung des am Morgen Erzählten«, mutmaßte Charly, »einen Lokomotiventyp zum Beispiel, den er dir gegenüber zu erwähnen vergessen hatte. Vielleicht hat er sich auch nachträglich an ein Vorkommnis erinnert, eine Episode aus der Zeit, nach der du dich erkundigt hattest.«

»Eine Episode, deren Bekanntwerden möglicherweise eine Gefahr für jemanden darstellt. Eine so große Gefahr, dass das Publikwerden unter allen Umständen verhindert werden muss.«

»Mit einem Mord?«

»Die unzweifelhaft nachhaltigste Methode, jemanden zum Schweigen zu bringen.«

»Na, ich weiß nicht.« Gunter wiegte skeptisch den Kopf.

»Ein interessanter Aspekt«, gab Charly zu, »obgleich wenig wahrscheinlich. Das hieße ja, Karl Unger wusste etwas aus der damaligen Zeit, dessen Verbreitung der Mörder mit allen Mitteln verhindern wollte.«

»Vergiss nicht, seinerzeit ging es um kriminelle Machenschaften, um die heimliche Verschiebung äußerst wertvoller Kunstgegenstände. Vielleicht hat sich der Eisenbahner an etwas erinnert, das den damaligen Tathergang aufzudecken drohte, möglicherweise sogar zu den verschwundenen Objekten hinführen konnte. Der Mörder erfährt davon und beseitigt den Alten, bevor er reden kann.«

»Ganz schön weit hergeholt.«, schloss sich Charly der Skepsis des Oberkommissars an. »Wie hat der Täter denn deiner Meinung nach von den Kenntnissen des Lokführers erfahren? Karl Unger wird sein brisantes Wissen doch wohl kaum öffentlich gemacht haben.«

»Vielleicht ist ihm die Brisanz ja gar nicht bewusst gewesen, hat er den Wert seiner Erinnerung gar nicht begriffen?« Ich zuckte mit den Schultern. »Seine Absicht, mich anzurufen, kann viel, aber auch nichts bedeuten. Vielleicht werden wir nie erfahren, was er von mir wollte!«

Eine Weile diskutierten wir noch hin und her, erkannten aber bald, dass der Kenntnisstand einfach noch zu gering war, um irgendwelche Schlüsse zu ziehen. Wir vereinbarten, die polizeilichen Ermittlungen in den kommenden Tagen abzuwarten. Charly versprach, mich zu informieren, wenn Ergebnisse vorlagen.

Ich war schon auf dem Weg zurück nach Oberhone, verließ die Stadt über die westliche Ausfallstraße, als mir plötzlich mit unerwarteter Klarheit die schreckliche Konsequenz meiner soeben geäußerten Vermutungen bewusst wurde.

Augenblicklich setzte ich den Blinker und fuhr auf den Randstreifen. Ich schaltete den Motor aus. Einige Momente saß ich regungslos da, wagte kaum zu atmen und sah mit leerem Blick hinaus in den hellen Morgen – als könnte ich durch mein Innehalten die herandrängenden Gedanken von mir fernhalten. Aber die Erkenntnis hatte sich festgesetzt, bohrte in meinem Bewusstsein und ließ sich nicht beiseite schieben.

Was, wenn der Ablauf wahrhaftig so gewesen sein sollte, wie ich ihn den Kommissaren entworfen hatte, wenn der alte Eisenbahner sich tatsächlich an etwas erinnert hatte im Zusammenhang mit der Tunnelgeschichte vor 65 Jahren? Was, wenn dann wirklich jemand gekommen war, der die Enthüllung des Erinnerten als Bedrohung empfunden hatte, als Gefährdung seiner Sicherheit – und der sich deshalb entschlossen hatte, Karl Unger zum Schweigen zu bringen?

Mich schauderte, als ich daran dachte, dass ich es war, der den Alten dazu bewegt hatte, über vergangene Zeiten nachzudenken, dass möglicherweise ich die Erinnerung geweckt hatte, die ihm dann zum Verhängnis geworden war.

Es war nicht das erste Mal, dass ich in Kriminalfällen mitmischte, dass ich beteiligt war an Ermittlungen, in deren Verlauf es zu Todesfällen gekommen war. Aber zum ersten Mal in meinem Leben fühlte ich mich schuldig am Tod eines Menschen. Was, wenn sich herausstellte, dass Karl Unger deshalb sterben musste, weil ich mit meinen Nachforschungen etwas ans Licht geholt hatte, was ohne meine Fragen für immer vergessen geblieben wäre?

Ich war mir nicht sicher, wie ich mit dieser Erkenntnis fertig werden würde. Es war nur ein schwacher Trost, dass es ja auch ganz anders gewesen sein konnte.

20

Auch wenn eine dünne Wolkenschicht den Himmel überzog und die Sonne sich dahinter verbarg, versprach der heutige Tag wieder sommerwarm zu werden. Die gestrige Hitze hatte einer Schwüle Platz gemacht, die einen baldigen Wetterumschwung erwarten ließ. Ein Gewitter, das spürte man, lag in der Luft.

Nach meiner Rückkehr aus Eschwege war ich gleich daran gegangen, Haus und Grundstück wieder auf Vordermann zu bringen. Ich hatte die Spülmaschine erst aus-, dann eingeräumt, hatte die Zimmerböden gesaugt, den Rasen gemäht und den Hof gekehrt. Denn heute kam Franziska nach Hause. Am Mittag hatte sie von einer Autobahnraststätte irgendwo bei Würzburg angerufen und ihre Ankunft in Oberhone für den Nachmittag avisiert. Der Bus sei gut vorangekommen, sie freue sich auf mich und den Kaffee – in dieser Reihenfolge.

Der Schweiß lief mir den Rücken herunter, als ich ins Haus zurück ging. Ich stellte mich unter die Dusche, blieb lange unter dem kühlen Wasserstrahl stehen. Meine Gedanken waren bei meiner Frau.

Franziska kehrte heim. Zwei Wochen war sie unterwegs gewesen, hatte als Reiseleiterin eine Gruppe Senioren nach Kroatien begleitet, nun kam sie zurück. Eine frohe Erwartung durchströmte mich. Auch wenn sich nach fast vierzig Ehejahren die Qualität der Empfindungen mit der Zeit gewandelt hatte, die Intensität des Gefühls war geblieben, anders zwar als früher, doch noch immer unverändert stark und schön.

Schnell kleidete ich mich an, setzte Kaffee auf und deckte den Gartentisch. Franziska konnte kommen, ihr Empfang war vorbereitet. Ich freute mich auf ihre Umarmung, den Duft des Haares, das Lachen in ihren Augen, freute mich, ihre Stimme wieder hören und die Kaffeetasse wieder in ihren Händen sehen zu können – in dieser Reihenfolge etwa, oder auch anders, das spielte keine Rolle.

Als hätte die Sonne darauf gewartet, durchbrach sie die Wolkendecke gerade in dem Augenblick, als der Bus mit meiner Frau vor dem Haus vorfuhr. Franziska flog mir an den Hals und herzte mich, bis der Fahrer durch Hupen zur Entgegennahme der Gepäckstücke aufforderte.

Wenig später saßen wir uns auf dem frischgemähten Rasen gegenüber und erfreuten uns des Wiedersehens.

»Bleichgesicht«, titulierte mich liebevoll meine Frau. In der Tat, obwohl ich in den letzten Tagen unter der intensiven Sonneneinstrahlung Farbe bekommen hatte, sah ich doch käsig aus im Vergleich zu Franziska. Braungebrannt, mit sonnengehellten Haaren, schien sie dem Prospekt eines Anbieters mediterraner Reisen entsprungen zu sein.

»Ich dachte, du wüsstest, wie ungesund es ist, sich ungeschützt der Sonne auszusetzen«, rief ich ihr, ebenfalls liebevoll, ins Gedächtnis.

»Natürlich weiß ich das – und ich schäme mich ein bisschen, so herumzulaufen. Wer stellt schon gerne seine Unvernunft zur Schau. Aber in den zwei Wochen hat sich kaum ein Wölkchen am kroatischen Himmel gezeigt, da war es einfach unausweichlich, braun zu werden.«

»Erzähl etwas von deiner Reise«, forderte ich sie auf, obwohl ich wusste, dass sie genauso wie ich darauf brannte, über das zu reden, was in den letzten Tagen hier geschehen war.

Wahrscheinlich deshalb fasste sich Franziska kurz,

berichtete, dass es eigentlich nichts zu berichten gab. Die Busfahrt war weitgehend störungsfrei verlaufen, das Hotel gut und das Essen reichlich gewesen – die wichtigste Voraussetzung für Senioren, sich wohlzufühlen. Insgesamt hatte die Reisegruppe vorzüglich harmoniert und nur wenig Probleme bereitet. »Wenn ich dir sage, dass der Verlust eines Regenschirms das einzige negative Vorkommnis in den ganzen 14 Tagen gewesen war, dann hast du eine Vorstellung, wie reibungslos diese zwei Wochen abgelaufen sind.«

Franziska zog den Obstteller zu sich heran und nahm sich einen Apfel. Sie schwieg, während sie ihn zu schälen begann – eine stumme Aufforderung an mich, nun von meinen alles andere als ereignislosen Tagen zu erzählen. In groben Zügen kannte sie die Fakten aus unseren täglichen Telefongesprächen. Zuletzt hatte ich sie gestern Abend über den Tod Karl Ungers informiert. Also beschränkte ich mich darauf, das Geschehene noch einmal kurz zusammenzufassen und einige Ergänzungen zu machen.

»Dann steht jetzt fest, dass der alte Eisenbahner ermordet wurde«, konstatierte Franziska, als ich ihr von meiner morgendlichen Visite auf der Polizeidirektion berichtet hatte.

»Zumindest scheint der Gerichtsmediziner keine Zweifel zu haben – obwohl die Obduktion noch aussteht.«

»Und das Motiv? Weiß man da schon etwas?«

»Nein, bisher ist die Polizei diesbezüglich noch völlig ratlos.«

»Aber wer tötet einen alten Mann?« Kopfschüttelnd sah mich Franziska an.

»Im Allgemeinen der, der einen Grund dazu hat. Morde geschehen in den seltensten Fällen zufällig.«

»Vielleicht hat ja der Alte einen Dieb überrascht? Der hat

sich zur Wehr gesetzt«, mutmaßte Franziska. »Wurde denn etwas geraubt?«

»Nein, nach Aussage des Schwiegersohns hat nichts gefehlt. Die wenigen Wertsachen, die Karl Unger besaß, waren nicht im Wohnwagen, sondern im Haus. Ein Diebstahl scheidet also aus.«

»Aber was bleibt denn dann?« Franziska stützte die braungebrannten Arme auf den Knien ab. Das Wippen der blonden Haare verriet die Bewegung, mit der sie ihr Nachdenken unterstützte.

»Die Eifersucht, das häufigste Mordmotiv, kannst du jedenfalls streichen«, half ich ihr. »Karl Unger war über 80, eine Liebesaffäre in diesem Alter ist äußerst unwahrscheinlich.«

»Aber was ist mit einer Erbschaftsgeschichte? Der Vater muss sterben, weil Tochter und Schwiegersohn ans Erbe wollen. Wäre doch ein Grund für einen Mord.«

»Ich weiß nicht.« Ich hatte Olaf Henslers Stimme am Telefon gehört, hatte sogar kurz mit ihm von Angesicht zu Angesicht gesprochen. Einen Mörder stellte ich mir anders vor. »Ich weiß nicht«, wiederholte ich. »Zwar kenne ich die Tochter nicht, aber es fällt mir schwer, in den Henslers ein Mörderehepaar zu sehen.«

»Das sagt gar nichts«, belehrte mich Franziska, »es hat Mörder gegeben, die sprachen wie die Engel und sahen auch so aus – Frauen vor allem hört und sieht man selten an, was sie an Kriminellem zu tun imstande sind.«

»Nein! Eine Frau kommt für diesen Mord wohl kaum in Frage. Soviel Brutalität – das muss das Werk eines Mannes gewesen sein.«

»Täusch dich da mal nicht. Die Frauen sind auf dem Vormarsch – in jeder Beziehung.« Mit einer schwungvollen

Handbewegung unterstrich sie ihre These. »Aber was käme denn sonst noch in Betracht?«

Vielleicht war es die ungewohnt lange Pause, in der ich schwieg, die Franziska den Kopf heben und mich verwundert ansehen ließ. Unter ihrem forschenden Blick stand ich auf und trat, ihr den Rücken kehrend, auf den Rasen hinaus.

»Du hast doch was, Heinrich«, ihr Tonfall klang besorgt, »irgendetwas belastet dich, das spüre ich.« Sie erhob sich nun ebenfalls und stellte sich hinter mich. Sanft legte sie mir die Hand auf die Schulter. »Was ist? Willst du's mir nicht sagen?«

Eine Weile standen wir so, aneinandergeschmiegt, stumm – dann drehte ich mich um, fasste meine Frau an der Hand und führte sie auf einem Feldweg hinaus in die das Haus umgebenden Wiesen. Während wir über das welke Gras schritten, erzählte ich Franziska von dem Schuldgefühl und dem Selbstvorwurf, den ich mir seit dem Morgen machte. »Karl Unger hatte vor, mich anzurufen und mit mir zu reden. Nach unserem Gespräch muss ihm noch etwas eingefallen sein, das er mir unbedingt mitteilen wollte. Immerhin erschien es ihm so wichtig, dass er sich einen Erinnerungszettel schrieb. Ich werde den Gedanken nicht los, dass das, an was er sich erinnerte, mit der alten Schwebdaer Geschichte zusammenhängt.«

»Woher willst du das wissen?«

»Ich weiß es natürlich nicht, müsste bei nüchterner Betrachtung eher davon ausgehen, dass mir der Alte ein harmloses Eisenbahndetail mitteilen wollte. Aber – wie soll ich es ausdrücken? Ich habe das unbestimmte Gefühl, oder vielmehr die Befürchtung, es könnte auch anders sein.«

»Dass jemand Karl Unger umgebracht hat wegen einer

Erinnerung, die du in ihm geweckt hast? Ist es nicht so?« Franziska war stehen geblieben. Sie sah mich an und nickte. »Du machst dich dafür verantwortlich, in einem Wespennest herumgestochert zu haben und dadurch möglicherweise einen tödlichen Stich provoziert zu haben?«

Als ich schwieg, nahm sie mich in die Arme und zog mich an sich. »Heinrich, Schuld lädt nur der auf sich, der absichtlich – oder meinetwegen auch fahrlässig – einem anderen wehtut, ihn schädigt, oder auch wissentlich nichts unternimmt, um einen Schaden von ihm abzuwenden. Nichts trifft auf dich zu. Was hast du denn anderes getan, als dich nach einer Allerweltssache erkundigt? Du wolltest etwas über das Eisenbahnerleben des ehemaligen Lokführers erfahren, mehr nicht. Wie solltest du wissen, dass du mit deinen Fragen etwas anstoßen könntest, das einen Mord nach sich ziehen würde – wenn's denn tatsächlich so war, was ich bezweifle.«

Franziska löste sich aus der Umarmung und schob mich auf Armeslänge von sich. Eindringlich blickte sie mich an. »Heinrich, ehe du dir unnötig Vorwürfe machst, warte ab, was die Polizei feststellen wird. Ich bin mir fast sicher, der Tod des Alten hat ganz andere Gründe, als die von dir befürchteten. So -«, Franziska fasste mich am Arm und drehte mich wieder dem Haus zu, »jetzt vergessen wir erst einmal diese Mordgeschichte. Schließlich feiern wir heute Wiedersehen. Zwei Wochen getrennt von dir gehen schließlich nicht spurlos an deiner Frau vorbei.« Sie zog mich den Weg zurück, ihr Schritt war ausgreifend und resolut. »Ich dusche jetzt, dann packe ich aus. In zwei Stunden stehe ich dir zur Verfügung.«

»Klingt aufregend«, kommentierte ich, während ich hinter ihr den Hof betrat.

»Schäm dich, Heinrich«, ermahnte sie mich, »solche Gedanken in deinem Alter. Eigentlich hatte ich daran gedacht, mich mit dir irgendwohin zu setzten und unsere wiedergewonnene Zweisamkeit zu genießen. Bei den milden Temperaturen am besten im Freien. Was hältst du vom Pub?«

»Gute Idee«, stimmte ich zu, »ein zauberhafter Garten, eine warme Sommernacht – dazu eine wundervolle Frau – was will ein Mann mehr.«

21

Es war nicht nötig, dass wir uns absprachen. Auch ohne Worte zu wechseln wussten wir, dass wir am Abend zu Fuß in den Nachbarort gehen würden. Die milde Sommerluft verführte geradezu zum Laufen, zudem verlockte die Aussicht, mit dem Verzicht auf das Auto keine Rücksicht auf die Fahrtüchtigkeit nehmen zu müssen.

Wir beschlossen, den Weg entlang der Wehre zu nehmen. Die Sonne war gerade hinter den Bergen verschwunden, ein mattes Rot überzog den westlichen Himmel. Bizarre Wolken türmten sich im Süden.

»Das sieht nach Gewitter aus«, deutete ich auf die Wetterfront.

»Ach«, beruhigte mich Franziska, »das ist noch weit weg, bis das kommt, sind wir längst da.«

»Und was ist mit dem Rückweg?«

»Wenn wir Pech haben, regnet´s und wir werden nass. – Aber wenn du unbedingt ein Taxi nehmen willst…?«

Damit war entschieden, dass wir auch den Heimweg auf eigenen Füßen antreten würden, denn wie konnte ich es jetzt noch wagen, motorisierte Hilfe in Anspruch zu nehmen – mochte es noch so regnen, stürmen und gewittern.

Wir folgten dem kleinen Fluss, der in regem Lauf neben uns her über Steine und Felsen schäumte. Sein Plätschern und Gurgeln begleitete uns noch eine Weile, bis es mehr und mehr abnahm und schließlich ganz verstummte. Breit und still, von einer Sperre aufgestaut, floss das Wasser an unserer Seite.

»Weißt du noch, damals, die Frau, die sich umgebracht hat?« Ich war stehengeblieben und schaute auf die glatte Oberfläche. »Hier muss sie in den Fluss gegangen sein. Nachts, einsam, allein mit einer Last, mit der sie nicht fertig wurde.«

Franziska war neben mich getreten. Ich spürte ihr Erschauern, als sie sich an mich lehnte. »Was hättest du getan, Heinrich, wenn du zufällig hier vorbeigekommen wärst, als sie ins Wasser ging? Du hättest sie gerettet, stimmt´s?«

Erstaunt schaute ich sie an. »Das ist ja wohl keine Frage. Natürlich hätte ich sie gerettet. Dazu bin ich als Mensch und Arzt verpflichtet.«

»Schön und gut. Aber wie hättest du dich gefühlt, wenn sie nach der Wiederbelebung die Augen aufgeschlagen und dich gefragt hätte: Warum haben Sie mich nicht sterben lassen? Ich hatte es schon fast geschafft, hatte mich endlich überwunden – und jetzt holen Sie mich in dieses entsetzliche Leben zurück. Warum tun Sie das? Hättest du dich da nicht schuldig gefühlt, sie gerettet zu haben?«

»Aber in dem Moment, wo ich hinterherspringe und sie herausziehe, weiß ich doch gar nicht, ob der Tod für sie eine Erlösung bedeutet, oder ob ihre Tat nur die Folge einer unbedachten Kurzschlussreaktion ist.«

»Also nicht schuldig?«

»Ja. Etwas anderes kommt gar nicht in Frage. Schließlich ist es meine humane Pflicht…«

»So ist es, Heinrich, du holst sie ins Leben zurück, ohne zu wissen, ob du dadurch Schuld auf dich lädst oder nicht. Und deshalb«, Franziska stellte sich vor mich, ernst blickte sie mich an, »und deshalb, Heinrich, bist du, wie du soeben selbst festgestellt hast, in diesem Fall nicht schuldig – genauso wenig wie in dem Todesfall von Wanfried.«

Mit einem flüchtigen Kuss beendete sie das Thema. Ihr Lachen verriet, dass sie an diesem Abend von anderem sprechen, an anderes denken wollte. »Komm, lass uns weitergehen. Erstens habe ich Durst und zweitens kommt die Wolkenfront immer näher. Wir sollten uns sputen.«

Ein zweites Mal an diesem Tag zog mich meine Frau hinter sich her, erst auf die kleine Brücke, die das Stauwehr überquerte, dann bis an den Rand des Dorfes, in dem das Ziel unsrer abendlichen Exkursion lag. »Fünf, sechs Minuten noch, dann sind wir da«, machte sie mir Mut, »wir schaffen das, bevor der Regen kommt.«

Niederhone war nur unwesentlich größer als Oberhone, aber es verfügte, anders als unser Heimatdorf, über einen Metzger und Bäcker, einen Lebensmittelmarkt und eine Sparkasse. Außerdem gab es eine Pizzeria, einen Arzt, einen Zahnarzt und einen Apotheker, einen Frisörsalon und einen Blumenladen, der praktischerweise direkt neben dem Friedhof lag. Vor einigen Monaten erst war, als letzte Errungenschaft, eine Bahnstation eingerichtet worden, die das 1800-Seelen-Dorf schienenmäßig mit dem Rest der Welt verband.

Warum man gerade Niederhone mit all diesen Segnungen der Zivilisation bedacht hatte, war mir ein Rätsel. Aber vielleicht war es das gleiche Phänomen, wie es in Gaststätten beobachtet werden kann: Befanden sich schon Leute im Gastraum, ging man bereitwilliger hinein, als wenn er leer war. Eine Einrichtung zog die andere an, eine Niederlassung die andere nach sich. Es gab nur wenige Dörfer gleicher Größenordnung mit einer solchen sozioökonomischen Ausstattung wie Niederhone.

Seit gut einem Jahr nun hatte die kleine Gemeinde mit einer weiteren Attraktion aufzuwarten, einer Attraktion der besonderen Art, die man in Dörfern gewöhnlich nicht antrifft: Ein englischer Pub hatte sich in einer stillen, abgelegenen Ecke des Ortes etabliert, im letzten Haus einer Häuserzeile, die blind als Sackgasse endete. Ein bescheidenes Schild an der Hauptstraße wies allzu unauffällig auf die Existenz des Gasthofs hin, den Wenigsten der Vorbeifahrenden fiel die dezente Ankündigung auf. So kam es, dass der Pub noch immer unter der Rubrik Geheimtipp fungierte.

Heutzutage lagen Einrichtungen dieser Art im Trend, es war in, abseits der üblichen gastronomischen Pfade einen Pub zu besuchen. Britisch rustikal eingerichtet, mit »Guiness« im Ausschank und englischsprachigen Songs im musikalischen Repertoire, weckte sein Aufsuchen Erinnerungen an das insulare Leben, das sich ja nur allzu häufig an solchen Stätten abspielte.

Trugen die Besitzer oder Pächter deutscher Pubs im Allgemeinen Namen wie Müller, Maier und Lindner, bestand das Englische oder Irische ihrer Gaststätten häufig nur aus Imitation und Andeutung, die erst von der Fantasie des Gastes mit angelsächsischem Geist belebt werden mussten, so war das in Niederhone ganz anders. Dort im Pub mit dem illustren Namen »Johnny B. Good«, in dem John Baker aus

Gloucestershire mit seiner Frau Gabi die Gäste empfing, war das dekadente Flair des glory old England allgegenwärtig, das authentische Britain auf Anhieb spürbar und hörbar, dort wo sogar der träge am Boden liegende Hund ausschließlich auf englisch gegebene Befehle reagierte.

Wir betraten den Hof des Pubs. Überall standen Fahrräder, angelehnt und angekettet an die Pfeiler des hölzernen Unterstands. Vor dem Haus parkten die Autos.

»Da scheinen noch andere den Sommerabend genießen zu wollen«, stellte Franziska fest.

Ich blickte zum Himmel. »Das Wetter jedenfalls spielt vorerst noch mit. Die Wolken nähern sich langsamer, als befürchtet. Komm, gehen wir hinein.«

Entgegen meiner Erwartung, alle Gäste würden auf der Terrasse oder im Garten sitzen, war der Schankraum in seinem vorderen Bereich gut gefüllt. Lebhaftes Treiben herrschte rund um die in Pubs obligate Dartscheibe, auf die einige junge Leute in lautstarkem Wetteifern ihre Pfeile warfen.

Wir begrüßten die Wirtin hinter der Theke, sie war gerade dabei, die gefüllten Gläser auf zwei Tabletts zu stellen.

»Ihr werdet auf der Terrasse keinen Platz mehr finden«, informierte sie uns, »es ist alles voll. Setzt euch in den Garten, dort sind noch Tische frei. Ich bringe euch die Getränke hinaus.«

Wir bestellten und waren schon auf dem Weg, den Gastraum zu verlassen, als ein lautes Gejohle und Geschrei von den Dartspielern zu uns herüber drang.

»Was ist denn da los?«, fragte ich Gabi, »klingt, als ginge es um die Meisterschaft.«

»Das nicht gerade, eine Meisterschaft, nein. Aber immerhin findet da gerade so etwas wie ein Länderkampf statt.«

»Ein Länderkampf?«

»Ja, Deutschland gegen England.« Die Wirtin nahm die Tabletts und balancierte sie an uns vorbei nach draußen. Auf der Schwelle rief sie über die Schulter zurück: »Setzt euch, ich erklär's euch gleich.«

Wir überquerten die in der Tat übervolle Terrasse, grüßten einige Bekannte und nahmen an einem weißgestrichenen Gartentisch Platz. Ein mächtiger Apfelbaum wölbte sich über uns. Obwohl es erst dämmerte, war es unter dem dichten Geäst schon nahezu dunkel. Überall in den Beeten, an den Wegen und auf dem Rasen brannten Fackeln, kleine Lichter hingen wie schimmernde Perlen in den Büschen und Bäumen.

»Ein Abend für Verliebte«, flüsterte Franziska und drückte meine Hand.

»Für Verliebte und Romantiker«, bestätigte ich. Zärtlich umschlossen meine Finger die ihren.

Gabi brachte die Getränke. »Seht euch vor«, warnte sie, »die ersten Äpfel sind reif und fallen herunter. Allerdings ist es hier, wo ihr sitzt, weniger gefährlich als am Rand des Baumes. Die dicken Äste der Krone halten einiges ab. Aber trotzdem…«

»So dramatisch wird's schon nicht werden«, wehrte Franziska ab. »Schlimmstenfalls ziehen wir die Sturzhelme der Radfahrer auf. – Aber was ist mit dem Länderkampf? Du wolltest uns doch erzählen, was es damit auf sich hat.«

»Ach, eigentlich ist es keine große Sache. Nichts Offizielles, meine ich.« Die Wirtin zog sich einen Stuhl heran und setzte sich. »Johns englische Verwandtschaft ist da, unter anderem Neffen und Nichten. Alle natürlich versiert im Umgang mit den Pfeilen. Darts ist in England so etwas wie ein Volkssport. Zunächst wurde die Treffsicherheit der englischen Gäste von der Dorfjugend mit Respekt und Bewunderung beobachtet, man applaudierte anfangs sogar bei gelungenen Wurfsequenzen. Dann aber, mit steigendem Bierkonsum, wandelte sich die Stimmung. Fehlwürfe wurden hämisch kommentiert, die Fähigkeiten der anderen angezweifelt und mit den eigenen Fertigkeiten geprahlt. Plötzlich riefen die Deutschen nach »Rache für Wembley«, die Engländer nach Wiedergutmachung für die »Schmach von Bloemfontein«. Ein Wort gab das andere, bis man sich schließlich darauf einigte, die landsmannschaftlichen Rivalitäten in einem Dartwettkampf auszutragen. Jetzt also kämpfen sie gegeneinander. John macht den Schiedsrichter.«

Gabi stand auf, die Gäste riefen.

»Und wer gewinnt?«, wollte ich wissen.

»Es ist sehr ausgeglichen. In dem Jahr, in dem wir jetzt hier sind, hat John den Niederhönern eine ganze Menge beigebracht, was das Dartspiel betrifft. Sie können den Engländern inzwischen ohne weiteres das Wasser reichen.« Die Wirtin zündete ein Windlicht an, dann kehrte sie zu ihrer Theke und den wartenden Gästen zurück.

Wir sprachen nicht viel an diesem Abend. Auch wenn wir zwei Wochen voneinander getrennt gewesen waren – es gab nur wenig, das so wichtig gewesen wäre, die wundervolle Stille hier draußen unter dem Baum zu unterbrechen. Wir beschränkten uns darauf, uns das eine oder andere zu erzählen, was sich in der Abwesenheit des Partners ereignet hatte und das sich aus dem gewohnten Lebensalltag heraushob, brachten uns hinsichtlich der Befindlichkeiten der Kinder auf den neuesten Stand. Den Mordfall in Wanfried hingegen und die Geschichte des Professors klammerten wir in stiller Übereinkunft gänzlich aus.

Einmal nur wollte Franziska wissen: »Wann, glaubst du, kommt dein Professor nach Oberhone zurück? Morgen schon?«

»Ich denke, ja. Morgen oder spätestens übermorgen.« Ich beugte mich über den Tisch und nahm ihre Hand. »Stört dich etwa sein Kommen?«

»Nein, überhaupt nicht. So habe ich das nicht gemeint. Mich hat nur interessiert, wie viel Zeit uns noch bleibt – uns beiden allein.«

»Noch genügend, um das in den letzten zwei Wochen Versäumte nachzuholen.«

»Dann ist ja alles gut, Heinrich, unter diesen Umständen soll er mir willkommen sein.«

Ich spürte, wie ihr Fuß mein Bein berührte. Sie hatte den Schuh abgestreift, zärtlich streichelten mich ihre Zehen.

Auf der Terrasse entstand ein Tumult. Wir drehten die Köpfe und reckten uns, um den Anlass dafür erkennen zu können. John, der Wirt, war herausgetreten, gefolgt von den jungen Dartspielern, die gestenreich auf ihn einredeten. Ein Disput entspann sich, der an Lautstärke noch zunahm. Franziska stand auf, ich tat es ihr nach. Wir wollten sehen, was sich da abspielte.

Es war ein groteskes Bild, das sich uns bot, beeindruckend einerseits, aber auch komisch zugleich. Umringt von einer Schar junger Leute, die ihn ununterbrochen mit Worten attackierten, hatte John einen der freigewordenen Terrassenstühle herangezogen und sich darauf gestellt. Hochaufgerichtet stand er da, die Arme in der Geste eines archaischen Magiers zum Himmel erhoben. Mit seinem dunklen Vollbart und den wirren, ungebändigten Haaren wirkte er wie ein keltischer Druide, der gerade einen Zaubertrunk verabreicht hatte und nun auf die Wirkung wartete.

Und tatsächlich, das Diskutieren verstummte, alle sahen John an.

Ich blickte kurz zu Franziska. Sie schien meinen Gedanken erraten zu haben.

»Mein Gott, Johnny als Speaker«, flüsterte sie mir zu, »das ist ja wie im Hydepark. Wollen hören, was er zu sagen hat.«

Die Rede des Pubwirts war kurz. Eigentlich war es eher eine Bekanntgabe als ein Vortrag. »Guys, listen!«, begann er in seiner Muttersprache, eher er in einem gewagten deutsch-englischen Gemisch, einem Niederhöner Pidgin sozusagen, fortfuhr: »Wir haben Darts gespielt, English gegen Deutsche. Isn´t it?« Beifälliges Gemurmel bestätigte seine Feststellung. »As the referee habe ich die points gezählt und addiert. And I got the folgende result: Germany and England haben dieselbe Zahl of points, exactly the same. Do you agree?« Er blickte sich um. Wieder erhielt er Zustimmung. »So the Länderkampf is ending draw – unentschieden – remis. That ist the best result, was is possible unter Freunden. I think ihr seid derselben Meinung, aren´t you?«

Doch damit waren seine Zuhörer überhaupt nicht einverstanden. Wieder erhob sich ein lautstarker Protest sowohl unter den englischen als auch den deutschen Spielern. Man warf sich gegenseitig Worte und Sätze an den Kopf, die in dem aufbrandenden Lärm nicht zu verstehen waren. Lediglich die Worte Wembley und Bloemfontein glaubte ich immer wieder heraushören zu können. John stand wie ein Fels auf seinem Stuhlpodest und schaute auf die sich um ihn herum ereifernden selbsternannten Nationalspieler. Ein weiterer Stuhl wurde herangezogen. Ein rotbackiger junger Engländer stellte sich neben John. »We don´t want a draw«, rief er von seiner Höhe herunter, »we need a winner!«

Seine Mitstreiter stimmten in die Forderung ihres Anführers ein. »We need a winner!«, scholl es aus mehreren Kehlen.

Ein drittes Mal schrammte es über die Terrassenplatten. Ein Spieler aus Niederhone erklomm den herbeigezogenen Stuhl. Mit einer großspurigen Handbewegung schloss er sich dem Begehren seines englischen Kontrahenten an. »Auch wir wollen einen Sieger haben«, verlangte er. »Jetzt und heute muss entschieden werden, wer die Besseren sind, wir oder die Engländer.«

Inzwischen hatten sich auch die Terrassengäste dem vor ihren Augen ablaufenden Spektakel zugewandt. Man war gespannt auf den Ausgang, den dieser Länderkampf nehmen würde.

»Wir werfen noch einmal«, schlug der Deutsche vor, »solange, bis ein Gewinner feststeht.«

»No, das dauert zu lange«, wandte John ein. »But we can play ein – wie sagt man – Stechen. Jede Partei only one player. Drei Würfe auf ein Ziel – who has got the most points – der is the winner. What do you think about it?«

Das Nicken der Anführer auf den Stühlen, begleitet von dem Nicken der Gefolgschaft, signalisierte allgemeines Einverständnis.

»But what could be our target?«, wollte der Rotwangige wissen.

»Ja, welches Ziel?«, fragte auch John.

»Viel wichtiger ist, dass wir diesmal einen neutralen Schiedsrichter bekommen«, bat sich der Deutsche aus. »John gibt sich zwar alle Mühe, aber er ist Engländer, dazu Verwandter des Gegners. Da ist es schwer, neutral zu sein.«

Ein Augenblick des Schweigens folgte, in dem die gerade geäußerten Fragen und Forderungen unbeantwortet und unerfüllt in der Luft hingen. Man brauchte offenbar Zeit, um sich schlüssig zu werden, wer und auf was man werfen sollte und, vor allem, woher man den neutralen Schiedsrichter nehmen sollte.

In diese Stille schrillte der Schrei Franziskas, als sie neben mir in die Knie ging.

Schnell beugte ich mich zu ihr hin, griff ihr unter die Arme und half ihr auf. Als ich sie auf den Stuhl setzte, sah ich, dass sie sich mit der Hand die rechte Schläfe hielt. »Was ist?«, fragte ich besorgt. Doch im selben Moment, als ihr Blick nach oben ging, begriff ich, was passiert war. Ich bückte mich zu Boden und hob den großen Apfel auf, der sie getroffen hatte. »Ein schönes Exemplar«, stellte ich fest und hielt ihr die rotgelbe Frucht vor die Augen.

»Ein besonders schweres Exemplar, habe ich den Eindruck.« Franziska rieb sich die Schläfe und lachte. »Eva und der Apfel – schon von Anbeginn der Zeit war das eine unselige Allianz.« Nun lachten wir beide.

Erst als ich das Fallobst auf dem Tisch ablegte und mich wieder setzte, bemerkte ich die Aufmerksamkeit, die der Schrei und das Einknicken meiner Frau hervorgerufen hatten. Die Augen der Spieler und auch die der Gäste waren auf uns gerichtet, Sorge zeigte sich auf den Gesichtern.

Gabi kam herangeeilt. »Ist dir etwas Ernsthaftes geschehen?«, fragte sie und besah sich Apfel und Schläfe.

»Nein«, wehrte Franziska ab. Sie tastete mit dem Finger über die getroffene Stelle. »Nur eine Beule, weiter nichts.«

Erneut ertönte ein Aufschrei, leiser diesmal als der Schmerzensschrei meiner Frau, eher ein Ausruf der Verwunderung oder des plötzlichen Begreifens. Wieder drehten sich die Köpfe und blickten zu den Männern hin, die noch immer auf ihren Stühlen standen.

Es war der junge Deutsche, der, von einer jähen Erkenntnis erfasst, den Ruf ausgestoßen hatte. Mit einem klatschenden Schlag vor die Stirn unterstrich er die Bedeutung des Einfalls, der ihm gerade gekommen war. »Der Apfel«, rief er triumphierend in die Runde und deutete auf unseren Tisch.

»The apple?« Es dauerte zwei, drei Sekunden, bis der Engländer begriff. »The apple – in deed – grand idea.« Auch sein Arm zeigte zu uns hin.

Jetzt verstand auch Johnny. »You mean – Wilhelm Tell? The man mit dem Apfel?«

Die beiden Dartspieler nickten eifrig. Augenblicklich sprangen sie von den Stühlen, sie waren sichtbar Feuer und Flamme von dem spektakulären Einfall.

»No, no«, versuchte John aus seiner erhöhten Position auf die von ihrer Idee Entzückten einzuwirken. »That´s too dangerous – viel zu gefährlich.« Aber da war es bereits zu spät für vernünftige Argumente. Die Woge der Begeisterung hatte nun auch die anderen Spieler erfasst. Die Köpfe, englische wie deutsche, wurden zusammengesteckt, man beriet sich kurz, dann lösten sich die beiden Anführer aus ihren Gruppen und kamen auf uns zu.

»Mein Gott, was wird das?«, erschrak sich Franziska.

»Die wollen den Apfel.« Mir war klar, was sich da in den jungen Gehirnen festgesetzt hatte. Wahrscheinlich war es die unterbewusste Verbindung der Worte, die den verrückten Einfall induziert hatte, mit der Nachahmung des berühmten Tellschen Schusses die Wettkampfentscheidung herbeizuführen. Der Begriff Apfel in Kombination mit der Forderung nach Neutralität, das musste ja zu dem eidgenössischen Armbrustschützen führen.

Die Vertreter Englands und Deutschlands waren nun bei

unserem Tisch angelangt. Der junge Niederhöner, den ich vom Sehen her kannte, zeigte auf den Apfel.

»Können wir den, bitte, haben?«, fragte er höflich.

Ich zuckte mit den Schultern. »Das können wir nicht entscheiden, der Apfel gehört uns nicht. Die Tatsache, dass er meiner Frau auf den Kopf gefallen ist, macht uns nicht automatisch zu seinen Eigentümern.« Ich reichte ihm die Frucht. »Da müsst ihr schon John oder Gabi fragen.«

Der Deutsche nahm den Apfel entgegen, war gerade dabei, ihn zu begutachten, als ihn sein englischer Begleiter anstieß. »Ask her«, forderte er und nickte zu Franziska hin.

»Wir haben da noch eine Bitte«, druckste der Niederhöner verlegen herum. »Wir suchen nämlich noch einen neutralen Schiedsrichter, und da dachten wir...«

»Aber meine Frau ist Deutsche, alles andere also als neutral«, wandte ich ein.

»Aber sie ist weiblich, das genügt.« Offensichtlich hatte man sich vorher schon in Ermangelung einer nationalneutralen Person auf die feminine Notlösung geeinigt.

»Bitte! Es ist nichts dabei«, warb der junge Mann weiter. »Wir markieren den Apfel und werfen mit den Dartpfeilen auf ihn. Die Aufgabe des Schiedsrichters ist lediglich, zu entscheiden, welche Würfe der Markierung am nächsten liegen. Das ist schon alles.«

»Und wo, um Himmels willen, wollt ihr den Apfel platzieren?«

»On top of the head, of course«, begeisterte sich der Engländer.

»Natürlich, auf dem Kopf, so wie es sich gehört«, pflichtete der Deutsche bei, »wir haben schon jemanden gefunden, der sich dafür zur Verfügung stellt.«

Entsetzt wehrte Franziska ab. »Um Gottes willen, wenn ihr ihn verletzt?«

»Wir wickeln ihn ein, polstern ihn so, dass ihm nichts passieren kann.« Der Junge hob die Hände und versicherte: »Da besteht nicht das geringste Risiko. Also, was ist?«

John war zu uns getreten. Beruhigend nickte er uns zu. »Ich sorge dafür, dass nothing is dangerous. You can trust me – vertraut mir.«

Meine Frau sah mich an.

»Warum nicht«, half ich ihr, sich zu entscheiden.

»Also gut!« Franziska erhob sich. »Mach ich halt den Geßler«, lachte sie, »aber ich will mich selbst davon überzeugen, dass ihr den Apfelträger auch gut einpackt.«

Während sie mit den anderen zur Terrasse ging, fragte ich mich, was den jungen Dartspieler veranlasst haben könnte, eine Frau wie Franziska mit dem Begriff Neutralität in Verbindung zu bringen. War schon ihr Erscheinungsbild unübersehbar weiblich und alles andere als das eines Neutrums, so fand sich auch in ihrem Verhalten und Urteilen nichts von Unparteilichkeit, denn sie liebte es, Position zu beziehen und eine oft aus dem Bauch heraus gefasste Meinung vehement zu verteidigen. Ihre Entscheidungen waren der Sache meist dienlich, aber nur selten neutral.

Gut zehn Minuten dauerte es, bis man den armen Kerl, dem der Apfel aufs Haupt gelegt werden sollte, so rundum abgepolstert hatte, dass selbst der Risikoscheueste die Unmöglichkeit einer Verletzung einsehen musste. Mit einer Wäscheleine hatte man Schaumstoffsitzkissen in doppelter Lage um den Oberkörper und, mit besonderer Sorgfalt, rings um den Kopf gewickelt. Ein Radfahrersturzhelm schützte zusätzlich den Schädelbereich. Jeder fieberte jetzt dem bevorstehenden Ereignis entgegen. Man schob die Tische aus der Mitte der Terrasse an den Rand, um so, einer Arena gleich, einen zentralen Wettkampfort zu schaffen. Die Seite allerdings, an der hinter einem flachen Mäuerchen einige Liegestühle um ein großes aufblasbares Planschbecken gruppiert waren, ließ man frei. Dorthin konnten die Fehlwürfe – wenn es bei der Könnerschaft der Kontrahenten überhaupt welche gab – ungehindert und gefahrlos ins Leere fliegen.

Als die Vorbereitungen endlich abgeschlossen waren, die Zuschauer alle in sicherem Abstand auf ihren Plätzen saßen und der Vermummte, noch apfellos, an seinen Platz gestellt worden war, trat Franziska in Aktion. Ich hatte inzwischen meinen Stuhl unter dem Baum verlassen und mich zu den Gästen auf der Terrasse gesellt, um das Schauspiel besser verfolgen zu können.

Zunächst wurde die Reihenfolge der Würfe ausgelost. Die beiden Wortführer der Landsmannschaften, die auch als Werfer bestimmt worden waren, zogen unterschiedlich lange Streichhölzer aus der Hand der Schiedsrichterin. Es ergab sich, dass der Engländer anfangen musste. Drei Würfe waren nacheinander zu absolvieren, dann war der Deutsche mit seinen Versuchen an der Reihe.

Gebannt und in absoluter Stille verfolgte das Publikum das Geschehen. Als nächstes sollte der Apfel positioniert werden, ebenfalls eine Aufgabe der Schiedsrichterin. Franziska nahm die bereitliegende Frucht, legte sie auf die flache Hand und trug sie mit feierlichem Schritt, wie eine Priesterin auf einem Opfergang, zu dem Verhüllten hin. Nach einer kurzen Ermahnung an diesen, sich ab jetzt nicht mehr zu bewegen, spießte sie den Apfel so auf den vorher im Helm verkeilten Nagel, dass der markierte Punkt für den Werfer gut erkennbar war. Durch eine Handbewegung forderte sie den Engländer auf, mit seinen Pfeilen an den Kreidestrich heranzutreten, der den Abstand zum Wurfziel festlegte. Franziska hob den Arm. So etwas hatte ich bisher nur bei Motorrennen gesehen, wenn der Start mit der hochgehaltenen Fahne freigegeben wurde. Es war deutlich, meine Frau genoss ihren Auftritt, die Show, die sie präsentierte, machte ihr Spaß – und auch mir gefiel die Anmut und Sicherheit ihres Auftretens.

Der Werfer stand schließlich bereit, der Wettkampf konnte beginnen. Wie erwartet, sauste Franziskas Hand nach unten, mit einem lauten »go!« gab sie die ersten drei Würfe frei.

Die Anspannung der weitgehend schweigend verfolgten Vorbereitung löste sich in dem Augenblick, als der Werfer von der Insel den Arm zum ersten Mal vor- und zurückfedern ließ, um sein Ziel zu taxieren. Lebhaftes Anfeuern erscholl aus dem englischen Lager, das in frenetische Begeisterung umschlug, als alle drei Würfe den Apfel trafen. Die Spieler feierten ihren Anführer, als sei der Sieg schon so gut wie sicher. Franziska trat zu dem in den Kissen Verschnürten, nahm ihm den Apfel vom Kopf und erlaubte ihm, sich für einen Moment die Beine zu vertreten. Sie zog die Pfeile aus dem Fruchtfleisch und markierte die Treffer, um später den genauen Abstand zum Zielpunkt ausmessen und mit dem Ergebnis des Gegners vergleichen zu können.

Nachdem sie den Verhüllten wieder zu reglosem Stehen ermahnt hatte, spießte sie ihm erneut den Apfel auf den Kopf. Sie hatte ihn so gedreht, dass jetzt die ebenfalls mit einem Punkt versehene noch unversehrte Seite dem Werfer zugewandt war.

Der Deutsche stand schon an der Wurflinie bereit, nervös pendelte sein Arm mit dem Pfeil hin und her. Auch hier gab Franziska mit einem »Los!« das Signal zum Beginn.

Der erste Wurf, das sah man und hörte man auch am Beifall, lag dicht neben dem Punkt, der zweite sogar mitten im Zentrum. Die Niederhöner jubelten und machten bereits das Siegeszeichen. Wer wollte ihnen jetzt noch den Triumph nehmen?

Ob es die große Erwartung seiner Mitstreiter war, vielleicht aber auch die überhebliche Selbstsicherheit, mit der sich der junge Mann präsentierte. Jedenfalls kam es, wie es kommen musste, aber eigentlich nicht kommen durfte. Das Fiasko des letzten Wurfes nahm seinen Lauf. Der Pfeil sauste durch die Luft, verfolgt von Dutzenden von Augenpaaren, verfehlte den Apfel und verschwand in der dahinterliegenden Dunkelheit. Der Aufschrei der entsetzten Deutschen ging unter im lautstarken Überschwang, mit dem sich die Engländer um den Hals fielen. Ausgelassen tanzten sie auf der Terrasse, lagen sich in den Armen – ein weiteres Mal war bewiesen, dass das Tor von Wembley rechtens war.

Doch die Götter schienen dieses aus deutscher Sicht frevelhafte Treiben nicht dulden zu wollen. Ein langer Blitz zuckte plötzlich über den Himmel, gefolgt von einem brüllenden Donnern. Franziska blieb nicht einmal Zeit, den Gewinner des Wettkampfs zu verkünden, denn schon knallten dicke Regentropfen auf die Terrassenplatten. Sieger, Besiegte und Zuschauer rafften ihre Sachen zusammen und flohen in wildem Durcheinander ins Hausinnere. Ein Wolkenbruch öffnete seine Schleusen und ergoss sich mit gewaltigen Wassermassen über das Land.

Wir hatten einen Platz an der Theke gefunden und gerade ein neues Bier bestellt, als Franziska den Hals reckte und sich umsah. »Siehst du den Apfelträger?«, fragte sie mich,

»ist der überhaupt mit herein gekommen?« Ihre Stimme verriet Sorge, während sie sich erneut umblickte. »Mein Gott«, rief sie endlich und sprang von ihrem Barhocker, »wir haben den Gepolsterten draußen vergessen.« Sie stürzte zur Terrassentür, gefolgt von den anderen, die erst jetzt ihren Kameraden vermissten.

Zwei, drei Minuten vergingen, bis die Männer, selbst bis auf die Haut durchnässt, den Bedauernswerten über die Schwelle ins Trockene gezerrt hatten. Drei weitere Minuten brauchten sie, um ihn von seinen vollgesogenen Kissen zu befreien.

Franziska hatte die Rettungsaktion unter dem Dachüberstand mitverfolgt.

»Der arme Kerl«, berichtete sie, »musste mit zugebundenen Augen im Regen stehen. Die anderen haben versucht, ihn hineinzutragen, aber seine Polsterung hatte inzwischen soviel Wasser aufgesaugt, dass sie es nicht schafften. Sie mussten ihn hinter sich herschleifen, so schwer war er geworden.«

Draußen tobte das Unwetter unvermindert weiter. Fast zeitgleich folgte dem Blitz jetzt der Donner. Das Gewitter war nun unmittelbar über uns. Doch hier im Innern des Hauses fühlten wir uns geborgen. Der schmale Raum hatte sich im Nu gefüllt, dicht drängten sich die Menschen aneinander. Die angeknipsten Lampen ließen das drohende, noch immer von Blitzen unterbrochene Dunkel draußen vergessen, nur leise drang durch die geschlossenen Türen das Donnern zu uns herein. Gabi verteilte Knabbergebäck in kleinen Schalen auf Theke und Tischen, während John die Beatles sanft im Hintergrund singen ließ. Die Unruhe, die der Regen und die überstürzte Flucht ausgelöst hatten, war gerade im Begriff abzuebben und einer allgemeinen

Entspannung zu weichen, die Gespräche dabei, sich zu beruhigen und die Sieger in vollem Schwange, sich mit den Unterlegenen beim gemeinsamen Bier zu versöhnen, als plötzlich und unerwartet das Licht im Gastraum erlosch. Die Dunkelheit war vollkommen, denn nach dem eiligen Rückzug ins Haus war man noch nicht dazu gekommen, die Kerzen anzuzünden.

Ein Murmeln hob an, doch nur vereinzelt wurden fragende Rufe hörbar, denn alle glaubten, der Blitz habe irgendwo eingeschlagen und die Stromversorgung unterbrochen. Feuerzeuge flammten auf und brachten die auf den Tischen stehenden Teelichter zum Brennen. Ein schwaches Leuchten verbreitete sich im Raum.

Die Beatles mussten das Unglück vorausgeahnt haben, denn nur Sekunden vor dem Stromausfall hatten sie noch ihr »Help!« in den Gastraum hineingesungen. Jetzt waren sie ebenso verstummt wie das Summen der Thekenkühlung und das Brummen des Ventilators. Bei soviel Stille klangen die Stimmen der Gäste, obwohl sie leise sprachen, überlaut.

»Ich gehe and have a look, perhaps it´s only the Sicherung«, verkündete John und verließ den Raum.

Die Kerzen spiegelten sich im Glas des Thekenschranks. Wir saßen dicht zusammen, schauten in dic ruhigen Flammen und genossen das warme Beieinander. Ich spürte, wie sich Franziskas Kopf an meine Schulter legte. Sie schnurrte wohlig wie eine Katze im Schoss des Herrchens. »Was für ein zauberhafter Abend«, sinnierte sie, »erst das herrliche Spektakel draußen, jetzt die wundervolle Enge hier, die mir gar keine andere Wahl lässt, als mich an dich anzuschmiegen.« Nun gurrte sie, war jetzt das Täubchen, das gar nicht genug bekommen konnte von den leckeren Krümchen.

»Heinrich, weißt du was?«

»Ich ahne es.«

»Ist das nicht großartig? Nach so vielen Ehejahren?«

»Ja. Es ist ein Geschenk, für das wir dankbar sein müssen.« Ich strich ihr übers Haar und zog sie noch enger an mich.

Als nach über fünf Minuten John noch nicht von seinem Überprüfungsgang zurückgekehrt war und auch die Stromversorgung weiter unterbrochen blieb, machte sich Gabi Sorgen.

»Ich schau mal nach, wo er bleibt«, erbot sich ein Gast, als er ihre Beunruhigung bemerkte.

Weitere fünf Minuten vergingen, ohne dass die Lampen hell wurden. Weder John noch der hilfsbereite Gast tauchten wieder auf.

Zwei weitere Gäste machten sich auf den Weg, nach den Verschwundenen und dem Rechten zu sehen.

Wieder verstrichen fünf Minuten, in denen sich nichts Sichtbares tat. Das Gewitter war inzwischen abgezogen, leise nur noch war das Rumpeln in der Ferne zu hören. Gabis Sorge wuchs, sie bangte um ihren Johnny.

Doch gerade, als sich eine Gruppe junger Leute bereit erklärt hatte, nach den Verschollenen zu sehen, erschienen die Vermissten im Treppenaufgang, der vom Keller heraufführte. Ein Raunen ging bei ihrem Anblick durch den Raum. Mit einem leisen Schrei stürzte sich Gabi auf John. »Mein Gott, wie siehst du aus! Was ist denn passiert?« Schnell zog sie ihren Mann hinter die Theke und begann augenblicklich, ihn mit dem Geschirrtuch abzurubbeln. Auch die anderen Männer waren nass wie die sprichwörtlichen Pudel und ebenso erd- und lehmverdreckt wie der Wirt des Pubs.

Da aber dieser unter der liebevollen Fürsorge seiner Frau nicht in der Lage war, Auskunft zu geben, übernahm es der Gast, der als Erster gefolgt war, die vorgefundene Situation zu schildern und zu erklären, warum es so lange gedauert hatte, ehe sie zurückkehrten: »Ich kam in den Gang zum Keller, in dem der Sicherungskasten hängt. Da sah ich Johnny, triefnass schon, an der Wand hantieren. Er hatte einen Eimer in der Hand.« Johnny habe versucht, das aus einem Mauerwerk rinnende Wasser aufzufangen, um zu verhindern, dass es weiter über die Sicherungen lief. »Als er mich sah, rief er mir zu, ich solle eine Plane holen, um den Kasten abzudecken, auch einen zweiten Eimer.« Aber alle Mühe sei vergebens gewesen, sie hätten es nicht geschafft, das Wasser von den Sicherungen fernzuhalten. Doch dann sei ihnen aufgefallen, dass dic undichte Stelle deutlich über dem Erdniveau lag, es also gar nicht das Bodenwasser des Wolkenbruchs sein konnte, das in die Hauswand eindrang. Gerade hatten sie beschlossen, nach dem Grund für diesen unerklärlich hohen Wassereinbruch zu sehen, als Gerd und Heinz die Treppe heruntergekommen waren. Gemeinsam hatten sie sich auf den Weg nach draußen gemacht, um nachzuschauen, aus welcher Quelle das Wasser an die Hauswand gelangte. Es sei nicht schwer gewesen, die Ursache zu finden. Schnell hatten sie das Loch in der aufgcrissenen Seite des aufblasbaren Planschbeckens entdeckt, aus dem sich platschend ein dicker Wasserstrahl gegen das Mauerwerk ergoss, hatten mit aller Kraft das Becken vom Haus weg auf den Rasen gezogen, damit der verbliebene Inhalt dort gefahrlos im Gras versickern konnte.

»Als wir noch einmal zu der Stelle an der Hauswand zurückkehrten, fanden wir schnell die Erklärung für den großen Riss im Planschbecken.« Geheimnisvoll blickte der Erzähler seine Zuhörer an. Dann griff er in die Hosentasche, zog einen Gegenstand heraus und hielt ihn, für alle sichtbar, in die Luft. »Hier, dieser Dartpfeil, der den Apfel verfehlte und ins Dunkle verschwand, der hat die Gummihaut aufgeschlitzt und so für den Kurzschluss im Sicherungskasten gesorgt.«

»Also doch ein Volltreffer«, flüsterte Franziska mir zu und lachte hinter vorgehaltener Hand. »Eigentlich müsste ich jetzt als Schiedsrichterin das Ergebnis revidieren und zumindest ein Unentschieden verkünden.«

»Ach, lass nur. Ich habe das Gefühl, heute Abend gibt es sowieso keine Verlierer, sondern nur Helden.« Ich deutete auf die Durchnässten, die zusammen mit dem von den Kissen befreiten Apfelträger am oberen Ende der Theke saßen. Ihre nackten Oberkörper glänzten unter den um die Schultern gelegten Handtüchern, die Gabi schnell herbeigeholt hatte. Noch immer klebte die Erde in Streifen und Klumpen an ihren Händen und Gesichtern. Sie erinnerten an Bergleute, die gerade aus einem eingestürzten Stollen ans Tageslicht zurückgeholt worden waren und die Rettung gleichermaßen genossen wie die Aufmerksamkeit, die man ihnen entgegenbrachte.

John, ebenfalls Held und nackt, reichte das Tablett herum, auf das Gabi die gefüllten Gläser gestellt hatte. Dann nahm auch er sich ein Glas, schwenkte es im Kreis und sprach, ganz Philosoph, in erstaunlich fehlerfreiem Deutsch das aus, was wir in diesem Moment alle empfanden: »Es sind Abende wie der heutige, an denen wir spüren, dass uns der Lebenswind, the breath of life, mal wieder so herrlich warm berührt hat. Perhaps wir erschrecken ein bisschen am Anfang unter seiner Berührung, wenn er uns for example einen apple vom Baum herunter auf den Kopf weht oder in seinem Luftstrom einen Dartpfeil abdriften lässt«, John verzog den Mund und kniff ein Auge zu, »wer weiß schon, was er für uns bereit hält. But wenn er kommt, the breath of life, dann sollten wir ihm das Gesicht zuwenden und ihm erlauben, uns anzublasen. Die äußeren Spuren, die er hinterlässt, sind leicht zu beseitigen: Eine Beule am Kopf, die schwillt ab, the punctured paddling pool, den kaufen wir neu. Aber das, was er in uns hineinweht, das gemeinsame Erleben, die Begegnung mit dem Ungewöhnlichen – that will stay with us forever – das bleibt für immer. Here«, er klopfte sich mit der Faust auf die Brust, »hier drin wird es gespeichert, always memorable an den vielen ereignislosen Tagen, aus denen unser Leben nun einmal besteht.«

Der bärtige Wirt drehte sich nach allen Seiten. Ein Leuchten lag in seinen Augen. »Ich trinke auf diesen schönen Abend, auf das Unerwartete, das Unberechenbare, das uns immer wieder überrascht. Cheers, my friends!« Er hob sein Glas und streckte es den Gästen entgegen. »Cheers!« Zufrieden blickte er in die Runde, bevor er es, mit einem Seufzer, an die Lippen setzte und in einem Zug leerte.

22

Die Sonne stand schon hoch über dem Lotzenkopf. Um uns dampften die Wiesen und Felder. Die warme Erde gab der Luft die Feuchtigkeit zurück, die sie in der Nacht von dem Wolkenbruch empfangen hatte. Es roch nach Treibhaus, nach Humus und Fruchtbarkeit.

Wir saßen auf der Terrasse beim Frühstück, waren heute Morgen später dran als gewöhnlich. Der gestrige Abend war lang geworden, erst weit nach Mitternacht hatten wir den Pub verlassen. Aber was machte das? Nichts drängte uns.

Auch wenn wir heute erst spät aufgestanden waren, der Tag lag vor uns, wir freuten uns auf die kommenden Stunden, die wir beide, Franziska und ich, alleine miteinander verbringen wollten.

Das Telefon läutete. Meine Frau stand auf. »Bestimmt für mich. Wahrscheinlich ist irgendetwas in Kroatien liegengeblieben – oder aber ein Gepäckstück wird vermisst. Ist doch immer wieder dasselbe.« Mit einem Seufzer ging sie ins Haus.

Die Nachbereitung der Reise – so nannte Franziska die ersten ein, zwei Tage nach der Rückkehr – waren stets etwas turbulent. Das Telefon ging oft, häufig riefen die Leute nur deshalb an, um die Erlebnisse im Gespräch noch einmal aufzufrischen, die positive Urlaubsstimmung noch etwas nachklingen zu lassen.

Ich griff nach der Zeitung, kam aber nicht dazu, mehr als die Überschrift zu lesen. Meine Frau kehrte zurück, leise lachte sie vor sich hin.

»Wer war das?«, fragte ich und faltete die Zeitung zusammen, »einer deiner Reiseteilnehmer?«

»Nein«, mit einem Kopfschütteln goss sie sich Kaffee nach. »Der Anruf kam aus Marburg.«

»Aus Marburg?«

»Ein Dr. Seitz rief an.«

»Ach, der Mitarbeiter des Professors am paläontologischen Institut. Und was wollte er?«

»Uns mitteilen, dass -«, Franziska schaute auf die Uhr, »- in genau 37 Minuten Professor Seeger mit dem Zug am Stadtbahnhof eintreffen wird.«

»Mein Gott, so früh schon?«

»Dr. Seitz berichtete, es seien recht schwierige Tage mit dem Patienten gewesen. Von einer Schonung seines Beines habe der Professor nichts wissen wollen. Er habe im Eiltempo seine Angelegenheiten im Institut geregelt, um möglichst schnell nach Oberhone zurückkehren zu können. Heute Morgen habe ihn dann nichts mehr gehalten, schon um sechs hatte er Dr. Seitz herausgeklingelt und ihn gebeten, in den ersten Zug nach Eschwege gesetzt zu werden. Dort sitzt er nun und wird in einer guten halben Stunde ankommen.«

»Aber ich wollte doch mit dir...«, begann ich unsicher, irritiert durch diese unerwartete Nachricht. Zwar hatte der Professor angedeutet, möglicherweise schon heute zurückkehren zu wollen, aber ich hatte nie damit gerechnet, dass er so früh am Morgen kommen könnte.

Franziska bemerkte meine Verwirrung. Lächelnd legte sie mir die eine Hand auf den Arm, mit der anderen winkte sie ab. »Lass nur, Heinrich, das geht schon in Ordnung. Nach all dem, was ich über ihn gehört und erfahren habe, bin ich jetzt richtig gespannt auf den Professor.«

Knapp eine Stunde später saßen wir uns erneut auf der Terrasse gegenüber und setzten das Frühstück fort. An der Stirnseite des Tisches hockte Professor Seeger in einem Rollstuhl. Er hielt den Kaffeebecher in den Händen. Schweigend blickte er vor sich hin. Er wirkte zerknirscht, aber ich hegte nicht die geringste Illusion, meine Schelte könnte irgendeine Einsicht oder gar ein Bedauern in ihm geweckt haben. Er würde einige Anstandsminuten den Reuigen spielen, sich den Anschein geben, es täte ihm leid, die ärztlichen Anordnungen missachtet zu haben. Aber weiter würde er keinen Gedanken daran verschwenden. Übertretungen von Weisungen und Regeln bereiteten ihm solange keine Kopfschmerzen, solange sie ihm in den Kram passten.

Am Bahnhof war mir sofort aufgefallen, wie schwer er sich tat, aus dem Zug zu steigen. Nur unter der Mithilfe eines Fahrgastes war es mir gelungen, ihn auf den Bahnsteig zu heben.

»Um Gottes willen, Professor, Sie können ja kaum auftreten. Wo ist denn Ihre Gehhilfe?« Ich hatte seinen Arm um meine Schulter gelegt und stützte ihn, während ich ihn zum Auto mehr trug, als dass er ging. »Sie sind doch nicht etwa ohne Krücken gelaufen?«, hatte ich ahnungsvoll gefragt.

Die wegwerfende Bewegung mit seinem freien Arm hätte ihn beinahe zu Fall gebracht. »Die Dinger haben mich nur gestört – da habe ich sie in die Ecke gestellt.«

In Oberhone angekommen, hatte ich mir als Erstes, kaum, dass er Franziska begrüßt hatte, seinen Fuß angesehen. Wie befürchtet war der Knöchel dick geschwollen und bläulich verfärbt. Die Gelenkschiene rutschte auf dem teigigen Gewebe hin und her, ohne ihm noch richtigen Halt geben zu können. An eine Belastung des Fußes war in den nächsten Tagen nicht zu denken.

»Wir werden morgen eine Röntgenkontrolle machen lassen. Hoffentlich ist der Bruch nicht verschoben«, machte ich mir Sorgen.

Franziska war schon nach dem ersten Blick auf den voluminösen Knöchel hinüber ins Haupthaus gegangen, um einen der Rollstühle zu holen, die sie immer für gehbehinderte Reisende parat hielt.

»Nur so und nicht anders werden Sie sich vorerst fortbewegen«, hatte ich angeordnet, während wir ihn gemeinsam in das schwarze Gefährt bugsiert und auf die Terrasse geschoben hatten. »Ihr Fuß braucht dringend Ruhe. Wenn Sie ihn belasten, spielen Sie mit Ihrer Gesundheit.«

Wie vorausgesehen verharrte der Professor nicht lange in

seiner Büßergeste. Franziska in ihrer ungezwungenen Art war schon sehr bald in ein lebhaftes Gespräch mit ihm vertieft. Sie sprach ihn ohne Umwege an, stellte ihm unmittelbar und geradeheraus Fragen. Auch wenn er dabei gelegentlich stutzte oder über ihre Direktheit erschrak, man merkte, dass sich die beiden vom ersten Augenblick an mochten.

Schließlich wollte Franziska wissen: »Mein Mann hat mir erzählt, Sie hätten geplant, zwei, drei Tage in Marburg zu bleiben. Nun sind Sie schon nach anderthalb Tagen zurück..?« Erwartungsvoll sah sie den Alten im Rollstuhl an.

»Nun«, Professor Seeger druckste unentschlossen herum, bis er sich schließlich überwand zu erklären, warum er Marburg so früh schon wieder den Rücken gekehrt hatte. »Es ist schon eine seltsame Erfahrung zu merken, dass man gar nicht so unentbehrlich ist, wie man immer geglaubt hat. Man hat mich sehr schnell begreifen lassen, dass der Universitätsbetrieb auch ohne mich reibungslos weiterläuft, selbst die Forschungsarbeit wird in meiner Abwesenheit von den Mitarbeitern in der gleichen Güte und in dem gleichen Tempo fortgeführt, als wenn ich anwesend wäre. Sie haben mir zu verstehen gegeben, ich solle meine Verletzung in aller Ruhe auskurieren und mich nicht zu früh belasten...«

»Eine Empfehlung, der Sie in vorbildlicher Weise gefolgt sind«, knurrte ich sarkastisch dazwischen.

»Das war der eine Grund, weshalb es mich nicht in Marburg hielt«, ignorierte er meinen Einwurf.

»Und der andere?«

Der Professor hob den Kopf, blinzelte kurz in die Sonne. Dann stieß er sich mit den Händen vom Tisch ab, schob den Rollstuhl einen Meter zurück, so als brauche er etwas Distanz vor seinen nächsten Worten: »Es ist diese Geschichte hier«, gestand er mit geheimnisvoll gedämpfter Stimme, »sie lässt mir einfach keine Ruhe mehr.«

»Sie meinen das unklare Schicksal Ihres Vaters?«

»Das auch, ja. Aber was mich inzwischen mindestens genauso interessiert, ist das Geschehen rund um die verschwundenen Kunstschätze. Unabhängig davon, ob sich nun tatsächlich das Bernsteinzimmer in dem Bahnwaggon befunden hat oder nicht, will ich einfach wissen, wohin das Zeug damals gebracht worden ist – und auch, wer hinter der Aktion steckte. Das ist wie mit einem angefangenen, spannenden Buch: Es hat einen gepackt, gefesselt, man will und muss es unbedingt zu Ende lesen.«

»Aber was, wenn Sie feststellen müssen, dass die Fortsetzungsseiten dieser Geschichte nicht mehr existieren?«, gab Franziska zu bedenken. »Was gibt Ihnen nach so vielen verstrichenen Jahren die Zuversicht, die Enden der Fäden finden und bis zu ihren Anfängen zurückverfolgen zu können? Vielleicht hat sich ja, um im Bild zu bleiben, die mysteriöse Struktur des Gewebes längst aufgelöst und es ist nichts Verwertbares mehr zurückgeblieben?«

»Natürlich, das ist möglich«, räumte der Professor ein, »darüber waren der Herr Doktor und ich uns einig: Das Ganze kann auch ins Leere laufen. Aber was Ihre Frage nach meiner Zuversicht betrifft, so ist diese jetzt größer denn je. Gerade der Mord an dem Eisenbahner hat doch die Bedeutung gezeigt, die die seinerzeitigen Ereignisse auch heute noch für Jemanden haben müssen. Irgendetwas existiert noch, etwas, dessen Geheimhaltung immerhin einen Mord wert war. Wenn es also so etwas gibt, dann besteht auch für uns die Möglichkeit, es zu finden.«

»Klingt logisch, Herr Professor«, stimmte Franziska zu, um aber gleich entgegenzuhalten. »Doch dann setzen Sie voraus, dass dieser Mord in einem Zusammenhang mit dem steht, was damals passiert ist. Eine Annahme, die aus meiner Sicht nur eine geringe Wahrscheinlichkeit aufweist.«

Der Professor protestierte. Schnell wurde klar, dass er und meine Frau diesbezüglich sehr unterschiedlicher Meinung waren. In den nächsten zehn Minuten debattierten sie darüber, ob, und wenn ja, welche anderen Motive für den Mord an Karl Unger in Frage kommen könnten. Es war die gleiche Diskussion, die ich schon am Vortag mit Franziska geführt hatte. Ich lehnte mich zurück und hörte zu, wobei mir auffiel, wie vehement sich Professor Seeger den durchaus schlüssigen Darlegungen meiner Frau widersetzte. Fast jedes Mal leitete ein Aber seine Gegenargumentation ein. Ein Abweichen von seiner Auffassung, es müsse eine Verbindung zu der alten Geschichte bestehen, akzeptierte er nicht.

Es wurde deutlich, dass er im Grunde nur deshalb nichts anderes zuließ, weil er sonst die Spur, so schwach sie auch war, aufgeben müsste, die Fährte, der er nur allzu gerne folgen wollte. Verständnisvoll nickte ich vor mich hin. Das kannte ich aus Romanen und Berichten von Schatzsuchern, die jedem kleinsten Hinweis, der sie zu ihrem wertvollen Ziel führen konnte, begierig nachgingen, mochte er noch so unrealistisch und unwahrscheinlich sein. Und auch das begriff ich, dass nicht nur der Professor von dem Wunsch nach einer Weiterverfolgung der damaligen Angelegenheit beherrscht wurde, sondern auch ich inzwischen in geradezu zwanghafter Weise davon besessen war, der geheimnisvollen Affäre auf den Grund zu kommen.

Und dann, unerwartet für uns Männer, beugte sich Franziska mit energischer Gebärde vor. In einer Geste der Aufforderung legte sie die geöffnete Hand auf den Tisch. »Hier, schlagt ein. Auch wenn die Wahrscheinlichkeit, erfolgreich zu sein, gleich Null ist, wir sollten der Sache nachgehen. Wie heißt es so schön: Wir haben keine Chance, also nutzen wir sie. Ich jedenfalls bin mit dabei.«

Verwundert sah ich meine Frau an. Sie, die mich sonst als Erste ermahnte, mich aus Nachforschungen mit dubiosem oder auch kriminalistischem Hintergrund herauszuhalten, war nun auf einmal bereit, aus unserem Zweigespann eine Troika zu machen? Aber warum nicht. »Hier, meine Hand«, verkündete ich erfreut und legte sie pathetisch in der gleichen offenen Haltung in die ihre.

Wir sahen zum Professor hin. Ich wusste, sein Zögern galt nicht der Sache, diesbezüglich war er entschlossen. Aber es fiel ihm offensichtlich schwer, über seinen Schatten zu springen und Franziskas spontan inszeniertem Bündnis so mir nichts dir nichts beizutreten. Schließlich rang er sich zu einem den formalen Rahmen wahrenden Kompromiss durch. »Natürlich bin ich auch mit dabei, Frau Doktor. Sie, der Herr Doktor und ich, wir werden uns der Sache in geeigneter Form annehmen.«

In zeremonieller Feierlichkeit legte er seine Rechte mit dem Handrücken nach oben auf unsere Hände, so als wolle er unser Bündnis damit verschließen und versiegeln. Mit einem flehenden Blick zu Franziska gelang es mir eben noch, den Protest zu unterbinden, zu dem sie gerade ansetzen wollte. Ich kannte ihre Abneigung, mit einem Titel bedacht zu werden, der ihr nicht zustand. Die Tatsache, mit einem Doktor verheiratet zu sein, rechtfertigte in ihren Augen noch lange nicht, als Frau Doktor angeredet zu werden.

Fünf, sechs Sekunden ließen wir die Hände in andächtigem Schweigen aufeinander ruhen. Wieder war es Franziska, die die Initiative ergriff. Schwungvoll zog sie ihre Hand unter der meinen heraus und streckte sie in die Luft wie ein Polizist, der die Fahrtrichtung freigibt.

»Also gut, fangen wir an. Was also wollen wir als Erstes tun?«

23

Der Weg war steil und rutschig nach dem Regen in der Nacht. Mehrfach schon waren wir ausgeglitten, einmal hatte Franziska sogar der Länge nach im Dreck gelegen. Sie hatte Mühe mit dem Anstieg. Ich hörte hinter mir ihr Keuchen und wartete, bis sie herangekommen war. Dabei genoss ich den schönen Anblick, den sie in ihrer aufgeknöpften Bluse und den knielangen Shorts bot. Ihr vom beschwerlichen Steigen schweißnasses Gesicht war gerötet, Schlammspritzer bedeckten wie große Sommersprossen Wangen und Stirn.

»Wir sind gleich oben«, machte ich ihr Mut und ließ sie vorangehen.

Eine Zeitlang stapften wir schweigend aufwärts. Wir sparten uns das Reden für später auf, denn wir brauchten unsere Luft für die Anstrengung des Bergaufgehens. Nur einmal unterbrach ich die Stille, als ich Franziska informierte: »Man nennt diesen Steilweg auch den Eselspfad – habe ich jedenfalls gelesen.«

»Wahrscheinlich, weil nur Esel in dieser Nachmittagshitze hier hinauf steigen.«

In der Tat, dieser schwülheiße Augustnachmittag war alles andere als ein günstiger Zeitpunkt, um den steilen Anstieg zur Plesse in Angriff zu nehmen. Aber wir waren, getragen von der Begeisterung des frisch geschlossenen Investigationspaktes, der übereinstimmenden Meinung gewesen, keine Zeit verlieren zu dürfen. Die Nachforschungen sollten ohne Verzug, also sofort, wieder aufgenommen werden.

Eine Weile hatten wir teils kontrovers diskutiert, wie wir vorgehen sollten. Ich war dafür gewesen, mit der Polizei in Kontakt zu treten. Vielleicht gab es ja im Mordfall Unger neue Erkenntnisse? Obgleich, ich rechnete nicht damit. Charly hätte mich bestimmt sofort informiert, wenn etwas Entscheidendes entdeckt worden wäre. Aber was war mit der Akte in der Skelettfundsache, die man herauszusuchen versprochen hatte? Möglicherweise war man ja da weitergekommen.

Doch der Professor schien sich noch immer gegen die Einbeziehung der Polizei zu sperren. Er hatte jedenfalls gegen eine Kontaktierung gestimmt und stattdessen für die Fortsetzung der Feldarbeit plädiert. »Damit haben wir doch schon so vieles aufgedeckt. Wir sollten einfach weiter herumstöbern und auf neue Funde hoffen.«

Schließlich aber hatte sich Franziska, wie auch anders, durchgesetzt. »Das ist ja alles gut, schön und richtig, was ihr da vorschlagt – aber lasst uns bis morgen damit warten. Ich muss mir erst ein Bild von all dem machen, was hier geschehen ist. Ihr habt den Vorsprung des eigenen Erlebens. Das fehlt mir. Heinrich kann mir ja heute Nachmittag die Schauplätze zeigen. Wenn ich dann auf dem Laufenden bin, dann legen wir richtig los.«

An dieser Stelle hatte ich es für angebracht gehalten, den blinden Enthusiasmus etwas zu dämpfen und darauf hinzuweisen, dass ein Mord verübt worden war, möglicherweise genau deshalb, weil schon einmal in der alten Geschichte herumgestochert worden war. Mein Einwurf hatte jedoch nur wenig Wirkung gezeigt. Er hatte lediglich erreicht, dass wir uns gegenseitig zu absoluter Geheimhaltung und auch zu äußerster Vorsicht bei unseren Nachforschungen verpflichtet hatten.

Der Anstieg hinauf zum Plesseplateau strengte auch mich an, mehr, als ich es erwartet hätte. Die Füße brannten, die Muskeln schmerzten. Seit drei Stunden waren wir nun schon unterwegs, waren erst nach Schwebda gefahren, wo ich Franziska zum Tunnel und über das Bahngelände geführt hatte. Auch hatten wir die Stelle besichtigt, an der Professor Seeger den Hang hinuntergestürzt war und sich den Knöchel gebrochen hatte. Anschließend waren wir den Weg durch die Schrebergärten in Wanfried gegangen und hatten einen Blick auf das noch immer abgesperrte Eisenbahngelände geworfen. Auf dem Rückweg dann war Franziska der Einfall gekommen, wir könnten doch jetzt, wo wir schon einmal in Wanfried waren, den Taterlöchern einen Besuch abstatten.

»Was versprichst du dir davon?«, hatte ich sie gefragt, »glaubst du wirklich, du könntest noch etwas in der Höhle entdecken? Das kannst du vergessen. Nach den Knochenfunden damals hat die Polizei dort alles gründlich abgesucht.«

»Darum geht's doch gar nicht. Ich erwarte nicht, Gegenstände vorzufinden. Auch keine Felseinritzungen oder ähnliches. Ich will mir lediglich ein Bild von der Umgebung machen, in der möglicherweise der Vater des Professors ums Leben gekommen ist. Du brauchst solche Bilder und Eindrücke, wenn du einen Tatablauf irgendwann einmal zusammensetzen möchtest. Wenn du verstehen willst, warum die handelnden Personen sich so und nicht anders verhalten haben. Ist die Höhle zum Beispiel ein Ort, an dem man sich längere Zeit aufhalten und verbergen kann? Oder hat sie den beiden Männern nur als vorübergehendes Versteck während einer Verfolgung gedient? Das würde ich schon gerne wissen. Das interessiert mich.«

Also hatten wir die Strapaze des Anstiegs hinauf zur Plesse auf uns genommen und waren in den steilen Berg eingestiegen. Noch einmal meldete ich mich zu Wort, als unser Pfad ganz dicht heranführte an den mächtigen Felssturz, der schon von weitem dem Betrachter wie eine Wunde im dichten Waldbestand ins Auge fiel. »Hier«, ich deutete auf das Steingewirr am Fuß der nackten Felsen, »hier ist im Jahr 1640 ein großer Teil der Wand mit mächtigem Getöse heruntergestürzt. Berichte von damals erzählen von einem Höllenlärm, der die Bürger von Wanfried aus ihrer beschaulichen Ruhe aufgeschreckt und hierher zur Abbruchstelle hatte laufen lassen.« Franziska war neben mich getreten. Beeindruckt ließen wir den Blick über die gut sechzig Meter senkrecht aufragende Wand gleiten, deren Felsen ockerfarben leuchteten im Schein der warmen Nachmittagssonne.

»Und hier sollen die Höhlen liegen?« Franziska zeigte in die Steilwand. Ihr besorgter Ton verriet, was sie dachte.

»Nein, nicht hier«, beruhigte ich sie, »hier kämen wir ohne Bergsteigerausrüstung gar nicht hinein. Und außerdem ist es verboten, diesen geschützten Bereich zu betreten. Nein, die Taterlöcher liegen oben auf dem Bergkamm. Ich habe mich erkundigt, der Zugang soll nicht schwierig sein. Lass uns jetzt weitergehen. In fünf Minuten sind wir da.«

Doch dann dauerte es noch eine Viertelstunde, bis wir die Höhlen gefunden hatten. Das lag vor allem daran, dass wir die Eingänge in vertikal abfallenden Hängen und Felsen vermuteten, so wie man die Zugänge zu derartigen

Hohlräumen zu finden gewohnt ist. Später dann stellten wir fest, dass wir bei unserer Suche mehrfach ganz nahe an den Taterlöchern vorbeigekommen sein mussten, ohne die flachen, im Waldboden liegenden Einstiege bemerkt zu haben. Erst, als wir noch einmal zu der Stelle zurückgingen, wo der Eselspfad auf den Höhenweg traf, und von dort der Ortsbeschreibung des Einheimischen genauestens folgten, entdeckten wir die Höhlen. Die beiden Eingangslöcher lagen in einer kleinen Senke nah zusammen, vielleicht zehn, zwölf Meter voneinander entfernt. Man hatte wohl bewusst darauf verzichtet, einen Weg dorthin anzulegen. Offenbar wollte man die Existenz der Höhlen nicht publik machen, möglicherweise, um die darin lebenden Fledermauskolonien nicht zu gefährden.

Der gut fünfzehn Meter tief liegende Grund der einen Felsspalte war, das hatte ich erfahren, nur mit Hilfe von Seilen und Hakenleitern zu erreichen. Zu steil, ja nahezu lotrecht war der lange Einstiegsschlot. Aber diese Höhle war nicht unser Ziel. Aus der Zeitungsveröffentlichung von 1971 wusste ich, dass der Großteil der Gebeine in der sanfter abfallenden zweiten Spalte, dem kleineren der beiden Taterlöcher, gefunden worden war. Diese Höhle war es, die uns interessierte.

»Hier müssen die ersten Knochen entdeckt worden sein.« Ich ging vor dem Höhleneingang in die Hocke und strich mit den Fingern über die dicke Laubschicht, so als wollte ich darunter weitere Skelettteile ertasten. »Was hatten die Kinder nur hier oben so hoch auf dem Berg verloren?«

»Na was schon, Heinrich? Sie werden von den Felsspalten gehört haben – und da gab´s kein Halten mehr, die Löcher mussten erforscht werden. Ich nehme an, bei dir war´s früher nicht anders.«

Ja, da hatte sie Recht. Ein Erdloch, ein Grubenzugang oder was auch immer an Höhlungen existierte, hatte für uns Jungs eine geradezu magische Anziehungskraft besessen, die umso unwiderstehlicher war, je eindringlicher das Betreten der Objekte von den Eltern verboten wurde. Mit der Attraktivität einer Höhle konnten es in Lausbubenkreisen höchstens noch einsame Inseln im Fluss oder verlassene Waldhütten aufnehmen.

Wir begannen, die Spalte, in der man die Skelette und die persönlichen Gegenstände der toten Männer gefunden hatte, zu inspizieren. Die Eingangsöffnung war groß genug, um einen erwachsenen Menschen tief gebückt hineinkriechen zu lassen. Durch das dichte Kronendach der Buchen fiel das Tageslicht nur gedämpft in den schräg nach unten verlaufenden Gang. Es reichte, die ersten zwei, drei Meter spärlich zu erhellen, mehr aber nicht.

»Was machen wir?«, fragte ich und hielt die mitgenommene Taschenlampe hoch, »gehen wir hinein?«

»Natürlich.« Franziska versuchte, resolut zu klingen. »Deshalb sind wir schließlich hier herauf gekommen.« Aber es gelang ihr nur ungenügend, die Beklemmung zu verbergen, die sie bei dem Gedanken an den Einstieg in das dunkle Erdloch befiel. Ängstlich wollte sie wissen: »Sind da vielleicht Fledermäuse drin?«

»Höchstwahrscheinlich. Derartige Höhlen sind als Schlafräume beliebt.«

»Und was, wenn wir sie aufscheuchen und sie uns entgegenflattern? Sich vielleicht sogar in unserem Haar verkrallen?«

»Ach was«, tat ich überlegen, »das sind Ammenmärchen, die muss man nicht glauben. Im Übrigen schlafen die Tiere jetzt am Tag. Fledermäuse werden erst mit Einbruch der Dunkelheit aktiv.« Aber so ganz geheuer war mir die Sache auch nicht. Natürlich ging ich vorneweg. Schließlich war das Heldenspielen eine der letzten Domänen, die uns Männern noch geblieben waren. Ich knipste die Taschenlampe an und beugte den Rücken. Vorsichtig kroch ich in den Gang. Franziska folgte dicht hinter mir. Ich leuchtete die Wände ab. Der Lichtstrahl fiel auf helles, mit Rissen durchzogenes Muschelkalkgestein. Die Decke war glatt, man konnte sich, tief gebückt zwar, aber doch problemlos, vorwärts bewegen. Doch je weiter wir kamen, desto steiler wurde die Neigung des Ganges.

»Mein Gott, das geht ja richtig tief hinunter in die Erde«, flüsterte Franziska in meinem Rücken.

»Ist aber noch gut zu gehen«, gab ich über die Schulter zurück, wobei ich erstaunt feststellte, dass auch ich flüsterte. »Was mir mehr Sorge macht, ist die Tatsache, dass der Gang immer enger wird. Ich fürchte, gleich wird Schluss sein mit der Höhlenbegehung.« Mit dem Strahl der Taschenlampe beleuchtete ich eine fast kreisrunde Öffnung von höchstens einem halben Meter Durchmesser, in die der Gang auslief. Noch war nicht zu sehen, was sich dahinter befand.

»In dem Höhlenteil, durch den wir uns gerade bewegt haben, können sich die Männer nicht für längere Zeit aufgehalten haben. Dazu ist es hier viel zu eng. Ich habe auch nicht die geringsten Anzeichen bemerkt, die auf eine frühere Anwesenheit von Menschen hinweisen könnten.«

»Aber die Skelette, die sind doch hier drin gefunden worden? Also müssen die Männer in der Höhle gewesen sein.«

»Fragt sich nur, wie sie hier hereingekommen sind – schon tot oder noch lebendig.« Ich musste gegen die Felswand sprechen, denn es war in diesem Gangabschnitt unmöglich, mich zu Franziska umzudrehen. »Aber lass uns jetzt erst sehen, ob's da vorne überhaupt weitergeht. Am besten, du wartest hier. Ich schaue nach, was sich hinter dem Loch befindet.«

Zögernd nur löste sich Franziskas Hand von meinem Arm, an den sie sich während unseres Eindringens in die Höhle geklammert hatte. Sie blieb nur ungern allein im Dunkeln zurück, das spürte ich, aber für uns beide war da vorne in der zunehmenden Enge des Gangs einfach kein Platz.

»Ich bin gleich zurück«, versuchte ich sie zu trösten, bevor ich auf allen Vieren auf die vor mir liegende Öffnung zukroch.

Das erste, was mir auffiel, waren frische Spuren, Kratzer auf den Steinen, auch Verschiebungen und Aufwerfungen der wenigen Erde, die das hereingewehte, vermodernde Laub im Laufe der Jahre auf dem Boden abgelagert hatte. Es war deutlich, hier hatte sich ein großes Lebewesen in den letzten Tagen oder gar Stunden durch den Gang bewegt. Wahrscheinlich ein Tier. Was, wenn mich ein Fuchs oder ein Dachs aus dem Loch heraus ansprang? Ich zögerte kurz, unentschlossen, ob ich weiter sollte oder nicht. Dann fasste ich mir ein Herz und kroch auf die Öffnung zu.

Es war totenstill rings um mich. Nirgends tropfte Wasser, nichts rührte sich. Nur die schabenden Geräusche meiner Kleidung beim Berühren der Wände und der immer niedriger werdenden Decke waren zu hören. Noch einmal verharrte ich am Rand der Öffnung, hielt den Atem an und lauschte. Doch kein Laut drang aus dem Loch zu mir. Ich streckte den Arm mit der Lampe in die Öffnung hinein und schob den Kopf hinterher. Darauf gefasst, auf eine den Höhlengang endgültig verschließende Steinwand zu treffen, war ich überrascht, dass der Lichtstrahl ins Leere ging. Er leuchtete offenbar in einen Hohlraum hinein, dessen hintere Begrenzung er nicht erreichen konnte. Also doch eine Fortsetzung der Höhle? Bei dem Versuch, die Lampe etwas zur Seite zu schwenken, erfasste der Strahl aber auch hier kein Ziel. Augenscheinlich hatte ich eine Erweiterung des Ganges, eine Art Gewölbe vor mir. Ich zwängte den Körper noch weiter vorwärts, solange, bis Kopf und Arme frei in die Höhlung ragten. Jetzt endlich konnte ich mich drehen und das Licht auf die seitlichen Wände fallen lassen.

Meine Vermutung war richtig: Verbreitert auf drei, vier Meter und auch nach oben auf Stehhöhe vergrößert, öffnete sich vor meinen Augen ein Raum, von dem ich mir gut vorstellen konnte, dass Menschen in ihm geschützt und sicher einige Tage oder auch Wochen zu leben vermocht hatten. Hier also war es, wo die Knochen der beiden Männer gefunden worden waren zusammen mit den Resten ihrer Kleidung, den Münzen und der Patronenhülse.

Ich leuchtete herum, suchte nach weiteren Zeugnissen ihres Aufenthaltes. Aber der Höhlenraum vor mir war leer. Nichts wies auf eine Nutzung durch Menschen hin. Auch an den Wänden konnte ich nichts erkennen, keine Kritzeleien, nichts in die Steine Geritztes. Lediglich ein paar Äste lagen auf dem Boden, auch einen kleinen Laubhügel entdeckte ich in der einen Ecke, offenbar alles hereingeschleppt von Waldtieren, die hier im Winter Schutz und ein Lager suchten.

Noch einmal schob ich den Körper einige Zentimeter weiter vor, um auch die seitlich des Loches etwas zurückgesetzten Höhlenpartien einsehen zu können. Nach der Feststellung, dass sich weder Fledermäuse noch Füchse in dem vor mir liegenden Raum befanden, war mein anfängliches Zaudern jetzt einer tatkräftigen Neugier gewichen.

Der Lichtstrahl huschte über die Wände, glitt hinauf zur Decke und dann wieder hinunter auf den Boden. Ich musste mich verrenken, um in den direkt neben der Eingangsöffnung gelegenen Winkel leuchten zu können. Artistisch bog ich den Oberkörper um den Felsrand herum, drehte die Lampe in der Hand und richtete ihren Lichtkegel auf die äußerste Ecke.

Erst glaubte ich, mich getäuscht zu haben, korrigierte deshalb meine unbequeme Haltung und leuchtete noch einmal auf die Stelle, die meine Aufmerksamkeit erregt hatte. Nein, ich hatte mich nicht geirrt. Auch jetzt sah ich das, was ich schon beim ersten Mal zu sehen geglaubt hatte: Ein Bündel Kleider lag am Boden, Hemd und Hose, auch eine Jacke erkannte ich. Was hatte das zu bedeuten? Schnell zwängte ich mich durch die Öffnung, bis ich mich schließlich ganz in dem Höhlenraum befand. Es war eine Wohltat, mich aufrichten zu können nach der gebückten Zwangshaltung der letzten Minuten. Wieder leuchtete ich in die Ecke hinein – und stutzte. Was war das? Ich ließ den Lichtstrahl mehrfach über die Sachen wandern, bis ich mir sicher war, dass nicht nur Kleidungsstücke dort lagen, sondern auch ein menschlicher Körper, den sie bedeckten. Ein Mann ruhte auf dem Höhlenboden und schlief offenbar tief. Eine Weile stand ich ratlos und wusste nicht, wie ich mich verhalten sollte. Durfte ich den Schlafenden wecken oder sollte ich ihn in Ruhe lassen? Vielleicht schlief er ja einen Rausch aus. Was aber, wenn er sich in einer Notlage befand?

Nach ein paar Schritten war ich bei ihm, beugte mich zu ihm hinunter und ergriff seine Hand. Ein Schreck durchfuhr mich, als ich die Kälte der Haut unter meinen Fingern spürte. Ich tastete nach dem Puls. Schlaff fiel die Hand auf den Boden, als ich sie losließ. Sicherheitshalber leuchtete ich in die starren Pupillen, obwohl ich da schon wusste, dass ich einen Toten vor mir hatte.

Das Rufen meiner Frau weckte mich aus der Erstarrung. Mein Gott, sie hatte mich und den Lichtschein verschwinden sehen, was musste sie empfinden allein dort draußen in der Dunkelheit? Schnell kehrte ich zur Eingangsöffnung zurück und leuchtete in den Gang hinein. Am Boden, dort, wo ich sie verlassen hatte, kauerte Franziska, die Arme wie frierend um sich geschlungen, und blinzelte ängstlich in den Lichtschein.

»Heinrich, was ist? Du warst plötzlich verschwunden.«

»Ich komme zu dir; bleib, wo du bist«, rief ich ihr zu und begann, mich durch die enge Öffnung wieder in den Gang zurück zu zwängen. Mir war klar, dass ich für den Mann dort drinnen nichts mehr tun konnte. Das, was jetzt erledigt werden musste, war Sache der Polizei.

Franziska zitterte, als ich sie erreichte. Nur kurz nahm ich sie in die Arme, dann krochen wir hintereinander nach draußen. Tief atmend stand ich einige Augenblicke da und sog gierig das Licht und die Wärme des Sommertages in mich auf.

Franziska schien noch immer zu frösteln. Ich legte den Arm um ihre Schulter und zog sie zu mir heran. »Da drinnen liegt ein Toter, ein Mann«, kam ich nicht umhin, sie zu informieren, »da, wo sich die Höhle zu einem Raum erweitert, liegt er am Boden.«

Mit einem Ruck löste sich Franziska aus meiner Umarmung. Entsetzt sah sie mich an. »Noch ein Skelett?«

»Nein, kein Skelett. Der Mann, der dort liegt, ist nicht länger als ein, zwei Tage tot.«

Ich zog mein Handy aus der Tasche und wählte die Notrufnummer der Polizei.

24

Ich hatte mit Charly selbst sprechen können, hatte ihn gebeten, möglichst unauffällig mit seinen Beamten zur Plesse zu kommen. Ich wollte vermeiden, die Aufmerksamkeit der Bevölkerung oder der Presse zu wecken, solange Franziska und ich uns am Fundort der Leiche befanden. Denn eines begriff ich trotz aller Verwirrung, in die mich der Höhlenfund gestürzt hatte: Zwei Tote in nur kurzer Zeit, auf die ich unglücklicherweise dadurch gestoßen war, dass ich einer fast schon ausgelöschten Spur gefolgt war, dass ich Dinge in Erinnerung gebracht hatte, die lange vergessen geglaubt schienen, das konnte kein Zufall sein. Und wenn das so war, dann lag die Schlussfolgerung nahe, dass es gefährlich war zu versuchen, Licht in die alte Geschichte bringen zu wollen. Es konnte deshalb von Vorteil sein, dafür zu sorgen, dass unser Name im Zusammenhang mit dem Leichenfund nicht erwähnt wurde. Das machte ich auch Franziska klar, während wir auf Baumstümpfen unweit des Höhleneingangs saßen und auf die Polizei warteten.

»Wieso nimmst du eigentlich an, dass der Mann da drin ermordet sein könnte? Du weißt doch gar nichts über die Todesursache.« Franziska hatte sich hörbar von dem Schrecken der Entdeckung erholt. Sie fühlte sich nun offenbar wieder in der Lage, die Angelegenheit nach logischen Gesichtspunkten zu hinterfragen. »Du hast mir erzählt, dass du ihn gar nicht untersucht hast.«

»Nein, das habe ich auch nicht«, gab ich zu. »Als ich sah, dass er nicht mehr lebte und wahrscheinlich schon seit Stunden tot dalag, jeder Wiederbelebungsversuch also sinnlos war, habe ich die Finger von der Leiche gelassen. Ich wollte der Polizei nicht die Untersuchung erschweren, wollte keine eigenen Spuren machen und auch keine fremden verwischen. Im Funzellicht der Taschenlampe war sowieso nicht viel zu erkennen.«

»Dir ist also nichts aufgefallen, das auf einen Mord hingewiesen hätte? Eine Waffe zum Beispiel?«

»Nein. Kein Messer ragte aus der Brust, wenn du das meinst. Auch eine Blutlache habe ich nicht gesehen.«

»Er kann ja auch eines natürlichen Todes gestorben sein.«

»Wer nimmt denn die Mühsal auf sich, durch einen engen Felsgang zu kriechen, um sich zum Sterben in den hinteren Teil einer Höhle zu legen?«

»Vielleicht war's ja nicht seine Absicht, dort zu sterben. Du hast ja selbst erlebt, wie anstrengend es ist, durch den Gang zu kriechen. Vielleicht hat er sich übernommen und dabei einen Herzinfarkt erlitten?«

»Oder einen Schlaganfall, einen Zuckerschock, ein geplatztes Aneurysma«, ich winkte ab. »Natürlich, man kann über alles spekulieren. Da scheint es mir wahrscheinlicher, dass er mit der Absicht in die Höhle ging, dort zu sterben.«

»Du meinst Selbstmord?«

»Wäre eine Möglichkeit. Er nimmt Tabletten, legt sich dorthin, wo er denkt, nicht gefunden zu werden, und wartet auf den Tod.«

»Das glaubst du?«

»Nein, eigentlich nicht. Ich bin noch immer von meiner Mordversion überzeugt.«

In fragendem Zweifel schaute mich Franziska an. Sie wollte die Gründe wissen, die mich an dieser These festhalten ließen.

»Weißt du«, suchte ich eine Erklärung, von der ich wusste, dass sie alles andere als faktisch untermauert war, »schon bei Karl Unger hatte ich das Gefühl, dass seine Ermordung mit meiner Befragung zusammenhing. Der Zeitpunkt seines Todes – einen Tag nur nach meinem Aufkreuzen – das kann nicht zufällig gewesen sein, das sagt mir meine innere Stimme. Und jetzt passiert genau das Gleiche: Jahre, Jahrzehnte bleiben die Taterlöcher unbeachtet, seit dem Knochenfund vor vierzig Jahren geschieht dort nichts. Doch dann, gerade, als wir beginnen, in die damalige Geschichte hineinzuleuchten und ihr auf den Grund zu kommen versuchen, ausgerechnet da liegt ein toter Mensch in der einen Höhle. Die Parallelität ist einfach zu groß. Da muss man doch an einen Zusammenhang glauben.«

»Ja, du hast Recht, Heinrich, das ist tatsächlich auffällig.« Franziska wirkte nachdenklich. »Glaubst du wirklich, dass auch wir in Gefahr sind?«

»Das ist nicht auszuschließen. Deshalb habe ich Charly ja auch gebeten, unsere Namen aus den Ermittlungen herauszuhalten.«

»Aber was, wenn's dazu bereits zu spät ist? Wenn man schon von unserem Herumstochern in der alten Eisenbahngeschichte erfahren hat?«

»Wer sollte das wissen? Weder im Eschweger Stadtarchiv noch in Wanfried habe ich die wahren Gründe für meine Fragen verraten. Niemand weiß, was wir an Informationen haben. Lediglich mit Karl Unger habe ich über die früheren Schwebdaer Ereignisse gesprochen. Doch der ist tot. Der Mörder – wenn er denn Unger wegen seiner Kenntnisse umgebracht hat – muss doch glauben, dass der Alte sein Wissen für immer mit ins Grab genommen hat. Nein, außer dir, dem Professor und mir weiß bisher niemand etwas. Vor allem nichts von dem, was wir aus dem Brief von Konrads Vater erfahren haben.«

»Vergiss die Polizei nicht«, wandte Franziska ein, »du hast Charly und Gunter ziemlich genau über alles unterrichtet.«

»Die Polizei – die wird ja wohl dichthalten«, schnaubte ich und hoffte, dass ich Recht hatte. »Auf alle Fälle ist es gut, wenn wir uns aus der Sache heraushalten – wenigstens nach außen hin.«

»Das heißt, wir bleiben am Ball – nur unauffällig?«

»Ja, bei allen zukünftigen Erkundungen sollten wir uns im Hintergrund halten. So minimieren wir die Gefahr.«

»Meinst du nicht, wir sollten der Polizei...?«

»Da rollt sie schon heran«, unterbrach ich meine Frau, »ich höre die Fahrzeuge. Komm, wir wollen sie einweisen.«

Während wir über den weichen Waldboden die wenigen Meter bis zum Wegrand gingen, wollte Franziska noch eines wissen: »Der Tote da drin«, sie deutete zurück zur Höhle, »du hast keine Ahnung, wer das ist?«

»Nein, ich habe das Gesicht noch nie gesehen. Ich schätze den Mann auf vierzig, vielleicht fünfzig Jahre. Wie gesagt, es sah aus, als schliefe er. Erst als ich seine kalte Hand berührte, merkte ich, dass er tot war.«

Zwei Autos fuhren langsam den Höhenweg herauf, beides Zivilfahrzeuge. Wir winkten sie zu uns heran. Hauptkommissar Karl Montag öffnete die Beifahrertür und kam auf uns zu, Oberkommissar Schröder im Schlepptau. Drei Streifenbeamte entstiegen dem zweiten Wagen.

Die bissige Bemerkung, die ich zu hören erwartete, unterblieb. Ernst begrüßten uns die Kommissare. Ein kurzes Lächeln überflog die bärtigen Gesichter, als Franziska sie an sich drückte und auf die Wangen küsste.

»Gehen wir zur Höhle«, sagte Charly und setzte sich in Bewegung. »Auf dem Weg könnt ihr erzählen, wie ihr den Toten gefunden habt. Und auch, was euch hier herauf getrieben hat.«

Ich begann zu berichten und hatte bereits in groben Zügen das Auffinden der Leiche geschildert, als wir am Höhleneingang ankamen. Franziska übernahm es, unseren Aufstieg zur Plesse zu erklären. »Wir wollten den Fundort der Skelette kennenlernen, wollten uns ein Bild machen von der Örtlichkeit, an der die beiden Männer damals starben. Sonst nichts.«

»Sonst nichts«, brummte der Oberkommissar und winkte einen der Streifenbeamten heran. »Mach dich fertig, Karsten! Du gehst jetzt erst einmal alleine in die Höhle und verschaffst dir einen Überblick. Aber sei vorsichtig, fass nichts an und verwische nichts. Die Spurensicherung wird gleich hier sein. Wirf nur kurz einen Blick auf die Szene, dann kommst du wieder und berichtest.«

Der junge Beamte schlüpfte in einen grünen Overall, ergriff die Strahlerlampe, die ihm der Kollege zureichte, und verschwand im Dunkel des Höhlengangs.

»Wenn er wieder herauskommt, hören wir, was er zu sagen hat«, bestimmte der Hauptkommissar. »Habe ich dann keine weiteren Fragen, könnt ihr von hier verschwinden. Gunter fährt euch nach Wanfried hinunter.«

Charly seufzte. Mit einem Ausdruck ehrlicher Besorgnis trat er zwischen uns, legte Franziska die Hand auf die Schulter und fasste mich am Arm. »Ihr tut recht daran, vorsichtig zu sein. Auch wenn wir noch weitgehend im Unklaren sind, was hier geschehen ist – eines wissen wir: Ein Mörder ist auf freiem Fuß, ein Mörder, der möglicherweise deshalb mordet, weil es Personen gibt, die über zu viele Kenntnisse verfügen. Auch du, Heiner, weißt eine ganze Menge von dieser alten Geschichte. Und wie ich Franziska kenne, ist sie inzwischen auf dem gleichen Kenntnisstand wie du, oder?«

»Natürlich habe ich ihr alles erzählt«, gab ich zu. »Jetzt, wo der Professor wieder bei uns wohnt, kriegt sie sowieso mit, was wir besprechen.«

»Also gut, ich werde euch aus der Schusslinie nehmen. Die Presse muss nicht erfahren, wer den Toten gefunden hat. Ich lasse eure Namen aus allem heraus. Wir werden uns da schon etwas einfallen lassen.«

Der Streifenbeamte erschien im Höhleneingang, Schweiß lief ihm über die Stirn. Schnell schlüpfte er aus dem Schutzanzug. Dann erstattete er den Kommissaren Bericht: »Tatsächlich, da liegt ein toter Mann im Hinterteil der Höhle. Ich habe ihn nicht angerührt, konnte so allerdings auch nicht feststellen, wie er umgekommen ist. Aber dass er tot ist, daran gibt es keinen Zweifel.«

»Kam dir der Mann bekannt vor?«, fragte Gunter.

»Nein, nie gesehen.« Der Polizist schüttelte den Kopf. »Der Kleidung nach würde ich sagen, gehobene Klasse. Die Klamotten, die er anhat, waren bestimmt nicht billig.«

»Danke, Karsten, fürs Erste.« Gunter entließ den Beamten mit einer Handbewegung. Dann wandte er sich an Charly und deutete auf uns. »Soll ich die beiden jetzt runterfahren? Der Ermittlungstrupp und die Spurensicherung werden jeden Augenblick hier sein. Dann werden auch die Schaulustigen und die Presse nicht mehr lange auf sich warten lassen. Besser, wir fahren jetzt schon.«

»Ja, macht euch auf. Morgen sprechen wir weiter.« Charly gab uns die Hand, seine Stimme klang eindringlich. »Denkt daran, seid auf der Hut. Jede Unvorsichtigkeit kann gefährlich werden. Überlasst ab jetzt das Weitere der Polizei. Das ist nicht nur die Anordnung eines Kriminalbeamten, sondern auch der Rat eines Freundes.«

Dann, wieder sachlich, bestimmte er: »Morgen um zehn sehe ich euch in der Polizeidirektion. Ich erwarte euch beide.«

Obwohl wir müde waren und erschöpft von den Anstrengungen des Tages und vor allem von dem schrecklichen Erlebnis des Leichenfundes, hielten wir nach unserer Rückkehr noch eine Art Kriegsrat ab. Der Professor war begierig, alles zu erfahren, war aber gleichermaßen wie wir entsetzt über den zweiten Toten, auf den wir in der nur kurzen Zeit unseres Recherchierens gestoßen waren. Dann aber belebte sich sein Gesicht. »Das zeigt doch«, ereiferte er sich und stemmte sich in seinem Rollstuhl hoch, »dass die damals in der Höhle entdeckten Gebeine eng mit dem zusammenhängen müssen, was vor fünfundsechzig Jahren in Schwebda geschah. Unsere Vermutung, die skelettierten Männer könnten mein Vater und sein Kollege Wilhelm sein, bestätigen sich doch dadurch.«

»Es macht die Annahme zumindest wahrscheinlicher«, schränkte ich ein. »Vor allem dann, wenn sich herausstellt, dass der Tote von heute tatsächlich ermordet worden ist.«

»Aber wann werden wir das erfahren?« Professor Seeger war voller Ungeduld. »Können wir nicht jetzt gleich bei der Polizei anrufen? Vielleicht wissen die ja schon etwas.«

»Nein, das können wir nicht«, lehnte ich entschieden ab. »Die Beamten haben im Moment alle Hände voll zu tun. Sie müssen Spuren sichern, müssen die Identität des Toten klären. Die sind jetzt mit Wichtigerem beschäftigt, als unsere Neugier zu befriedigen. Und übrigens«, ich klopfte auf den Tisch, um meinen Worten Nachdruck zu verleihen,

»der Hauptkommissar hat uns ausdrücklich ermahnt, uns geradezu untersagt, unsere Nasen und Finger in diese Angelegenheit zu stecken. Wir sollten ihn nicht gleich mit einem Anruf verärgern.«

»Aber ich lasse mir nicht verbieten, mich nach dem Verbleib meines verschollenen Vaters zu erkundigen«, rebellierte der Professor. Entrüstet drehte er den Rollstuhl, bewegte ihn auf mich zu und baute sich mit auf die Räder gestützten Armen vor mir auf. »Ich als freier Bürger dieses Landes...«, begann er zu protestieren.

»Aber, Herr Professor«, unterbrach ihn Franziska und schob den Empörten an den Tisch zurück, »kein Mensch will Ihnen verbieten, das Schicksal Ihres Vaters aufzuklären. Aber Sie müssen auch die Polizei verstehen. Zum einen will sie in Ruhe, ohne Einmischungen von außen, die Ermittlungen durchführen. Zum anderen ist es ihre Pflicht, für unser aller Sicherheit zu sorgen. Sollte sich bestätigen, dass der Mörder Menschen wegen ihres für ihn gefährlichen Wissens ausschaltete, dann ist doch klar, dass die Polizei die Personen, die über ein solches Wissen verfügen, aus der Sache heraushalten muss. Nicht, weil sie sie bevormunden will, nein, sie will sie schützen. Uns zum Beispiel, denn inzwischen haben wir Kenntnisse, die möglicherweise nur von denen des Mörders übertroffen werden.«

»Franziska hat recht«, pflichtete ich meiner Frau bei, »die Polizei ist nicht unser Gegner und wir sind nicht ihre Konkurrenten. Augenblicklich sind wir in der gleichen Sache aktiv, sind beide interessiert an der Klärung der jüngsten Ereignisse und der Aufklärung der alten Schwebdaer Geschichte. Im Moment allerdings hat die Arbeit der Polizei Vorrang. Jetzt müssen erst einmal Fakten auf den Tisch: Wurde der Tote in der Höhle ermordet? Wenn ja, wie? Wer ist der Mann, woher kommt er? Was hat er in Wanfried verloren? Wir sollten froh sein, dass wir durch Charly und Gunter die Gelegenheit haben, so eng an der Sache dranbleiben zu können.«

»Und was, wenn die Fakten auf dem Tisch liegen?«, wollte der Professor wissen, »sollen wir dann Däumchen drehen und zusehen, was die Polizei daraus macht?«

»Nein«, entschied ich, »das sollten wir nicht und wollen wir auch nicht. Wir stecken viel zu tief in dieser Angelegenheit drin, um jetzt Knall auf Fall aus dem Ganzen auszusteigen. Niemand kann uns daran hindern, uns Gedanken zu machen und Schlussfolgerungen zu ziehen. Und wenn wir dabei auf etwas stoßen, das noch einiger ergänzender Informationen bedarf...«, in einer Geste der Unschuld hob ich die Hände, »dann ziehen wir eben Erkundigungen ein und besorgen uns die benötigten Auskünfte.«

»Aber Charly hat doch...«

»Ein Einmischen untersagt und an unsere Vorsicht appelliert, wenn ich Sie richtig verstanden habe.« Mit einer wegwischenden Bewegung tat der Professor Franziskas Einwand ab. Verschmitzt fügte er hinzu: »Wer wird sich denn einmischen wollen? Wir ermitteln lediglich parallel und gehen dabei selbstverständlich, wie angemahnt, vorsichtig vor. Oder, Herr Doktor?« In stummer Zusicherung seiner Bundesgenossenschaft kniff er ein Auge zu und sah mich dabei selbstgefällig an, als erwarte er Beifall für seine spitzfindige Argumentation.

»Ja, so könnten wir es machen«, hielt ich mich mit einem Blick auf meine Frau etwas zurück. »Aber jetzt heißt es erst einmal für uns, abzuwarten, was die Polizei in diesem neuen Todesfall herausfindet. Nach unserem Gespräch morgen früh wissen wir vielleicht mehr.«

»Gespräch?« Der Professor richtete sich auf. Fragend sah er von mir zu Franziska.

»Meine Frau und ich sind um 10 Uhr in die Polizeidirektion bestellt«, gab ich Auskunft. »Man wird uns nochmals ausführlich zu unserem Höhlenabenteuer befragen. Dabei werden wir sicher schon die ersten Ermittlungsergebnisse erfahren können.« Ich schwieg, für den Moment war alles gesagt. Bis morgen mussten wir uns wohl oder übel noch in Geduld fassen.

Das Rollen der Räder über den hölzernen Dielenfußboden durchbrach die Stille. Mit energischem Handschub bewegte der Professor den Rollstuhl rückwärts in den Raum hinein. Von der Mitte des Zimmers blickte er uns mit funkelnden Augen an.

»Morgen um zehn also? Auf der Polizeidirektion? Natürlich komme ich mit.« Seine Stimme klang resolut, er würde kein Aber dulden. »Wird Zeit, dass ich die Kommissare kennenlerne.«

Franziska sah mich an, ich zuckte hilflos mit den Schultern. Mir war klar, hier war jeder Widerspruch zwecklos. Ein Veto meinerseits würde der Professor nicht akzeptieren.

»Also gut, fahren wir zusammen.« Ich war neugierig, was Charly und Gunter dazu sagen würden, wenn wir zu dritt erschienen.

25

Wenn Charly überrascht war, dass drei Personen statt der erwarteten zwei bei ihm aufkreuzten, so ließ er es jedenfalls nicht erkennen. Freundlich begrüßte er uns, wies Gunter an, noch einen Stuhl aus dem Nebenraum zu holen, und bat uns, Platz zu nehmen.

»Schön, Sie persönlich kennenzulernen, Herr Professor«, gab er dem Gelehrten das Gefühl, willkommen zu sein. »Ich habe schon viel von Ihnen gehört, von Ihrem Wunsch, das rätselhafte Verschwinden Ihres Vaters aufzuklären.« Er zeigte auf mich. »Heiner hat mir davon erzählt.«

»Ja, das stimmt. Wir, der Herr Doktor und ich, seit gestern auch die Frau Doktor, tun unser Möglichstes, Licht in die damaligen Ereignisse zu bringen.« Mit einer ausschweifenden Armbewegung unterstrich er unser diesbezügliches Bemühen. »Nun hat die Entwicklung dieser Angelegenheit einen dramatischen Verlauf genommen. Das fasziniert mich auf der einen Seite, erschreckt mich aber auch. Ich frage mich, wohin das alles führen soll.«

»Ja«, der Hauptkommissar nickte seinem Kollegen zu, »das fragen wir uns auch. Und deshalb habe ich Sie heute zu mir gebeten.« Mit Rücksicht auf den Professor schloss er uns in die förmliche Anrede ein. »Zunächst wollen wir die gestrigen Ereignisse noch einmal rekapitulieren. Am Besten, wir fangen mit dem Auffinden der Leiche an.«

Diesmal war mein Bericht ausführlich. Ein Aufnahmegerät war angestellt und ersparte so den Beamten ein Mitschreiben meiner Aussage. Die Kommissare lehnten sich zurück, aufmerksam hörten sie mir zu.

»Du hast nichts an der Lage der Leiche verändert?«, fragte Charly, als ich mit meiner Schilderung zu Ende war. »Ist das richtig?«

»Ich habe lediglich die Hand ergriffen, um den Puls zu fühlen. Anschließend habe ich in die Augen geleuchtet, soweit das überhaupt möglich war bei der abgeknickten Körperhaltung. Der Kopf lag mit dem Gesicht mehr nach unten als zur Seite. Deshalb glaubte ich zuerst auch, der Mann schliefe.«

»Das erklärt, warum du die Strangulationsfurche am Hals nicht gesehen hast.«

»Strangulation? Heißt das, er ist erwürgt worden?«

»Ja, das steht zweifelsfrei fest. Unklar ist noch, mit was. Sieht fast so aus, als sei ihm mit bloßen Händen der Hals zugedrückt worden. Möglicherweise wird die gerichtsmedizinische Untersuchung uns darüber Klarheit verschaffen.«

»Also doch ein Mord«, stieß der Professor aufgeregt hervor, »als hätte ich's nicht gewusst.« Genugtuung lag in seiner Stimme.

Charlys fragender Blick veranlasste mich, eine Erklärung zu geben: »Professor Seeger glaubt, die beiden Morde der letzten Tage beweisen den Zusammenhang der damaligen Ereignisse in Schwebda mit dem Skelettfund auf der Plesse. Er leitet daraus ab, dass die dort entdeckten Gebeine die seines Vaters und dessen Freund sein müssen.«

»Dazu kommen wir gleich.« Charly blickte seinen Oberkommissar an. »Gunter wird euch jetzt erst einmal über das informieren, was wir bisher im Zusammenhang mit dem gestrigen Leichenfund ermittelt haben.«

Ich sah den Professor an, registrierte erstaunt, dass er Charlys vertrauliches Euch ohne jegliches Befremden hingenommen hatte. Vielleicht war die Polizei ja in seiner Sicht eine über den Konventionen stehende Institution, der er eine Abweichung von den Regeln des Umgangs zugestand. Jedenfalls drehte er ohne erkennbare Regung den Kopf und lauschte interessiert den Ausführungen des Oberkommissars.

»Der Tote ist also stranguliert worden, das hat Charly euch schon gesagt. Wann die Tat passiert ist, darüber wissen wir noch nichts Genaues. Das Zeitfenster erstreckt sich von vorgestern bis vorvorgestern, also ein, zwei Tage, bevor du ihn gefunden hast, Heiner. Der Doktor vor Ort wollte sich nicht festlegen, auch hier wird die forensische Untersuchung und die Obduktion exaktere Angaben liefern. Möglicherweise auch zu der Frage, wo der Mann erwürgt wurde: Innerhalb der Höhle, dort wo man ihn fand? Oder wurde er außerhalb erdrosselt und schon tot in das hintere Gewölbe geschleppt? Die Tendenz geht dahin, die erste Lösung für die wahrscheinliche zu halten. Denn bei einem Transport des leblosen Körpers durch den engen Gang hätten deutlichere Spuren vorhanden sein müssen, als die, die man entdeckt hat. Aber wie gesagt, all das bedarf noch der genaueren Analyse.«

Gunter räusperte sich. Das, was er uns nun mitzuteilen gedachte, hatte offensichtlich Gewicht. »Einen Ermittlungserfolg, einen ganz entscheidenden, konnten wir schon gestern Abend verbuchen.« Er ließ die Andeutung einige Sekunden im Raum schweben, dann klärte er uns auf: »Wir wissen, wer der Tote ist. Allerdings war es eher ein Zufall, der zu diesem schnellen Ergebnis geführt hat. Von einer Ermittlung kann man da eigentlich gar nicht sprechen.«

»Glück gehört eben auch dazu«, warf der Hauptkommissar ein und hob zufrieden die Arme. Dann bedeutete er seinem Kollegen fortzufahren.

Gunter griff nach einem dünnen, vor ihm auf dem Schreibtisch liegenden Hefter und schlug ihn auf. »Bei der Durchsuchung des Ermordeten noch in der Höhle haben wir nichts finden können, das seine Identität enthüllt hätte. Der Tote führte kein Portemonnaie mit sich, auch keine Ausweispapiere. Er trug keinen Schmuck, kein Medaillon beispielsweise oder einen Ring, in den sein Namen eingraviert gewesen sein könnte. Ein unbekannter Toter also, den wir nach Beendigung der ersten Untersuchungen am Fundort aus der Höhle herausschafften. Und dann, gerade als die Polizisten dabei waren, den Leichnam außerhalb aufzubahren und mit einem Tuch abzudecken, kam es zu jenem Zufall, von dem ich eben sprach. Aus der Gruppe der herumstehenden Ermittlungsbeamten ertönte plötzlich ein Ruf: »Halt, wartet mal, den Mann kenne ich. Ich müsste mich sehr täuschen, wenn das nicht Moritz Stollhausen ist.« Ihr könnt euch vorstellen, wie perplex wir alle waren. Sofort deckten wir die Leiche wieder auf und ließen sie den Beamten solange betrachten, bis er sich ganz sicher war, dass es sich bei dem Toten vor ihm tatsächlich um jenen Stollhausen handelte.«

Der Oberkommissar sah auf, ließ die Nachricht auf uns wirken. Er klopfte auf den Hefter, als er seinen Bericht fortsetzte: »Die Erklärung für dieses Erkennen ist eigentlich ganz einfach. Der Beamte hatte jahrelang in Duderstadt gelebt, war dort vor seiner Versetzung nach Eschwege als Bundespolizist beim damaligen Bundesgrenzschutz tätig gewesen, bis er dann später zur Landespolizei übergewechselt ist. Aus dieser Zeit in Duderstadt kannte er den Ermordeten. Nicht persönlich, nein. Er hatte nie mit ihm gesprochen. Aber er hatte häufig über ihn in der lokalen Presse gelesen, ihn auch bei Feierlichkeiten und Empfängen seiner Dienststelle gesehen und reden gehört. Denn dieser Moritz Stollhausen ist...«, Gunter senkte die Stimme und berichtigte sich »war ein regional bekannter Mann. Als wohlhabender Bauunternehmer zählte er zu den einflussreichsten Persönlichkeiten der Stadt. Außerdem mischte er kräftig in der örtlichen Parteipolitik mit. Bei diesen Angaben war es natürlich für uns ein Leichtes, die Identität des Toten zu sichern. Schnell erhielten wir die Bestätigung aus Duderstadt. Die dortigen Polizeikollegen hatten sich mit der Familie Stollhausen in Verbindung gesetzt, haben von der Ehefrau erfahren, dass sie ihren Mann seit zwei Tagen nicht mehr gesehen hat. Er war am Dienstagmorgen von zu Hause weggefahren, hatte lediglich geäußert, er habe etwas auswärts zu erledigen. Über den Zweck und das Ziel seiner Fahrt hatte er keine Angaben gemacht. Reisen dieser Art seien nichts Ungewöhnliches, hatte die Frau behauptet, auch sei es keine Seltenheit, dass ihr Mann ein, zwei Nächte fortblieb, ohne sie zu benachrichtigen. Erst heute habe sie sich Sorgen gemacht.« Der Oberkommissar seufzte. »Sowas soll´s ja geben.« Sein Schulterzucken zeigte, was er davon hielt.

»Ist schon seltsam, was manche Männer ihren Frauen zumuten«, mischte sich Charly ein. »Ich weiß nicht, was meine Beate mir erzählen würde, wenn ich mal einfach so zwei Tage verschwinden würde...?« Unwillkürlich zog er den Kopf ein.

Gunter nickte, das verstand er. »Mein Gott, wenn ich das mit Christine machen würde...?«

»Was wollte denn Stollhausen in Wanfried?«, kam ich auf den Toten zurück, »war er beruflich hier?«

»Das klären die Duderstädter Kollegen gerade«, übernahm es Charly, Auskunft zu geben. »Die Ehefrau jedenfalls wusste nichts von einem Bauauftrag in Wanfried oder im Umkreis der Stadt. Im Moment ist die Kripo auf dem Firmengelände und befragt dort die Arbeiter. Auch die Angestellten im Büro werden verhört.«

»Und privat?«

»Unergiebig.« Der Hauptkommissar winkte ab. »Weder Verwandtschaft noch Bekanntschaft hier. Man hatte der Frau erst auf die Sprünge helfen müssen, bis ihr einfiel, wo Wanfried eigentlich liegt.« Charly ließ sich von Gunter den Hefter reichen und legte ihn demonstrativ geschlossen neben sich. »Solange wir keine Ahnung haben, was der Tote dort wollte, bringt es wenig, über Mordmotive zu spekulieren. Warten wir die nächsten Stunden erst einmal ab. Die Ergebnisse der Rechtsmedizin und der Obduktion stehen noch aus, auch die Resultate der Ermittlungen im Umfeld des Ermordeten. Vielleicht helfen die uns ja weiter.«

Charly stand auf. »Ich glaube, es ist jetzt sinnvoller, sich erst einmal um das zu kümmern, was wir schon längst hätten erledigen müssen. Aber in den letzten Tagen waren wir so mit der Aufklärung des Verbrechens an dem alten Eisenbahner beschäftigt, dass wir die Skelettsache immer vor uns hergeschoben haben. Jetzt durch den Mord in der Höhle ist diese Angelegenheit natürlich hochbrisant geworden und duldet keinen weiteren Aufschub. Auch sollten wir die Tatsache nutzen, dass der Professor da ist. Kommt, lasst uns gemeinsam hinunter in den Asservatenraum gehen.«

Auf dem Weg in den Keller erfuhren wir, dass die Polizeiakte über den Skelettfund auf der Plesse wohl nicht mehr existierte. »Wir haben überall gesucht und nachgefragt, sind aber nirgendwo auf das damalige Untersuchungsmaterial gestoßen. Offenbar wurden die Unterlagen, so wie es damals üblich war, nach dreißig Archivierungsjahren ausgesondert und vernichtet. Was übrigens dafür spricht, dass das Ergebnis der Ermittlungen seinerzeit ohne kriminalistische Relevanz war, ein Verbrechen also anscheinend nicht festgestellt werden konnte. Aber die Gegenstände, die damals mit den Knochen entdeckt wurden, die gibt es noch. Wahrscheinlich auch nur deshalb, weil noch niemand die Zeit gefunden hat, da unten mal richtig auszumisten und die alten Sachen wegzuwerfen.«

Wir langten vor einer hohen, mit einem zusätzlichen Querriegel gesicherten Metalltür an. Charly schloss auf und bat uns einzutreten. Dabei half er mir, den Professor durch die enge Öffnung zu bugsieren. Schon auf dem Weg die Treppe hinauf zu Charlys Dienstzimmer und jetzt wieder hinunter in den Keller hatte ich den Knöchelkranken mit einem Griff unter den Arm gestützt gehalten, um ihn ja nicht den geschwollenen Fuß belasten zu lassen. Seinen Rollstuhl hatten wir wegen der vielen Stufen im Eingangsbereich abstellen müssen.

Der Raum, den wir nun betraten, war langgestreckt und niedrig. Überall an den Wänden, aber auch in der Raummitte, waren Regale aufgestellt, die bis an die Decke reichten und vollgestopft waren mit den unterschiedlichsten Gegenständen: Stöcke sah ich, Drahtrollen, Rucksäcke, auch Werkzeug und alte Kanister, sogar komplette Computeranlagen lagen da. »Diese Dinge hier haben alle irgendeine Verbindung zu einem Verbrechen«, erklärte Gunter. »Entweder wurden sie am Tatort gefunden oder bei Durchsuchungen beschlagnahmt. Die Waffen sind gesondert gelagert. Sie befinden sich dort im Stahlschrank unter Verschluss.« Er zeigte auf einen hohen Metallspind zwischen den Regalen. Staunend ließen wir unsere Augen über die Vielzahl der asservierten Objekte wandern.

»Kommt mit mir nach hinten!« Charly ging uns voran in die äußerste Raumecke.

»Fast hätten wir's übersehen, hätten beinahe aufgegeben«, gestand Gunter. »Wir waren schon dabei zu gehen, als Charly das Schild mit der Jahreszahl 1971 entdeckte.«

Inzwischen hatten wir das Regal erreicht, in dem die gesuchten Gegenstände aufgereiht waren. Auf einem davor aufgestellten kleinen Pappschild war in verblichener Schrift zu lesen: »Wanfried, 1971«, darunter stand eine lange Zahl mit Binde- und Schrägstrich, wahrscheinlich die Registriernummer der Fallakte.

»Ich weiß nicht, ob ihr damit etwas anfangen könnt?«, zweifelte Charly und deutete auf die Objekte. »Die Sachen sind alt, die Kleidungsstücke ziemlich zerfallen. Denkt daran, sie haben über ein Vierteljahrhundert in der Höhle gelegen – und jetzt sind noch einmal vierzig Jahre vergangen. Aber vielleicht erkennen Sie ja etwas als früheres Eigentum Ihres Vaters wieder. Bitte«, Charly trat zurück und machte dem Professor Platz, »betrachten Sie die Sachen in aller Ruhe. Manchmal kommen mit dem Sehen erst die Erinnerungen zurück.«

Auch wir anderen stellten uns seitlich, um nicht im Weg zu sein. Erwartungsvoll schauten wir auf den weißhaarigen Alten, der sich jetzt langsam dem Regal näherte. Etwas ergreifend Ehrwürdiges lag in der Art, wie er sich bewegte, man spürte, der Sohn glaubte sich unterwegs zu dem lange entbehrten Vater.

Es gab nicht viel zu sehen, die wenigen Objekte waren mit einem Blick zu erfassen. Ganz vorne befanden sich die Patronenhülse, für die Polizei zweifellos der wichtigste Gegenstand unter dem Gefundenen, und die Geldstücke, daneben der Schlüsselbund. Einige reichlich zersetzte Lederreste dahinter waren so an die Metallschnalle angelegt, dass man eine Vorstellung erhielt, wie der Gürtel früher ausgesehen haben musste. Ganz hinten lagen die klobigen Schuhe und die schmale Schirmmütze aus grauem Stoff.

Stumm stand der Professor eine Weile da und betrachtete die aufbewahrten Fundsachen. Nichts in seinem Gesicht verriet, ob er etwas erkannte oder sich eine Erinnerung in ihm regte. Bewegungslos verharrte er, es schien, als habe er mit dem Schritt vor das Regal die Welt der Lebenden für einen Augenblick verlassen, um in die Vergangenheit des toten Vaters einzutauchen.

Schließlich, mit einem Ruck, löste er sich aus seiner Versenkung, drehte den Kopf und fragte den Hauptkommissar: »Darf ich mir die Gegenstände näher ansehen?«

»Selbstverständlich, Herr Professor«, einladend wies Charly auf die Fundstücke, »nehmen Sie sich nur heraus, was Sie genauer betrachten wollen.«

Doch dann waren es lediglich zwei Objekte, die der Sohn für wert erachtete, als mögliches Eigentum des Vaters einer näheren Prüfung zu unterziehen. Als erstes streckte er die Hand nach dem Schlüsselbund aus. Vorsichtig, fast scheu nahm er ihn zwischen die Finger, wendete ihn hin und her und betastete jeden einzelnen der altmodischen Bartschlüssel. Einen, wie mir schien den größten und am stärksten verrosteten, hielt er dem Hauptkommissar entgegen. »Der hier, der könnte zu der Hintertür des Elternhauses gehören. Das alte Schloss ist noch heute in Funktion. Das ließe sich doch bestimmt leicht überprüfen, ob der Schlüssel da hinein passt.«

Charly nickte. »Ja, natürlich. Das dürfte keine Schwierigkeiten machen. Gunter, du veranlasst das später«, ordnete er seinem Oberkommissar an.

Inzwischen hatte der Professor den Bund zurückgelegt und nach der Mütze gegriffen. Behutsam, wenn möglich noch andächtiger als das Vorobjekt, hielt er sie in den Händen und drehte sie vor seinen Augen. »Ich weiß nicht«, konnte er sich nicht entscheiden, »solche Mützen trug Vater zwar, daran erinnere ich mich. Aber ob gerade diese hier ihm gehörte...?«, er schüttelte den Kopf, »nein, das kann ich wirklich nicht sagen.« Unschlüssig ließ er den Blick weiter auf der grauen Kopfbedeckung ruhen.

Dann schien ihm ein Gedanke zu kommen. »Hier, dieses Band«, er zeigte auf einen zwei, drei Zentimeter breiten Stoffstreifen, der über dem Schirm rund um die Mütze lief. »Unter solchen Bändern pflegte Vater seine Geschichten zu verbergen. Auch an der Mütze seiner Bahnuniform war ein solches Band, festgeknöpft hinten am Stoff. Was, wenn auch hier...?«

Der Professor richtete sich auf, seine Stimme klang jetzt erregt. »Wenn Sie gestatten, Herr Kommissar«, setzte er sich über die korrekte Dienstbezeichnung hinweg und begann, ohne eine Antwort abzuwarten, das Mützenband zu öffnen. Mit zitternden Fingern nestelte er an dem Knopf herum, zog und zupfte, zunehmend ungeduldig, solange an dem Stoff herum, bis er schließlich das lose Ende in den Händen hielt. Unwillkürlich hatten wir unsere Köpfe genähert und blickten gebannt auf den schmalen Stoffstreifen, der sich jetzt vollends von der Mütze löste. Ein Stück Papier wurde darunter sichtbar, ein kleiner Zettel eher, der locker am Gewebe festhaftete. Ein Ausruf der Überraschung war zu hören, ich weiß nicht, wer ihn rief, vielleicht war ich es selbst. Alle starrten auf den angegrauten Papierfetzen, der unter dem Mützenband zum Vorschein gekommen war.

Hauptkommissar Karl Montag war der Erste, der den Bann der Verwunderung durchbrach. »Nicht anfassen«, gebot er und setzte sich in Bewegung, »ich hole eine Pinzette.« Er ging auf einen Tisch im Eingangsbereich zu, kramte dort in der Schublade, bis er das kleine Instrument gefunden hatte. Wie einen erhobenen Finger streckte er es uns entgegen. »Wir wollen doch nichts beschädigen«, kam er eilig heran, »möglicherweise haben wir gerade ein wichtiges Indiz entdeckt.« Mit den gerillten Schenkelenden der Pinzette griff er nach dem Papier und hob es behutsam von der Mütze ab.

Unter äußerster Vorsicht schob er es in die durchsichtige Plastiktüte, die ihm Gunter hinhielt.

Der Professor protestierte. »Aber der Zettel, was steht denn drauf? Ich werde ja wohl noch erfahren dürfen, was mir mein Vater als Nachricht hinterlassen hat.«

»Natürlich sollen Sie das. Ich wollte das Papier nur erst sichern. Wir werden sofort nachsehen, ob Ihr Vater etwas darauf geschrieben hat – vorausgesetzt es war Ihr Vater, der das hier unter dem Mützenband verborgen hat.« Charly hielt die transparente Hülle hoch.

»Selbstverständlich war es Vater. Dieses Versteck ist so typisch für ihn, dass ich nicht den geringsten Zweifel habe.«

Der Professor nahm die Tüte und hielt sie sich vor die Augen. Mehrfach veränderte er die Handhaltung, kippte die glänzende Oberfläche einmal nach vorne, dann nach hinten, um das Spiegeln der Deckenlampe aufzuheben. Unsicher wiegte er den Kopf. »Es ist schwer zu lesen. Die Worte und Buchstaben sind völlig verblasst.« Wieder richtete er den Blick auf den Zettel. »Aber es ist die Schrift meines Vaters, da bin ich mir sicher.«

»Also steht jetzt fest, dass einer der beiden skelettierten Männer in der Höhle Ihr Vater war«, konstatierte Gunter und streckte die Hand aus. »Wenn Sie gestatten, will ich mal versuchen, des Geschriebene zu entziffern.«

Der Professor reichte ihm die Plastikhülle. »Scheint ein Name zu sein, möglicherweise auch eine Ortsbezeichnung. Irgendetwas mit Kuba.«

Unterdessen war Charly noch einmal zu dem Tisch gegangen. Auch diesmal wurde er in der Schublade fündig. Mit einer handtellergroßen Lupe kehrte er zurück. »Hier, nimm das, vielleicht gelingt es dir damit, die Schrift zu lesen.«

Gunter stellte sich so unter die Lampe, dass das Licht nicht reflektiert wurde. Dann hielt er das Vergrößerungsglas über die Plastikhülle. Aufmerksam folgten wir seinen Handbewegungen, sahen gespannt zu, wie er die Lupe prüfend über das kleine Papier gleiten ließ.

Endlich blickte er auf. »Ich glaube, ich weiß, was da steht. Es sind nur zwei Worte.« Er klopfte leicht auf die Hülle. »‚Kubata Herbst', steht da geschrieben, da bin ich mir ziemlich sicher. Aber ich habe keine Ahnung, was das bedeuten soll.«

Auch wir anderen waren ratlos.

»Kubata Herbst«, wiederholte Franziska, »vielleicht eine geographische Bezeichnung?«

»Eher der Name für eine Siedlung«, versuchte ich eine Deutung.

»Wahrscheinlich doch ein Eigenname«, beharrte der Professor.

Charly beendete die Spekulation. »Bevor wir weiter herumraten, sollten wir die entzifferten Worte in den PC eingeben. Auch die Polizeidatei sollte befragt werden. Vielleicht bringt uns das ja auf die richtige Spur.«

Die Kommissare versprachen, uns zu informieren, wenn sie auf die Lösung des Rätsels stoßen sollten. Aber ich brauchte nur Franziska und den Professor anzusehen, brauchte nur meinen eigenen Gefühlen zu folgen, um zu wissen, dass wir nicht darauf warten würden, bis uns ein Ergebnis von anderen geliefert werden würde.

26

Es war Mittag geworden. Der Himmel hatte sich bewölkt, Wind war aufgekommen. Der Luftzug tat gut nach der Schwüle des Vortags.

Wir saßen auf der Terrasse, alle drei, der Professor jetzt wieder im Rollstuhl. Franziska hatte auf die Schnelle ein einfaches Essen auf den Tisch gebracht – eine Fertigsuppe aus der Dose, dazu ein paar Würstchen. Sie wusste, dass mir das lieber war als jede opulente Mahlzeit.

Aber auch die Zeit drängte, wir wollten uns nicht lange beim Mittagessen aufhalten. Gerade erst waren wir aus dem Krankenhaus zurückgekehrt. Gleich nach unserem Besuch bei der Polizei hatten wir den Professor zum verabredeten Röntgentermin dorthin gebracht. Zum Glück hatte die Aufnahme keine Knochenverschiebungen gezeigt, der Bruch stand gut und war dabei, zusammenzuwachsen. Angesichts des stark geschwollenen Knöchels hatte sich der Oberarzt den Professor zur Brust genommen und ihm einige derbe Worte gesagt. Sehr beeindruckt war der Patient allerdings nicht gewesen.

Beim Essen besprachen wir die Enthüllungen des Morgens. Die Gewissheit, die der Professor über den Tod des Vaters erhalten hatte, schien ihn zu erleichtern, gleichzeitig aber auch anzustacheln, die Umstände seines Sterbens so gründlich wie möglich aufzudecken.

Franziskas halbherzige Ermahnung, die Weisung der Polizei, sich aus den Mordermittlungen herauszuhalten, nicht zu vergessen, hatte er energisch abgetan. »Den Mord können sie meinetwegen allein aufklären. Aber ich nehme mir das Recht, wissen zu wollen, was mit meinem Vater geschah. Und wenn diese Kunstschätze damals im Tunnel etwas mit seinem Tod zu tun haben, dann interessiert mich eben auch das, dann will ich wissen, wie das alles zusammenhängt.«

Mit seiner Entschiedenheit hatte er bei uns natürlich offene Türen eingerannt. Franziska und ich ließen uns nur allzu gerne mitreißen von der Entschlossenheit des Alten.

Darüber, wie wir nun weiter vorgehen sollten, herrschte im großen Ganzen Einigkeit. Zwei Fragen galt es jetzt vorrangig zu beantworten. Die erste würde sich möglicherweise über eine Recherche im Internet klären lassen, eine Arbeit für den Professor, der ja nun schon mehrfach bewiesen hatte, wie geschickt und fachkundig er mit dem Computer umzugehen verstand. Für ihn, der sowieso an den Rollstuhl und damit an das Haus gebunden war, würde es eine willkommene Aufgabe sein, herauszufinden, was sich hinter den Worten Kubata Herbst verbarg.

In dieser Zeit wollten wir beiden anderen, beide mobil und voller Unternehmungslust, unverzüglich der zweiten Frage nachgehen. So schnell wie möglich sollte eine Antwort darauf gefunden werden, was Moritz Stollhausen aus Duderstadt in Wanfried gesucht hatte – und vor allem, was ihn in die Höhle auf der Plesse getrieben hatte.

»Alles andere stellen wir erst einmal hinten an«, schlug ich vor. »Im Fall Karl Unger kommen wir sowieso nicht weiter. Selbst die bisherigen Ermittlungen der Polizei haben, wie Charly uns erzählt hat, nicht die geringste Spur und auch kein belegbares Motiv für den Mord aufdecken können. Wie sollen wir dann mit unseren beschränkten Mitteln erfolgreicher sein?« Zustimmend nickten die anderen. Es war deutlich, der neue mysteriöse Todesfall in der Höhle zog uns in seinen Bann. Warum sollte es uns nicht gelingen, etwas von seinem Geheimnis zu lüften, wenn wir nur gründlich genug nachforschten.

»Wir müssen das Umfeld des Toten durchleuchten. Stollhausen wird bestimmt nicht grundlos nach Wanfried gekommen sein.«

»Also fahren wir nach Duderstadt, am besten sofort«, ereiferte sich Franziska und begann, die Teller zusammenzuräumen. Kaum fünfzehn Minuten später waren wir unterwegs auf dem Weg in das Städtchen, in dem Stollhausen gewohnt und gelebt hatte.

Wir nahmen die Straße hinauf nach Heiligenstadt, fuhren auf Nebenstrecken quer durch das Eichsfeld. Zwar war diese Route etwas zeitaufwendiger als die Fahrt durch das Werratal, aber die reizvolle Landschaft mit ihren Hügeln und Bergen und den rauen Hochflächen dazwischen entschädigte für den Zeitverlust. Wir mochten es, auch wenn wir langsamer voran kamen, durch die engen, schmucken Dörfer zu fahren, die hier so ganz anders, soviel heller und freundlicher aussahen als die Ortschaften im östlichen Landesteil. Das mochte damit zusammenhängen, dass das Eichsfeld schon immer eine besondere Stellung im Heimatland Luthers eingenommen hatte. Denn aufgrund seiner jahrhundertelangen Zugehörigkeit zum Bistum Mainz stellte es so etwas wie eine katholische Insel dar, die sich mit eigenwilligem Profil aus dem protestantisch–thüringischen Meer heraushob. Trotz aller Ungeduld, die uns trieb, genossen wir die Fahrt durch das schöne Land.

Wir näherten uns von Nesselröden her, erkannten bereits die Spitzen der Stadttürme, als Franziska noch einmal ihre Bedenken vorbrachte. »Wir können da jetzt nicht so einfach hereinschneien. Nach dem gestrigen Auffinden des Toten sind dort heute alle in Aufruhr, Verwandte gleichermaßen wie Bekannte. Außerdem wird es von Polizei nur so wimmeln. Wenn wir da auftauchen, kriegen wir nicht nur Ärger mit Charly, sondern präsentieren uns dem Mörder geradezu auf dem Tablett – als Leute, die noch immer in der Sache herumschnüffeln. Du weißt, wie gefährlich das werden kann. Schon zweimal wurde gemordet, da muss viel auf dem Spiel stehen – und jemand viel zu verlieren haben.«

»Oder aber viel zu gewinnen. Warum gehen wir eigentlich immer davon aus, dass die Morde begangen wurden, um eine Aufdeckung zu verhindern. Genausogut kann der Täter mit ihnen etwas zu gewinnen versuchen.«

»Wie auch immer, der Einsatz muss hoch sein, immerhin so hoch, dass er dem oder den Mördern den Tod zweier Menschen wert war. Wir sollten darauf bedacht sein, dass kein weiterer hinzukommt.«

»Sei unbesorgt, wir werden uns schon nicht ans Messer liefern. Natürlich können wir jetzt nicht direkt zu den Stollhausens gehen und Erkundigungen einziehen. Abgesehen davon, dass ein solches Vorgehen ausgesprochen unpassend und taktlos wäre. Im Moment sind da ganz andere und vor allem autorisiertere Fragesteller im Haus. Die werden die Familie gründlich ins Verhör nehmen. Nein, wir müssen und wollen uns darauf beschränken, uns im weiteren Umfeld umzuhören. Manchmal bringt das mehr als ein unmittelbarer Kontakt. Wir sollten erst einmal einen diskreten Blick auf sein Wohnhaus werfen, danach sehen wir weiter.«

Wir parkten das Auto direkt unter der alten Stadtmauer. Ein Torbogen führte hinein in das Gewirr kleiner Gassen, die alle dem Markt zuzustreben schienen. Es war schon ein paar Jahre her, als wir hier zum letzten Mal waren. Damals, in einem sonnenreichen Sommer wie jetzt, hatten wir uns zwei Tage Zeit genommen für die Stadt.

Erinnerungen tauchten auf, als wir jetzt die breite Marktstraße entlang gingen. Ein kleines Bächlein lief neben uns in seinem gemauerten Bett, vor uns lag das imposante Rathaus.

»Welch ein Glück«, sinnierte Franziska, »dass Orte wie Duderstadt so klein und rüstungstechnisch so unbedeutend waren, dass es sich nicht lohnte, sie zu bombardieren.« Sie deutete auf das historische Gebäude. »Gut, dass dieses großartige Bauwerk und die drumherumliegenden Fachwerkhäuser unversehrt geblieben sind. Weißt du, Städte wie Duderstadt erfüllen mich immer wieder mit Dankbarkeit, in dieser wunderbaren Region leben zu dürfen.«

Wir setzten unseren Weg fort, bis wir das Ende der Altstadt erreichten. Vor uns ragte der Westerturm mit seiner schraubenartig gedrehten Spitze auf – angeblich ein Werk des Teufels auf der Flucht vor den Duderstädter Frauen. Kurz blieben wir stehen und bewunderten die eigenartige diabolische Schöpfung.

Dann aber legte Franziska mir die Hand auf die Schulter. »Wir sollten die Sache jetzt anpacken,«, erinnerte sie an das, was wir uns vorgenommen hatten. »Was also tun wir?« Fragend sah sie mich an.

»Zunächst einmal müssen wir Stollhausens Adresse herausfinden. Bevor wir die nicht wissen, können wir keinen Blick auf seinen Wohnbereich werfen.«

Wir betraten ein Café, bestellten zwei Cappuccino und baten um das Telefonbuch. Als uns die Serviererin das Gewünschte brachte, konnte Franziska der Versuchung nicht widerstehen, ihre Mitteilungsfreudigkeit zu testen.

»Wir suchen die Anschrift eines Herrn Stollhausen«,

sprach sie die junge Frau an und blätterte ostentativ im Fernsprechverzeichnis. »Moritz Stollhausen«, wiederholte sie und senkte geheimnisvoll die Stimme, »der Bauunternehmer und Politiker, Sie verstehen?« Dabei blickte sie ins Telefonbuch und gab sich den Anschein, in ihm nach der Adresse des Mannes zu suchen. So sah sie nicht das Schulterzucken der Verkäuferin, die, ohne verstanden zu haben, zu ihrer Kuchentheke zurückkehrte. Als Franziska aufschaute, war sie schon wieder damit beschäftigt, andere Gäste zu bedienen.

Ich sah die Enttäuschung im Gesicht meiner Frau. »Du hast die falsche Generation angesprochen, Franziska. Die jungen Leute sind an solchen lokalen Sensationsnachrichten nur gering interessiert und folglich auch nur wenig darüber informiert. Frag sie hingegen, wer auf der US-Hitliste ganz oben steht – das werden sie dir sagen können. Aber kaum, ob sich der Bürgermeister auf Staatskosten Perserteppiche ins Rathaus legt oder die Müllabfuhr giftige Abfälle in den Parkteich kippt...«

»Sowas machen sie hier?«

»Natürlich nicht. War nur ein Beispiel. Wenn du etwas aus dem Ort erfahren willst, dann musst du ältere Menschen fragen, am besten Rentner und Pensionäre. Die wissen nicht nur das, was tatsächlich geschehen ist, sondern auch das, was hätte geschehen können und möglicherweise noch geschehen wird. Und genau das ist es, was wir brauchen.« Ich streckte ihr die Hand entgegen. »Komm, gib mir das Telefonbuch, ich suche die Adresse heraus. Du kannst in der Zwischenzeit bezahlen. Und dann sollten wir uns aufmachen. Schließlich sind wir nicht zum Kaffeetrinken hier.«

Das Haus der Stollhausens war nicht zu übersehen. Jeder, der in seine Nähe kam, musste das große Gebäude registrieren. Eigentlich war es kein einzelnes Haus, sondern ein Komplex von mehreren ineinander verschachtelten Häusern, der am Ende einer aufwärtsführenden breiten Auffahrt auf den Betrachter herunterzuschauen schien. Zwei Türme überragten die in unterschiedlichen Ebenen angeordneten Schieferdächer und verliehen dem Ganzen ein schlossähnliches Aussehen.

»Mein Gott, wie kann man sich denn in so etwas wohlfühlen?«, stöhnte Franziska. Wir standen auf der gegenüberliegenden Straßenseite und blickten zu dem Wohnkoloss hinauf.

»Ich glaube kaum, dass das Wohlfühlen der entscheidende Impuls war, diesen Prachtbau zu errichten. Hier wollte jemand seinen Reichtum zur Schau stellen, nichts anderes. Und dass in dieser Luxusvilla ein Vermögen stecken muss, erkennt man auf den ersten Blick.«

Aber wir waren nicht die einzigen, die über die jetzt mit einem eisernen Tor verschlossene Zufahrt auf das prächtige Gebäude schauten. Auch andere Leute waren, offensichtlich angezogen von der aufsehenerregenden Nachricht, vor das Haus des ermordeten Unternehmers gezogen und standen diskutierend in Grüppchen zusammen.

Ich fasste Franziska am Arm. »Komm!« Mit dem Kopf deutete ich auf drei ältere Personen, die vom Rand des Anwesens her verstohlene Blicke zum Haus hinauf warfen. »Der Mann mit dem Stock und die zwei Frauen da – ich glaube, das ist es. Wir stellen uns einfach wie unbeteiligt daneben und sehen mal, was sich daraus ergibt.«

Langsam überquerten wir die Straße und schlenderten in scheinbarer Nichtbeachtung auf das Grüppchen zu.

Ein, anderthalb Meter neben den Dreien erreichten wir die Grundstücksmauer, griffen betont auffällig nach den darin eingelassenen Gitterstäben und zeigten so unser Interesse für das dahinter liegende Areal. Den Blick fest auf das Haus fixiert, warteten wir auf eine Reaktion unserer Nachbarn. Wir ahnten die Neugier, mit der sie uns musterten, spürten die auf uns gerichteten Augen. Aber wir warteten vergebens auf ein Wort. Offenbar wagten es die Alten nicht, uns anzusprechen.

Einige stumme Sekunden vergingen, in denen wir weiter zum Stollhausenschen Domizil hinaufstarrten und dabei die Blicke auf unseren Rücken fühlten.

Franziska beendete schließlich das Schweigen. Sie schien sich an die Erfahrung zu erinnern, dass man zum Widerspruch reizen musste, wollte man jemanden zum Sprechen bringen.

»Heinrich«, begann sie so laut und deutlich, dass auch ein Schwerhöriger es hören musste, »der Tote da oben soll angeblich große Schulden gehabt haben. Vielleicht ist er ja gar nicht ermordet worden, sondern hat Selbstmord begangen?«

Wieder verstrichen ein paar Sekunden, doch ich war mir sicher, lange würden sie nicht mehr widerstehen können. Ich tippte auf die kleine Faltige in der gebückten Haltung. Sie hatte die ganze Zeit am interessiertesten zu uns hin geschaut, hatte ihre Ungeduld kaum zu zügeln vermocht. - Und richtig, sie war es, die Franziskas hingeworfene Behauptung mit einem Anflug von Empörung korrigierte.

»Wie kommen Sie dazu, so etwas zu sagen. Der Stollhausen schwimmt doch nur so im Geld. Der führte doch das reinste Luxusleben, mit Partys, Empfängen und solchen Sachen. So lebenslustig, wie der war, würde der sich nie umbringen.«

»Nun, Geld allein macht nicht glücklich«, gab sich meine Frau weise, »im Gegenteil, mancher wird mit einem schnell erworbenen Reichtum nicht fertig und verzweifelt.«

»Aber nicht der Stollhausen«, meldete sich die größere Grauhaarige zu Wort, »der war von Natur aus anders. Der hat den Wohlstand mit der Muttermilch eingesogen, hat die Millionen von seinem alten Herrn geradezu ins Nest gelegt bekommen. Der weiß, wie man mit Geld umgeht. Da können Sie fragen, wen Sie wollen.« Sie nickte bekräftigend und sah uns an. Dann schien ihr ein Licht aufzugehen. »Sie sind wohl nicht von hier?«

»Nein«, beeilte sich Franziska, unser Nichtwissen zu erklären. »Wir sind auf der Durchreise. Und als wir hörten...«

»Ha!«, bellte der Alte und hieb mit seinem Stock auf die Gehwegplatten. »Sensationstouristen, wie?« Noch einmal stieß er die Spitze gegen die Steine, dann drehte er uns in demonstrativer Verachtung den Rücken zu.

Die Damen hingegen schienen diesbezüglich keine Vorbehalte zu haben. Sie waren nur allzugerne, auch ohne, dass wir Fragen stellten, bereit, uns, den Fremden, die Zusammenhänge des Familienunternehmens Stollhausen zu erklären.

So erfuhren wir, dass Moritz die Firma von seinem Vater noch zu dessen Lebzeiten übernommen hatte. Schon damals florierte das Geschäft, galt als eines der größten Bauunternehmen im nordwestlichen Eichsfeld. Später dann, nach Öffnung der Grenze 1989, expandierte der Betrieb nach Osten, Bauaufträge aus Thüringen kamen hinzu und vermehrten das nicht unbeträchtliche Familienvermögen noch um ein Vielfaches.

Ludwig Stollhausen, der inzwischen verstorbene Seniorchef, hatte die Firma schon in den 30er-Jahren des vergangenen Jahrhunderts gegründet. Mit staatlichen Aufträgen – zum Beispiel durch Mitwirken beim Bau der Reichsautobahnen – hatte er zwar keine Reichtümer erworben, aber den Betrieb auf solide Beine gestellt. Der Wohlstand sei erst später, am Ende des Krieges und auch in den Jahren danach, bei den Stollhausens eingekehrt.

»Es gibt da Gerüchte...« Die Grauhaarige trat einen Schritt auf uns zu und legte die Hand an den Mund – eine Geste, die sie sich hätte sparen können bei der Lautstärke, in der sie uns ihr Geheimnis enthüllte: »Da sollen einige Dinge gelaufen sein, die ihm ein schönes Stück Geld eingebracht haben – Sie wissen schon, Schiebereien, Schwarzhandel – was man eben so trieb in dieser Zeit.«

»Hör auf, Gerda! Dein Geschwätz bringt uns noch vor den Kadi.« Der Alte, offensichtlich der Ehemann, packte sie am Arm und zog sie von uns weg.

»Als wüsste das nicht jeder hier im Ort«, maulte die Frau und sah herausfordernd zu der Prachtvilla hin.

»In der Jubiläumsschrift stand jedenfalls nichts davon, also verbreite keine Geschichten.« Mit erhobenem Finger mahnte sie ihr Mann zur Zurückhaltung.

»Jubiläumsschrift?«, mischte ich mich nun ein, »was für ein Jubiläum wurde denn begangen?«

»Das 75-jährige Bestehen der Firma Stollhausen. Vor drei Jahren wurde ganz groß gefeiert. Halb Duderstadt war auf den Beinen«, klärte uns die Faltige auf.

»Nein, das stimmt so nicht!« Die Große beugte sich hinunter zum Ohr der Kleinen, offenbar sprach sie ihr ins Hörgerät. »Das ist schon vier Jahre her, Luise. Glaub mir´s. Das war das Jahr, in dem Jürgen ins Büro geholt wurde.« Erläuternd wandte sie sich zu uns: »Sie müssen wissen, unser Sohn ist bei Stollhausens beschäftigt. Erst war er als Arbeiter dort, später dann als Verwalter im Materiallager. Jetzt ist er im Büro – seit vier Jahren schon – Abrechnung, Buchführung und all solche Sachen.« Stolz schwang in ihrer Stimme mit. »Bei der Ausrichtung der Jubiläumsfeierlichkeiten vor vier Jahren war seine Abteilung eng in die Vorbereitungen mit eingebunden, davon hat er uns erzählt.«

»Dann ist er eben erst seit drei Jahren im Büro«, beharrte Luise. »Ich weiß nämlich, dass Elsa unmittelbar vor dem Jubiläum ins Altenheim gekommen ist. Und da wohnt sie nun seit drei Jahren. Also liegt die 75-Jahr-Feier drei Jahre zurück und kein Jahr länger.«

»Nein, es sind vier Jahre, daran erinnere ich mich noch ganz genau«, bestand Gerda auf ihrer Zeitangabe. Ungeduldig packte sie ihren Mann an der Schulter. »Rudi«, suchte sie Beistand bei ihm, »sag du doch auch mal was. Wie lange ist unser Jürgen jetzt schon bei Stollhausens im Büro?«

»Was weiß ich«, grummelte der Alte. Unschlüssig hob er die Arme. »Mindestens mal drei, aber höchstens vier Jahre«, trug seine Antwort wenig zur Klärung der Streitfrage bei.

Nun wurde Gerda ärgerlich. »Du bist mir vielleicht eine Hilfe«, raunzte sie ihren Mann an. »Hättest Politiker werden sollen, die geben auch solche Antworten.« Missbilligend schüttelte sie den Kopf.

Dann aber schien sie einen Entschluss zu fassen. Mit den Worten: »Jetzt will ich´s wissen«, setzte sie sich energisch in Bewegung und trat vom Bürgersteig auf die Fahrbahn. Auf der Straßenmitte drehte sie sich noch einmal um. »Vier Jahre«, rief sie zurück, »vor vier Jahren haben wir Jubiläum gefeiert. Gleich werdet ihr´s lesen können, schwarz auf weiß.« Zügigen Schrittes verschwand sie in einem der Hauseingänge auf der gegenüberliegenden Seite.

»Wo geht sie hin?«, wollte Franziskas wissen.

»Wir wohnen dort.« Der Alte deutete auf das zweistöckige Gebäude. »Ich nehme an, Gerda sucht die Festschrift.« Er stieß einen resignierenden Seufzer aus, so wie es Ehemänner tun, die sich nach vielen Jahren notgedrungen mit den Eigenarten ihrer Partner abgefunden haben. »Sie liebt es, im Recht zu sein, häufig genug auch dann, wenn sie im Unrecht ist.« Wieder seufzte er. »Das kann sehr anstrengend sein.«

Franziska sah mich an. Sie konnte sich nicht vorstellen, dass ich die Gelegenheit ungenutzt lassen würde, meinen Senf dazuzugeben. Ich tat ihr augenzwinkernd den Gefallen. »Ja, das liegt den Frauen im Blut. Sie wollen immer das letzte Wort haben. Der kluge Mann lässt sie gewähren und denkt sich seinen Teil dazu.«

Der Alte nickte Zustimmung. Offensichtlich verfuhr er genau nach diesem Leitsatz. Aber uns blieb keine Zeit, das verfängliche Thema zu vertiefen, denn Gerda eilte, ein Büchlein in der Hand, auf uns zu. »Einunddreißig, ich wusste es doch!«

»Einunddreißig?« Rudi schaute sie verständnislos an.

»Das Jahr der Firmengründung, 1931.« Sie hielt das Büchlein so, dass wir die Vorderseite sehen und den Titel lesen konnten: 75 JAHRE STOLLHAUSEN KG stand dort in Großbuchstaben, darunter kleiner, aber ebenfalls ins Auge fallend: Seit 1931.

Gerda drehte die Festschrift, damit auch jeder von uns das Geschriebene erkennen konnte. »1931 plus 75, das ergibt 2006«, rechnete sie uns vor. »Wir befinden uns jetzt im Jahr 2010. Von 2006 bis 2010 sind es nach Adam Riese vier Jahre.« Triumphierend hielt sie das Heft der kleinen Faltigen hin. »Vier Jahre und nicht drei.«

»Aber ich weiß genau, dass Elsa erst seit drei Jahren im Altenheim ist...«, gab sich Luise nur ungern geschlagen.

Mir lag daran, die Sache abzukürzen. Schließlich waren wir gekommen, um wichtigere Dinge zu erfahren als das präzise Datum eines Jubiläums.

Ich spielte den neutralen Schiedsrichter. »Dann ist ja nun alles geklärt«, entschied ich und schielte auf die Festschrift. »Es muss hochinteressant sein, die Entwicklung eines solchen Unternehmens über die Jahrzehnte zu verfolgen. Hätten Sie etwas dagegen, wenn ich mal einen Blick in das Jubiläumsheft werfe?«

Nun wurde Rudi initiativ, vielleicht auch nur, um zu beweisen, dass auch er an familiären Entscheidungen beteiligt war. Er nahm seiner Frau die Festbroschüre aus den Händen und reichte sie mir. »Hier, nehmen Sie. Sie können sie behalten. Jürgen hat damals einen ganzen Stapel davon mitgebracht. Ich bin froh, wenn ich eins von diesen Dingern loswerde.« Er schob mir das Büchlein unter den Arm. »Jetzt nach dem Mord an dem Firmeninhaber liest sich das Ganze bestimmt noch aufregender.«

»Vor allem für Sensationstouristen wie uns.« Wir lachten beide.

»Nichts für ungut. Aber es ist schon erstaunlich, wie sehr die Menschen an den Katastrophen anderer Gefallen finden. - So, jetzt brauche ich aber dringend meinen Nachmittagskaffee. Komm, Gerda.« Er hielt ihr den Arm zum Einhaken hin. »Vielleicht sieht man sich ja mal wieder, dann aber hoffentlich aus angenehmerem Anlass.« Er schüttelte sich wie ein nasser Hund. »Scheußliche Angelegenheit.«

Wir sahen den beiden nach, bis sie die Haustür geschlossen hatten. Auch Luise brach jetzt auf. Alleine das Haus des Opfers zu betrachten, ohne darüber reden zu können, ohne

Spekulationen anstellen oder wilde Hypothesen entwickeln zu können – nein, das machte keine Freude. Da ging sie lieber nach Hause.

»Und jetzt?« Franziska sah zu der protzigen Villa, die wie ausgestorben wirkte. »Was machen wir jetzt?«

Ich folgte dem Blick und verstand ihre Beklemmung. Leblos lag das Anwesen da, nichts bewegte sich auf dem Grundstück. Ein Totenhaus. Mich erstaunte, dass ich nirgends ein Polizeiauto sehen konnte. Auch von Aktivitäten, die darauf hindeuteten, dass hier die Aufklärung eines Mordes betrieben wurde, war nichts zu bemerken.

Ich riss mich los von dem düsteren Anblick, nahm die Festschrift in die Hand und blätterte kurz darin. »Ich glaube, wir sollten heimfahren. Wenn ich mich nicht täusche, haben wir alles, was wir brauchen.« Noch einmal überflog ich die Seiten. »Hier drin ist so ausführlich über das Leben und Wirken der Stollhausens geschrieben, dass wir uns weitere Nachforschungen vor Ort ersparen können.«

Franziska fuhr. Ich hatte sie darum gebeten, um schon während der Rückfahrt die Jubiläumsbroschüre durchlesen zu können. Diesmal nahmen wir die Autobahn und die Bundesstraße. Wir wollten jetzt schnell nach Hause, nicht zuletzt deshalb, um zu erfahren, ob der Professor bei seiner Recherche im Internet erfolgreich war.

Die Festschrift entpuppte sich, wie nicht anders zu erwarten, als eine einzige Lobeshymne auf die alteingesessene Firma, die, glaubte man den Beiträgen, stets neben dem eigenen Geschäftsertrag das Wohl der Stadt und ihrer Bürger im Auge hatte. Der Landrat sprach seine Anerkennung aus, der Bürgermeister bestellte Grüße und wünschte weiterhin guten Erfolg. Auch viele der örtlichen Würdenträger und Vereine, denen es wichtig war, sich im Lichtkreis des prosperierenden Unternehmens zu präsentieren, hatten sich in die Schar der grußbotschaftschreibenden Gratulanten eingereiht.

Ein Großteil der Beiträge befasste sich mit Bauprojekten, die im Laufe der Jahre abgewickelt worden waren. Von Brückenkonstruktionen war die Rede, von Straßen- und Dammbauten, meist unterlegt mit Fotos eingerüsteter Pfeiler oder Baggern in verschlammtem Gelände. Ich beschränkte mich darauf, die Titel und Bildunterschriften zu lesen. Das, was mich interessierte, waren nicht die technischen Leistungen des Betriebs, sondern die Menschen, die dahinter steckten – zum Beispiel die Firmeninhaber. Vielleicht gab es ja in ihren mehrseitigen Porträts Hinweise, die für das Verständnis des Falls von Bedeutung sein konnten.

Ich begann mit dem Bericht über den Ermordeten, erfuhr, dass Moritz Stollhausen jener Typ des modernen Geschäftsmannes war, den man in unseren Tagen zunehmend in den Führungsetagen antraf. Dort, wo sich der zukünftige Chef früher oft mühsam als Arbeiter und Vorarbeiter bis in die Firmenleitung emporarbeiten musste, saß heute der qualifizierte, gut ausgebildete Unternehmer und lenkte mit fundierten Markt- und Branchenkenntnissen den Betrieb. So war auch Moritz bis auf ein mehrwöchiges Praktikum, das ihm der Vater abverlangt hatte, mit der Mühsal der Hand- und Knochenarbeit seiner Beschäftigten nie in Berührung gekommen. Reich geboren bekam er eine gute und teure Erziehung in einem elitären Internat. Anschließend studierte er Betriebswirtschaft an der Universität in Göttingen, um gleich nach Abschluss der Examina in den väterlichen Betrieb einzusteigen. Einige Jahre fungierte er dort als Juniorchef unter der Anleitung und – wie ich annahm – auch Aufsicht des Vaters, der sichergehen wollte, dass sein Lebenswerk in seinem Sinne einmal weitergeführt werden würde. Doch dann kam es schneller, als geplant zur Übergabe der Firma an den Sohn. Nach einer plötzlichen, schweren Erkrankung musste der Vater über Nacht die Leitung der Stollhausen KG abgeben. Moritz, lange genug auf diesen Tag vorbereitet, übernahm den Betrieb und führte ihn genauso erfolgreich weiter wie der Senior.

Die folgenden Jahre bis zu seinem gewaltsamen Tod verliefen in jener saturierten, wohlstandsgepolsterten Ereignislosigkeit, wie sie oft in den Lebensläufen Kleinstadtreicher anzutreffen ist. Einen Großteil seiner Freizeit verbrachte er mit gesellschaftlichen Pflichten, engagierte sich außerdem für den heimischen Handballclub und unterstützte den Kunstverein. Auch lokalpolitisch war er sehr aktiv, bekleidete sogar für einige Jahre den Posten eines Stadtrats.

Zudem war zu lesen, dass Moritz Stollhausen vor 28 Jahren, jetzt also vor 32 Jahren, die Arzttochter Monika Breitfeld aus Worbis geheiratet hatte. Zwei Töchter stammten aus dieser Ehe.

Ich ließ die Festschrift sinken. Einen Moment blickte ich durch die Windschutzscheibe hinaus auf die Fahrbahn und ließ das Bild, das sich von dem Toten langsam formte, auf mich wirken.

Dann berichtete ich Franziska von dem, was ich gelesen hatte.

»Nicht gerade ergiebig«, war ihr Kommentar, »vor allem nichts, was auch nur im Entferntesten auf dunkle Machenschaften als mögliches Mordmotiv hinweist. Das normale Leben eines gutsituierten Unternehmers, ohne Ecken und Kanten. Wie soll uns das weiterhelfen?«

Ich gab ihr Recht. Bei allem Wohlstand und Erfolg – das

Leben Moritz Stollhausens war eher als bieder und langweilig zu bezeichnen.

»Lass mich erst weiterlesen. Vielleicht finde ich ja noch etwas, was uns nützt.«

Ich schlug den Beitrag auf, der über die Anfangsjahre des Unternehmens berichtete. Auch hier war ein Porträt vorangestellt. Der Lebensweg des Firmengründers Ludwig wurde darin an aller Ausführlichkeit dargestellt.

Wie ich vermutet hatte, entstammte Moritz' Vater einfachen, aber nicht armen Verhältnissen. Seine Eltern hatten eine kleine Bäckerei im ländlichen Leinefelde besessen und rechneten fest damit, dass der Junge später einmal den Betrieb übernehmen würde. Welch eine Enttäuschung musste da die Weigerung des Sohnes gewesen sein, den Bäckerberuf zu erlernen. Aber Ludwig hatte es sich in den Kopf gesetzt, statt in der staubigen Backstube sein Geld in der frischen Luft zu verdienen. Also fing er folgerichtig bei einem Tiefbauunternehmen im benachbarten Heiligenstadt an.

Ludwig Stollhausen muss ein strebsamer Arbeiter gewesen sein. Die folgenden Sätze gaben Zeugnis von seinem Fleiß und Geschick, die ihn schon nach wenigen Jahren in die Stellung eines Poliers aufsteigen ließen. Und dann, 1931, wagte er den Schritt in die Selbständigkeit. Mit den eigenen Ersparnissen und einer großzügigen Mitgift der Brauteltern gründete er die Stollhausen KG mit Sitz in Duderstadt, dem Heimatort seiner im gleichen Jahr angetrauten Ehefrau.

Aus dem Bericht ging nicht hervor, wie Ludwig an die lukrativen Reichsaufträge – zum Beispiel die Beteiligung am Autobahnbau – gekommen war. Aber aus der Tatsache, dass er sie überhaupt und vor allem schon so wenige Jahre nach der Firmengründung bekommen hatte, ließ sich schließen, dass seine Einbindung in die Partei und das System der Nationalsozialisten sehr eng gewesen sein musste. Auf diskrete Weise, vielleicht auch auf Wunsch des Sohnes, der das Ansehen des verstorbenen Vaters bewahrt sehen wollte, hatte man die Zeit des dritten Reiches aus der Biographie Ludwig Stollhausens nahezu völlig herausgehalten. Lediglich mit einem Satz wurde erwähnt, dass der Duderstädter Unternehmer während der Kriegsjahre aufgrund seiner Erfahrung im Verkehrswegebau in gehobener Position beim Reichsverkehrsministerium Verwendung gefunden hatte. Sonst war der Mantel des Schweigens über die allem Anschein nach braune Vergangenheit des Seniorchefs gebreitet. Doch exakt mit Kriegsende 1945 nahm die Informationsdichte des Beitrags wieder schlagartig zu. Überschwänglich wurde der kometenhafte Aufstieg der Stollhausen KG bejubelt, wurden begeistert die Lager und Maschinenhallen beschrieben, die damals quasi über Nacht aus dem Boden gestampft worden waren. Neue Bagger wurden gekauft, ein Kran, dazu ein halbes Dutzend Kipp- und Muldenlaster. Sogar eine Asphaltiermaschine hatte man erworben.

Eine Erklärung, aus welcher Quelle sich der plötzliche Geldsegen über den Betrieb ergossen hatte, konnte ich, verständlicherweise, nicht finden. Wer deckt schon gern seine geheimen Kanäle auf, die ihn reich und diskret versorgen, vor allem, wenn die Schiffe darauf gelegentlich in trübem Wasser herangesegelt sein mochten. Nach dem Krieg war es gang und gäbe, unter der Hand Geschäfte zu machen, zu tauschen und zu verschieben – der eine tat es mehr, der andere weniger. Gerüchtehalber sollte ja auch der alte Stollhausen mit illegalen Praktiken seine Schäfchen ins Trockene gebracht haben.

Ich schob meine Gedanken beiseite und versuchte, mich erneut in die Lektüre zu vertiefen. Aber ich spürte, etwas war in mir, das nicht zuließ, mich auf das, was ich las, zu konzentrieren. Irgendetwas hatte mich berührt, ein Wort war emporgespült worden, eine Erinnerung, die kurz davor war, mein Bewusstsein zu erreichen. Ich setzte mich auf und starrte hinaus ins Leere. - Und dann, auf einmal, wusste ich, was es war.

Ich musste eine abrupte Bewegung gemacht haben, denn Franziska wandte den Kopf. »Was ist, Heinrich? Hast du etwas Interessantes gefunden?«

Bevor ich antwortete, ging ich den Absatz noch einmal durch, las den Satz ein zweites Mal. Dann nickte ich.

»Ja, Franziska«, fassungslos schaute ich auf das Büchlein, »ich glaube, ich habe die Verbindung gefunden, die wir gesucht haben.«

27

Franziska setzte den Blinker und fuhr in die kleine Parkausbuchtung. Sie stellte den Motor ab, löste den Anschnallgurt, dann drehte sie sich mir zu. »Also, was hast du entdeckt?«

Ich öffnete die Wagentür, stellte die Beine auf das Pflaster und bog den Oberkörper in den warmen Wind. Erstaunt registrierte ich die ersten gelben Blätter, die an meinen Füßen vorbeitrieben. Dabei war der August noch nicht einmal zu Ende.

»Lies den untersten Absatz, das reicht – dann begreifst du, welche Verbindung ich meine.« Aufgeschlagen hielt ich ihr die Festschrift hin.

Ich stand auf und tat ein paar Schritte. Von den Altarmen des nahen Flusses wehte eine schwere, modrige Luft heran.

Ich ging bis an die Umrandung der Parkbucht. Für den vielgerühmten Blick von dieser Stelle hinüber zur alten Ritterburg und hinauf zum Ludwigstein hatte ich jetzt kein Auge, zu sehr noch war ich von meiner Entdeckung erregt.

Ich kehrte zum Auto zurück, setzte mich neben Franziska und schaute sie an. Ein Ausdruck der Verwunderung lag auf ihrem Gesicht. Mit großen Augen, den Mund halboffen, blickte sie auf das Büchlein in ihren Händen, als fange sie gerade erst an zu begreifen, welche Bedeutung das soeben Gelesene hatte.

»Du meinst also...?« Zögernd hob sie das Heft.

»Ja, da kommt einiges zusammen, zuviel, um zufällig zu sein. Da finden wir einen Toten an genau der Stelle, an der man damals die beiden Skelette gefunden hat, die Skelette jener Männer, die 1945 wertvolle Kunstschätze aus dem Zug des Reichsverkehrsministers umgeladen haben. Und heute, einen Tag später, stoßen wir bei Erkundigungen über den Toten wieder auf das ominöse Reichsverkehrsministerium und erfahren, dass ausgerechnet der Vater des Ermordeten während des Krieges bei eben dieser Behörde in gehobener Stellung tätig war. - Ein Narr, wer sich nichts dabei denkt.«

»Aber ich sehe noch immer nicht den Zusammenhang«, war sich Franziska unsicher. »Moritz Stollhausen war doch noch gar nicht geboren, als diese Kunstschätze verschoben wurden. Wie kann er damit zu tun gehabt haben?«

»Nun, er war immerhin der Sohn seines Vaters und auch sein Nachfolger in der Leitung des lukrativen Baugeschäfts«, erinnerte ich sie an die Fakten, »damit dürfte er vertraut gewesen sein mit dem, was der alte Stollhausen so alles am Kriegsende getrieben hat. Vielleicht als Mitwisser, möglicherweise aber auch als heutiger Nutznießer.«

»Wie meinst du das?«

»Nimm einmal an«, entwickelte ich ihr das, was ich mir gerade draußen überlegt hatte, »Stollhausen senior war jener Oberst, von dem Konrads Vater in seiner Nachricht sprach, jener Mann also, der zusammen mit diesem Gottfried die Kunstschätze entwendet und aus dem Tunnel abtransportiert hat. Dafür spricht, dass Ludwig Stollhausen einen hohen Posten im Reichsverkehrsministerium inne hatte, sich also wahrscheinlich in dem Sonderzug des ausgelagerten Ministeriums aufgehalten hat. Er hatte damit die beste Gelegenheit, diesen Coup durchzuführen. Vorhin in Duderstadt und jetzt aus den Beiträgen des Jubiläumshefts haben wir von dem Aufschwung der Stollhausen KG am Kriegsende erfahren. Was, wenn dieser plötzliche Wohlstand mit dem Verkauf der Kunstgegenstände aus dem Tunnel zusammenhängt?«

»Ja, das ist möglich«, stimmte mir Franziska zu. »Andeutungen gab es ja zur Genüge, dass der Firmenchef nach dem Krieg mit Schiebereien zu Geld gekommen sein könnte. Aber auch wenn der Junior davon wusste, was hat das mit seinem Tod zu tun?«

»Vielleicht wusste er zuviel? Hatte zum Beispiel Kenntnis von der Mittäterschaft anderer bei dem damaligen Tunneldeal?«

»Hhmm.« Franziska legte die Finger an die Lippen, sie dachte nach. Aber eines bekam sie noch nicht auf die Reihe: »Wie fügt sich Wanfried in das Ganze? Was sucht Stollhausen ausgerechnet dort?«

»Immerhin lebte da Karl Unger, der letzte Zeitzeuge der damaligen Schwebdaer Ereignisse.« Bedeutungsvoll wiegte ich den Kopf.

Doch dann hielt ich plötzlich inne, wie aufgehalten von einem unbestimmten Gefühl. Ich spürte, dass ich etwas

Wichtiges gestreift hatte. Eine Idee bildete sich in mir, konturlos noch, vage, verschwommen. Wie zur Abwehr von Fragen hob ich die Hand, ließ dem Gedanken Zeit, Gestalt anzunehmen und sich zu formen. Schließlich nickte ich. »Mein Gott, ja, das wäre möglich. So könnte Stollhausen nach Wanfried gekommen sein.«

»Von was sprichst du?« Verständnislos blickte Franziska mich an.

»Du weißt doch, dass Karl Unger einen Zettel mit den Worten ‚Heinrich Gerhard anrufen' in der Zuckerdose aufbewahrt hatte. Eine Erinnerung wahrscheinlich für sich selbst, mit mir etwas besprechen oder mir etwas mitteilen zu wollen. Was, wenn er das gleiche Bedürfnis der Mitteilung auch anderen gegenüber hatte, sich möglicherweise bei Dritten versichern wollte, dass das, was er mir zu sagen beabsichtigte, der Wahrheit entsprach? Vielleicht hat diese Offenheit ihn das Leben gekostet?«

»Du meinst, er hat mit seinem Mörder...?«

Ich zog das Handy aus der Tasche und wählte unseren Hausanschluss in Oberhone. Wie zu erwarten, meldete sich Professor Seeger in ausführlicher Förmlichkeit. Ich ließ ihn ausreden. Die Hoffnung, ihn zu einem legereren Umgangston bewegen zu können, hatte ich längst aufgegeben.

»Wir sind schon auf dem Rückweg«, informierte ich ihn, nachdem ich mich zu erkennen gegeben hatte, »in einer halben Stunde sind wir da. Dann können Sie uns berichten, was Sie im Internet gefunden haben.« Als ich spürte, dass er die Ergebnisse seiner Recherche am liebsten schon über das Telefon loswerden wollte, beeilte ich mich, ihm den Grund meines Anrufs mitzuteilen. »Ich brauche von Ihnen eine Telefonnummer. Suchen Sie mir bitte den Anschluss von Olaf Hensler aus Wanfried heraus. Sie finden ihn unter Unger.«

Mit einer Kopfbewegung bedeutete ich Franziska, sich nach einem Zettel und einem Stift umzusehen, ein Unterfangen, das die gewiss nicht schnelle Erledigung des Nummernachschlagens durch den Professor beinahe noch an Dauer übertroffen hätte. Denn meine Frau entschloss sich, die Schreibutensilien in ihrer Handtasche zu suchen. Bis zu den Ellenbogen verschwanden ihre Hände in dem braunen Lederbeutel, durchwühlten den unergründlichen, nach keinen einem Mann verständlichen Regeln geordneten Inhalt, schichteten das noch nicht Durchwühlte auf das schon Durchwühlte, um es gleich darauf noch einmal der gleichen Behandlung zu unterziehen. Weh dem, der unter Zeitdruck auf das Finden eines Gegenstandes in einer weiblichen Handtasche angewiesen ist. Doch dann, gerade als der Professor den Erfolg seiner Suche meldete, hielt Franziska wundersamerweise Bleistiftstummel und Papier in die Höhe. Ihr bezauberndes Lächeln begegnete meinem ungeduldigen Blick und schien zu fragen: Was habt ihr Männer nur?

Ich seufzte und diktierte ihr die Nummer.

Wir beschlossen weiterzufahren. Es trieb uns jetzt nach Hause – ich konnte genausogut von unterwegs anrufen. Mit dem Handy in der Hand wartete ich, bis wir den Straßentunnel bei Oberrieden passiert hatten, dann gab ich die auf dem Zettel notierten Zahlen ein und drückte den Freigabeknopf.

Eine Frau meldete sich, wahrscheinlich die Tochter des toten Eisenbahners. Ich bat, Olaf Hensler sprechen zu dürfen.

»Mein Mann ist im Garten. Kann ich ihm etwas ausrichten?«

»Nein, das bringt wenig. Aber vielleicht können Sie mir helfen. Dann brauchen wir Ihren Mann gar nicht zu behelligen. Mein Name ist Heinrich Gerhard. Ich bin der Mann, mit dem Ihr Vater am Tag seines Todes und auch am Vortag zusammen war.« Ich machte eine Pause, wartete auf einen Einwurf. Aber sie schwieg. »Da ich in das fürchterliche Geschehen selbst mit einbezogen bin, mache ich mir natürlich Gedanken, was sich ereignet haben könnte. Dabei fiel mir auf, dass nie etwas von Telefongesprächen erwähnt wurde, die Ihr Vater eventuell in den Tagen vor seiner Ermordung geführt hat. Man weiß lediglich, dass er beabsichtigte, mich anzurufen. Leider kam er nicht mehr dazu. Aber von Anrufen, die er erhalten hat...?«

Ich ließ den Satz unvollendet und hoffte auf eine Vervollständigung, die auch prompt kam. »Kann nichts bekannt sein, da es sie nicht gibt.«

»Heißt das, er wurde nie angerufen?«

»Ich kann mich nicht entsinnen, dass er in den letzten Monaten vor seinem Tod einen Anruf erhalten hat. Und ich müsste es eigentlich wissen, da alle Gespräche über unseren Apparat gehen. Mein Vater hatte kein Telefon in seinem Wagen. Wenn er telefonieren wollte, musste er zu uns kommen.«

»Sie sind ganz sicher, dass er keine Gespräche empfangen hat?« Meine Enttäuschung war unüberhörbar.

»Sie haben ihn doch kennengelernt«, rief sie mir meine Begegnung in Erinnerung, als reichte das aus, alles zu erklären. »Der alte Herr war sehr eigen, lebte ganz in seiner Eisenbahnwelt. Zu anderen hatte er nur wenig Kontakt, hat ihn auch nie angestrebt. Es genügte ihm, wenn ihn ab und zu jemand auf seiner Anlage besuchte. Und wer sollte ihn auch anrufen? Seine Freunde von früher waren ja alle tot.«

Verunsichert schwieg ich einen Augenblick. Meine Vermutung, in die ich so große Erwartungen gesetzt hatte, schien sich in Luft aufzulösen. Ohne große Hoffnung griff ich nach dem letzten Strohhalm. »Und was ist mit den Telefonaten, die er selbst getätigt hat? Gab's da vielleicht den einen oder anderen Anruf?«

Besorgt lauschte ich der sekundenlangen Stille, die durch den Hörer zu mir drang.

Ich fürchtete schon, die Verbindung könnte unterbrochen sein. Doch dann, zu meiner Erleichterung, ließ sich Frau Hensler wieder vernehmen. Ihre Stimme klang schuldbewusst. »Jetzt, wo Sie mich direkt darauf ansprechen, fällt mir ein, dass mein Vater am Tag vor seinem Tod ein Gespräch geführt hat. Mein Gott, warum habe ich nicht daran gedacht? Ich hätte es der Polizei erzählen müssen.«

»Nun, ich sorge dafür, dass die Polizei davon erfährt«, versprach ich ihr. »Wissen Sie denn, mit wem er gesprochen hat?«

»Nein, mit wem persönlich er gesprochen hat, das weiß ich nicht. Aber ich kenne den Anschluss, mit dem das Gespräch geführt wurde. In den seltenen Fällen, in denen er das Telefon benutzte, ließ er sich nämlich von uns die Verbindung herstellen.«

»Soll das heißen, dass Sie Namen und Nummer noch haben?« Es fiel mir schwer, ruhig zu bleiben.

»Ja, warten Sie. Der Zettel müsste noch in der Schale neben dem Telefon liegen.« Das Klacken in meinem Handy verriet, dass das Fernsprechgerät am anderen Ende der Leitung auf einer harten Unterlage abgelegt worden war.

In der Zeit, in der die Frau suchte, informierte ich Franziska. »Karl Unger hat am Vortag seiner Ermordung mit jemandem telefoniert. Die Tochter glaubt, Name und Nummer des Angerufenen aufgehoben zu haben.«

Ein erneutes Klacken ertönte, dazu das Knistern von Papier. Frau Hensler war hörbar fündig geworden. Ihre

Stimme klang diesmal zufrieden. »Haben Sie etwas zum Notieren?«, fragte sie.

»Ja, legen Sie los«, nickte ich und bedeutete Franziska mitzuschreiben. Laut wiederholte ich die Vorwahl und die Nummer, die mir Frau Hensler durchgab.

»Hier steht außerdem noch der gewählte Teilnehmer und der Ort. Brauchen Sie das auch?«

Obwohl ich mir sicher war, zu wissen, was auf dem Zettel stand, bat ich sie um die Angaben.

»Das Gespräch ging nach Duderstadt, zu einem Anschluss unter dem Namen Stollhausen.«

28

»Was hat das zu bedeuten?« Franziska verlangsamte das Tempo. Sie hatte Mühe, sich auf das Fahren zu konzentrieren. Der Transporter, der die ganze Zeit über hinter uns geblieben war, überholte kurz vor Kleinvach. »Heißt das, dass Karl Unger seinen Mörder selbst gerufen hat?«

»Das wissen wir nicht. Er hat Stollhausen angerufen, ja. Aber ob der etwas mit seiner Ermordung zu tun hat, ist völlig unklar.«

»Aber doch möglich.« Franziska behielt das Bummeltempo bei, während sie ihre Theorie entwickelte. »Nehmen wir an, Stollhausen erfährt in dem Anruf, dass dem ehemaligen Lokführer etwas Brisantes im Zusammenhang mit der alten Schwebdageschichte eingefallen ist, etwas, was er dir mitzuteilen beabsichtigte. Moritz Stollhausen beschwört ihn, zunächst noch zu warten, bis er selbst mit ihm darüber geredet hat, bietet ihm vielleicht noch an, zusätzliche Informationen zu liefern. Er verabredet sich mit ihm auf seiner Bahnanlage, lässt sich dort genau erzählen, was Unger weiß. Dazu muss er wahrscheinlich, so wie du vor ein paar Tagen, einige Runden in dem Bähnchen drehen und auch die finale Entgleisung über sich ergehen lassen. Dabei wird ihm klar, wie gefährlich die Erinnerung und das Wissen des Alten für ihn sein können. Also erschlägt er ihn, arrangiert die Szene so, dass es aussieht, als sei der Eisenbahner beim Herausspringen der Lok und der Wagen ums Leben gekommen. In dem Bestreben, den Mord zu verschleiern, täuscht er einen Unfall vor.« Herausfordernd und beängstigend lang für jemanden, der ein Auto steuert, schaute meine Frau mich an. »Was hältst du von meiner Konstruktion des Tatablaufs?«

Ein Hupen ertönte hinter uns, dann zog ein Schwerlaster links an uns vorbei. Unser Fahrzeug schlich jetzt geradezu über die Straße, aber Franziska schien das nicht zu bemerken. Mit spürbarer Ungeduld wartete sie auf meine Antwort.

»Ja«, stimmte ich ihr nach kurzem Überlegen zu, »so könnte es gewesen sein. Das setzt allerdings zwei Dinge voraus. Einmal, dass das Imperium der Stollhausen KG tatsächlich auf unrechtmäßigen Mauern, sprich auf dem Erlös aus dem Verkauf von Diebesgut gegründet ist, und dass Moritz davon wusste. Und zweitens, dass das Wissen Karl Ungers wirklich so explosiv gewesen ist, dass Stollhausen bei seinem Bekanntwerden ein Auffliegen der Firma und den Verlust des Vermögens befürchten musste, vielleicht sogar damit rechnen konnte, wegen seiner Mitwisserschaft belangt zu werden.«

»Aber was könnte denn Karl Unger gewusst haben?«

»Keine Ahnung. Es gibt da viele Möglichkeiten. Ihm

kann beispielsweise ein Name eingefallen sein. Vielleicht hat er sich daran erinnert, dass ihm damals auf dem Bahnhof in Schwebda ein Oberst Stollhausen aus Duderstadt Weisungen im Zusammenhang mit dem Rangieren im Tunnel gegeben hat.«

»Ja, das wäre möglich. Er entsinnt sich an den Mann, will dir einen Gefallen tun und dich bei deinen Nachforschungen unterstützen. Deshalb lässt er sich den Anschluss von Stollhausen heraussuchen und ruft dort an in der Hoffnung, zusätzliche Informationen zu bekommen. Was er nicht weiß, ist, dass dieses Telefonat ihm zum Verhängnis wird.«

Franziskas melodramatische Wortwahl machte mir wieder schmerzlich bewusst, wieviel Unglückseliges ich mit meinen mir damals so harmlos erscheinenden Fragen bewirkt haben konnte. Aber sollte der Alte wirklich nur deshalb getötet worden sein, weil er, ahnungslos und ohne jede böse Absicht, den Unternehmer in seinem sicher geglaubten Bau aufgestöbert hatte? Wie passte da der zweite Mord hinein? Stollhausen, jetzt das Opfer, konnte sich doch unmöglich selbst stranguliert haben.

Ich versuchte, meiner Frau die Lückenhaftigkeit ihrer Darstellung klarzumachen. »Uns fehlt der Täter für den Mord auf der Plesse. Zwar lässt sich die Tat an Karl Unger mit deinem Konstrukt einigermaßen plausibel erklären, nicht aber, warum Moritz Stollhausen sterben musste.«

»Ja, da hast du Recht. Daran habe ich nicht gedacht.« Franziska wirkte ratlos. Das Beschleunigen des Fahrzeugs zeigte an, dass sie jetzt mir das Denken überließ.

Gerade passierten wir Albungen, in fünf Minuten würden wir in Oberhone sein. Ich bot ihr eine alternative Lösung an: »Wäre es nicht genauso möglich, dass jemand ganz Anderer sowohl den Eisenbahner als auch den Duderstädter

Unternehmer getötet hat? Es könnte zum Beispiel so abgelaufen sein: Unger ruft Stollhausen an, dieser verabredet für den folgenden Tag ein Treffen mit ihm in Wanfried. Vorher aber informiert er einen Dritten über sein Vorhaben, teilt ihm mit, was der Lokführer herausgefunden hat und was er, wenn auch unwissentlich, aufzudecken beabsichtigt. Dieser Unbekannte, ein wahrscheinlich ebenfalls durch den damaligen Kunstraub Begünstigter, fühlt sich durch die Enthüllung selbst bedroht. Zuerst räumt er Karl Unger aus dem Weg, dann vereinbart er mit Stollhausen ein Treffen an der Höhle – vielleicht mit dem Vorwand, ihm an Ort und Stelle etwas zeigen zu wollen. Dort tötet er auch ihn. Wie gefällt dir diese Version?«

»Klingt logisch und bringt vor allem beide Morde unter einen Hut. Ein ganz neuer Täter kommt also ins Spiel. Unglaublich! Aber wer könnte das sein? Haben wir denn irgendeinen Anhalt, wer sich hinter dem Unbekannten verbergen könnte?«

Ein Güterzug donnerte auf dem parallel zur Straße verlaufenden Bahndamm heran. Ich wartete, bis das Rattern des letzten Wagens verklungen war. »Einen konkreten Anhalt? Nein. Aber ich habe eine Ahnung, in welcher Richtung ich suchen kann.«

29

»Das hat aber lange gedauert«, empfing uns Professor Seeger vorwurfsvoll in seinem Rollstuhl. Er saß am Schreibtisch in meinem Arbeitszimmer, der PC vor ihm war eingeschaltet, die Maus in seiner Hand verriet, dass er noch immer mit dem Heraussuchen von Informationen beschäftigt war.

»Aber es war lohnend. Unsere Fahrt nach Duderstadt hat uns entscheidend weiter gebracht.« Triumphierend hielt Franziska das Jubiläumsheft hoch. »Hier in dieser Festschrift haben wir endlich die Verbindung der jetzigen Morde zu dem damaligen Geschehen in Schwebda gefunden.«

Fragend sah der Professor zu uns auf. »Sie werden gleich davon erfahren«, beschied ich ihn und deutete auf den leeren Schreibtisch. »Sie dagegen scheinen weniger erfolgreich gewesen zu sein. Wenn ich mich an die Berge von Informationen erinnere, die Sie in Sachen Bernsteinzimmer ausgedruckt haben... War diesmal nichts Brauchbares zu finden?«

»Ich weiß nicht«, das Wiegen des Kopfes unterstrich den Zweifel in seiner Stimme. »Ich habe vieles gefunden, das zumindest von den Buchstaben her in einem Zusammenhang mit den Notizen auf dem Mützenzettel stehen könnte. Aber genauso gut, sogar eher wahrscheinlich, kann das Ganze auch völlig bedeutungslos sein.« Er zeigte auf ein Blatt Papier neben der Tastatur. »Einiges möglicherweise Erfolgsversprechendes habe ich mir herausgeschrieben. Allerdings habe ich darauf verzichtet, den ganzen Schrott auszudrucken, der einem von diesem digitalen Müllspeicher hier an den Kopf geworfen wird.«

»Gut«, Franziska ging zur Tür, »wir sollten die Ergebnisse untereinander austauschen. Lasst mir ein bisschen Zeit, mich frisch zu machen. Ich schlage vor, wir treffen uns in zehn Minuten zu einem Kaffee auf der Terrasse.«

Als ich kurz darauf ins Freie trat, saß der Professor schon am Terrassentisch. Erwartungsvoll sah er mir aus seinem Rollstuhl entgegen. Es war nicht zu übersehen, dass er sich in einem Zwiespalt befand. Auf der einen Seite brannte er darauf, uns die Resultate seiner Internetrecherche mitzuteilen, andererseits nagte die Neugier in ihm, zu erfahren, was an Wichtigem wir in Duderstadt herausgefunden hatten.

Franziska nahm ihm die Entscheidung ab. Während sie den Kaffee in die Becher goss, zeigte sie auf das Papier. »Also, Professor, ‚Kubata Herbst', was sagt uns diese Wortkombination? Haben Sie eine sinnvolle Erklärung für die Notiz Ihres Vaters finden können?«

Die Sekunden, die in zögerndem Schweigen verstrichen, nahmen die Antwort vorweg. »Nein«, bekannte Professor Seeger, »eine Deutung, die einen Sinn ergibt, habe ich noch immer nicht.« Ratlos hob er die Schultern, dann nahm er das Blatt in die Hände.

»Natürlich gibt es zahllose Eintragungen zu jedem einzelnen der Worte. Bei ‚Herbst' betreffen die ins Netz gestellten Beiträge vor allem die gebräuchliche jahreszeitliche Verwendung des Wortes sowohl in seiner alleinstehenden Form als auch in seinen vielfältigen Kombinationen: Man wird über Datum, Klima, Flora und Fauna im Herbst informiert, auch über die Herbstferien, die Herbstgedichte und den Herbstgarten, erfährt Termine und Themen von Herbstkursen der Volkshochschulen. Auch viele Unternehmen und Privathaushalte gibt es mit dem Eigennamen Herbst. Aber nichts von dem, was ich gelesen habe, hat in mir irgendeine Assoziation zu unserer Bahngeschichte geweckt. Das einzige, was, wenn auch weit hergeholt, von möglichem Interesse sein könnte, weil es eine Ortsangabe ist und damit als Hinweis meines Vaters auf eine Lokalität gedeutet werden kann, ist die Hypothese, ‚Herbst' könnte als Abkürzung für Herbstein stehen. Welche Bedeutung dieser Ort im Vogelsberg allerdings für meinen Vater gehabt haben soll, ist mir schleierhaft. Ich habe die Präsentationsseiten von Herbstein angeklickt und bin die städtebaulichen und geschichtlichen Fakten durchgegangen. Dabei habe ich erfahren, dass sich in dem kleinen Heilbad die höchste Thermalquelle Hessens befindet, die Ansiedlung schon seit 1262 die Stadtrechte besitzt und über eine malerische um den Marktplatz gruppierte Altstadt verfügt. Das war's aber auch schon. Ein Bezug zu den Vorgängen damals in Schwebda kann ich beim besten Willen nicht erkennen.« Der Professor senkte das Papier und schaute uns an. Bedauern lag in seinem Blick.

»Das mit der Stadt Herbstein scheint mir doch reichlich an den Haaren herbeigezogen«, pflichtete ich ihm bei. »Aber was ist mit dem Wort ‚Kubata'?«

»Da wird's noch unwahrscheinlicher. Kaum denkbar, dass eine der zahlreichen Eintragungen etwas mit unserer Angelegenheit zu tun hat«, brummte Professor Seeger enttäuscht. Man sah ihm an, dass er seine Notizen am liebsten zerknäult und in den Papierkorb geworfen hätte. Dann aber entsann er sich wohl seiner wissenschaftlichen Sorgfaltspflicht, Sachverhalte auch dann vorzulegen, wenn sie inhaltsarm und im Ergebnis negativ waren. Er nahm das Blatt wieder vor die Augen und begann, erneut daraus vorzutragen. »Kubatas gibt es hundertfach auf unserem Globus, angefangen von einer Tanz- und Trommelgruppe aus Berlin, über einen Fischgroßhandel im Ruhrgebiet bis hin zu einer Kubata-Lodge in Windhoek oder einem Café Kubata in Toronto. Dazu die große Zahl von Menschen mit dem Familiennamen Kubata, verstreut über die ganze Welt.« Resignierend hob er die Hand mit dem Papier. »Was aber mein Vater vor über einem halben Jahrhundert mit einem Kubata zu tun gehabt haben soll, das entzieht sich meiner Kenntnis. Ich habe nicht die geringste Vorstellung, was das gewesen sein könnte.«

»Vielleicht zielt das Ganze doch, wie schon vermutet, auf einen Eigennamen hin, zum Beispiel auf Menschen namens Herbst und Kubata, auf die Ihr Vater hinweisen wollte – vielleicht aber auch auf eine einzelne Person mit dem Doppelnamen Kubata-Herbst. Wäre doch möglich?« Die gedämpfte Begeisterung, mit der uns Franziska ihren Erklärungsversuch unterbreitete, war Ausdruck ihrer eigenen geringen Erwartung in den Vorschlag.

»Im Internet existiert jedenfalls kein Eintrag mit der Doppelbezeichnung Kubata-Herbst, das habe ich natürlich sofort überprüft«, nahm ihr der Professor den wenigen Wind, der uns in dieser Sache noch vorwärts trieb, aus den Segeln.

»Ein Reinfall also«, bilanzierte ich, »außer Spekulationen nichts, was befriedigend Auskunft geben könnte, warum Ihr Vater den Zettel mit ausgerechnet diesen beiden unerklärlichen Worten in seiner Mütze verborgen hat. Jetzt können wir nur noch auf die Polizei hoffen. Dank ihrer größeren Möglichkeiten ist sie vielleicht in der Lage, das Geheimnis zu entschlüsseln. Ich werde morgen Charly anrufen und mich erkundigen, wie weit sie diesbezüglich sind. – Doch nun sollen Sie erst einmal erfahren, was wir aus Duderstadt mitgebracht haben.«

Ich schob die Stollhausen-Jubiläumsschrift über den Tisch. »Hier, Herr Professor, diesem Heft haben wir den entscheidenden Hinweis zu verdanken.« Ich zeigte auf den betreffenden Absatz und erklärte, wie uns die Erwähnung des Reichsverkehrsministers in der Würdigung des Firmengründers Ludwig Stollhausen auf die überraschende Spur geführt hatte. »Und dann wurden wir durch einen Anruf in Wanfried in unserer Vermutung bestätigt. Karl Unger hatte selbst mit dem späteren Toten in der Höhle telefoniert.

Wahrscheinlich war es dieses Telefonat, das Moritz Stollhausens Auftauchen in Wanfried und letztendlich seinen Tod bewirkt hat.«

Wir schwiegen. Professor Seeger hatte augenscheinlich zu tun, das gerade Gehörte zu verdauen.

Franziska unterbrach die Stille. »Was meintest du vorhin im Auto mit deiner Andeutung, du wüsstest, in welcher Richtung du den ominösen Unbekannten zu suchen hast? Den, der möglicherweise beide Morde auf dem Gewissen hat. Was wolltest du damit sagen?« Die Dringlichkeit ihrer Stimme und auch der Blick, mit dem sie mich ansah, verrieten die Bedeutung, die sie meiner Antwort zumaß.

Ich stand auf, griff nach meinem Kaffeebecher und trat an den halbhohen Holzzaun, der die Terrasse von den angrenzenden Wiesen trennte. Ich spürte, eine entscheidende Überlegung, die sich vorhin schon auf der Heimfahrt von Duderstadt angebahnt hatte und dann durch die Ankunft in Oberhone unterbrochen worden war, verlangte, zu Ende gedacht zu werden. Unterbewusst fühlte ich, dass ihre Weiterverfolgung der Weg war, der zur Lösung des Rätsels führen musste.

Einen Augenblick verharrte ich, ließ den Blick auf den nahen Hügeln ruhen. Noch einmal rief ich mir meine Gedanken von vorhin ins Gedächtnis zurück und entschied, mich zunächst von der Richtigkeit meiner Vermutung zu überzeugen, bevor ich meiner Frau eine Antwort gab.

Ich drehte mich um. »Herr Professor, der Brief Ihres Vaters – darf ich den noch einmal lesen? Ich glaube, er ist der Schlüssel zum Verständnis des Ganzen.«

Franziska stand auf. »Ich hole ihn, wenn Sie mir sagen, wo er liegt.«

Dankbar, den Rollstuhl nicht bewegen zu müssen, nahm

der Professor das Angebot an. »Er liegt in der Nachttischschublade, obenauf in einer Plastikhülle.«

Während Franziskas Abwesenheit füllte ich die leeren Becher. Ich zog die Tischdecke zurecht und rückte an den Stühlen. Eine innere Spannung war in mir, die mich nicht stillhalten ließ.

Franziska hielt das Papier in der einen, die Hülle in der anderen Hand, als sie wieder zu uns trat. »Jetzt bin ich doch neugierig, was dir darin aufgefallen ist. Hier!«, sie streckte mir die Bögen entgegen, »was also hast du entdeckt?«

Ich nahm die beiden Blätter entgegen, legte das erste, ohne es durchzusehen, auf den Tisch und widmete mich gleich dem zweiten. Es dauerte nicht lange, bis ich die Stelle gefunden hatte, die ich suchte. Ich las den Text, las ihn noch einmal, dann nickte ich. »Ja, so muss es sein. Warum sind wir nicht früher darauf gekommen?« Ich stellte die Frage in den Raum, gab mir aber gleich selbst die Antwort: »Damals, als wir das hier zum ersten Mal lasen, fehlten uns einfach die Kenntnisse, über die wir heute verfügen. Man überliest leicht etwas, wenn man es in seiner Bedeutung nicht einschätzen kann. - Also hört, welche Überlegung ich angestellt habe. Am besten, ich lese euch die Passage vor, die mich auf den Gedanken gebracht hat.«

Ich schaute auf das Blatt, markierte mit dem Finger den Absatz, mit dem ich beginnen wollte. Vorher gab ich noch eine kurze Einführung, um den Zusammenhang noch einmal ins Gedächtnis zu rufen: »Professor Seegers Vater schildert, wie er das Gespräch zwischen dem Oberst – Ludwig Stollhausen, wie wir jetzt wissen – und einem Mann, der mit Gottfried angeredet wird, belauscht. Die beiden sprechen davon, die Eisenbahner umbringen zu wollen, da diese die Kunstschätze im Tunnel gesehen haben. Gottfried soll die Liquidierung, wie der Oberst es nennt, ausführen. Am Ende des Gesprächs sichern sich die beiden Mörder ihre gegenseitige Verlässlichkeit zu. Dieser Passus ist es, der meine Aufmerksamkeit erregt hat. Ich zitiere: *»Sie sollten mir vertrauen«, appellierte der Mann an den Oberst, »so wie ich Ihnen vertraue – ich hoffe, zu Recht.« »Sie kriegen die Hälfte, das habe ich Ihnen zugesagt«, beruhigte der Offizier, »Ich bin nun mal beim Abtransport auf Ihre Hilfe angewiesen. Die schnelle Verfügbarkeit Ihrer Fahrzeuge unweit der Entladestelle und des Depots ist unerlässlich für das Gelingen der Aktion.«*

Ich legte das Blatt zu dem anderen auf den Tisch, blickte erst zu dem Professor hin, dann sah ich Franziska an. Beide saßen in grübelndem Nachdenken da und versuchten herauszufinden, was an Bedeutungsvollem der soeben vorgetragenen Text enthalten könnte.

Nach einer Weile meldete sich Franziska. »Ich glaube, ich weiß, was du meinst«, nickte sie, ohne jedoch preiszugeben, was ihr aufgefallen war. Wohl um den Professor Gelegenheit zu geben, ebenfalls auf das Offensichtliche zu kommen, gab sie sich den Anschein, als müsse sie noch über ihre gerade gewonnene Erkenntnis nachdenken. Erst als Professor Seeger weiter schwieg und ich sie mit einer Handbewegung zum Sprechen aufforderte, begann sie, ihre aus dem Vorgelesenen gezogenen Schlüsse darzulegen.

»Setzen wir einmal voraus, unsere Annahme stimmt: Ludwig Stollhausen war jener Oberst aus dem Brief und sein Sohn Moritz ist durch seine wie auch immer geartete Verquickung mit der alten Kunstraubsache ums Leben gekommen, dann muss die Folgerung doch heißen, diesem Gottfried in unseren Überlegungen die gleichgroße Aufmerksamkeit zu widmen wie dem Oberst. Immerhin hat er als dessen Partner die Hälfte des Diebesgutes erhalten. Wenn wir weiterkommen wollen, müssen wir das Geheimnis seiner Identität lüften.«

»Einwand!« Der Professor hob die Hand wie ein Staatsanwalt, der eine Fehlinterpretation der Gegenpartei moniert. »Der Mann mit dem Namen Gottfried, damals wahrscheinlich ein erwachsener Mensch von, sagen wir dreißig, vierzig Jahren, dürfte heute, fünfundsechzig Jahre später, kaum noch am Leben sein.« Der gestreckte Zeigefinger forderte eine Beachtung seines Vorbehalts.

»Das mag ja sein, ist sogar wahrscheinlich«, räumte Franziska ein, »aber möglicherweise gibt es einen Sohn oder eine Tochter – oder sonst einen Erben – irgendjemanden jedenfalls, der von dem damaligen Diebstahl noch heute profitiert. Warum sollte es hier nicht genauso laufen wie im Fall Stollhausen? Beide Parteien, sowohl die Gottfrieds als auch die Stollhausens, wissen voneinander, kennen die Verbrechen, die ihre Väter seinerzeit begangen haben. Als gemeinsame Nutznießer des Kunstraubs haben sie ein Stillschweigeabkommen getroffen, das solange funktioniert, bis Karl Unger mit seinen harmlosen Fragen den Burgfrieden stört. Das meintest du doch, Heinrich, als du sagtest, du wüsstest, in welcher Richtung du nach dem Unbekannten suchen müsstest. Du hattest Gottfried im Auge, oder vielmehr den oder die, die in seiner Nachfolge noch immer Nutzen aus dem Kunstraub ziehen?«

»Ganz recht«, bestätigte ich und blickte Franziska an, gespannt, ob sie sonst noch etwas bemerkt hatte. Aber zunächst meldete sich der Professor zu Wort.

»Gottfried!«, stieß er schnaubend hervor, »als wenn man nur unter Gottfried im Telefonbuch nachschlagen brauchte. Das ist doch bestimmt ein Vorname und kein Familienname. Wie, bitte schön, wollen Sie ohne weitere Angaben hinsichtlich Herkunft und Wohnort den Mann oder seine Nachkommen ausfindig machen?«

Vorwurfsvoll sah er uns an und schüttelte den Kopf angesichts unserer Einfältigkeit.

»Nun, so ganz ohne Angaben ist der Brief Ihres Vaters keinesfalls«, korrigierte meine Frau den Professor mit einer gewissen Genugtuung, die im Text enthaltene Hinweise im Gegensatz zu ihm herausgehört zu haben. Sie zog das Blatt vom Tisch zu sich heran, ging mit dem Finger die Seite durch, bis sie den entscheidenden Satz gefunden hatte. Laut las sie vor: *»Die schnelle Verfügbarkeit Ihrer Fahrzeuge unweit der Entladestelle und des Depots ist unerlässlich für das Gelingen der Aktion.«*

Franziska legte das Papier auf den Tisch zurück. Fragend sah sie uns an. »Was also heißt das?« Ich ließ ihr die Freude, die Antwort selbst zu geben. »Der Transport der beiseite geschafften Kunstgüter ging, wie wir aus Karl Ungers Bericht wissen, von Schwebda nach Waldkappel. Der alte Eisenbahner hat dir, Heinrich, von der Katastrophe auf dem dortigen Bahnhof berichtet und die Annahme vertreten, die Kunstschätze müssten bei der Explosion und in dem nachfolgenden Brand vernichtet worden sein. Anfangs haben ja auch wir diese These für möglich, ja sogar wahrscheinlich gehalten. Nun aber, nicht zuletzt durch die Morde und die damit zusammenhängenden Nachforschungen, müssen wir die Sache anders sehen. Denn es steht ja jetzt wohl eindeutig fest, dass es Leute gab und gibt, die sich an den Kunstschätzen bereichert haben, die ganz offensichtlich die Objekte zu hohen Preisen verkaufen konnten. Das aber bedeutet, dass die Kunstgegenstände nicht auf dem Bahnhof verbrannt sein können, sondern schon vorher unversehrt aus dem Zug herausgeschafft worden sein müssen. Nehmen wir also an, die Lokomotive und der Waggon mit dem gestohlenen Gut sind gar nicht in Waldkappel angekommen, oder wenn doch, dann mit einem leeren Wagen, der bereits zuvor irgendwo auf der Strecke ausgeräumt worden ist. Was uns dann bleibt, ist die Frage, wo unterwegs ist das geschehen? Die beiden Männer, der Oberst und Gottfried, sprechen von einer Entladestelle. Es ist unwahrscheinlich, dass damit der Name eines Ortes gemeint ist. Viel eher ist seine Funktion angesprochen. Hier sollten die Kunstschätze auf die Fahrzeuge Gottfrieds, was immer für Vehikel das gewesen sein mögen, umgeladen und zu einem unweit gelegenen Depot gebracht werden. Das heißt, diese Entladestelle muss irgendwo an der besagten Bahnlinie liegen. In dem belauschten Gespräch wird die schnelle Verfügbarkeit der Fahrzeuge erwähnt – das interpretiere ich so, dass sich ihr natürlicher Standort – ein Schuppen zum Beispiel, ein Steinbruch oder eine Lagerhalle – ganz in der Nähe der Entladestelle befunden haben muss. Was, wenn dieser Fahrzeugunterstand zu Gottfrieds Besitztum gehört, vielleicht sogar mit seinem Wohnort identisch ist? Wenn das kein Anhaltspunkt ist? Im Grunde brauchen wir doch nichts anderes tun, als entlang der Bahnlinie Schwebda – Waldkappel danach zu suchen. Wo allerdings genau die Stelle liegen soll, darüber sind leider keine Angaben gemacht.«

»Donnerwetter, Frau Doktor, das nenne ich Scharfsinn«, lobte der Professor mit einem anerkennenden Nicken. »Großartig, was Sie zwischen den Zeilen alles herausgelesen haben. Das ist schon erstaunlich für...« Er ließ den Satz unvollendet, aber wir wussten auch so, dass es ihm und seiner Generation noch immer schwer fiel, Frauen mit logisch analytischem Denken in Verbindung zu bringen. »Aber leider haben Sie Recht: Wir besitzen nicht den geringsten Hinweis auf die Beschaffenheit und die genaue Lage der Entladestelle. Wird uns wohl nichts anderes übrigbleiben, als die ganze Strecke zwischen Schwebda und Waldkappel abzusuchen. Mein Gott, wenn ich daran denke, das sind gut zwanzig, dreißig Kilometer! Was für eine Maloche!«

Erstaunt schauten wir auf. Franziska konnte sich eine spöttische Bemerkung nicht verkneifen. »Sie in Ihrem Rollstuhl werden ja wohl kaum in der Lage sein, uns bei dieser Arbeit zu unterstützen.«

Ich hielt es für angebracht, mich jetzt einzuschalten.

»Auf der einen Seite haben Sie recht, Herr Professor. Wenn wir blind herumsuchen müssten, hätten wir einiges vor uns. Aber müssen wir das? Ich glaube nicht. Denn mit etwas Nachdenken können wir sehr wohl wissen, in welchem Bahnabschnitt das heimliche Entladen des Waggons stattgefunden haben muss. Man braucht sich nur ein bisschen in den Örtlichkeiten des Streckenverlaufs auszukennen.« Ich stand auf. »Ich hole eine Karte, dann wird schnell klar, was ich meine.«

Kurz darauf beugten wir uns über den auf dem Tisch ausgebreiteten topographischen Wanderführer des Hessischen Landesvermessungsamtes. Die alte Bahntrasse war, schraffiert und damit als stillgelegt gekennzeichnet, in ihrem ganzen Verlauf eingezeichnet. Ich deutete auf Schwebda, den Ausgangspunkt der uns interessierenden Route, und begann, mit dem Finger die Strecke abzufahren. Dabei erläuterte ich: »Hier, der Abschnitt bis Eschwege und dann weiter nach Reichensachsen – das ist dicht besiedeltes und auch stark bewirtschaftetes Land – kaum geeignet also für eine Aktion wie das heimliche Umladen von Diebesgut. Ein Gleiches gilt für den Bereich um die eng beieinanderliegenden Dörfer Oetmannshausen und Bischhausen. Auch dort dürfte ein unbeobachtetes Schleppen von Kisten und Gegenständen schwierig bis unmöglich gewesen sein. Anders jedoch sieht die Sache im anschließenden Streckenteil aus. Immer nah am Waldrand führt die Bahn hier über mehrere Kilometer durch weitgehend unbesiedeltes Gebiet. Das Risiko, beim Ausladen beobachtet zu werden, ist hier nur gering. Deshalb bin ich überzeugt, dass die angesprochene Entladestelle sich nur in diesem Bahnabschnitt befunden haben kann. Ich gehe sogar soweit, die in Frage kommende Strecke noch weiter einzugrenzen. Das hier«, ich zeigte auf die bewaldete Bergkette, die sich im Norden der Bahntrasse bis hinauf zum Meißner zog, »das hier ist wildes, unwegsames Gelände. Damals dürfte es dort kaum mehr als ein paar unbefestigte Forstwege gegeben haben. Außerdem sind die Hänge sehr steil und nur schwer passierbar. Ein Abtransport der Kunstgegenstände in diese Richtung über die Berge ist deshalb ausgesprochen unwahrscheinlich. Auch das Wegfahren der Kisten über die nach Süden laufenden Wege kann ich mir nur schwer vorstellen. Der rege Verkehr auf der parallel zum Bahndamm verlaufenden Reichsstraße mit den zahlreichen militärischen Fahrzeugen damals barg eine viel zu große Gefahr, kontrolliert und entdeckt zu werden. Wenn man das alles berücksichtigt, bleibt eigentlich nur ein einziger, eng begrenzter Abschnitt, an dem das Umladen ohne erhebliches Risiko erfolgen konnte.«

Ich lehnte mich zurück und griff nach meinem Kaffee. Eine Weile betrachtete ich die über die Landkarte gebeugten Köpfe, den Blondschopf meiner Frau und den weißen Haarwuschel des Professors. »Und?«, fragte ich schließlich, »wisst ihr, welchen Abschnitt ich im Auge habe?«

Diesmal war es Professor Seeger, der als Erster den richtigen Schluss aus meinen gerade vorgetragenen Überlegungen zog. »Wenn ich den Streckenverlauf hier betrachte«, er klopfte auf die Karte, »dann muss ich Ihnen Recht geben, Herr Doktor. Das Gebiet um Eschwege ist zu dicht besiedelt, um in ihm gefahrlos und unbemerkt die brisante Last entladen zu können – und hier zwischen Bischhausen und Waldkappel, wo die Bedingungen für die Diebe günstiger sind, gibt es die von Ihnen angeführten topographischen und technischen Schwierigkeiten – bis auf diese eine Stelle...« Mit Nachdruck tippte er drei-, viermal auf das vor ihm liegende Kartenblatt. »Hier, das meinten Sie doch, das Bachtal, das den Gebirgszug unterbricht. Da unten im Talgrund dürfte es befestigte Wege geben, über die man auch schwere Fahrzeuge lenken kann.« Und wirklich, sein Finger zeigte auf genau den Abschnitt, an den ich gedacht hatte.

»Ja«, bestätigte ich, »das ist die Stelle. Ein geradezu idealer Ort für den verdeckten Abtransport illegaler Ware. Zwar sind hier im unteren Bachverlauf zwei, drei Bauernhöfe eingezeichnet, aber trotzdem ist das Tal einsam genug für ein solches Vorhaben.«

»Was für ein Bach fließt denn da?«, fragte Franziska.

Ich drehte die Karte, um den Namen lesen zu können. »Das ist der Rodebach. Er kommt vom Fuß des Meißners und mündet in die Wehre.«

»Und du glaubst, mit diesem Tal den richtigen Ort gefunden zu haben?« Franziskas Stimme klang aufgeregt.

»Ich bin mir ziemlich sicher.«

»Wie sicher?«

»So sicher, dass ich morgen Waldkappel und dem Rodebachtal einen Besuch abstatten werde. Würde mich sehr wundern, wenn sich meine Vermutung nicht bestätigen sollte.«

30

Sich in Waldkappel zurechtzufinden, ist nicht schwer. Das Städtchen ist klein und übersichtlich, rund um die spitztürmige Kirche drängen sich die Häuser, Ämter und Geschäfte. Wer etwas sucht, hat es von dort nicht weit. Ich parkte mein Auto im Schatten des hohen Kirchenschiffs und machte mich zu Fuß auf den Weg zum nahen Rathaus.

Während der Fahrt von Oberhone hierher hatte ich überlegt, wie ich die heutige Erkundung angehen sollte. Natürlich konnte ich gleich ins Rodebachtal fahren und versuchen, die Stelle zu finden, an der die Kunstschätze seinerzeit aus dem Bahnwaggon in Fahrzeuge umgeladen worden waren. Doch dann hatte ich mich dafür entschieden, meine Nachforschungen zunächst in Waldkappel zu beginnen. Es konnte nichts schaden, etwas mehr über die Explosionskatastrophe am Kriegsende zu erfahren. Möglicherweise gab es ja Unterlagen aus dieser Zeit oder auch Abhandlungen, die den kurzen Zug aus Schwebda, die Lokomotive mit ihrem Wagen, erwähnten. Es konnte hilfreich sein zu wissen, ob er überhaupt am Bahnhof angekommen war.

Es war noch früh am Morgen, der ganze Tag lag vor mir. Ich musste nichts überstürzen, das Rodebachtal würde mir nicht weglaufen.

Franziska hatte schweren Herzens davon Abstand genommen, mich nach Waldkappel zu begleiten. »Der Professor – du siehst doch, wie er unter seiner erzwungenen Untätigkeit leidet. Wenn wir ihn alleine lassen, wird er garantiert seinen Rollstuhl verlassen und sich in irgendeine Aktivität stürzen«, hatte sie ihren Verzicht begründet. »Seine Knöchelschwellung ist fast verschwunden, wir sollten keinen Rückfall riskieren. Ich schnappe ihn mir gleich und fahre mit ihm zur Polizei, dann ist er wenigstens beschäftigt. Vielleicht haben die ja inzwischen das Geheimnis um die zwei Worte seines Vaters gelöst.« Also hatte ich mich alleine aufgemacht, unsere gestrigen Überlegungen zu überprüfen.

Die Methode, das Rathaus als erste Anlaufstation zu wählen, als den Ort mit der voraussichtlich größten Übersicht über das Lokalgeschehen, hatte sich in Wanfried bewährt. Warum sollte das nicht auch hier in Waldkappel funktionieren?

Ich betrat die kleine Vorhalle des städtischen Verwaltungszentrums. An der rechten Seitenwand war eine Tafel angebracht, auf der die einzelnen Ressorts den jeweiligen Stockwerken zugeordnet wurden. Aber soviel ich auch suchte, ein Tourist- oder Informationsbüro war nicht aufgeführt. Unschlüssig, an wen ich mich denn nun wenden sollte, griff ich nach einer dort ausliegenden Broschüre, die, ähnlich konzipiert wie die in Wanfried, Besuchern in farbigen Bildern und kurzen Texten die Ortschaft Waldkappel näher bringen sollte. Ich blätterte in den bunten Seiten, las einen Teil der Wortpassagen und erfuhr, dass die kleine Gemeinde mit ihren gerade mal zweitausend Einwohnern schon 1414 die Stadtrechte verliehen bekommen hatte. Damals muss der Ort durch seine bevorzugte Lage an der alten Handelsstraße einiges an Reichtum und Ansehen erworben haben, eine Blütezeit, die bis in die Jahre des dreißigjährigen Krieges reichte, genau bis zum Jahr 1637, als eine verheerende Plünderung die Stadt heimsuchte und dem Wohlstand Waldkappels ein jähes Ende setzte.

Auch das Explosionsunglück von 1945 auf dem Bahnhof

fand eine kurze Erwähnung, ohne mir allerdings mehr zu verraten, als ich nicht schon wusste. Da auch die Durchsicht des übrigen Informationsmaterials keine weiteren Erkenntnisse lieferte, entschloss ich mich, nach jemand zu suchen, der Näheres über die damalige Katastrophe wusste.

Ich klopfte an eine Tür, hinter der laut Namensschild ein Herr Vogel seinen Dienst versah. Ein forsches »Herein!« hieß mich eintreten, eine schwungvolle Handbewegung forderte mich nach der Erwiderung meines Grußes zum Platznehmen auf.

So wie er hieß, genauso sah Herr Vogel aus: Schmalgesichtig mit spitz zulaufender Nase, eng anliegenden Ohren und straff zurückgekämmten, pomadeglänzenden Haaren, die wie die Federn einer regennassen Amsel an seinem knochigen Kopf festzukleben schienen. Sein hagerer, dürrer Körper war von einer sichtbaren Unruhe erfüllt, die langgliedrigen Hände gleichermaßen wie die unter blinzelnden Lidern suchend umherschweifenden Augen ständig in Bewegung. In seiner fixierten Rastlosigkeit erinnerte er an eine vor ihrem Nest auf der Stelle flatternde Schwalbe. »Bitte, was kann ich für Sie tun?«

»Herr Vogel«, sprach ich die ihrem Namen so ähnliche Erscheinung an, »ich weiß gar nicht, ob Sie der Richtige sind, mir zu helfen.«

»Versuchen Sie's einfach und sagen mir, was Sie wollen.«

»Der Grund, weshalb ich hier bin«, begann ich dem höchstens Vierzigjährigen mein Anliegen vorzutragen, »ist der Wunsch, einige Informationen über ein weit zurückliegendes Ereignis einzuholen. Es geht um die Explosion eines Munitionszuges hier auf dem Bahnhof. Fünfundsechzig Jahre ist das jetzt her, da waren Sie noch gar nicht geboren.

Aber Sie werden die Geschichte vom Hörensagen kennen – oder haben darüber gelesen.«

»Ja, ja, natürlich. Jeder in Waldkappel kennt die Geschichte. Was genau wollen Sie denn wissen?«

»Nun, in groben Zügen ist mir bekannt, was damals geschah. Ich weiß von dem Fliegerangriff, von den fürchterlichen Zerstörungen und den vielen Toten. Aber was mir fehlt, sind Angaben über die Situation auf dem Bahnhof unmittelbar vor dem Beschuss – zum Beispiel wie viele Menschen sich auf dem Gelände aufgehalten haben, welche Züge auf den einzelnen Gleisen standen. Auch an Bildern bin ich interessiert, an Fotos, die den Zustand vor dem Angriff und das Ausmaß der Verwüstung nach der Explosion illustrieren.« Fragend sah ich Herrn Vogel an. Die Hoffnung, dass er mir helfen könnte, war allerdings nicht sehr groß.

»Ja, das liegt lange zurück«, bestätigte er meine geringe Erwartung. »Es waren eben Kriegszeiten damals – und dann auch noch das letzte Kriegsjahr. Da wurde vieles zerstört, nicht nur Bahnhöfe, auch Dokumente.« Er kratzte sich am Hinterkopf, ein Zeichen, dass er nachdachte. »Herr Richter müsste darüber Bescheid wissen«, kam er schließlich zu einem von eifrigem Nicken begleiteten Schluss. »Erkundigen Sie sich doch mal bei dem.«

»Richter?« Fragend hob ich Stimme und Augenbrauen.

»Robert Richter, der frühere Lehrer. Er betreut das kleine Museum unten in der alten Schule. Dort werden Sie bestimmt Material über die Katastrophe finden.«

»Und wie, bitte, erreiche ich Herrn Richter?«

»Ich kann versuchen anzurufen, wenn Sie mit ihm sprechen wollen.« Noch im Reden griff seine rechte Hand nach dem Fernsprecher, während die andere im Telefonbuch zu blättern begann.

»Das wäre freundlich von Ihnen«, ermunterte ich ihn und wunderte mich ein zweites Mal nach meinen guten Erfahrungen in Wanfried, wie hilfsbereit und zuvorkommend der öffentliche Dienst sein konnte – ganz anders jedenfalls, als das weitverbreitete Vorurteil uns glauben zu machen versuchte.

Inzwischen lauschte Herr Vogel einer Stimme im Telefon, die ich zwar nicht verstehen konnte, aber in ihrem gleichförmigen Tonfall als Ansage eines automatischen Anrufbeantworters identifizierte.

»Herr Richter ist nicht zu Hause«, verkündete der städtische Angestellte. Schulterzuckend hielt er den Hörer hoch. »Dem Band ist zu entnehmen, dass er verreist ist und in zwei Tagen wieder zurück sein wird.« Er legte das Telefon auf die Ladestation. »Pech, würde ich sagen. Da müssen Sie sich eben zwei Tage gedulden.« Das Bedauern stand Herrn Vogel ins Gesicht geschrieben, heftig zuckten seine Mundwinkel, die Lider hoben und senkten sich.

Ich stand auf. »Danke, dass Sie mir zu helfen versucht haben. Aber so lange kann ich nicht warten. Ich brauche die Auskünfte noch heute.«

»Und für was, bitte, wenn ich das überhaupt fragen darf?«

»Ich muss etwas überprüfen – im Zusammenhang mit dieser Katastrophe damals«, umging ich seine Frage. »Dann muss es eben so gehen, ohne die Angaben.« Ich begann, mich auf die Tür zuzubewegen.

»Warten Sie«, mit einer schnellen Bewegungsprang Herr Vogel auf. Eilig kam er um seinen Schreibtisch herum. Vor einem halbhohen Wandregal, vollgestopft mit Büchern und Ordnern, baute er sich auf. »Ich habe da etwas, was möglicherweise ein Gespräch mit Herrn Richter ersetzen kann.«

Kurz suchte er, dann griff er nach einem dünnen gehefteten Band. »Hier, da dürfte all das drinstehen, was Sie brauchen.« Wild wedelte er mit dem Buch vor meiner Nase herum. Mit schnellem Blick überflog er das Inhaltsverzeichnis, fand die Seite und schlug sie auf. »Wusst ich´s doch, hier ist der Beitrag über das große Unglück. Herr Richter hat ihn für diese Festschrift zum 125-jährigen Jubiläum der hiesigen Feuerwehr verfasst – quasi als Musterbeispiel eines Katastropheneinsatzes allergrößten Ausmaßes. Hier, sehen Sie selbst, sogar Bilder sind dabei.«

Wie ein Forscher, der einen langgesuchten Eintrag nun endlich in einem Buch gefunden hat, hielt er mir das Bändchen gestikulierend entgegen. »Hier dürfte ziemlich alles drinstehen, was man über das damalige Unglück weiß. Herr Richter ist sehr belesen in diesen Dingen.«

Ich nahm ihm das Büchlein aus der Hand und hielt es mir vor die Augen. Schon wieder ein Jubiläum und eine Festschrift, aus der ich Nutzen ziehen sollte. Ich war drauf und dran, Abbitte zu leisten für meine Annahme, die Gilde der Verfasser solcher Chroniken verbrächte das halbe Leben mit dem Sammeln und Zupapierbringen von Nichtigkeiten, die keinen Menschen interessierten. Erfuhr ich doch gerade am eigenen Leib, wie nützlich ihre Arbeit gelegentlich sein konnte.

»Leider kann ich Ihnen das Buch nicht mit nach Hause geben, da es zum festen Bestand dieses Amtes gehört. Aber wenn Sie wollen, lesen Sie sich doch hier den Beitrag in Ruhe durch. Sie können sich gerne dorthin setzen.« Mit zwei, drei eiligen Schritten war er bei einer kleinen Sitzbank, die hinter einem runden Tischchen in der Ecke des Raumes stand. »Kommen Sie, nehmen Sie Platz«, winkte er mich heran. »Ich vermute mal, Sie würden zu einem Kaffee nicht nein sagen. Ich bin gleich wieder zurück.« Ohne eine Antwort abzuwarten, verließ er mit federndem Hüpfen das Zimmer. Mich hätte nicht gewundert, wenn er hinausgeflattert wäre.

Also gut, studierte ich eben Herrn Richters Beitrag hier. Schließlich war ich nach Waldkappel gekommen, um so viel wie möglich über das große Unglück zu erfahren.

Gerade wollte ich beginnen, als Herr Vogel mit dem Kaffee zurückkam. Er stellte die Tasse vor mich auf den Tisch. »Ich lasse Sie jetzt ein Viertelstündchen allein.« Er deutete zur Zimmerdecke. »Der Bürgermeister will mich sprechen. Es wird nicht lange dauern.«

Als er gegangen war, nahm ich erst einmal einen Schluck. Der Kaffee war gut. Wie auch anders in deutschen Amtsstuben, in denen auf kaum etwas mehr Sorgfalt verwendet wird, als auf die Zubereitung dieses Getränks. Einen Augenblick genoss ich den Kaffee, dann griff ich nach der Festschrift und fing an, das zu lesen, was der ehemalige Lehrer zusammengetragen hatte.

Sein Bericht begann einen Tag vor dem 31. März 1945, dem Tag des schrecklichen Ereignisses, denn schon am Vortag, dem Karfreitag, hatten Truppen der alliierten Streitkräfte mit ihren vorauseilenden Fliegerverbänden den Bahnhof Waldkappel beschossen. Dabei war ein auf den abfahrenden Zug wartender Zivilist tödlich getroffen worden. Warum der Angriff am Folgetag, dem Ostersamstag, um soviel verheerender war als der erste, das ergab sich aus der Beschreibung der Ausgangslage auf dem Bahngelände am Tag der Katastrophe.

Ich war sofort hellwach, als ich das Folgende las, denn es war die Aufzählung der Züge, die bis 16.55 Uhr, dem Zeitpunkt des Unglücks, auf den Gleisen des Bahnhofs gestanden hatten. Das war es doch, was ich wissen wollte. Konzentriert ging ich den Absatz durch, las von dem auf Gleis 1 abgestellten Munitionszug mit seinen 35 gedeckten Güterwagen, alle gekennzeichnet durch ein großes »P« und mit roten Fähnchen versehen. Er war am Vorabend aus Hirschhagen, einer Produktionsstätte der Dynamit AG, in Waldkappel eingetroffen und enthielt in Kisten verpackte hochexplosive Zünder für VA-Raketen.

Auf Gleis 2 nebenan standen zwei leere Personenzüge, die Arbeiter nach Kassel bringen sollten, denen aber die Lokomotiven fehlten. Aus dem gleichen Grund lagen auf Gleis 3 zwei Kohlenzüge fest. Außerdem befanden sich auf der Südseite des Bahnhofs noch zwei Güterzüge und ein Räumungszug. Von einer Lokomotive mit einem einzelnen Waggon war dagegen nichts erwähnt.

Ich ließ die Festschrift sinken. War das die Bestätigung für meine Vermutung, dass der Wagen mit dem Raubgut den Bahnhof Waldkappel gar nicht erreicht hatte? War er also doch schon vorher zum Halten gebracht und seine Fracht entladen worden? Aber wo, um alles in der Welt, waren dann Lok und Wagen geblieben?

Natürlich war es auch möglich, dass dieser Minizug einfach zu unbedeutend war, um registriert und beschrieben zu werden. Dass er zwar irgendwo auf dem Bahngelände gestanden hatte, aber in der Aufzählung der Züge keine Beachtung fand.

Ich las den Artikel zu Ende, der sich jetzt hauptsächlich mit dem Fliegerangriff am Ostersamstag befasste, mit dem unglückseligen Beschuss des Munitionszuges und der folgenschweren Explosion. Ich erschauerte, als ich von der Gewalt der Detonation, der Feuersbrunst vor Ort und der zerstörerischen Wirkung der Druckwelle auf die Häuser der

Stadt erfuhr. 25 000 Kubikmeter Erdreich waren in die Luft geschleudert worden, 3 800 Meter Gleise verwüstet, Bahnhof und angrenzende Bauten dem Erdboden gleichgemacht. Und all die vielen Menschen, die in diesem Inferno sterben mussten.

Ein Foto war an dieser Stelle in den Bericht eingeschoben, ein Bild des imposanten Stationsgebäudes noch vor der Zerstörung. Reisende, die auf ihre Züge warteten, standen davor, auch Bedienstete, die sich vor dem Fotografen in Position gestellt hatten. Ein Frösteln lief mir über den Rücken, als ich an jenen letzten Märztag des Jahres 1945 dachte, an die Katastrophe, die über die Menschen hier, ihre Anlagen und Häuser hereinbrechen sollte.

Gerade war ich mit dem Lesen fertig, hatte den Kaffee ausgetrunken, als Herr Vogel, augenscheinlich beflügelt von dem bürgermeisterlichen Gespräch, zur Tür hereinschwebte.

»Ach Sie – ja…«, stutzte er, bis er sich erinnerte, dass der fremde Mann in seinem Zimmer von ihm selbst zum Bleiben aufgefordert, ja sogar mit einem Kaffee versorgt worden war. »Ich sehe, Sie haben ausgetrunken.« Seinem Blick in die leere Tasse folgte der schnelle Griff an den Henkel. Schon war er auf dem Weg nach draußen.

»Bitte, Herr Vogel«, rief ich ihn zurück, »keinen Kaffee mehr.« Ich erhob mich und ging ihm hinterher. »Was ich zu finden gehofft habe, habe ich in dem Bericht gefunden.« Oder auch nicht gefunden, ergänzte ich im Stillen. »Vielen Dank jedenfalls für Ihre Hilfe.« Ich streckte ihm die Hand hin.

»Wenn Sie aber noch weitere Informationen brauchen...?«

»Nein, im Moment nicht«, wehrte ich ab. Leicht legte sich seine schmale Hand in die meine, ich hatte Angst, sie zu drücken. »Auf Wiedersehen, Herr Vogel.« Ich wendete mich zum Gehen. »Und nochmals, vielen Dank.«

Vor dem Rathaus blieb ich für einen Moment unentschlossen stehen. Was hatte ich bisher erreicht? Eigentlich nichts. Eine Lokomotive mit einem einzelnen Wagen war in dem Bericht nicht aufgetaucht, aber ein Beweis für ihr Nichtankommen in Waldkappel war das noch lange nicht. Was konnte ich hier noch weiter tun? Oder sollte ich mich jetzt gleich auf die Suche nach der mysteriösen Entladestelle machen? Zweifellos wäre das das Erfolgversprechendste.

Doch dann in einer plötzlichen Eingebung, mehr dem Nachgeben eines Gefühls als einem klaren Gedanken, lenkte ich den Schritt in die dem Standort meines Autos entgegengesetzte Richtung. Ich schaute zum Himmel. Die Sonne stand inzwischen so hoch, dass sie über die Dächer hinweg die Bürgersteige erreichte. Es würde heute wieder warm werden, das war zu erwarten, dieser August verwöhnte uns mit vielen schönen Tagen.

Der Straßenzug, dem ich nach Norden folgte, war schnurgerade, die Seitenstraßen kreuzten meinen Weg im rechten Winkel. In der Rathausbroschüre hatte ich gelesen, dass 1854 ein großer Brand nahezu die gesamte Stadt in Schutt und Asche gelegt hatte. Der spätere Wiederaufbau der Gebäude und Straßenfluchten war einem symmetrischen Grundriss gefolgt, der bis heute das Stadtbild prägt. Eigentlich schade, bedauerte ich, ein bisschen fehlten sie schon, die engen kuscheligen Gassen und die krummen Häuser der alten Zeit.

Die ehemalige Bahnstation Waldkappel lag einen halben Kilometer außerhalb der Stadt. Auf einer von Linden gesäumten, löchrigen Straße führte der Weg hinauf zum Bahngelände. Es war ein beklemmendes Gefühl, nach der gerade gelesenen Schilderung jetzt den Ort der damaligen Verwüstung zu betreten. Ein nüchterner, verklinkerter Flachbau duckte sich unscheinbar dort, wo früher einmal das repräsentative, zweistöckige Stationsgebäude gestanden hatte. Das rechteckige Haus machte, wie die ganze Umgebung, einen verkommenen und vernachlässigten Eindruck. Die Scheiben waren zum Teil geborsten, einige durch Pappe ersetzt, überall lag Unrat und Müll herum.

Von den Folgen der damaligen Detonation war natürlich nichts mehr zu sehen. Man hatte den Bahnbetrieb nach dem Krieg sehr schnell wieder aufgenommen, hatte die Explosionsschäden gründlich beseitigt. Ein Blick auf die Vielzahl der nun von Gestrüpp und Gebüsch überwucherten Schienen ließ die frühere Bedeutung des kleinen Bahnhofs erahnen. Lebhaft musste es damals hier zugegangen sein.

Vielleicht lag es am Zusammentreffen dieser Vorstellung mit meiner durch die Lektüre des Morgens ausgelösten Betroffenheit, dass ich jetzt beim Gang über das menschenleere, verödete Terrain das Empfinden hatte, Tod und Verwüstung lägen noch immer auf den verlassenen Gleisen.

Schnell verließ ich das trostlose Gelände. Ich spürte, es wurde Zeit, ins Rodebachtal aufzubrechen.

31

Gleich hinter der Brücke bog ich rechts ab und folgte dem neben der Bundesstraße entlangführenden asphaltierten Weg. Linkerhand verlief der Bahndamm, der seinerzeit zu einer beachtlichen Höhe aufgeschüttet worden war, um die Unebenheiten des Geländes, seine Vertiefungen und Erhebungen, auszugleichen. Es war für mich wichtig, sowohl den Bahndamm als auch die Straße im Auge zu haben, wenn ich erkennen wollte, wo das Umladen der Diebesfracht damals unbeobachtet stattgefunden haben konnte.

Auf dem ersten Kilometer meines Weges von Waldkappel her war der etwa hundert Meter entfernte Damm von der Straße aus voll einsehbar. Es war also unwahrscheinlich, dass man hier, ungeschützt vor den Blicken der Vorbeifahrenden, den Waggon entladen hatte. Ich setzte meine Fahrt fort und hielt Ausschau nach einem geeigneteren Ort.

An der Häufung der Erlen, Ulmen und Weiden erkannte ich, dass ich mich dem Rodebach näherte. Dort, wo das kleine Gewässer in einem Durchlass unter der Straße verschwand, stellte ich das Fahrzeug ab. Während ich mir die Wanderschuhe anzog, blickte ich mich um. Ein geteerter Weg lief talaufwärts auf den Bahndamm zu und verschwand in der halbrunden Öffnung einer Unterführung. Auch der Bach schien durch diesen Wegtunnel hindurchgeleitet zu werden.

Mir fiel auf, wie verändert jetzt das Gelände war. Aus dem bisherigen welligen Hügelland erhob sich nun am Ostrand des Bachtals ein kleiner Berg. An seinem steilen, bewaldeten Hang endete, unmittelbar nach der Unterführung, der Bahndamm. Die Zuggleise schienen in den Berg hineinzulaufen. Von meinem Standort und auch von der Straße aus war es unmöglich, diesen Bereich einzusehen. Wie wurde der Schienenstrang weitergeführt? Gab es einen Tunnel, der den Berg durchquerte? Ich erkannte schnell, dass das ein Ort war, an dem man heimlich agieren konnte. Nur jemand, der zufällig da hinaufgestiegen wäre, hätte beobachten können, was man dort trieb. War das vielleicht schon die Stelle, die ich suchte?

Ich begann, den von hinten an die Höhe heranführenden Weg zügig bergan zu gehen. Eine erwartungsvolle Erregung beflügelte meinen Schritt und ließ mich schon bald auf dem Kamm des abschüssigen Talhangs ankommen. Wieder sah ich mich um. Der Weg machte jetzt eine scharfe Biegung, bevor er sich in den Getreide- und Rübenfeldern verlor.

Ich verließ den Hauptweg und folgte einem breiten, mit Pflanzen überwucherten Pfad. Ein Geländer tauchte plötzlich vor mir auf. Neugierig ging ich näher und staunte nicht wenig, als vor mir eine kleine Brücke auftauchte. Vorsichtig betrat ich die brüchigen, halbvermoderten Holzbohlen und musste aufpassen, nicht mit dem Fuß in eines der vielen Löcher zu treten. Ich lehnte mich über das Metallgeländer und sah hinunter in eine enge, fünf, vielleicht auch sechs Meter tiefe Schlucht, auf deren Grund ich den verrosteten Schienenstrang der Bahnlinie erkennen konnte.

Schnell begriff ich, auf was ich schaute. So wie man den Damm hatte errichten müssen, um es der Bahn möglich zu machen, Täler und Geländemulden zu überqueren, so hatte hier an dieser Stelle, an der der Steilhang der Trasse den Weg versperrte, notwendigerweise ein Einschnitt in den Berg hineingegraben werden müssen, um die Gleise auf einem gleichen Niveau zu halten.

Ich ließ den Blick an dem Gleiskörper entlangwandern, konnte den Schienen unter mir mit den Augen solange folgen, bis sie hinter einer Kurve verschwanden.

Und dann, zwar erwartet, aber dennoch unvermittelt und plötzlich, sah ich den Weg, sah ihn sich heraufschlängeln an dem der Straße abgewandten Nordhang bis dicht an die Stelle, an der der Gleiseinschnitt in den Berg begann. Woher genau er kam, war von meiner Position aus nicht zu erkennen. Um den Ort seines Ursprungs einsehen zu können, blieb mir nichts anderes übrig, als hinunter zu den Schienen zu klettern.

Auf einem abgeernteten Stoppelfeld ging ich soweit an die Schlucht heran, dass mir ein Hinabsteigen möglich wurde. Zwar war das Kraxeln beschwerlich, aber doch weitgehend gefahrlos. Teils schlitterte ich, teils rutschte ich auf dem Hosenboden die laubbedeckte Böschung hinunter. Schließlich stand ich an dem Ort, von dem der Weg nach unten führte.

Vom Rand der Schotteraufschüttung folgte ich mit dem Blick den vielen Kurven abwärts bis zum Grund des Tales. Ein Glitzern wie von im Wasser gespiegeltem Licht drang aus der Tiefe zu mir herauf. Doch durch das dichte Laub der Bäume war es unmöglich, die Ursache dafür zu erkennen. Ich tat ein paar Schritte seitwärts, dorthin, wo der Wald lichter war. Als ich in die Knie ging und an den Stämmen vorbeiblickte, sah ich den Grund für das Flimmern dort unten: Die Wasserflächen dreier kleiner Weiher – Fischteiche vermutlich – schimmerten im Schein der Mittagssonne zu mir herauf. Einen Augenblick betrachtete ich das stille Bild, die schiefe Hütte mit dem Zaun, die Bank am Ufer des größten der kleinen Seen, von dessen Mitte, aus einer winzigen Insel herauswachsend, eine mächtige Erle ihren weiten Schatten auf das ringsum funkelnde Wasser legte. Dicht führte der Weg jetzt an den Teichen vorbei, befestigt nun und verbreitert, um kurz darauf in das schmale, die Tunnelunterführung gerade verlassende Sträßchen einzumünden.

Ich hob den Kopf und begleitete mit den Augen den sich durch die Wiesen windenden Bach. Auch der Asphaltweg folgte dem Wasserlauf, wo sonst hätte er Platz finden sollen in dem engen Talgrund. Mein Blick blieb an einem Haus hängen. In einiger Entfernung, fünfhundert Meter vielleicht oder auch mehr, lag es dicht neben Weg und Bach. Ich bewegte den Kopf und versuchte, Genaueres sehen zu können. Immerhin erkannte ich, dass das Haus nicht allein stand, sondern von einigen flachen, einen großen Hof umschließenden Gebäuden umgeben wurde. Stallungen, nahm ich an, vielleicht auch Lagerraum für die geerntete Feldfrucht. Ein Bauernhof also, auf den ich blickte. Wahrlich keine schlechte Lage inmitten saftiger Wiesen und fruchtbarer Äcker.

Ich kehrte zu der Stelle zurück, an der der Weg den Gleiskörper erreichte. Dabei versuchte ich mir auszumalen, wie das Entladen der Kunstschätze seinerzeit vonstatten gegangen sein könnte: Wahrscheinlich hatte der Oberst, oder war es Gottfried, dem Lokführer, jenem Georg Siebert, der damals die Vertretung für Karl Unger übernommen hatte, den Befehl erteilt, hier an dieser Stelle den Zug zum Halten zu bringen – wobei offen blieb, ob die Anordnung während der Fahrt erfolgt war oder ob der Eisenbahner schon vorher den Ort seines Anhaltens beschrieben bekommen hatte und die Fahrzeuge Gottfrieds bereits hier auf ihn warteten. Denn dass dieser Ort mit der als Entladestelle bezeichneten Lokalität identisch war, daran hatte ich inzwischen nicht mehr den geringsten Zweifel.

Ich stellte mir vor, dass die beiden Männer die Kunstgegenstände allein aus dem Waggon herausgeholt und auf die bereitstehenden Fahrzeuge geladen hatten. Jeder zusätzliche Helfer wäre ein Mitwisser gewesen, dem möglicherweise ein Anteil des Diebesguts zugestanden hätte. Dass der Transport der Kisten zu zweit gut zu bewältigen war, hatten ja Konrads Vater und Wilhelm damals im Tunnel bewiesen.

Ob der Lokführer beim Umladen mitgeholfen hatte, war unklar. Wahrscheinlich hatte man ihn nicht eingeweiht in das, was hier vorging.

Aber es war doch schlechterdings unmöglich, dass der Mann nichts von dem mitbekommen hatte, was um ihn herum ablief. Er musste sich doch einen Reim darauf gemacht haben, dass er mitten auf der Strecke zum Anhalten veranlasst worden war, dass draußen Fahrzeuge standen, die offensichtlich heimlich die Ladung des Waggons übernahmen. Ich erschrak, als mir die schreckliche Konsequenz meiner Überlegung klar wurde: Für die beiden Diebe und Mörder hatte es im Grunde nur eine Möglichkeit gegeben, sich der Mitwisserschaft des Lokomotivführers zu entledigen. Sie mussten ihn verschwinden lassen, ihn für immer zum Schweigen bringen. Wo und wie sie diese Erfordernis in die Tat umgesetzt hatten, wird vielleicht ewig ein Geheimnis bleiben. Genauso wie die Frage, was mit dem Zug geschehen ist. Denn wenn man den Eisenbahner tatsächlich an Ort und Stelle umgebracht hatte, wer hatte dann die Lok mit dem Wagen aus der verräterischen Entladezone herausgefahren? Es war nicht anzunehmen, dass der Oberst oder auch Gottfried in der Lage waren, eine Lokomotive in Bewegung zu setzen und zu steuern.

Nach so vielen Jahren und vor allem nach dem chaotischen Durcheinander, das die Explosion auf dem Bahnhof hinterlassen hatte, war die Wahrscheinlichkeit gleich null, diesem Mysterium heute noch auf die Spur zu kommen. Man hatte sich damals zu schnell mit der Version abgefunden, Lokführer und Zug seien in Waldkappel in die Luft geflogen.

Zwei, drei Minuten stand ich einfach nur da, an der Stelle, an der, da war ich sicher, vor über sechs Jahrzehnten ein

Eisenbahnwaggon in aller Heimlichkeit entladen worden war. Ich überlegte, was mir das Auffinden des Ortes gebracht hatte. Waren wir dadurch entschieden weitergekommen bei der Entschleierung des Rätsels um diesen Gottfried und die verschwundene Kunst?

Immerhin war meine Vermutung von gestern bestätigt worden, der Ort lokalisiert, auf dessen Umkreis sich die Suche von nun an fokussieren konnte. Vorrangig galt noch immer, Gottfrieds Identität aufzudecken. Mit der jetzigen Kenntnis, dass er hier in dieser Gegend gewirkt, vielleicht auch gelebt hatte, war mir nun ein Wissen in die Hand gegeben, das versprach, zum Erfolg zu führen.

Ein Bild erschien vor meinen Augen: Lastwagen sah ich, alte Hanomag und Deutz, die mit gewichtiger Ladung den steilen Hang hinunterrollten, auch Traktoren, vollgepackt mit Kisten und Kästen. Aber wohin, zu welchem Ziel waren sie unterwegs?

Noch einmal ging ich hinüber zu der Stelle, von der ich nach unten auf die Teiche und die schmale Straße blicken konnte. Auch wenn der Talweg damals noch nicht geteert gewesen sein dürfte, war er doch bestimmt so befestigt, dass er mit schweren Lasten befahren werden konnte. Außerdem, es war der einzige Weg, der im Talgrund verlief und somit auch die einzige Möglichkeit, die verpackten Kunstgüter abzutransportieren.

Ich ließ die Augen den asphaltierten Fahrweg entlang wandern, bis ich das Haus wieder in den Blick bekam. Jetzt wurde deutlich, dass es sich tatsächlich um ein landwirtschaftliches Gehöft handelte, denn gerade fuhr ein Traktor mit einem angehängten Heuwagen auf den Hof. Auch ein paar Kühe sah ich hinter dem Haus – sie waren mir vorher nicht aufgefallen.

Etwas gab mir zu denken. Wenn, wie ich jetzt mit ziemlicher Sicherheit annahm, das Raubgut über den Teerweg abgefahren worden war, dann mussten die Fahrzeuge den Bauernhof in einer Entfernung von nur wenigen Metern passiert haben. Für die Bewohner war es, ob sie wollten oder nicht, unvermeidlich, dass sie etwas davon mitbekamen, denn immerhin rollten große Wagen mit einer voluminösen und sperrigen Last am Haus vorbei – das konnte man weder überhören noch übersehen. Was für ein Risiko waren da Gottfried und der Oberst eingegangen? Was, wenn die Leute vom Hof darüber gesprochen hätten, wenn sie erzählt hätten von den vorbeifahrenden Fahrzeugen mit ihrer auffälligen Fracht?

Ich schüttelte den Kopf über soviel Unbedacht. So ideal man den Ort des Entladens ausgesucht hatte, umso unverständlicher war die Wagnis, das mit der Wahl des Fahrwegs eingegangen wurde.

Noch einmal schaute ich das Tal hinauf zu dem Haus und dem Weg, der unmittelbar an dem Begrenzungszaun des Gehöfts entlangführte. Diese Unvorsichtigkeit beim Abtransport der Kisten – das passte so gar nicht zu der ansonsten sorgfältig geplanten und durchgeführten Diebstahlaktion.

Und dann, auf einmal, enthüllte sich in einem plötzlichen Begreifen die Diskrepanz, die mich so verwundert hatte. Wie im Theater, wenn der Vorhang aufschwingt und den Blick auf die Bühne freigibt, formte sich die Szene vor meinen Augen: Wieder sah ich Fahrzeuge sich bewegen, Traktoren jetzt mit Wagen im Schlepptau. Einer nach dem anderen kam herausgefahren aus der Einfahrt des Gehöfts und schwenkte auf den Talweg ein. Ich sah sie heranrollen, sah sie abbiegen zu den Teichen und dann hinaufklettern zum Bahndamm, dorthin, wo der Zug stand mit dem schon geöffneten Waggon, zum Umladen bereit.

Natürlich, so musste das damals gewesen sein, so und nur so war das Ganze zu erklären. Was hatte der Oberst von Gottfried gefordert? Eine schnelle Verfügbarkeit seiner Fahrzeuge unweit der Entladestelle. Der Schluss aus dem damals Gesagten und meinen jetzigen Beobachtungen drängte sich geradezu auf. Nur dann ergab sich ein Sinn aus dem Wagnis, den Transport der heißen Ware so nah an einem bewohnten Gebäude vorbeizuführen, wenn das Risiko des Entdecktwerdens überhaupt kein Risiko darstellte, wenn es nicht die geringste Gefahr bedeutete, von den Bewohnern des Bauernhofs beobachtet zu werden.

Aber wie konnte das sein?, fragte ich mich und wusste längst die Antwort: Doch nur dann, wenn die Leute auf dem Gehöft in den Kunstdiebstahl verwickelt waren, wenn, um es auf den Punkt zu bringen, der Bauernhof damals von Gottfried selbst bewohnt war oder sich sogar in seinem Besitz befand.

Gelähmt von dieser Erkenntnis verharrte ich an meinem Platz und starrte gebannt auf das Haus – als könnte ich Gottfried dort herausspazieren sehen, den Oberst im Gefolge, beide auf dem Weg zu dem Depot, zu dem sie die Kunstschätze gebracht hatten. Das brachte mich in die Gegenwart zurück. Wo mochte dieses im Brief von Konrads Vater beschriebene Depot liegen? Und was war mit den Objekten, dem Bernsteinzimmer und den anderen entwendeten Gegenständen? Lagen sie noch immer dort?

Ich hielt es für nicht sehr wahrscheinlich, dass die Kunstgüter innerhalb des Bauernhofes versteckt worden waren. Das wäre viel zu unsicher gewesen. Man musste damals in den Spätkriegsjahren jederzeit mit Beschlagnahmungen und Zwangsunterbringungen rechnen, da gab die Aufbewahrung an einem hausfernen, neutralen Ort die größere Gewähr, das Diebesgut verborgen halten zu können.

Ratlos schaute ich mich um, als suchte ich jemanden, der mir weiterhelfen konnte. Aber es war niemand da, den ich hätte fragen können, was ich nun machen sollte. Unschlüssig zog ich mein Handy aus der Tasche, überwand meine Abneigung, in der freien Natur zu telefonieren, und wählte die Nummer in Oberhone. Während ich dem Rufzeichen lauschte, befiel mich die angstvolle Befürchtung, der Professor könnte an den Apparat gehen. Schon wappnete ich mich, seine salbungsvolle Vorstellungsrede über mich ergehen zu lassen, als mich Franziskas Stimme am anderen Ende der Leitung empfing.

»Hallo, Heinrich, bist du noch in Waldkappel?«, begrüßte sie mich mit einer Frage.

»Nein, da war ich. Jetzt stehe ich hier oben auf dem Bahndamm, exakt an der Stelle, an der damals der Waggon ausgeladen wurde – und unter mir liegt Gottfrieds Haus.«

»Gottfrieds Haus?« Ich sah meine Frau vor mir, wie sie versuchte, mit geweiteten Augen diese Mitteilung zu verdauen. Schnell gab ich ihr eine Schilderung meiner Aktivitäten an diesem Morgen, begann mit meinem Herumstöbern in der Explosionshistorie, erzählte von dem Besuch im Rathaus und der Visite auf dem Bahnhof, berichtete von der Entdeckung der Entladestelle und dem ins Tal führenden Weg, der mich letztlich zu dem Bauernhof geführt hatte.

»Und jetzt stecke ich in einem Dilemma. Wie soll ich weitermachen? Soll ich hinuntergehen ins Tal, bei den Leuten klingeln und sie zu der alten Geschichte befragen? Sie womöglich konfrontieren mit dem, was ich schon weiß? Aber vielleicht ist das ja ein Fehler. Ich könnte sie damit warnen und sie vorsichtiger werden lassen – sollten sie wirklich in diese Sache verstrickt sein. Dazu wollte ich gerne deine Meinung hören. Man ist so verdammt einsam mit seinen Entscheidungen hier oben im Wald.«

Franziskas Seufzen mochte meiner Einsamkeit gelten, vielleicht aber auch der Fragestellung, die aus der Ferne zu beurteilen nicht einfach war.

»Tja«, verschaffte sie sich eine Pause zum Nachdenken, »das muss gut überlegt werden. Wie du schon sagtest, wenn du hingehst und dich zu erkennen gibst als jemand, der an der Aufklärung der alten Geschichte arbeitet, dann kann es dir passieren, dass die Leute dich auf Granit beißen lassen und auf Tauchstation gehen. Oder schlimmer noch, dass sie dich bedrohen oder sogar Gewalt gegen dich anwenden. Was ist, wenn du plötzlich vor dem Mörder von Stollhausen stehst, der möglicherweise auch der Mörder des alten Unger ist? Das könnte gefährlich werden, lebensgefährlich. – Nein, du solltest erst Erkundigungen über die Bewohner des Hofs einziehen – sowohl über die jetzigen als auch die früheren. So etwas wie ein Einwohnermeldeamt wird es ja wohl in Waldkappel geben. Frag dort nach, dann siehst du vielleicht schon klarer und weißt, mit wem du es zu tun hast.«

»Ja, wahrscheinlich hast du recht. Wir sollten mit Fingerspitzengefühl vorgehen und vor allem mit Vorsicht, anstatt mit der Tür ins Haus zu fallen. Ich glaube, es ist wirklich das Beste, wenn ich deinem Vorschlag folge und erst einmal nach Waldkappel fahre.« Erleichtert, dass mir meine kluge Frau die Entscheidung abgenommen hatte, erkundigte ich mich: »Und was treibt ihr so den ganzen Morgen, der Professor und du?«

»Also erst einmal«, spielte Franziska die Pikierte, »treiben wir gar nichts. Wenn du aber darauf anspielst, zu erfahren, was wir heute zusammen unternommen haben, dann will ich dich gerne unterrichten.« Das Knarren ihres Stuhles verriet, dass sie sich zurücklehnte. Offenbar hatten sie viel unternommen.

»Also – zuerst einmal habe ich den Professor zum Friseur fahren müssen. Er wollte sich unbedingt die Haare schneiden lassen. Ich glaube, er wird eitel auf seine alten Tage. In die gleiche Richtung ging auch sein Wunsch, sich ein neues Jackett zu kaufen. Folglich habe ich ihn im Rollstuhl durch die Fußgängerzone geschoben und in die Schlossgalerie begleitet. Mein Gott, bis ich ihn dann durch die engen Gänge in die Herrenabteilung bugsiert hatte…« Franziska stöhnte in Erinnerung an das Manöver. »Aber schließlich und endlich haben wir dann doch noch ein Jackett für ihn gefunden.«

»Schließlich und endlich?«

»Was den Kleiderkauf angeht, ist Professor Seeger alles andere als ein richtiger Mann.«

»Wie meinst du das?«

»Wenn ich mit dir eine Jacke kaufen ginge, dann würdest du, wie übrigens die meisten Männer, die erste nehmen, die einigermaßen passt – nur um so schnell wie möglich wieder aus dem Kaufhaus herauszukommen.«

»Worauf du dich verlassen kannst!« Mich schauderte, wenn ich an das Einkaufen von Kleidern dachte. Meist umging ich den ungeliebten Besuch eines Konfektionsgeschäftes, indem ich mir von meiner Frau etwas zur Auswahl nach Hause bringen ließ. »Also hat er sich ein Jackett gekauft?«

»Ja, nachdem er vierzehn anprobiert hatte. Fast eine Stunde waren wir im Kaufhaus.«

»Na, das war ja dann wohl ein erfüllter Morgen für

dich«, bedauerte ich meine Frau, ohne ironisch klingen zu wollen. »Aber wolltest du nicht mit ihm zur Polizei?«

»Ja, da waren wir dann auch noch.« Franziska ächzte. Ich konnte es ihr nachempfinden, ich hatte den Eigenwillen des Professors selbst erlebt. »Das Ergebnis dort war allerdings enttäuschend. Die Polizei tastet bei der Deutung der beiden Worte genauso im Dunkeln wie wir. Lediglich eine zusätzliche Kleinigkeit haben sie auf dem Zettel entdecken können: In dem Wort Herbst trennt ein Punkt die ersten vier Buchstaben von den letzten zwei. Mit bloßem Auge war das Satzzeichen nicht mehr zu erkennen, so abgeblasst ist es im Laufe der Jahre.«

»Herb-Punkt-st«, probierte ich, »was soll das bedeuten? Haben sie eine Erklärung dafür?«

»Nein. Ich sagte ja, die fischen im Trüben wie wir.«

»Also gut, mache ich mich jetzt auf den Weg nach Waldkappel. Wenn ich etwas Neues weiß, rufe ich dich an.«

Ich beendete das Telefonat und steckte mein Handy ein. Das Gespräch hatte mir gut getan. Das Gefühl, nicht allein zu sein in dieser entscheidenden Phase des Ermittelns, half mir, die beklemmende Spannung zu lösen, die die Entdeckungen der letzten Minuten und die Ahnung, der Aufklärung der alten Geschichte sehr nahe zu sein, in mir hatten entstehen lassen.

Zum letzten Mal sah ich in das unter mir liegende Tal, schaute über die das Bachufer säumenden Bäume hinweg zu dem Bauernhof, Gottfrieds Haus. Es schien, als duckten sich die alten Hofgebäude, nun ihrer Anonymität beraubt, unter meinem Blick, als spürten sie meine Entschlossenheit, ihnen ihr Geheimnis zu entreißen. Voller Tatendrang drehte ich mich um und machte mich auf den Rückweg hinunter zu meinem Auto.

32

Herr Vogel verließ gerade sein Arbeitszimmer, als ich das Rathaus betrat. Zwei unter die Arme geklemmte Ordner gaben ihm den Anschein, als spreizte er die Flügel, während er in freudigem Erkennen auf mich zuschwebte. »Also wollen Sie doch noch etwas wissen«, gestikulierte er, seiner Hände beraubt, mit dem Körper. »Warten Sie, ich bin gleich wieder zurück.« Er hob die Arme und deutete mit dem Kopf auf seine Last. »Ich will das hier nur schnell in die Registratur bringen.« Leichtfüßig flog er die Treppe hinauf. Flog? Noch einmal schaute ich hin, genauer jetzt. Erleichtert stellte ich fest, dass ich mich getäuscht hatte – seine Füße berührten die Stufen.

Unruhig ging ich in der kleinen Vorhalle auf und ab. Was würde ich gleich über Gottfried erfahren? Seinen Familiennamen? Seinen Verbleib? Vielleicht lebte er ja noch?

Nein, diesen Gedanken verwarf ich sofort. Der Mann, der seinerzeit am Beiseiteschaffen der Kunstgüter beteiligt war, hatte über eigene Fahrzeuge verfügt. Also musste er sich in einer gutsituierten Position befunden haben, konnte folglich kein ganz junger Mensch gewesen sein. Auch war kaum anzunehmen, dass der Oberst in einer solch heiklen Mission einem unerfahrenen Jüngling sein Vertrauen geschenkt hätte. Nein, Gottfried, da war ich mir sicher, musste damals bereits im mittleren Alter gewesen sein. Wenn man diese Jahre zu den seitdem vergangenen fünfundsechzig dazuzählte, konnte er einfach nicht mehr am Leben sein. Aber was war mit seiner Familie? Wohnte die noch in dem Bauernhaus? Lagen die Verhältnisse vielleicht ähnlich wie bei den Stollhausens? Schon einmal hatte ich diese Parallele angedacht. Auch in diesem Fall hier konnte es Nachkommen geben, die aus dem damaligen Verbrechen Nutzen zogen. Möglicherweise erhielt ich ja gleich eine Bestätigung für meine Annahme.

Ich schlenderte umher, sah mir die Plakate und Bekanntmachungen an, die auf einer großen Pinnwand angeheftet waren. Vor einer Landkarte bleib ich stehen. Ohne besonderes Interesse, mehr um die Zeit zu überbrücken, bis Herr Vogel wiederkam, ließ ich den Blick über die detailgenaue Kartographierung Waldkappels und seiner Ortsteile wandern. Von Schemmern bis Hasselbach, von Bischhausen über Burghofen bis Hetzerode waren alle vierzehn zur Stadt gehörenden Dörfer erfasst. Im Westen endete die Karte an den Erhebungen des Stölzinger Gebirges, im Norden schloss sie das Bergmassiv des Meißners mit ein.

Meine Augen suchten das Rodebachtal, folgten dem Bachlauf aufwärts. Von hier war ich oft zu Fuß hinauf zum Finkenberg gewandert, weiter zur Lausebuche, dann am Wildpark vorbei über die Seesteine bis zur Kitzkammer. Ein zwar anstrengender, aber lohnender Weg, der jeden Tropfen vergossenen Schweißes wert war. Aber jetzt war nicht der Zeitpunkt, Erinnerungen nachzuhängen. Voller Ungeduld sah ich zur Treppe. Wo blieb nur Herr Vogel?

Wieder schaute ich auf die Karte, schwenkte den Blick absichtslos über den Meißner – und verharrte augenblicklich. Wie paralysiert fixierte ich den Punkt, den meine Augen gerade eingefangen hatten. Aber vergeblich verwandte ich meine Mühe, den Grund für mein plötzliches Erschrecken zu erkennen. »Steinberg« las ich, darunter den Ortsnamen »Hausen«. Beide Lokalitäten waren mir zwar bekannt, aber ich wusste nicht, was an ihnen meine Aufmerksamkeit geweckt haben sollte.

Ich ging den Weg zurück, dem ich gerade mit den Augen auf der Karte gefolgt war, ließ die Felsen der Kitzkammer hinter mir, auch die Seesteine. Und wieder fuhr ich auf wie unter einem Stromstoß, aber noch immer drang nicht in mein Bewusstsein, was mich so elektrisierte. Doch nur Sekunden später wurde mir klar, was ich gesehen hatte. Schlagartig erkannte ich die Bedeutung des Wahrgenommenen. Ein plötzlicher Schweißausbruch machte mir auch körperlich das Gewicht meiner Entdeckung deutlich.

Ich legte den Finger auf die Kartenstelle, auf die ich bis jetzt gebannt gestarrt hatte. Wo befand ich mich? Ich versuchte, mich zu orientieren. Linkerhand, nach Westen hin, war, blau eingezeichnet, der Kalbesee zu sehen, die mit Wasser vollgelaufene Grube des ehemaligen Braunkohletagebaus. Rechts, östlich also, lag die Ortschaft Vockerode.

Ich nahm den Finger wieder von der Karte und las das Wort noch einmal. Lange brauchte ich nicht, um zu begreifen, dass ich am Ende meiner Suche angelangt war. Erst recht, als ich, dem Talverlauf folgend, die zweite Bezeichnung las.

Ich schrak zusammen, als Herr Vogel von hinten an mich herantrat und mich ansprach: »So, jetzt bin ich frei. Wir können wieder in mein Zimmer gehen und sehen, wie ich Ihnen helfen kann.« Er drehte sich und tippelte voran. Ich zögerte, ihm zu folgen.

Manchmal sind es nur Sekunden, oft sogar nur Bruchteile von Sekunden, die den Verlauf von Handlungen, den Gang einer Entwicklung oder auch die Richtung, in die ein Lebensabschnitt einbiegt, entscheiden. Zu kurz, um mit Überlegungen unterfüllt zu werden, sind es Entscheidungen, die sich der rationalen Kontrolle in der Regel entziehen. Dennoch – oder gerade deshalb – erweisen sie sich häufig als richtig und bringen uns oft mehr voran, als mancher wohldurchdachte Entschluss. Ausgenommen natürlich die, die gründlich daneben liegen. Eine solche Entscheidung, die mich beinahe das Leben kosten sollte, war ich gerade dabei zu treffen.

»Herr Vogel«, rief ich dem Davoneilenden hinterher, »mir fällt da ein – ich muss noch etwas Dringendes erledigen. Kann ich später noch einmal bei Ihnen vorsprechen?« Ich war schon auf dem Weg zum Ausgang.

»Ja, ja, natürlich.« Mit einer einladenden Armbewegung hieß mich der Stadtbedienstete jederzeit wieder willkommen. »Sie wissen ja, wo ich stecke.«

Ich verließ das Rathaus und hastete zu meinem Auto zurück. Gut eine Minute brauchte ich, um meiner Erregung Herr zu werden. Schließlich zog ich das Handy aus der Tasche und wählte.

Franziska meldete sich schon nach dem ersten Klingeln. »Und? Hast du Gottfrieds Namen?« Als ich nicht sofort antwortete, fragte sie unsicher: »Du bist doch in Waldkappel, oder?«

»Ja, ich bin noch in Waldkappel. Aber mit dem Namen kann ich dir nicht dienen.«

»Oh«, Franziska klang enttäuscht, »hast du nichts finden können?«

Diesmal ließ ich mir die Pause. Tief atmete ich durch. »Doch, ich habe etwas entdeckt. Ich glaube, ich weiß, wohin damals die Kunstschätze gebracht worden sind.«

»Du meinst das Depot? Du weißt, wo es liegt?«

»Ich müsste mich sehr täuschen, wenn ich es nicht wüsste. Es war der reine Zufall, dass ich darauf gestoßen bin.« Und dann erzählte ich ihr, selbst noch fassungslos, wie ich beim Warten auf Herrn Vogel aus purem Zeitvertreib die Umgebungskarte von Waldkappel betrachtet hatte und dabei, ohne danach gesucht zu haben, über einen Namen gestolpert war, der mich sofort hatte hellhörig werden lassen. Kurz schweiften meine Gedanken ab, als ich daran dachte, wie intensiv und erfolglos wir und auch die Polizei über dem Geheimnis gegrübelt hatten, dem Rätsel, das mir nun durch einen unbeabsichtigten Blick auf die Karte zu lösen gelungen war. Wieviel Zufälligkeiten das Leben doch bestimmten!

Mit Ungeduld quittierte Franziska meine abermalige Pause. »Nun sag schon, was hast du entdeckt?«

Sie hatte ja Recht, ich sollte sie nun nicht länger auf die Folter spannen. Auch ich selbst hatte jetzt das dringende Bedürfnis, die Entdeckung mit jemandem zu teilen. »Also, hör zu! Auf meiner virtuellen Wanderung über die Landkarte, hinüber zu den Seesteinen, hat es mich plötzlich wie ein Blitz durchfahren…«

»Wie ein Blitz?«

»Ja, anders kann ich´s nicht beschreiben. Ich fuhr regelrecht auf, ohne zu begreifen, warum. Du kennst das ja: Man bemerkt etwas und weiß zunächst nur, dass es von Bedeutung ist, aber noch nicht, was es ist. So jedenfalls ging es mir. Und dann, beim Zurückwandern, blitzte es noch einmal. Jetzt erst erkannte ich, was mir aufgefallen war.«

»Und? Erzähl doch!« Franziska klang atemlos. Sie schien zu spüren, dass mein Fund nicht unbedeutend sein konnte.

»Du weißt doch, dass auf dem Meißner früher Braunkohle abgebaut wurde, erst unterirdisch im Stollenbetrieb, später im Tagebau.«

»Ja, ja – aber was hat das mit dieser Geschichte zu tun?«

»Ich bin ja gerade dabei, es dir zu erklären.« Ich verstand ihre wachsende Spannung, hielt es aber dennoch für wichtig, ihr deutlich zu machen, wie ich zu meiner Entdeckung gekommen war. Schließlich wollte ich von ihr eine Bestätigung der Richtigkeit meiner Schlussfolgerung. »Überall wurden Stollen in den Berg hineingetrieben, manchmal grub man auch vergeblich, wenn man das erhoffte Kohlenflöz verfehlte. Alle diese Stollen erhielten Namen, wurden entweder nach Heiligen, nach Kaisern oder nach irgendjemand anderem benannt – wie zum Beispiel der Friedrichstollen oder auch der Karlstollen oben am Schwalbenthal. Auf unseren Spaziergängen sind wir schon einige Male daran vorbeigegangen.«

»Ich verstehe noch immer nicht. Warum erzählst du mir das?«

»So einen Stollen habe ich heute entdeckt – zumindest auf der Landkarte. Ich hatte bisher keine Ahnung von seiner Existenz, obwohl ich in dieser Gegend schon öfters gewandert bin. Aber wahrscheinlich liegt er so versteckt, dass ich ihn vom Weg aus nicht bemerkt habe.«

»Nun komm doch endlich zur Sache! Was ist an diesem Stollen so Besonderes?«

»Erst einmal der Name.« Die Pause, die ich jetzt machte, war unbeabsichtigt. Ich wollte sie nicht länger hinhalten, doch ich genoss noch einen Augenblick die freudige Erregung, in die mich die unerwartete Lösung des Rätsels versetzt hatte. Dann klärte ich sie auf: »Der Stollen heißt – Herbertstollen.«

»Herbertstollen?«

»Ja. Aber frag mich nicht, wer Herbert war. Ich habe keine Ahnung.«

»Herbertstollen?!«, wiederholte Franziska. Ihre Verständnislosigkeit war offensichtlich. Doch dann, von einem leisen Aufstöhnen begleitet, erfasste sie, was sie gerade gehört hatte. Ihr respektvolles Flüstern zeigte, dass ihr die Größe meiner Entdeckung bewusst war. »Herbertstollen – du meinst, das könnte…?«

»Herb – Punkt –st, was sonst. Aber es kommt noch besser.«

»Was denn noch?«

»Dieser Herbertstollen liegt in einem engen Tälchen. Der Bach, der es bildet, entspringt in Höhe Schwalbenthal. An Vockerode, dann Abterode vorbei mündet er kurz hinter der Grube Gustav in die Berka. Die Karte im Rathaus hat mir auch den Namen des Bachs verraten.«

»Und?«

»Es ist der Kupferbach…« Ich ließ das Wort im Raum stehen und wartete auf die Reaktion.

Zwei, drei Sekunden dauerte es, bis Franziska verstand. »Mein Gott, Kubata – die Abkürzung für Kupferbachtal.«

»Ja, Kubata«, bestätigte ich. »So bist du auch der Meinung, dass die von Konrads Vater hinterlassenen Worte auf den Herbertstollen im Kupferbachtal hinweisen?«

»Ja, unbedingt, das ist die Lösung«, ihre Stimme klang nun sehr sicher, »da gibt es für mich keinen Zweifel.«

Wir schwiegen eine Weile, ließen diese Feststellung nachwirken. Schließlich fragte Franziska: »Und was hast du jetzt vor?«

»Was schon? Ich fahre zum Meißner und schaue mir den Stollen an.«

»Aber du wolltest dich doch nach den Bewohnern von Gottfrieds Haus erkundigen?«

»Das kann warten. Wieviel eindrucksvoller ist es, später zu diesen Leuten hinzugehen und ihnen meine Kenntnisse an den Kopf zu werfen: ‚Hört zu, ich weiß von dem Herbertstollen, kenne das Versteck, in das euer Gottfried die Kunstschätze geschafft hat!'«

»Du glaubst, die Sachen liegen da oben in dem Stollen?«

»Ob sie noch immer da liegen, weiß ich nicht. Aber ich bin mir ziemlich sicher, dass sie damals dorthin gebracht wurden. Irgendwie muss Konrads Vater von dem Ort erfahren und ihn sich auf dem Zettel notiert haben.«

»Heinrich«, die Sorge in Franziskas Stimme war unüberhörbar, »wir sollten der Polizei deine Entdeckung mitteilen, sollten ihr alles Weitere überlassen.«

»Und was, wenn dieser Stollen gar nicht mehr existiert? Vielleicht ist er zugeschüttet worden, vielleicht auch eingestürzt? Ich würde mich schön blamieren, wenn ich die Polizei auf etwas ansetze, was es nicht mehr gibt.« Ich versuchte, meine Frau zu beruhigen. »Ich will ja nichts weiter, als mir die Örtlichkeit einmal ansehen. Das ist ein gewaltiges Faustpfand, den Stollen erwähnen zu können, wenn ich den Leuten gegenübertrete.«

»Also gut, das lasse ich als Argument gelten.« Ich spürte ihr Zögern, als sie mich fragte: »Wo genau liegt denn dieser Stollen?«

»Direkt unterhalb des Schwalbenthals, so etwa auf der Höhe des Jugenddorfs. Warum fragst du?«

»Heute Morgen haben sie in den Regionalnachrichten eine Warnung gebracht. Der Berg muss sich nach dem Gewitterregen wieder stärker bewegt haben. Die Auffahrt von Vockerode hinauf zum Meißnerplateau ist für Autos gesperrt.«

»Das haben sie doch schon einmal gemacht«, winkte ich ab, »die hören die Flöhe husten. Mir wird schon nichts passieren.«

»Sei vorsichtig, Heinrich, versprich mir das.«

»Natürlich, Franziska, du kennst mich doch.«

»Eben. Und deshalb mache ich mir Sorgen. Halt mich auf dem Laufenden – das ist das Mindeste, was du tun kannst.«

Ich versprach, sie zu informieren, sobald ich vom Meißner zurück war. Nachdem ich das Handy wieder in der Tasche verstaut hatte, kramte ich einen Zettel aus dem Handschuhfach. Nach dem Gedächtnis, so wie ich es von der Karte in Erinnerung hatte, skizzierte ich die Lage des Stollens.

Ich startete und verließ Waldkappel in nördlicher Richtung. Es war nicht weit bis zum Meißner – fünf, zehn Minuten höchstens – dann würde ich im Kupferbachtal sein. Ob es den Stollen noch gab?

33

»König der nordhessischen Berge« – so wird der Meißner gelegentlich auch genannt. Natürlich ist das national und erst recht global gesehen eine Übertreibung. Aber für die Nordhessen besitzt dieser Berg, nicht zuletzt wegen des mythischen Frau-Holle-Gewands, das ihm die Brüder Grimm umgehängt haben, eine emotionale Bindungskraft, die seine geographische Bedeutung weit übersteigt. Mit seinen 754 Metern ist der Meißner eher ein mickriger Berg, zumindest was die Höhe betrifft. Auch ist er, entgegen landläufiger Meinung, nicht die höchste Erhebung im Norden unseres Bundeslandes – im westlich gelegenen Uppland gibt es auf hessischem Boden gelegene Achthunderter. Aber in seiner dunklen Wucht, seiner von weither ins Auge fallenden Dominanz stellt der Meißner einen Blickfang für jeden dar, der sich ihm nähert, und einen Attraktionspunkt, dem sich kaum jemand entziehen kann.

Ich hatte den Berg jetzt vor mir, diesen düsteren Koloss, fuhr von Harmuthsachsen die gewundene Straße nach Rodebach hinauf. Franziskas Worte gingen mir im Kopf herum, die Warnung der Behörden vor dem wandernden Berg, auch das temporäre Verbot, den Meißner zu befahren. Das alles war nicht neu, seit Wochen und Monaten schon ließ sich die lokale Presse über die Problematik des rutschenden Osthangs aus. Ein Teil des Meißners bewegte sich, genaugenommen glitten die Basaltblöcke dort auf den darunterliegenden Tonschichten, begünstigt von dem vielen Wasser in dem vom Kohleabbau durchlöcherten Berg.

Ich erinnerte mich, dass es früher, vor hundert Jahren, schon einmal einen Erdrutsch an ebendieser Stelle gegeben hatte. Fast alle Häuser der damaligen Bergarbeitersiedlung Schwalbenthal waren seinerzeit unter den Erd- und Geröllmassen begraben worden. Nun hatten – wieder im Schwalbenthal – Risse in der Rückwand eines Anbaus an das ehemalige Bergamt die Sicherheitsbehörden alarmiert. Die Fachleute waren sich einig, dass der Berg wanderte und – auf lange Sicht – Gefahr in Verzug war. Aber zur Dramatisierung der Lage bestand meiner Meinung nach kein Anlass, auch wenn sie die über den gefährdeten Hang führende Zufahrt auf das Gipfelplateau mal wieder vorsorglich gesperrt hatten.

Hinter Rodebach stieg die Straße weiter bergan, bald hatte ich die Lausebuche und den Wildpark erreicht. Links zog sich die Ostflanke des Meißners bis weit nach Norden hin. Ich hatte gelesen, dass der Fußdurchmesser des Berges gut zehn Kilometer maß.

Ich schaute hinauf zu dem Haus am Schwalbenthal. Ein freundlicher Anblick, der helle Fleck des alten Bergamts im schattigen, waldgrünen Hang – nichts, das aussah wie eine Bedrohung. Irgendwo da oben musste der Kupferbach entspringen, etwas unterhalb davon mein Ziel, der Stollen, liegen. Ein friedliches Bild. Dennoch, so ganz gelang es mir nicht, das mulmige Gefühl zu verdrängen, das in mir aufstieg bei dem Gedanken, jetzt gleich am Fuß des gleitenden Gesteins herumzuklettern. Ach was, schalt ich mich und drückte das Gaspedal. Jahrzehnte, Jahrhunderte hat der Berg gehalten, warum sollte er gerade jetzt…?

Vorbei am Kloster, für das ich jetzt aber kein Auge hatte, durchfuhr ich Germerode und bog auf die Landstraße nach Vockerode ein. Meiner Skizze entnahm ich, dass von dort der Weg abzweigte hinauf ins obere Kupferbachtal. In der Dorfmitte traf ich auf die Vorfahrtstrasse, die von Eschwege zum Meißner hinaufführte. Ein weißes rundes Schild mit rotem Rand verkündete das Duchfahrverbot für Fahrzeuge aller Art. Ich bog von der Straße ab und folgte dem auf meiner Skizze eingezeichneten Weg, bis ich den Bach erreicht hatte. Dort stellte ich das Fahrzeug ab. Die letzten Meter bis zum Steilanstieg des Berges wollte ich zu Fuß zurücklegen. Zu leicht konnte man mit dem Auto, im Blick behindert und durch das Steuern abgelenkt, an etwas vorbeifahren.

Der Weg ging stetig aufwärts – dicht neben mir sprudelte der Bergquell über den Wiesenhang. Warum der Kupferbach seinen auf eine rote Färbung schließenden Namen trug, erschloss sich mir allerdings nicht. In kristallener Klarheit, allenfalls gelblich schimmernd an den wenigen sandigen Stellen, hüpfte und schäumte er über die unzähligen Steine in seinem Bett.

Das Tal wurde nun enger, immer näher schoben sich

die seitlichen Ränder zusammen. Vor mir bauten sich der Wald und der jetzt steil aufragende Berg wie eine unüberwindliche Mauer auf. Zweifelnd folgte ich mit den Augen dem Weg bis zu der Stelle, an der er zwischen den Bäumen verschwand. Aber noch immer begleitete ihn der Bach. Das machte mich zuversichtlich, dass er an seiner Seite den Steilhang noch weiter hinaufführen könnte.

Doch dann, ich war vielleicht siebzig oder achtzig Meter in den Wald eingedrungen, verließ der Weg das Bächlein und schlängelte sich in engen Windungen soweit den Berg hinauf, dass ich ihm mit den Augen nicht mehr folgen konnte.

Ratlos blieb ich stehen. Vor mir verschmälerte sich das Tälchen zu einer engen Schlucht, aus der der kleine Wasserlauf hervortrat. Ich zog den Zettel aus der Tasche und verglich meinen Standort mit der Markierung auf der Skizze. Wenn ich die Karte richtig kopiert hatte, musste ich genau an der Stelle stehen, an der der Stollen einst in den Berg getrieben worden war. Das Abbiegen des Weges aus dem Bachtal heraus hatte ich ebenso eingezeichnet wie den Eingang des Stollens, den ich mit einem Kreuz gekennzeichnet hatte. Unschlüssig blickte ich auf den Weg. Sollte ich ihm den Hang hinauf folgen?

Erst jetzt bemerkte ich den Pfad, der geradeaus vor mir in die kleine Schlucht hineinlief und schon nach wenigen Metern darin verschwand. Und noch etwas anderes registrierte ich. Erschreckt schaute ich mich um. Dann bückte ich mich und strich mit der Hand über das niedergedrückte Gras. Nein, es bestand kein Zweifel, hier war ein Auto entlanggerollt – nicht gestern, nicht am Morgen, nicht am Mittag – die Halme lagen so flach, nicht ein einziger hatte sich wieder aufgerichtet. Augenblicklich war ich mir sicher, dass erst vor wenigen Minuten ein Fahrzeug in die Schlucht hineingefahren war.

Ich folgte der Wagenspur, die jetzt, da ich von ihr wusste, gut erkennbar vor mir lag. Was hatte das zu bedeuten? Ein Auto auf einem Pfad, der fast unmerklich vom Hauptweg abging und der, das sah man nun deutlich, selten begangen und noch weniger befahren wurde? Vorsichtig ging ich bis dicht an die Biegung heran, die mir den Einblick in den weiteren Verlauf der Schlucht verwehrt hatte. Sicherheitshalber stieg ich ein, zwei Meter seitlich am Hang hinauf und verbarg mich hinter einem Buchenstamm.

Das Auto, ein jeepartiger Geländewagen, stand keine zwanzig Meter entfernt auf einer mit Geröllschotter befestigten Erweiterung des Tälchens. Der kleine, nahezu kreisrunde Platz musste von Menschenhand angelegt worden sein, wahrscheinlich zu genau dem Zweck, zu dem das Fahrzeug vor mir ihn genutzt hatte, denn es stand bereits gewendet da. Seine Kühlerhaube zeigte in meine Richtung. Von der oder den Personen, die ihn hierher gesteuert hatten, war nichts zu sehen.

Erst als ich mich im Schutz der Bäume langsam weiter in die Schlucht hineinbewegte, bemerkte ich den Stollen. Der hohe Aufbau des Fahrzeugs hatte mir den Blick darauf versperrt. Eine gemauerte Umrandung umschloss die kaum mannshohe Eingangsöffnung, ein Schriftzug war in den Deckenbogen eingemeißelt. Selbst von meiner etwas abseitigen Position konnte ich die Buchstabenfolge »Herbertstollen« erkennen.

Einen kurzen Moment durchströmte mich ein Gefühl der Genugtuung, mein Ziel erreicht zu haben. Aber nur Augenblicke später kehrte die ängstliche Unsicherheit zurück, die mich befallen hatte seit dem Zeitpunkt, als ich erkennen musste, dass ich nicht der einzige war, der an diesem Nachmittag Interesse an diesem Bergtunnel zeigte.

Das schmiedeeiserne Tor vor dem Stollenloch stand einen Spalt weit geöffnet, ein Vorhängeschloss hing an seinem aufgeklappten Bügel. Es gab keinen Zweifel, wohin der Fahrer oder die Insassen des Wagens verschwunden waren.

Mein Zögern war nur kurz. Jetzt war ich soweit gekommen, jetzt wollte ich auch wissen, was hier vor sich ging. In der Hoffnung, vom Stolleninnern heraus bei meiner Annäherung nicht beobachtet werden zu können, stieg ich den Hang hinunter. Eng an die schwerer einsehbare Talseite gedrückt, schlich ich mit aller Vorsicht auf den Eingang zu.

Ein kurzer Blick in den Geländewagen gab keinen Hinweis auf den Besitzer oder Fahrer. Ein heller Anorak war auf die Rückbank geknäult, zusammengefaltet lag die Heimatzeitung auf dem Beifahrersitz. Das Nummernschild wies als Zulassungsort Eschwege aus.

Mir war klar, welch auffallenden Schatten ich abgeben musste, wenn ich in die Gangöffnung trat. Meine Silhouette würde sich gegen das Tageslicht abzeichnen wie ein Scherenschnitt auf weißem Papier. Ich bewegte mich seitlich auf den Eingang zu, bückte mich, bis mein Gesicht fast den Boden berührte. Dann erst schaute ich, nur Stirn und Augen vorschiebend, um den Rand herum in den Stollen hinein.

Ich erkannte, dass der Gang naturbelassen war – weder war er ausgemauert noch abgestützt worden. Man hatte dem Gestein zugetraut, dem Hohlraum soviel Festigkeit und Stabilität zu verleihen, dass man auf zusätzliche Sicherungsmaßnahmen verzichtet hatte. Ganz offensichtlich war diese Einschätzung nicht falsch gewesen, denn auf den fünf, sechs Metern, die ich in den Gang hineinsehen konnte, waren Seiten und Decke intakt, kaum ein Riss zeigte sich an den Wänden. Auch auf dem felsigen Boden lag nichts, was auf das Herunterfallen von Steinbrocken schließen ließ.

Ich lauschte in den Stollen hinein. Kein Geräusch drang zu mir, nichts, das die Anwesenheit eines Menschen in ihm verriet. Die Tatsache, dass das Tageslicht am Ende des einsehbaren Gangabschnitts auf eine schwarzgraue Wand fiel, gab Anlass zu der Vermutung, dass die Stollenführung an dieser Stelle einen Knick machte. Vielleicht war man ja bei der Grabung des Gangs auf eine der vielen Basaltablagerungen gestoßen, die den Meißner an zahlreichen Stellen bedeckten. Wegen der Härte des Gesteins hatte man dann möglicherweise versucht, das Hindernis seitlich zu umgehen.

Ich richtete mich auf. Zumindest bis dorthin konnte ich ohne großes Risiko gehen. Wenn nicht gerade jemand um die Biegung herumkam, würde mich niemand aus dem Berg heraus sehen können. Kurz bevor ich das Abschwenken des Gangs erreichte, blieb ich einen Moment stehen, um die Augen an das Dämmerlicht zu gewöhnen. Es war angenehm kühl hier drinnen, und zudem erstaunlich trocken – nirgends waren die Steine feucht.

Ich ging bis an den Knick heran. Tatsächlich, ein Basaltblock verlegte die gerade Weiterführung des Stollens und zwang den Gang, so wie ich es vermutet hatte, zu seinem rechtwinkligen Abbiegen. Ich schob den Kopf hinter dem Felsen hervor – und fuhr augenblicklich zurück. Vor mir, nicht einmal einen Steinwurf entfernt, war ein Licht zu sehen, was von irgendwoher in den Gang fiel. Aber das, was mich erschreckt hatte, war nicht das Licht, sondern der große, unbewegliche Schatten eines Menschen, den es an die Stollenwand warf.

Einen Augenblick lang war ich versucht, aus dem Berg

heraus ins Freie zu laufen. Aber ich zwang mich zur Ruhe, verharrte noch ein paar Sekunden auf der Stelle, bis sich Herzschlag und Atmung wieder normalisiert hatten. Dann schob ich mich um die Biegung. Sorgsam darauf bedacht, jedes Geräusch zu vermeiden, begann ich, auf den Schatten zuzugehen.

Noch immer drang kein Laut aus dem vor mir liegenden Gang. Das Licht, soviel konnte ich jetzt erkennen, kam aus einer Öffnung in der rechten Seite des Stollens. Es war stetig, ohne Flackern, konnte also nicht von einer Kerze oder von Fackeln herrühren. Wie das auf Stein geworfene Bild einer Statue warf es die weiter regungslos dastehende Schattenkontur eines Menschen an die gegenüberliegende Felswand.

Lautlos näherte ich mich der seitlichen Öffnung, aus der es fiel. Noch bevor ich die Quelle des hellen Lichts sehen konnte, blickte ich auf eine mächtige, gut zwanzig Zentimeter dicke Tür. Sie stand in einen Raum hinein geöffnet, den zu verschließen sie einst gebaut worden war.

Plötzlich bewegte sich der Schatten neben mir. Unwillkürlich sprang ich einige Schritte zurück und schaute gebannt auf den verschwommenen Körperumriss, der sich nun niederzuknien schien. Als ich sah, dass er in dieser Position verharrte, riskierte ich einen Blick durch die offene Tür.

Ich weiß nicht, was mich mehr überraschte, die unverwechselbare massige Gestalt, die ich, auch wenn sie mir das Gesicht abwandte, sofort erkannte oder aber das von einem Scheinwerfer angestrahlte goldene Leuchten, auf das sie andächtig blickte. Hingehockt auf die Fersen war der Mann so in seine Betrachtung vertieft, dass er mein Herantreten nicht bemerkte.

In meiner totalen Verblüffung fiel mir nichts Besseres ein, als ihn mit der dümmsten aller Redefloskeln anzusprechen. »Wie kommen Sie denn hierher?«

Olaf Hensler fuhr herum. Der Schreck, meinen Schemen so unvermittelt hinter sich stehen zu sehen, lähmte ihn für einen Augenblick. Dann aber sprang er auf, packte mich am Hemd und zerrte mich ins Lampenlicht. »Sie sind das«, stöhnte er und ließ mich los. »Was machen Sie hier?« Seine Frage war um keinen Deut geistvoller als meine.

Es war ein gespenstisches Szenarium, in dem wir, beide überrumpelt von dem unerwarteten Zusammentreffen, uns plötzlich gegenüberstanden. In der Mitte eines drei, vier Meter hohen Raumes von der Ausdehnung einer kleinen Halle starrten wir uns an wie zwei Boxer, die, noch vor dem ersten Gong, die Gefährlichkeit des Gegners mit Blicken auszuloten versuchten.

»Wie sind Sie hier hereingekommen?« Auch die zweite Frage Henslers war wenig durchdacht und zeigte die ganze Verwirrung, in die ihn mein Auftauchen gestürzt hatte.

»Sie haben mir freundlicherweise das Eisentor am Eingang und die Tür hier aufgelassen. Danke für Ihre Gastfreundschaft«, flüchtete ich mich in einen Sarkasmus, nach dem mir gar nicht zumute war.

Olaf Hensler trat noch einen Schritt näher auf mich zu. Sein Missfallen über meine ironische Bemerkung schien ihn aus seiner Passivität herauszureißen. Drohend baute er sich vor mir auf. »Es wird Ihnen noch leid tun, hier hereingekommen zu sein. Das ist mein Grund und Boden, Sie haben hier nichts verloren!« Wie eine dunkle Wand stand der Hüne da und funkelte mich an. »Was suchen Sie eigentlich?«

»Das, was ich gerade gefunden habe.« Ich trat zur Seite und zeigte auf die schwarze Plane, die über die an der

Felswand gestapelten Gegenstände gezogen war. »Auch hier sind Sie mir ja gütigerweise entgegengekommen und ersparen mir so ein weiteres Herumsuchen.« Mit dem Arm deutete ich auf den Teil der Abdeckung, der zurückgeschlagen war und die goldüberzogenen Flächen der darunterliegenden Kostbarkeiten offenlegte. »Ich nehme an, das, was dort hervorschimmert, sind die Reste der 1945 entwendeten Kunstobjekte.«

»Verdammter Schnüffler!« Wieder packte mich der Riese. Obwohl ich mich wehrte, schleuderte er mich mit einer ungeahnten Kraft zu Boden. Nahezu zeitgleich sank er neben mich und setzte mir das Knie auf die Brust. »Dich werd ich lehren, in meinen Angelegenheiten herumzuspionieren!« Sein ganzer Körper bebte, als er mir mit wutverzerrtem Gesicht die Hände um den Hals legte.

War es Mut oder Tollkühnheit, vielleicht auch der pure Wahnsinn, der mich aussprechen ließ, was meinem eigenen Todesurteil gleichkam. »Ich nehme an, Sie haben Ihren Schwiegervater ebenso umgebracht«, krächzte ich, »haben den alten Unger erst erwürgt und dann später so fürchterlich zugerichtet.«

Ich spürte, wie der Druck nachließ. Verwundert erst, dann höhnisch, schaute mich Hensler an. »Das wissen Sie also? Nun, was soll´s. Sie werden keine Chance mehr haben, Ihr Wissen weiterzugeben.« Das Pressen seiner Hände verstärkte sich wieder.

»Ich bin nicht der Einzige, der davon weiß«, versuchte ich zu bluffen. Meine Stimme war kurz davor zu versagen.

Ein Augenblick des Schweigens folgte. Ganz offensichtlich hatte ihn meine Anspielung auf die Mitwisserschaft anderer verunsichert.

Es waren nur Sekunden, in denen wir wie in einem

Theaterstandbild reglos in unseren Positionen verharrten – er über mir, dominant, ich unter ihm, wehrlos. Es war der kurze Moment der Stille, der ausgereicht hätte, das feine sirrende Geräusch wahrzunehmen, das wie ein Knistern durch die uns umgebenden Felsen lief. Es war die knappe Spanne der Laut- und Bewegungslosigkeit, in der wir übereinanderklebten und das feine Vibrieren des Berges hätten spüren müssen. Aber wir waren zu sehr mit unserer eigenen prekären Situation beschäftigt, als dass wir auf die leisen Signale der Umgebung geachtet hätten.

Wieder nahm der Druck zu, ich spürte, wie sich die zittrigen Hände um meinen Hals spannten. »Wenn Sie glauben, Sie können sich mit solchen Lügen retten, dann irren Sie. Kein Mensch kennt dieses Versteck. Sie wären bestimmt nicht alleine gekommen, wenn noch andere davon wüssten.«

Auch wenn mir die Sinne gerade zu schwinden begannen, begriff ich doch, wie recht er mit seiner simplen Folgerung hatte. Die Wahrscheinlichkeit der von mir in meiner Verzweiflung ins Feld geführten Möglichkeit, dritte seien eingeweiht, war einfach zu gering, um ihn davon abzuhalten, mich jetzt zu töten.

Voller Panik bäumte ich mich auf und versuchte, mich aus der Umklammerung zu befreien. Zwar verliehen mir die Luftnot und die drohende Erstickung noch einmal zusätzliche Kräfte, aber es gelang mir nicht, mich auch nur einen Zentimeter herauszulösen aus dem Schraubstock seiner Arme und Beine, die mich mit eisernem Griff umspannten und auf dem Boden festhielten. Immerhin schaffte ich es, den Kopf soweit zur Seite zu drehen, dass ich wieder ein bisschen Luft bekam. Mein Blick fiel auf die Eingangstür. »Mein Gott, die Polizei!«, hauchte ich mit dem wenigen

Atem, der mir geblieben war. Und dann noch einmal: »Die Polizei.« Dabei riss ich die Augen auf, um dem herannahenden Wunder entgegenzusehen. Aber im selben Moment spürte ich, wie das Rauschen in meinem Kopf zunahm und sich ein schwarzer Vorhang vor meinen Blick zu legen begann. In einem letzten klaren Gedanken begriff ich, dass die Ohnmacht nun nicht mehr fern war.

Hensler alarmiert durch den Ausruf und die plötzliche Weitung meiner Augen, drehte den Oberkörper zur Tür. Als er die Kommissare hereineilen sah, ließ er augenblicklich von mir ab. Mit einer für seinen schweren Körper erstaunlichen Wendigkeit kam er auf die Beine – sechs, sieben Sprünge – dann war er im Dunkel des rückwärtigen Raums verschwunden.

»Gunter, hinterher!«, deutete Charly dem Flüchtigen nach, »ich sehe schnell nach Heiner, dann komme ich auch.«

Ich rang nach Luft, als sich Charly über mich beugte und mich sorgenvoll aufrichtete. »Da sind wir ja gerade im rechten Augenblick erschienen. Kommst du klar, Heiner?«

»Ja, es wird schon gehen«, war ich zuversichtlich. Ich spürte, wie Blut und Sauerstoff wieder durch den Körper strömten. »Hilf jetzt lieber Gunter, er wird möglicherweise deine Unterstützung brauchen. Ich glaube zwar nicht, dass Hensler bewaffnet ist, aber er verfügt über riesige Kräfte.«

»Gut«, Charly sprang auf. »Warte hier auf uns, Heiner«, ordnete er an, während er auf die Stelle zulief, an der erst der Flüchtige und dann der Oberkommissar verschwunden waren. »Wir kriegen ihn. Der Stollen ist blind, er kann da nicht raus.« Kurz darauf war auch er in die Dunkelheit des hinteren Raumwinkels eingetaucht. Offenbar ging von dort ein Seitengang in den Berg hinein.

Mühsam erhob ich mich, betastete vorsichtig den

schmerzenden Hals, um den noch vor wenigen Momenten die unbarmherzige Klammer der riesigen Hände gelegen hatte. Ich war sicher, der Griff wäre von Hensler nicht eher gelockert worden, bis ich leblos vor ihm gelegen hätte, für ewig zum Schweigen und zur Wahrung seines Geheimnisses gebracht, so wie er auch Karl Ungers Mund für immer versiegelt hatte.

Ich musste an den großen unbeweglichen Schatten denken, an den breiten Rücken des vor der goldenen Pracht knienden Mannes. Wie andachtsvoll war Hensler in die Betrachtung des schimmernden Glanzes versunken gewesen, wie völlig seinem Zauber erlegen. Welch verhängnisvolle Anziehungskraft mussten diese Schätze für ihn besitzen, dass er nicht einmal vor dem Mord an dem eigenen Schwiegervater zurückgeschreckt war.

Ein Rumpeln über mir riss mich aus meinen Gedanken. Ich hob den Kopf, sah aber nichts außer den langgezogenen Umrissen der von Planen überzogenen Kisten, die der Strahler von unten an die Decke projizierte.

Und wieder rumorte es. Diesmal klang es, als würde eine Ladung verrutschen, wie es passieren kann, wenn ein Wagen durch Schlaglöcher fährt. Es hörte sich an wie ein unregelmäßiges Kratzen, ein stotterndes Scheuern und Ruckeln, so als begänne sich etwas zu lösen, das gerade noch am Boden festgehalten wurde.

Doch dann war wieder Stille, absolute Stille. Ich lauschte, wagte nicht Luft zu holen. Mir schien, als hielte auch der Berg den Atem an. Zwanzig, dreißig Sekunden vergingen. Die Lautlosigkeit war total, das Schweigen um mich herum sogar noch intensiver, als man es sonst im Innern eines Berges oder auch in den Tiefen des Meeres erleben kann. Was war das, was ich soeben gehört hatte?

Die Erkenntnis kam, als die ersten Brocken von der Decke herunter auf die Plane und den Boden neben mir prasselten. Noch waren sie klein, kieselgroß höchstens, lose Steine, die sich unter der Spannung des Felsens lösten – zu unbedeutend noch, um die Panik zu erklären, die mich augenblicklich erfasst hatte, als ich verstand, was gerade im Begriff war zu geschehen. Es waren vor allem die wiederauflebenden Geräusche, die mir verrieten, dass der Berg in Bewegung geraten war, das von Sekunde zu Sekunde zunehmende Rütteln und Rumpeln, das mich sicher machte, Stollen und Raum waren kurz davor, unter dem Druck der rutschenden Erdmassen einzubrechen und zugeschüttet zu werden.

Ich ignorierte den Schmerz, vergaß das gerade Erlebte und eilte auf die Ecke zu, in der ich die anderen hatte verschwinden sehen. Der Gang, dessen Zugang ich schnell fand, war niedriger als der Hauptstollen. Doch wenn ich den Kopf einzog, kam ich gut voran. Ich stolperte auf das schwache, sich einige Meter vor mir bewegende Licht zu. Dabei rief ich laut. »Charly! Gunter! Zurück! Der Berg stürzt ein.«

Während ich weiter vorwärts hastete, sah ich, wie die Taschenlampen der Kommissare zu mir herumschwenkten und mich und den Weg beleuchteten. Auch hier lagen Steine am Boden, größere noch als dort, woher ich kam. Auch klang das Verhaken, das Sichlösen und das Sichübereinanderschieben der ins Gleiten geratenen Gesteinsschichten hier unmittelbar unter der Felsdecke noch unheilvoller und bedrohlicher als in dem hohen Raum, den ich gerade verlassen hatte. Mein Instinkt riet mir, aus dem Berg heraus anstatt hinein zu laufen. Aber ich rannte weiter auf die Freunde zu.

»Raus mit euch!«, brüllte ich gegen das immer lauter werdende Poltern an. Ich griff den wie versteinert dastehenden Hauptkommissar am Arm und drehte ihn in die Richtung, aus der ich gekommen war. Dann schob ich den Oberkommissar hinterher. »Lauft, wenn euch euer Leben lieb ist!«, setzte ich sie mit einem Stoß in Bewegung.

Bevor ich jedoch ihnen und dem Lichtschein ihrer Lampen folgte, wendete ich mich noch einmal zurück zu dem in den Berg hineinführenden Gang. »Hensler«, schrie ich in die Dunkelheit, »kommen Sie heraus – schnell! Der Stollen bricht jeden Augenblick zusammen.« Zwei, drei Sekunden lauschte ich meinen Worten hinterher – doch es kam keine Antwort. So schnell ich konnte stürzte ich, den Arm zum Schutz vor den immer dichter herabfallenden Steinen um den Kopf gelegt, den Polizeibeamten nach.

Der Schein des Strahlers wies mir den Weg zurück in den Raum. Ein Wunder, dass er in dem Bröckeln und Stürzen der Felsen überhaupt noch leuchtete. Eben noch sah ich Charly und Gunter durch die Tür hinaus in den Hauptstollen verschwinden. Ein letztes Mal warf ich einen Blick auf das goldene Glänzen, das aus dem planenbedeckten Kistenstapel hervorschimmerte. Dann lief ich auf den Ausgang zu – gerade in dem Moment, als das Licht hinter mir unter dem Splittern der Lampe erlosch.

Der Berg war nun dabei, völlig aus den Fugen zu geraten. Das vorherige Scharren, Kratzen, Zittern und Stöhnen war jetzt in ein dröhnendes Stürzen und Brechen übergegangen. Unter donnerndem Krachen barsten die Wände und Decken. Felsstücke von der Größe eines Fußballs fielen aus Rissen und Spalten, ganze Wandpartien klafften auf, lösten sich und stürzten unter ohrenbetäubendem Getöse in den Stollen hinein.

Ich rannte um mein Leben. Der Schimmer vor mir war schwach, kaum wahrnehmbar, aber er verriet mir die Richtung, wo hinter dem Knick der Gang ins Freie hinausführen würde. Ich taumelte vorwärts, tastete mich an der Wand entlang und hatte die Biegung fast erreicht, als ein Knall und ein Blitzen vor meinen Augen mich abrupt stehenbleiben ließ. Doch erst, als der Schmerz kam, begriff ich, was diese Sinneserscheinungen in mir ausgelöst hatte. Ich war von einem Felsstück am Kopf getroffen, dicht über der linken Schläfe. Warm spürte ich das Blut ins Gesicht laufen. Doch das war auch das Letzte, was ich zu denken und zu empfinden in der Lage war. Sanft, ohne ihr Vibrieren und Beben mehr wahrzunehmen, glitt ich wie in Zeitlupe an der zerfallenden Stollenwand nach unten, längst tief bewusstlos und in einer Ohnmacht gefangen, die mich das Aufschlagen auf dem steinübersäten Boden nicht mehr fühlen ließ.

34

Heute begann der September. An diesem ersten Tag des neuen Monats war die Hitze womöglich noch unerträglicher, die Strahlung der Sonne noch intensiver und ihr Licht noch blendender als in den gerade vergangenen sommerwarmen Augustwochen. Immerhin ging ein Wind und machte es möglich, im Schatten der Markise zu sitzen und, schwitzend zwar, diesen laut Wetterprognose letzten heißen Tag zu genießen. Da das Ende der Schönwetterperiode vorhergesagt war und Regen und Abkühlung im Laufe des morgigen Tages Nordhessen erreichen sollten, war es für uns selbstverständlich, diese möglicherweise letzten Hochsommerstunden trotz aller Beschwerlichkeit im Freien zu verbringen.

Franziska hatte den Tisch liebevoll gedeckt, hatte neben Tee und Kaffee auch eisgekühlte Getränke bereitgestellt – eine Wohltat und Notwendigkeit angesichts der Hitze, die uns umgab. Einige späte dunkelrote Rosen in einer gelbgrünen Vase bildeten einen aparten Farbkontrast zu den weißumrandeten blauen Tellern und Tassen, die sie anlässlich unserer Zusammenkunft aufgetragen hatte.

An der Stirnseite des Tisches saß der Professor, noch immer im Rollstuhl, in dem er, wie er versichert hatte, heute zum letzten Mal zu sitzen gedachte. Auch die Vernunft habe ihre Grenzen, ärztliche Anordnungen hin und her. Ab morgen werde er sich wieder mit dem Stock bewegen, vielleicht aber auch ohne ihn.

Karl Montag hatte das andere Tischende besetzt, ihm zur Seite lehnte Gunter Schröder mit verschränkten Armen auf seinem Stuhl und harrte der Dinge, die gerade von Franziska herangetragen wurden.

In einer wie einstudierten Gleichzeitigkeit beugten sich die Oberkörper der Kommissare vor, ihre Köpfe folgten jeder Bewegung meiner Frau, als sie das Tablett absetzte und zuerst eine mandarinenbestückte, sahneverzierte Käsetorte in der Mitte des Tischs platzierte. Ein halblaut geäußertes »Oh!« ließ mich aufsehen, doch ich war mir nicht sicher, welcher der beiden Polizisten seine Begeisterung nicht hatte unterdrücken können. Als Franziska dann noch einen Nuss-Marmorkuchen und einen Teller mit frischgebackenen Waffeln daneben stellte, war es Charly, der die Hände hob. »Das wäre aber nicht nötig gewesen, Franziska.« Dabei leuchteten seine Augen wie die eines Kindes kurz vor der Bescherung. Auch seinem Oberkommissar war die Vorfreude anzusehen. In genüsslichem Wohlgefallen ließ er den Blick über den Tisch wandern.

»Greift zu!«, forderte ich auf, »schließlich haben wir heute etwas zu feiern.«

»Was feiern wir denn?« Charlys Arm verhielt kurz vor dem Ergreifen einer Waffel. Fragend sah er in die Runde. »Ich denke, wir haben uns hier getroffen, um die Ereignisse der letzten Tage zu besprechen?«

»Ja, ja, natürlich. Das war übrigens sehr entgegenkommend von euch, uns Halbinvaliden nicht auf die Polizeistation zu zitieren. Danke, dass ihr uns das erspart habt und stattdessen nach Oberhone gekommen seid. Aber unter solchen Verhältnissen zu arbeiten«, ich nickte zu dem Tisch und dem dort Aufgetragenen hin, »das ist die Mühe eines Außeneinsatzes doch wert, sogar bei einer Hitze wie der heutigen, oder?«

»Allemal«, bestätigte Gunter und schob sich ein Stück der Käsetorte auf den Teller. Charly, jetzt mit der Waffel in der Hand, beharrte wissen zu wollen: »Was also feiern wir?«

Mit etwas Mühe erhob ich mich von meinem Stuhl, hielt mich am Tischrand fest und schaute von einem der Kommissare zum anderen. »Wir feiern, dass ich noch lebe. Wenn ihr wollt, meinen Geburtstag. Ohne euch läge ich jetzt irgendwo da oben tot im Berg.«

»Ach, das war doch nichts«, winkte Charly ab und biss in seine Waffel.

»Überhaupt nichts«, bekräftigte Gunter mit vollem Mund.

»Doch, das war etwas«, widersprach ich, »gleich zweimal habt ihr mir das Leben gerettet. Mag es beim ersten Mal noch Zufall gewesen sein, dass ihr gerade in dem Moment aufgetaucht seid, als Hensler drauf und dran war, mich zu erwürgen, so habt ihr beim zweiten Mal euer Leben eingesetzt, um meines zu retten. Wenn das nichts ist!«

»Wir konnten dich doch nicht im Stollen zurücklassen«, empörte sich Gunter. »Als wir merkten, dass du nicht hinter uns herauskamst, da gab's kein Überlegen – da sind wir wieder rein.«

»Du lagst am Boden, bewusstlos, blutüberströmt«, setzte Charly die Schilderung fort, »deine Beine waren begraben unter einigen Felsstücken, die aus der Wand herausgebrochen waren. Es hat uns ganz schön Mühe gekostet, dich da auszubuddeln.«

»Und ständig dieser Steinhagel von oben.« Mit den Fingern strich Gunter über das Pflaster an seiner Stirn. »Erstaunlich, dass nicht mehr passiert ist.«

»Ja«, stimmte ich dankbar zu und fasste mir an den Kopfverband, der wie ein Turban rund um meinen Schädel gewickelt war, »eine Platzwunde nur, dazu die leichte Gehirnerschütterung und die paar Prellungen und Schürfungen an den Beinen – ein Wunder, dass wir so glimpflich davongekommen sind.«

»Eigentlich ist es unfassbar. Der Meißner stürzt über uns zusammen und wir leben noch.« Der Hauptkommissar war aufgestanden und an den Rand der Terrasse getreten. Er hob den Kopf und suchte den in der flimmernden Luft nur verschwommenen erkennbaren Berg. »Dass wir diesem Inferno entkommen konnten...« Er schüttelte sich unter seinen Erinnerungen, die sich unvergesslich in ihm eingegraben hatten und ihn noch immer verfolgten. Ohne uns anzusehen, begann er noch einmal, über die fürchterliche Katastrophe zu sprechen. Fast schien es, als dränge ihn etwas, darüber zu reden. Offenbar fiel es ihm schwer, mit den gespeicherten Schreckensbildern fertig zu werden.

»Gerade hatten wir Heiner nach draußen geschafft, waren fix und fertig von der Anstrengung des Transports. Wir lagen auf dem Boden, rangen nach Luft und versuchten, wieder zu Kräften zu kommen. Doch dazu blieb uns keine Zeit. Ein Rauschen und Brausen ließ uns erschreckt aufsehen. Im ersten Moment begriffen wir nicht, was von dort oben auf uns zukam. Lauter und lauter schwoll der Lärm an – bis wir sie dann sahen, diese entsetzliche Steinlawine, die der rutschende Berg auf uns zuschob. Eine meterhohe Wand aus Fels, Geröll und Erde wälzte sich den Hang herunter, unaufhaltsam, kaum gebremst von den Bäumen, die sie wie dürre Zweige abknickte und unter sich begrub. Wir hätten nicht die geringste Chance gehabt, diesem heranrollenden Ungeheuer zu entkommen, wenn nicht der Geländewagen gleich neben uns gestanden und der Schlüssel in der Zündung gesteckt hätte. Instinktiv erkannten wir, dass das Auto die einzige Möglichkeit war, uns zu retten. Wir rissen die Türen auf, packten Heiner und warfen ihn auf den Rücksitz. Kaum hatte Gunter den Motor gestartet, als die Lawine auch schon heran war. Mit einem Satz schoss das Fahrzeug nach vorne. Nicht auszudenken, was passiert wäre, wenn Gunter den Motor abgewürgt hätte.«

Es sei ein Ritt auf Messers Schneide gewesen. Sie seien aus der Schlucht herausgeschossen, auf den Hauptweg gechleudert, vorbei am dort abgestellten Einsatzwagen, das Bachtal hinunter in die Wiese gerast. Drei-, vierhundert Meter weiter erst hatte Gunter das Auto gestoppt. Beim Zurückblicken hatten sie begriffen, wie knapp nur sie dem Tod entkommen waren. Keine fünfzig Meter von ihnen entfernt war die steinerne Walze, auslaufend in die Weideflächen des breiter und flacher werdenden Tals und dadurch ihrer zerstörerischen Kraft beraubt, erst zum Stillstand gekommen. Erschrocken hatten sie nach oben auf die Schneise der Verwüstung gestarrt, die von der abgleitenden Felsschicht in den Berg gerissen worden war. »Wie erleichtert waren wir, als wir sahen, dass das Haus am Schwalbenthal noch stand, es war offenbar unversehrt geblieben. In einem Abstand von nicht einmal zehn Metern musste die Lawine das Gebäude passiert haben. Von unserem Polizeiwagen dagegen war nicht die geringste Spur mehr zu sehen. Er dürfte, begraben unter meterdickem Erdreich, für alle Zeit verschwunden sein.«

Der Hauptkommissar schwieg. Den Blick noch immer auf den Berg gerichtet, stand er einige Sekunden unbeweglich da. Auch wir anderen blieben unter dem Eindruck seiner Erzählung stumm.

Franziska war es, die unser betroffenes Schweigen durchbrach. Sie stand auf, trat neben Charly und legte ihm den Arm um die Schulter. »Ich glaube, auch Gunter und du haben allen Grund, Geburtstag zu feiern. Komm«, führte sie den Freund zum Tisch zurück, »setz dich wieder zu uns. Wir sollten dankbar sein, dass nichts Schlimmeres passiert ist. Wie ich gehört habe, sind außer Hensler keine weiteren Opfer zu beklagen.«

»Nein, Gott sei Dank. Nur der Mörder ist im Stollen geblieben. Er hatte keine Chance, als der Berg herunterkam.«

»Immerhin müssen wir den verschütteten Dienstwagen nicht bezahlen.«, versuchte Gunter, zum lockeren Gesprächston des Anfangs zurückzukehren. »Man hat den Verlust unter höhere Gewalt abgebucht.«

»Kollateralschaden.« Charly zuckte mit den Schultern. Auch er war jetzt sichtlich bemüht, die belastende Erinnerung abzuschütteln. »Man wollte uns heimschicken, als vorübergehend dienstunfähig – wegen möglicher posttraumatischer Reaktionen. Stellt euch das mal vor. Wir hätten doch glatt das hier verpasst.« Er deutete auf den Kuchentisch. »Das wäre dann das wahre Trauma für uns gewesen – ein Trauma mit unabsehbaren Folgeschäden. Oder, Gunter?«

»Ja, das wäre in der Tat zu befürchten gewesen«, gab der Oberkommissar seinem Kollegen Recht, um sich augenblicklich mit einem Biss in den Nusskuchen der Traumaprophylaxe zuzuwenden. Auch Charly nahm die Prävention ernst und häufte ein Stück Käsetorte auf seinen Teller. Doch bevor er etwas davon in den Mund schob, hob er die Kuchengabel und zeigte damit auf die Dame des Hauses. »Bei allen Danksagungen der Erretteten und Lobeshymnen auf die Retter sollten wir Franziska nicht vergessen. Ihr ist es in erster Linie zu verdanken, dass wir rechtzeitig an Ort und Stelle waren. Wenn sie mich nicht voller Sorge um dich, Heiner, angerufen und mir von deinem Alleingang in den Stollen erzählt hätte«, der Blick, der mich traf, war voller Vorwurf, »dann wäre auch ein ganz anderer Ausgang für dich möglich gewesen.«

Angesichts dieser Vorstellung schwiegen wir erneut. Noch einmal war, flüchtig diesmal nur, der Schatten des »Was-hätte-sein-können-wenn« auf unsere Runde gefallen.

Doch dann beendete der Professor, der bisher stumm zugehört hatte, mit einem demonstrativ geräuschvollen Rücken des Rollstuhls die Stille und kam auf das zu sprechen, was zu bereden wir uns für heute vorgenommen hatten. »Mich würde aber nun doch interessieren, wie sich dieser ganze Fall aus der Sicht der Polizei darstellt. Immerhin geht es auch um den Tod meines Vaters. Gibt es denn inzwischen eine alles erklärende Lösung?«

Das Zögern der Kommissare war unübersehbar. Es war augenscheinlich, dass ihnen die Beantwortung der Frage Schwierigkeiten bereitete.

»Ehrlich gesagt – nein«, bedauerte Charly schließlich, »wir können längst nicht für alles eine Erklärung finden – und ich fürchte, das wird auch so bleiben.«

»Heißt das, diese Mordfälle werden nie ganz aufgeklärt?«, wunderte sich Franziska.

»Nun, vieles haben wir bereits geklärt – einiges mit eurer Hilfe und dem Material, das ihr uns an die Hand gegeben habt. Aber ein Teil des Geschehens wird rätselhaft bleiben. Bei manchen Abläufen werden wir nicht über das Stadium des Spekulierens hinauskommen, werden möglicherweise niemals erfahren, ob es sich tatsächlich so, wie wir glauben, abgespielt hat. Bedenkt, das Ganze zieht sich über eine Periode von fünfundsechzig Jahren hin.« Er fuhr mit den Armen durch die Luft, als wollte er die Größe eines solchen Zeitraums umreißen. »Und dann noch ein Erschwernis in diesem Fall: Die, die uns Auskunft geben könnten, sind alle tot – der Oberst und Gottfried sowieso, sie starben aus Altersgründen, ihre Söhne wurden ermordet beziehungsweise verschüttet.«

»Söhne?« Ich horchte auf. »So ist Olaf Hensler Gottfrieds Sohn?«

»Ja. Gottfried Hensler gehörte der Bauernhof im Rodebachtal. Nach seinem Tod hat ihn sein Sohn Olaf geerbt. Aber das haben wir alles bisher nur grob recherchieren können. Seit dem Erdrutsch sind gerade mal zwei Tage vergangen, zu wenig Zeit, um alle Einzelheiten zu überprüfen. Vieles von dem, was wir jetzt besprechen, ist noch mit Vorbehalt zu sehen.« Charly wandte sich an den Oberkommissar. »Gunter, du hast die Akte, wenn du bitte berichten könntest. Ich würde vorschlagen, wir gehen die ganze Geschichte der zeitlichen Reihenfolge nach durch – vom Kriegsende bis heute. Am Besten, wir tragen vor, was wir wissen – ihr ergänzt, was euch dazu noch einfällt.«

Mit dieser Vorgehensweise erklärten wir uns einverstanden. Nachdem Franziska frischen Kaffee geholt und uns daran erinnert hatte, unter der Fallerörterung ihren Kuchen und die Waffeln nicht zu vergessen, schlug Oberkommissar Schröder mit amtlicher Bedächtigkeit den vor ihm liegenden Hefter auf. Kurz durchblätterte er den Inhalt, sortierte einige Papiere aus und legte sie zur Seite. Dann griff er nach dem übriggebliebenen Stapel.

»Es ist eine lange Historie, die diesem Fall zugrunde liegt«, begann er in einem Tonfall, als wollte er uns eine Ballade aus alter Zeit erzählen, »wir säßen heute Abend noch zusammen, wenn ich das alles noch einmal vor euch aufrollen sollte. Deshalb lasst uns die Vorgeschichte als bekannt voraussetzen und uns auf das Füllen der Lücken beschränken.« Seine Stimme wurde jetzt sachlich, nun galt es, Tatbestände aufzulisten. »Der Brief Ihres Vaters, Herr Professor Seeger, zusammen mit Ihrer Schilderung der Vorgänge im Tunnel damals sind die Grundlagen zum Verständnis des Falls. Wir nehmen einmal als gegeben an, dass der Oberst Ludwig Stollhausen mit der Hilfe des Landwirts Gottfried Hensler Kunstschätze aus Ostpreußen, darunter möglicherweise auch das Bernsteinzimmer, heimlich beiseite geschafft hat. Wie diese Liaison der beiden zustande gekommen ist, lassen wir zunächst einmal außen vor. Von Ludwig Stollhausen wissen wir, dass er einen Teil der Gegenstände verhökert und mit dem Gewinn sein Firmenimperium aufgebaut hat. Bei Gottfried Hensler sind wir noch nicht soweit, aber auch hier muss es ähnlich gelaufen sein.

Erste Nachforschungen zeigen einen erheblichen Landzukauf nach dem Krieg. Im Übrigen gehört das Waldgebiet, in dem das Depot der Kunstgüter liegt, seit altersher zum Besitz Henslers. Gottfried hatte das dauerhafte Nutzungsrecht für den Stollen. Das und den Wald hat Sohn Olaf als Einziges behalten, als er vor acht Jahren den Hof und die landwirtschaftlichen Nutzflächen verkaufte.«

»Dann wohnen also jetzt keine Henslers mehr auf dem Gehöft?«

»Nein. Das Anwesen wurde von einer Familie...«, Gunter nahm ein Blatt und suchte nach dem Namen, »...Riedmüller aus Großalmerode erworben. Wir haben die Leute überprüft. Alles sauber, die haben nichts mit der Geschichte zu tun.«

Der Oberkommissar legte das Papier zurück. »Doch lasst uns chronologisch weitermachen. Beleuchten wir erst einmal die Vorgänge an und um den Bahnhof Schwebda im März 1945. Drei Personen sind es, deren Schicksal uns in diesem Zusammenhang interessiert. Vorrangig dürfte dabei aus der Sicht des Professors sein, wie es dem Vater und seinem Freund Wilhelm ergangen ist, nachdem sie erfahren hatten, dass ihnen aufgrund ihrer Mitwisserschaft Gottfried und der Oberst nach dem Leben trachteten.«

Gunter holte ein Blatt aus dem Hefter: »Was wissen wir? Nun, wir kennen aus dem Brief die Absicht der beiden Eisenbahner, vor der Bedrohung zu fliehen und sich erst einmal zu verbergen. Welchen Weg sie für die Flucht wählten, ist unklar, aber das Ziel ist bekannt: Die Taterlöcher auf der Plesse. Dort scheinen sie sich versteckt zu haben, entweder weil sie unmittelbar verfolgt wurden oder auch nur, um dort einige Zeit abzusitzen, bis sich die Lage beruhigt und sich ihre Gefährdung vermindert hatte. Alles Weitere ist jetzt

Hypothese. Wurden sie von Gottfried in ihrem Versteck aufgestöbert und ermordet – oder sind sie, aus welchen Gründen auch immer, auf andere Weise umgekommen? Das wird wahrscheinlich ein ewiges Geheimnis bleiben. Als man 1971 die Knochen der beiden Männer fand, hatte man keinerlei Gewaltspuren an ihnen feststellen können. So wurde der Tod natürlichen Ursachen zugeordnet und die Gebeine irgendwo bestattet. Man muss den damaligen Untersuchern allerdings zugutehalten, dass sie nicht die Kenntnisse besaßen, über die wir heute verfügen. Hätten die Angaben und Details aus dem Brief von Professor Seegers Vater vorgelegen – ich glaube, man wäre der Sache gründlicher und gezielter nachgegangen. Völlig offen ist auch, ob die neben den Skeletten gefundene Patronenhülse eine Bedeutung hat oder nicht. Wie ich schon sagte, die Wahrscheinlichkeit, das Geschehen in der Höhle jemals aufzudecken, ist nur gering. Für Sie, Herr Professor, ist das möglicherweise ein unbefriedigendes Ergebnis.«

»Das will ich nicht sagen. Es war für mich wichtig, die Umstände in groben Umrissen kennenzulernen, unter denen mein Vater starb. Ich bin mir gar nicht sicher, ob ich Einzelheiten zu seinem Tod überhaupt wissen will. Auch verschafft mir die Tatsache, dass die Söhne der Schuldigen jetzt ebenfalls ums Leben gekommen sind, weder Befriedigung noch irgendeine Form von Genugtuung. Aus meiner Sicht ist dieses Kapitel nun abgeschlossen.«

»Für uns ist es wohl oder übel auch abgeschlossen, denn eine genauere Aufklärung dürfte kaum mehr zu erwarten sein. Was meinst du, Charly?«

»Ja, da sind wir uns einig, wir kommen da nicht weiter; das alles liegt zu lange zurück«, schloss sich der Hauptkommissar seinem Kollegen an.

»Eines möchte ich aber noch wissen«, schaltete sich der Professor wieder ein. »Wie kann mein Vater von diesem Herbertstollen im Kupferbachtal erfahren haben? Was hat ihn veranlasst, die Abkürzungen in seiner Mütze zu verbergen?«

»Auch so eine Sache, in der wir nur Vermutungen anstellen können.« Gunter seufzte, als Polizist hatte er es lieber mit Tatsachen zu tun. »Charly und ich haben uns lange darüber unterhalten, sind zu dem Schluss gekommen, dass Ihr Vater zufällig an die Informationen gekommen sein muss. Möglicherweise hat er wieder ein Gespräch zwischen dem Oberst und Gottfried belauscht, vielleicht auch etwas Geschriebenes mit den Ortsbezeichnungen herumliegen gesehen. Er muss sich das Gehörte oder Gelesene in Eile notiert haben, abgekürzt auch deshalb, weil er nur einen winzigen Zettel zur Verfügung hatte.« Gunter kraulte sich am Bart. Es war ihm anzusehen, dass er mit diesem Konstrukt nicht unbedingt glücklich war.

»Und für wen war die Notiz bestimmt – für sich selbst oder für andere?«

»Das wissen wir noch weniger. Wir kennen nicht die Situation, in der Ihr Vater sie schrieb. War er akut bedroht? Hatte er den Tod vor Augen? Dann war sie wohl dazu bestimmt, der Nachwelt das Versteck mitzuteilen. War er jedoch überzeugt, die Sache zu überleben, dann kann er sie genausogut auch für sich selbst aufgeschrieben haben – als eine Art Merknotiz, um den Ort mit dem Diebesgut später finden zu können.« Gunter zuckte mit den Schultern. »Da kann sich jeder aussuchen, was er für richtig hält.«

Während der Oberkommissar die gerade benutzten Blätter zur Seite schob und in dem Hefter nach den für das Weitere benötigten Unterlagen suchte, schenkte Franziska noch einmal die Tassen voll und reichte die Kuchenteller rund. Man sah ihr die Freude an, dass ihr Gebackenes in den Polizisten noch immer dankbare Abnehmer fand.

Nach einer schnell verzehrten Waffel war Gunter dann schließlich wieder soweit, seine Falldarstellung fortzusetzen. »Ehe wir uns gleich dem Geschehen dieser Tage zuwenden, sollten wir versuchen, eine Antwort zu geben auf die Frage, was in den Jahren nach dem Diebstahl mit den Kunstschätzen passiert ist. Einiges konnten wir diesbezüglich schon aufklären. So sieht es ganz danach aus, dass der alte Stollhausen in Duderstadt schon ziemlich bald nach dem Raub seinen Beuteanteil zu Geld gemacht hat. Mit dem Erlös hat er die Baufirma vergrößert und den Grundstein für seinen späteren Reichtum gelegt. Die Kanäle, über die er die Gegenstände verscherbelt hat, kennen wir noch nicht – vielleicht gelingt es uns noch, seine Abnehmer zu identifizieren. Als Jahre später nach dem Tod des Alten der Sohn das Geschäft übernahm, war von den Kunstobjekten nichts mehr übrig, zumindest von dem nichts, was dem Oberst zugestanden hatte. Man konnte dem Junior also nicht vorwerfen, Gestohlenes illegal verkauft zu haben – das hatte der alte Stollhausen längst gründlich erledigt, aber man hätte ihn belangen können wegen seines Schweigens, mit dem er die Machenschaften seines Vaters deckte – aus Angst, durch ein Offenlegen des Diebstahls den darauf gegründeten Wohlstand einzubüßen.«

Gunter sah in die Runde. Als ihm unser Nicken signalisierte, dass wir das verstanden hatten, griff er nach dem nächsten Blatt. Schon die Art seiner Bewegung übermittelte uns die Bedeutung, die er dem dort Vermerkten zumaß. »Ganz anders sieht es im Fall Olaf Hensler aus. Nach dem, was wir bisher herausgefunden haben, hat der alte Hensler, also Gottfried, nur wenige seiner Kunstobjekte veräußert – gerade mal so viele, wie er benötigte, um das Land, das er schon immer gerne haben wollte, dazuzukaufen. Er gehörte wohl zu jener Sorte sparsamer Menschen, die immer darauf bedacht sind, etwas in der Hinterhand zu haben. Deshalb war noch ein Großteil des Geraubten vorhanden, als Gottfried vor gut zehn Jahren starb und seinem Sohn das Gehöft mit allem Dazugehörigen vermachte. Für den jungen Mann, der nie großes Interesse an der Landwirtschaft gehabt hatte, war das eine gewaltige Versuchung. Viele hätten eine solche Hinterlassenschaft sofort und vollständig zu Geld gemacht. Aber Olaf Hensler war klug genug, nicht alles auf einmal zu verkaufen. Zum einen war er sich bewusst, dass das Auftauchen einer so großen Menge verschollener Kunst Aufsehen erregen musste – zum anderen garantierte ihm ein dosiertes Angreifen des Vorrats ein auf weite Sicht finanziell gesichertes Leben. Knapp zwei Jahre hielt er es auf dem Hof noch aus, dann kam die große Liebe. Frau Hensler erzählte uns, wie sie sich kennengelernt und schon wenige Monate später beschlossen hatten, zu heiraten und zusammenzuziehen. Da sie das von ihrem verstorbenen ersten Mann hinterlassene Sport- und Textilgeschäft nicht aufgeben wollte, verkaufte Olaf seinen Bauernhof und zog zu ihr nach Wanfried. Das Geld aus dem Hausverkauf investierte er in das Unternehmen seiner Frau. Er baute es aus zu einem Großhandel mit Filialen in anderen Städten, machte sich zum Geschäftsführer und verschaffte sich so den Freiraum, den er für seine kostspielige Leidenschaft brauchte.«

»Was soll das heißen? Hat er ein Doppelleben geführt?« Franziskas Augen glänzten. Das war der Stoff, an dem sich die weibliche Fantasie nur allzu gerne entzündete.

»Nein«, dämpfte Gunter ihre Erwartungen, »Doppelleben ist zuviel gesagt. Da denkt man gleich an schöne Frauen, schnelle Autos, wilde Partys – von alledem war aber nichts. Olaf Henslers heimliche Obsession war auf einen bestimmten, eng begrenzten Sektor ausgerichtet - und sie war kostspielig, verschlang große Summen. Das erklärt, dass er sogar bereit war, Morde zu begehen, wenn sie dazu dienten, seine Geldquelle zu erhalten.«

»Was hat er denn getrieben?« Nun war ich neugierig. »Ich bin bisher davon ausgegangen, dass er das Sportgeschäft in Wanfried geführt hat, dort auch die Kunden hinter dem Tresen bediente. Erst gestern hat der Professor erzählt, dass ihm Hensler persönlich seine Wanderausrüstung verkauft hat.«

»Ja, ja, das machte er gelegentlich auch. Sonst aber war er viel auf Reisen – angeblich, um seine Filialen zu betreuen.«

»Angeblich?«

»Er ließ sich natürlich auch in den Zweiggeschäften sehen. Aber er benutzte die Reisen vor allem, um seiner Passion nachzugeben – oder auch Sucht, wenn man das so nennen will.«

»Er war ein Pferdenarr«, schaltete sich Charly ein, als er sah, dass wir ungeduldig wurden. »Schon auf seinem Gehöft hatte er einige Vollblüter auf der Koppel, Rennpferde, die er auf den deutschen Trabbahnen laufen ließ. Die Tiere hat er mit dem Verkauf des Hofs zwar abgegeben, aber die Rennleidenschaft ist geblieben. Er war Stammgast in Iffezheim und Weidenpesch.«

»Nach Auskunft der Kollegen in Baden Baden und Köln wettete er mit hohen Beträgen«, informierte nun wieder Gunter. »Aber wie alle Spieler verliert er letztendlich immer, auch wenn er gelegentlich mal richtig tippt. Er muss Unsummen verspielt haben.«

»Und seine Frau – merkte die denn nichts? Sie sah doch den Kontostand, kriegte mit, wie häufig ihr Mann abwesend ist«, ereiferte sich Franziska. Für sie, die liebevoll Wachsame, war so etwas unvorstellbar.

»Offenbar war Hensler sehr geschickt im Verheimlichen seines Treibens. Er wird die Einsätze auf den Rennbahnen mit dem Erlös aus dem Kunstverkauf bestritten haben, sodass auf dem Geschäfts- und Privatkonto nichts davon erschien. In den nächsten Tagen und Wochen werden wir vielleicht Genaueres dazu erfahren. Auch hoffen wir, an die Hehler heranzukommen, die ihm seine Kunstobjekte abgekauft haben.«

»Dann war die Frau also tatsächlich ohne jegliche Ahnung?«, Franziska war fassungslos, »wusste nichts von dem Stollen und auch nichts von der Wettleidenschaft ihres Mannes?«

»Sieht ganz so aus. Sie fiel aus allen Wolken, als wir sie nach Henslers Tod mit der Wahrheit konfrontierten.«

»Unglaublich!« Franziska blies die Backen auf. Derartige Alleingänge des Ehemanns würde es bei ihr nicht geben.

Wieder wühlte der Oberkommissar in seinem Hefter. Wir nutzten die Zeit, uns Getränke nachzugießen. Franziska vertrat sich die Füße, Charly verschwand zur Toilette. Als wir kurz darauf alle wieder erwartungsvoll zurückgelehnt auf unseren Plätzen saßen, kam Gunter auf die nur wenige Tage zurückliegenden Ereignisse zu sprechen.

»Was uns noch fehlt, ist die Betrachtung der jüngsten Morde: Der Tod des alten Unger und das Ende Stollhausens in der Höhle. Auch wenn die Verbrechen gerade erst passiert sind, dürfte auch in diesen Fällen vieles im Dunkeln bleiben – denn alle, die uns bei der Lösung helfen könnten, leben nicht mehr. Es hängt jetzt von den Ergebnissen der weiteren Untersuchungen ab, ob es uns gelingt, mehr Licht in diese Angelegenheiten zu bringen. Aber einiges wissen wir schon.« Er schwenkte die Papiere.

»Beginnen wir mit dem Mord an Karl Unger. Jetzt, wo wir den Täter kennen, müssen wir uns fragen lassen, warum wir nicht schon früher auf den Schwiegersohn gekommen sind. Wir haben uns überall umgehört, bei den Besitzern der Schrebergärten, bei den Hausbewohnern der benachbarten Straßen – aber niemand hatte etwas Verdächtiges an jenem Mordnachmittag bemerkt, keiner etwas Auffälliges beobachtet oder eine fremde Person gesehen. Dieses Ergebnis hätte uns stutzig machen müssen. Wir hätten uns selbst die Frage stellen müssen, ob vielleicht nur deshalb nichts aufgefallen war, weil es nichts Verdächtiges oder Fremdartiges gegeben hatte. Hensler war wie an jedem Tag zu der Bahnanlage seines Schwiegervaters gegangen, hatte ihm Kaffee und Kuchen gebracht. Natürlich müssen das viele mitbekommen haben, aber keiner hat es bewusst registriert, weil der Besuch des Schwiegersohns eben zum täglichen Alltag gehörte.

Und dann ein Zweites: Der Mörder Ungers musste von dem Entgleisungsmanöver wissen, mehr noch, er musste es selbst gesehen haben, um es genau so arrangieren zu können, dass es wie der übliche Unfall an Weiche 7 aussah. Bisher haben wir angenommen, der Alte habe zunächst einige Runden mit seinem Mörder gedreht und dieser sei erst nach dem Aufprall und dem Entgleisen des Zuges auf den Mordgedanken gekommen. Das aber erweist sich nun als unwahrscheinlich.« Gunter drehte sich zu mir. »Heiner, weißt du noch, was Unger bei eurer gemeinsamen Bahnfahrt trug?«

»Natürlich, so ein Bild bleibt ewig haften. Es war schon

eine pittoreske Aufmachung, in der er sich präsentierte. Er steckte in einer Art Fantasieuniform – schwarze Hose, blaue Eisenbahnerjacke, und auf dem Kopf eine rote Schirmmütze. Er sah aus wie ein Schaffner in einer Operette.«

»Genau das haben auch andere bestätigt, die mit ihm gefahren und entgleist sind. Vier Personen mit den gleichen Erfahrungen wie du haben wir aufstöbern können. Alle sagen aus, dass Unger bei der Fahrt die Uniform getragen hat.«

»Ja, und?«

»Überleg mal, was Unger am Mordtag anhatte?«

Charly stand auf und trat zu mir. Seine Hand legte sich auf meine Schulter. »Auch wenn´s kein schöner Anblick war, Heiner. Entsinnst du dich, wie wir beide uns zu der Leiche hinuntergebückt haben? Ich habe dann den Zipfel der Plane zurückgeschlagen...« Ein Schauer durchlief mich, als das verwüstete Gesicht des Alten plötzlich wieder vor meinen Augen auftauchte. »Du hast zwar nur den Oberkörper des Toten gesehen«, sprach Charly weiter, »aber es muss dir doch aufgefallen sein, dass Karl Unger keine Uniform trug.«

»Tatsächlich!«, entfuhr es mir, »er hatte ein kariertes Hemd an, daran erinnere ich mich.«

»Genau das ist es, was Gunter sagen wollte: Zu dem Zeitpunkt, als der alte Eisenbahner ermordet wurde, trug er Zivil, hat also mit großer Wahrscheinlichkeit keine seiner üblichen Rundfahrten gemacht.« Charly ging zu seinem Stuhl zurück. Mit einer Handbewegung forderte er den Oberkommissar auf fortzufahren.

»Um es kurz und selbstkritisch zu sagen. Auch das hätte uns auffallen müssen. Der Täter konnte kein Fremder sein, denn dem hätte der alte Eisenbahner vermutlich mit seiner

Uniform zu imponieren versucht.« Gunter strich sich über die Stirn. Für einen Moment schloss er die Augen, als müsse er sich sammeln vor seinem weiteren Vortrag.

»Wir stellen uns den Tatablauf folgendermaßen vor«, begann er schließlich und beugte sich über das vor ihm liegende Papier. »In den Sommermonaten, die Karl Unger ausschließlich auf der Bahnanlage verbrachte, versorgte ihn nachmittags entweder die Tochter oder der Schwiegersohn mit Kaffee und Kuchen. Das haben wir nachgeprüft. Olaf Henslers Gang durch die Gärten mit einem Picknickkorb in der Hand war also für alle ein vertrautes Bild. Es ist anzunehmen, dass der Alte seinem Schwiegersohn ganz begeistert von deinem Besuch erzählt hat, Heiner, dass er mit dir über vergangene Zeiten hatte plaudern können. Auch hattest du dich interessiert gezeigt, Näheres über seine frühere Tätigkeit auf dem Bahnhof in Schwebda zu erfahren. Spätestens jetzt musste Hensler hellhörig werden.« Gunter sah von seinen Notizen auf und erklärte. »Er wusste natürlich von den Taten seines Vaters damals auf dem Bahnhof und im Tunnel, war zweifellos auch über die Lokführertätigkeit seines Schwiegervaters informiert. Bei der Mitteilungsfreudigkeit des Alten wird er alles aus dessen Schwebdaer Zeit mehr als einmal zu hören bekommen haben.«

»Willst du damit sagen, Olaf Hensler hat erst nach seiner Einheirat in die Familie erfahren, dass Karl Unger zur Zeit des Kunstraubs am Bahnhof Schwebda tätig war?« Ungläubig schüttelte Franziska den Kopf.

»Ja, das muss zunächst ein gehöriger Schreck für ihn gewesen sein. Dann aber musste er schnell erkannt haben, dass der Alte zwar zu jener Zeit in Schwebda beschäftigt war, von dem verbrecherischen Treiben seines Vaters aber nichts mitbekommen hatte, somit also auch keine Gefahr für ihn darstellte. Deshalb war er auch nicht besonders beunruhigt zu hören, dass dieser Besucher am Vortag in der alten Geschichte herumgerührt und Erkundungen darüber angestellt hatte. Er war ja überzeugt, sein Schwiegervater wusste nichts, was er ihm hätte sagen können.«

Wie ein Redner, der die Aufmerksamkeit seiner Zuhörer vor einem entscheidenden Passus schärfen will, hob Gunter nun die Hand. »Auch wenn das, was ich jetzt sage, nur Vermutung ist, so sind wir, Charly und ich, uns doch ziemlich sicher, dass es nur so und nicht anders gewesen sein kann. Mitten hinein in die Unbesorgtheit seines Schwiegersohns muss der Alte eine Bemerkung gemacht haben, die das Gebäude der Sicherheit, in dem sich Hensler wähnte, wie ein Kartenhaus zusammenfallen ließ. Was genau er gesagt hat, wissen wir nicht. Am ehesten vorstellbar ist, dass er Namen erwähnt hat, die ihm in Verbindung mit seiner damaligen Lokführertätigkeit wieder eingefallen waren, oder, wahrscheinlicher noch, die er in irgendwelchen alten Unterlagen gefunden hat. Zum Beispiel den Namen des Offiziers, der seinerzeit das Sagen auf dem Bahngelände hatte: Oberst Stollhausen. Und auch den Namen Gottfried wird er genannt haben, der, wie wir wissen, in enger Verbindung zu dem Oberst gestanden hat. Was Unger nicht weiß, ist, dass er sich mit der namentlichen Erwähnung dieser Personen sein eigenes Grab gräbt. Olaf Hensler kann sich an fünf Fingern abzählen, welche Folgen diese brisanten Informationen haben können, wenn sie in die Hände anderer fallen. Die Spur würde leicht bis zu ihm verfolgt werden können, eine Aufdeckung seiner Verwicklung in die alte Diebstahlsache und ein Auffinden des noch vorhandenen Raubguts wären nur eine Frage der Zeit. Und dann, so stelle ich es mir jedenfalls vor, erzählt Karl Unger voller Stolz, dass er Moritz Stollhausen schon angerufen und mit ihm für den nächsten Tag ein Zusammentreffen vereinbart hat. Hensler erkennt die akute Gefahr. Er muss den Alten unbedingt zum Schweigen bringen, bevor dieser sein Wissen weitergeben kann.«

Der Oberkommissar stockte. Es fiel ihm sichtbar schwer, weiterzusprechen.

»Hensler setzt seinen Entschluss sofort in die Tat um. Er packt seinen Schwiegervater am Hals, würgt ihn, bis dieser zu Boden sinkt. Dann kommt ihm die Idee, einen Unfall vorzutäuschen. Er schlägt auf den Bewusstlosen ein, richtet ihn grausam zu. Der Gerichtsmediziner sprach davon, dass Unger noch gelebt haben musste, bevor ihn die Schläge trafen. Das viele Blut wäre sonst nicht zu erklären. Übrigens haben wir bis heute noch nicht den Gegenstand gefunden, mit dem er erschlagen wurde.« Gunters Stimme war leise geworden. Man hörte, dass ihn die Schilderung mitnahm. »Anschließend demoliert Hensler den Zug und arrangiert die Entgleisung. Er wird auch nach den Unterlagen mit den Namen gesucht haben, hat sie wahrscheinlich auch entdeckt und mitgenommen. Wir haben jedenfalls bei der Durchsuchung nichts Diesbezügliches finden können.«

»Und warum hat er die Notiz ‚Heinrich Gerhard anrufen' nicht aus der Zuckerdose entfernt und verschwinden lassen?«, warf ich ein.

»Wahrscheinlich, weil er nichts von dieser Marotte des Alten wusste. Ich nehme an, nur die Tochter kannte das Versteck.« Gunter schob die Blätter beiseite. Er brauchte sie nicht mehr, um diesen Mordfall abzuschließen. »Hensler tat, was er tun musste, um nicht sofort in Verdacht zu geraten. Denn jeder wusste ja, dass er am Nachmittag am Tatort war, um den Alten mit Kaffee zu versorgen. Er alarmierte den Notarzt, dieser dann die Polizei. Alles Weitere wisst ihr.«

Gut eine Minute verging, die wir zum Durchatmen brauchten. Das gerade Gehörte, die Rekonstruktion des brutalen Mordes an dem wehrlosen Alten, ausgeführt vom eigenen Schwiegersohn, hatte uns allen gehörig zugesetzt.

Gunter unterbrach das lastende Schweigen. »Nun bleibt noch zu klären, wie Stollhausen ums Leben kam.« Er zog die verbliebenen Blätter aus dem Hefter. Man spürte, er wollte jetzt zu einem Ende kommen. »In diesem letzten Mordfall sind wir – verständlicherweise – nahezu vollkommen auf Spekulationen angewiesen, da der einzige, den wir dazu befragen könnten, nicht mehr am Leben ist. Die Spekulation beginnt schon bei dem Versuch zu verstehen, warum sich Hensler und Stollhausen auf der Plesse trafen. Charly und ich haben die Angelegenheit von allen Seiten beleuchtet, haben erwogen und verworfen und sind nach reichlichen Überlegungen zu folgendem Schluss gekommen. Wohlgemerkt, das ist ein Entwurf – es kann so gewesen sein, aber auch ganz anders.«

Karl Montag nickte seinem Oberkommissar aufmunternd zu. Schließlich war die Polizei bei fehlenden Fakten und Mangel an Beweisbarem auf Hypothesen und Konstruktionen angewiesen.

»Also nehmen wir einmal an«, begann Gunter, wobei er sein Papier zu Rate zog, »Olaf Hensler und Moritz Stollhausen kannten sich, hatten schon früher Kontakt untereinander. Immerhin hatten sie die Gemeinsamkeit, dass sie von einem Verbrechen profitierten, das ihre Väter miteinander begangen hatten. Beide sind alarmiert durch Ungers Andeutung, einem Fremden – also dir, Heiner – etwas anzuvertrauen, das sie möglicherweise belasten und entlarven kann. Stollhausen verabredet sich mit dem Alten in der Absicht, zu überprüfen, wieviel dieser weiß. Zum Zeitpunkt des vereinbarten Treffens am nächsten Tag ist Unger aber längst tot.«

Gunter klopfte auf das Blatt. Ein Schnauben verriet sein Unbehagen. »Ich weiß, wir begeben uns mit unseren Spekulationen jetzt auf ein sehr dünnes Eis. Nun, eines jedenfalls wissen wir, denn wir haben es nachgeprüft: Hensler hat von seinem Apparat aus gleich am Abend nach dem Mord Stollhausen angerufen. Er wird ihm natürlich nichts von Ungers Tod erzählt haben, wird aber zu erkennen gegeben haben, dass er von der morgigen Verabredung mit seinem Schwiegervater wisse. Wahrscheinlich hat er Stollhausen vorgemacht, es ginge um eine Entdeckung, die der Alte schon vor Jahren in den Taterlöchern gemacht hatte, die ihm aber erst jetzt bei der Erinnerung an die alte Geschichte wieder eingefallen war. Unger sei bereit, sie ihnen gemeinsam an Ort und Stelle zu zeigen. Also findet sich Stollhausen am Folgetag auf der Plesse ein, trifft dort auf Hensler und wird von diesem erwürgt.«

»Einfach so!?« Wir alle teilten die Empörung des Professors.

»Dieser Mord war beabsichtigt und geplant, davon gehen wir aus. Stollhausen hatte, das haben die Duderstädter Kollegen bestätigt, den Ruf eines anständigen Unternehmers. Auch wenn er, wie wir vorhin schon einmal erwähnt haben, über die krummen Geschäfte seines Vaters geschwiegen hat, war er selbst nie in irgendwelche dubiosen Machenschaften verstrickt. Hensler musste befürchten, dass Stollhausen einen Mord nicht mittragen würde - dass er, wenn er vom Tod Ungers erfuhr, zwei und zwei zusammenzählen und wissen würde, wer den Alten getötet hat. Die Gefahr war einfach zu groß, dass er dann redete und ihn, Hensler, ans Messer lieferte. Also brachte er ihn um.«

»Mein Gott, wie das klingt. Als wenn man ein störendes Wort in einem Satz läse und es einfach ausradiert«, entsetzte sich Franziska.

»Ist er innerhalb der Höhle ermordet worden oder außerhalb?«, wollte der Professor wissen. Ich war mir sicher, er war in Gedanken bei seinem Vater, dessen Tod die gleiche Fragestellung aufgeworfen hatte.

»Beides ist möglich. Er erwürgt ihn draußen, schleppt ihn durch den Gang und legt ihn dort ab, wo wir ihn gefunden haben. Die Kraft dazu hat er, das kann Heiner bestätigen. Oder aber er lockt Stollhausen in den hinteren Höhlenraum, gaukelt ihm vielleicht etwas vor von einer verräterischen Einritzung in die Felswand und stranguliert ihn dort.«

»Aber warum bringt er ihn überhaupt in die Höhle? Er muss doch wissen, dass man den Toten früher oder später finden wird.«

»Natürlich weiß er das. Ihm ging es darum, mit Stollhausen an einem Ort zusammenzutreffen, der einsam genug war für die geplante Tat. Die Höhle bot sich dann geradezu an, den Toten erst einmal den Blicken Vorbeikommender zu entziehen. Vor einer späteren Entdeckung der Leiche hatte Hensler keine Angst, denn er war sich sicher, dass es nach dem Tod seines Schwiegervaters niemanden mehr gab, der noch eine Verbindung von Gottfried Hensler zu dem Oberst Ludwig Stollhausen ziehen konnte. Mit der Tötung Karl Ungers glaubte er, das Geheimnis für immer zu Grabe getragen zu haben. Wie konnte er auch wissen, dass es etwas Schriftliches gab, das diese Verbindung dokumentierte.«

»Sie meinen den Brief meines Vaters?«

»Ja, Herr Professor, dieser Brief hat entscheidend zur Lösung des Falls beigetragen. Wenn wir ehrlich sind – ohne dieses Schreiben wäre Heiner diesem Gottfried wahrscheinlich nie auf die Spur gekommen.«

Ein lautes Räuspern ließ uns zu Charly hinsehen. Der Hauptkommissar war aufgestanden. Sein Missfallen war offenkundig. »Und ohne die Eigenmächtigkeit eines selbsternannten Detektivermittlers«- sein strenger Blick versuchte mich zu durchbohren -, »der es noch immer nicht lassen kann, seine Finger in Dinge zu stecken, die Sache der Polizei sind, ohne dieses Handeln auf eigene Faust wären wir niemals in eine Lage gekommen... hätten wir uns niemals... zu keiner Zeit...« Leiser und leiser wurde Charlys Stimme, bis sie schließlich verstummte. Unsicher trat er von einem Bein auf das andere. »Was rede ich da eigentlich?«, stammelte er und hielt sich die Hand vor die Augen. »Mein Gott, wir sollten froh sein, dass wir alle so davongekommen sind.« Mit einer schnellen Bewegung kam er auf mich zu, bückte sich zu mir hinunter und umarmte mich.

Dabei hatte er recht. Während ich den Druck seiner Arme erwiderte, wurde mir klar, in welche Notlage mein eigenbrötlerisches, selbstverliebtes Vorgehen die Kommissare gebracht hatte. Natürlich war die Entwicklung, das Rutschen des Berges und das Einstürzen des Stollens, nicht vorhersehbar gewesen – aber trotzdem. Ein weiteres Mal hatte ich das Gefühl, Schuld auf mich geladen zu haben.

Während Charly zu seinem Platz zurückging, half mir der Gedanke an ein Versäumnis, meine Selbstvorwürfe für den Augenblick zu verdrängen. »Ein Toter fehlt uns noch.«

»Ein Toter?« Charly klang erstaunt. »Haben wir nicht schon genug Tote? Wen meinst du?«

»Olaf Hensler. Ich nehme an, seine Leiche wird nie wieder auftauchen? Genausowenig wie die Kunstschätze?«

»Nein. Beides ist für immer unter dem Berg begraben«,

war sich der Hauptkommissar sicher, »da liegen Tausende Tonnen Gestein über dem Stollen. Das bleibt ewig, das wird man nie wieder wegschaffen können.«

»Dadurch wird das Bernsteinzimmermysterium noch zusätzlich beflügelt werden«, mutmaßte Franziska. »Welch eine Schlagzeile: Der Schatz, eingeschlossen im Berg – wie Kaiser Barbarossa im Kyffhäuser. Sollte mich nicht wundern, wenn schon bald die ersten Grabungstrupps am Meißner zu wühlen beginnen.«

»Sind Sie überhaupt sicher, Herr Dr. Gerhard, dass es das Bernsteinzimmer war, auf das Sie im Stollen geschaut haben?«, wollte der Professor wissen.

»Nein, natürlich nicht. Ich habe einen Goldschimmer gesehen, flüchtig nur – so wie Sie als Kind damals im Tunnel auch nur kurz in die offene Kiste blicken konnten. Zu einer näheren Betrachtung blieb mir gar keine Zeit. Möglich, dass es das Bernsteinzimmer war – Kisten standen ja genug an der Wand.«

»Aber wenn man so einen unermesslichen Schatz besitzt, warum macht man ihn dann nicht zu Geld, verkauft ihn? Das muss doch Unsummen einbringen.«

»Das bringt vor allem eins ein: Aufdeckung, Strafverfolgung, Gefängnis. Das Bernsteinzimmer auf dem Kunstmarkt anzubieten ist so, als würde man sich auf den Bahnhofsvorplatz stellen und rufen: ‚Seht her, ich bin der Dieb!' Ein solches Objekt ist einfach zu bekannt – und nebenbei auch zu voluminös, um irgendwo unauffällig zu verschwinden. Vom unbezahlbaren Kaufpreis ganz zu schweigen. Nein, das weltberühmte Kabinett ist unverkäuflich. Das wird auch den Dieben klar gewesen sein.«

»Na, wunderbar«, freute sich Professor Seeger, »der Mythos Bernsteinzimmer lebt also weiter. Nicht auszudenken, das Kunstwerk wäre aus dem Stollen geborgen worden. Welch eine Enttäuschung wäre das gewesen für die vielen, die sich noch Hoffnung machen, das Zimmer zu finden.« Der Professor ruderte mit den Armen und lachte. Auch wir lachten, ließen uns nur allzu gerne anstecken von seiner Fröhlichkeit. Uns alle hatte die Aufarbeitung der düsteren Geschichte, beginnend an ihrem Anfang im Krieg bis zu ihrem Ende am Meißner, mehr mitgenommen, als wir uns eingestehen wollten.

Doch noch immer schien ein Detail ungeklärt zu sein. Der Professor hob die Hand, um ein weiteres Mal unsere Aufmerksamkeit auf sich zu ziehen. »Herr Dr. Gerhard«, sprach er mich an, »erinnern Sie sich, dass ich Ihnen an dem Tag, als wir uns zum ersten Mal am Tunnel trafen, von dem Gefühl erzählt habe, es hätte mich jemand vom oberen Rand herunter gestoßen?«

»Ja, ich weiß auch noch, dass ich Ihnen beinahe geglaubt hätte, denn ich hatte einen Schatten von dort oben verschwinden sehen, nahm dann allerdings an, dass es ein Wild gewesen war.«

»Es war kein Wild!«, der Professor klang bestimmt, »das war ein Mensch – und ich weiß auch, wer es war.«

»Was macht Sie so sicher?«

»Die Vorgeschichte. Wie Sie vorhin schon angedeutet haben, habe ich meine Wandersachen im Sportgeschäft in Wanfried gekauft. Hensler hat mich dabei bedient – und er hat mich beraten. Als ich nach einer Karte der hiesigen Umgebung fragte, wollte er wissen, wo und in welchem Umfang ich zu wandern gedachte. Ich habe ihm – wahrscheinlich im begeisterten Überschwang über den Fund in der Mütze – von meinem Vorhaben erzählt, in der alten Geschichte um das Verschwinden meines Vaters Nachforschungen anzustellen. Auch die geraubten Kunstgüter muss ich erwähnt haben.« Verlegen blickte der Professor vor sich auf den Tisch. »Ich gehe davon aus, dass ich ihm auch anvertraut habe, wo am nächsten Morgen ich meinen Ausflug beginnen wollte. Er hat mir geraten, auf den Tunnelrand zu klettern. Von da oben habe man den besten Überblick.«

»Und dort hat er dann auf Sie gewartet, um Sie hinunter zu stürzen und zu töten«, vermutete Charly. Das ruckartige Vorstoßen seines Arms verbildlichte seine These.

»Ich glaube nicht, dass Hensler den Professor töten wollte«, widersprach ich. »Bei den Kräften, über die er verfügte, wäre ihm das unzweifelhaft gelungen, wenn er es wirklich gewollt hätte. Nein, dieses Manöver diente eher dazu, den Professor außer Gefecht zu setzen, ihn nicht nur zu erschrecken, sondern ihn so zu verletzen, dass er nicht mehr in der Lage war, weitere Untersuchungen durchzuführen. Hensler hat zu diesem Zeitpunkt dem Herumsuchen eines alten Mannes in der Vergangenheit seines Vaters noch nicht soviel Gewicht beigemessen, dass es einen Mord wert gewesen wäre.«

»Nun wissen wir auch das. Als wenn es noch eine Bedeutung hätte in dem Ganzen.« Der Hauptkommissar winkte ab, er wirkte erschöpft. Wir alle waren erschöpft. Die Hitze tat das ihre. Trotzdem wir uns körperlich nicht angestrengt hatten, spürten wir, dass wir einiges an Schweiß verloren hatten. Der Mund war trocken, wir fühlten uns ausgelaugt und schwach. Dazu das ganze Grauen des eben Gehörten – auch das war nicht spurlos an uns vorübergegangen.

Ich sah zu dem Professor hin. Von der straffen Haltung, mit der er anfangs aus dem Rollstuhl heraus Gunters Ausführungen verfolgt hatte, war nun nichts mehr zu sehen. Zusammengesunken saß er da, den Oberkörper vorgebeugt.

Müde stützte er sich auf den Armlehnen ab. Es war höchste Zeit, unsere Zusammenkunft zu beenden. Auch erinnerte mich der zunehmende Schmerz in meinem Kopf daran, dass ich erst vor zwei Tagen eine Gehirnerschütterung erlitten hatte.

»Ich halte euch auf dem Laufenden«, versprach Charly, als wir uns kurz darauf von den Kommissaren verabschiedeten. »Obgleich, große Fortschritte sind bei den weiteren Untersuchungen kaum mehr zu erwarten. Und wem würden sie auch nützen? Vieles liegt so lange zurück, die Beteiligten sind tot. Wir ermitteln jetzt nur noch, um eine Akte schließen zu können.« Charly seufzte.

»Was soll´s, Chef«, tröstete Gunter und legte dem Hauptkommissar den Arm auf die Schulter, »genau dafür werden wir schließlich bezahlt. Komm jetzt, lass uns fahren. Hier in Oberhone ist mir´s einfach zu heiß.«

»Ja dann!« Der Angesprochene strich sich mit der Hand den Schweiß von der Stirn, dann folgte er dem Kollegen.

Wir sahen dem Polizeiauto nach, wie es vom Hof die Einfahrt hinunterfuhr und dann auf die Straße nach Eschwege einbog. Reglos standen wir einige Sekunden da, der Professor im Rollstuhl, eingerahmt von Franziska und mir. Wir sahen aus, wie eine Familie, die nach ereignisreichen zusammen verbrachten Tagen den abreisenden Verwandten hinterherblickt. Auch wenn wir nicht winkten, jeder konnte erkennen, wie froh wir trotz aller Zuneigung waren, die turbulente gemeinsame Zeit nun wieder eintauschen zu können gegen den normalen, bisweilen auch langweiligen, aber so wunderbar beruhigenden Alltagstrott.

35

Die Wetterfrösche hatten recht gehabt. Spürbar sanken die Temperaturen am nächsten Tag, man hatte das Gefühl, die Luft kühlte sich mit jeder Stunde um einige Grade ab. Wie vorausgesagt brachte die Kaltfront den Regen mit. Es goss und war frisch, aber es war angenehm zu atmen. Nach den zurückliegenden heißen Wochen konnte man sich endlich wieder bewegen, ohne dass einem gleich das Hemd auf dem Leib klebte.

Am Morgen war der Professor – endgültig nun – abgereist. Er hatte seine Ankündigung wahrgemacht, die Benutzung des Rollstuhls verweigert und auch die Krücken zurückgewiesen. Wenigstens hatten wir ihn dazu bewegen können, die Schiene noch einige Zeit zu tragen.

Der Abschied war herzlich, nicht ohne ein bisschen Rührung. Schließlich hatten wir einiges zusammen erlebt in den vergangenen Tagen, hatten uns aneinander gewöhnt, uns zu schätzen gelernt und uns gemocht.

»Wir werden uns wiedersehen, Frau Doktor«, versicherte Professor Seeger auf dem Bahnsteig, während er sich mit einiger Verlegenheit aus Franziskas Umarmung löste. »Ich habe mich entschlossen, mein Elternhaus in Schwebda nicht zu verkaufen. Ich werde nach jemandem suchen, den ich dort mietfrei wohnen lasse mit der Auflage, dass er mir dafür das Anwesen in Ordnung hält. Er kann von mir aus das ganze Haus nutzen bis auf das eine Zimmer und das Bad, das ich für mich selbst vorbehalte. Auch wenn ich durch meine Verletzung nicht viel herumgekommen bin – die Tage hier haben mich begreifen lassen, mit welch tiefreichender Wurzel ich noch in der Erde meiner alten Heimat verankert bin.« Durchdrungen von der Feierlichkeit seiner eigenen Worte hob sich der weißumrandete Kopf und drehte sich in die Richtung, aus der wir den Zug erwarteten. Unbeweglich stand der Professor einige Augenblicke da, den Blick irgendwohin in die Ferne, vielleicht auch ins Leere gerichtet. Er wirkte wie ein alter Indianerhäuptling, der eine Sache zum unvermeidlichen Ende, ein Geschehen zum notwendigen Abschluss gebracht und es nun für immer in sich verschlossen hatte.

Dann, mit einer lebhaften Geste, wandte er sich mir zu. In ungewohnter Vertraulichkeit umschlossen seine Finger meine Hand. »Herr Dr. Gerhard, nicht wahr, wenn ich wiederkomme, dann könnten wir beide doch einmal gemeinsam wandern. Jetzt, wo ich mir die Ausrüstung gekauft habe, die Hose, das Hemd und die Schuhe...«

»Das Halstuch nicht zu vergessen.« Lachend sicherte ich zu, mit ihm zusammen die Wälder zu durchstreifen und auf die Berge zu steigen. »So weit Sie Ihre Füße tragen, Herr Professor – oder soweit es die Blasen erlauben. Denken Sie daran, Wanderschuhe müssen sich wie eine zweite Haut an den Fuß anschmiegen, das Leder muss weich sein.«

»Ja, ich weiß. Sie haben mir ja den Tipp gegeben. Gleich heute Abend vor dem Schlafengehen werde ich sie mit zur Toilette nehmen.«

Diesmal winkten wir dem Zug hinterher, uns der zwiespältigen Gefühle bewusst, die wir bei diesem Abschied hatten. So sehr wir uns auf unsere Zweisamkeit freuten, der kauzige Alte würde uns irgendwie fehlen. Bei aller äußeren Förmlichkeit war er uns inzwischen so ans Herz gewachsen, dass es uns nicht leicht fiel, ihn so einfach ziehen zu lassen.

»Na, er kommt bald wieder«, tröstete ich mich. »Mal

gespannt, ob es mir auf den Wanderungen gelingt, ihm das Du abzuringen.«

»Wenn er wenigstens die Titel weglassen würde, den Doktor und vor allem die Frau Doktor«, seufzte Franziska.

Doch dann, mit einem energischen Ergreifen meiner Hand, zog sie mich dem Bahnhofsausgang zu. »Wir müssen nach Hause, Heinrich. In zwei Stunden schon kommen die Kinder. Jetzt müssen sie gerade landen.« Ihr Blick ging hinauf zum Himmel, als könne sie dort das Flugzeug mit Sohn, Schwiegertochter und Enkelin der heimatlichen Erde entgegenschweben sehen.

Normalerweise hätte ich Matthias und seine Familie mit dem Auto zum Flughafen nach Paderborn gebracht und auch von dort wieder abgeholt. Aber mein Sohn hatte darauf bestanden, einen Zubringerdienst in Anspruch zu nehmen. »Vater, wir fliegen morgens um fünf. Willst du dir die ganze Nacht um die Ohren schlagen. Nein, lass mal. So ein Flughafensammeltaxi ist nur unwesentlich teurer, als wenn du uns nach Paderborn bringen würdest.«

Nun also kehrten sie heim von ihrem zweiwöchigen Mallorcaurlaub. Ihr Anruf erreichte uns auf der Rückfahrt vom Bahnhof. Sie teilten uns mit, dass sie gut gelandet seien, schon im Auto saßen und voraussichtlich in eineinhalb Stunden in Oberhone sein würden.

Diese Nachricht löste bei Franziska die üblichen Empfangsaktivitäten aus. Da die Ankunft der Urlauber in die Mittagszeit fiel, widmete sie sich sofort den Essensvorbereitungen. Mich schickte sie nach draußen mit der Weisung, den sauberen Hof noch einmal zu kehren und auf der Wiese ein paar frische Blümchen für die Tischvase zu pflücken – ein etwas schwieriges Unterfangen an einem ersten September.

Als ich nach Erledigung meiner Aufträge die Küche betrat, fand ich die Köchin in einem Nebel von Dünsten, Dämpfen und Gerüchen über die Töpfe und Pfannen gebeugt. »Denkst du daran«, erinnerte ich sie, »dass deine Mittagsgäste gerade aus einem vierzehntägigen Schlemmerurlaub mit morgendlichem und abendlichem Hotelbuffet kommen. Außerdem werden sie schon etwas im Flugzeug gegessen haben. Du kochst, als kehrten sie völlig ausgehungert von einem Wüstentripp zurück.«

»Kinder haben immer Appetit. Schließlich müssen sie noch wachsen.«

»Darf ich dir ins Gedächtnis rufen, dass biologisch gesehen, nur Franzi mit ihren zwei Jahren noch ein Kind ist. Matthias und Susann sind Mitte dreißig, unwahrscheinlich, dass die noch wachsen.«

»Ach, das verstehst du nicht, Heinrich«, führte meine Frau das alles erschlagende und jede Diskussion beendende Argument ins Feld. »Ihr Männer denkt immer so rational.«

Während sie in der Soße rührte, schaute ich ihr über die Schulter. »Aha, jeder bekommt sein Lieblingsessen: Der Sohn sein Schnitzel, die Schwiegertochter ihr geliebtes Pangasiusfilet und für das Enkelkind gibt es einen Hühnchenschenkel.« Ich schnupperte. Es roch interessant, eine Mischung von Gebratenem, die die Einzelkomponenten nur erahnen ließ.

»Und ich?«, versuchte ich mein Recht auf eine Essensbeteiligung einzufordern, »was bekomme ich?«

»Es wird schon noch etwas für dich übrigbleiben«, beschied mich Franziska mit einer Handbewegung, die auch einem Hund hätte gelten können, der um einen Knochen bettelt. Dann wandte sie sich wieder ihren Kochkreationen zu und überließ mich meinen Überlegungen und der Frage, ob sich alle Mütter und Omas so verhielten, wenn die Kinder und Enkel angesagt waren. Es war nicht schwer, die Antwort zu finden.

Und dann fuhr er auf den Hof, der Kleinbus des Flughafenbringdienstes. Die große und die kleine Franziska fielen sich in die Arme und herzten sich, als sähen sie sich nach einer mehrmonatigen Weltraummission heute zum ersten Mal wieder. Wir Männer entluden das Gepäck und trugen es ins Haus.

Als wir schließlich zusammen am Tisch saßen, jeder vor seiner Lieblingsspeise – auch für mich war etwas vom Hühnchen abgefallen –, blickte Susann in die Runde. »Na!«, ihre Augen leuchteten, ich schrieb es der Wiedersehensfreude zu, »was ist denn hier alles so passiert, während wir wegwaren?«

»Oooch«, meine Frau und ich sahen uns an, unschlüssig, wo wir beginnen sollten. »Ja, weißt du, ich bin ja auch erst seit ein paar Tagen wieder zurück -«, fing Franziska an, »habe nicht alles miterlebt...«

»Ja, also, wenn hier nichts los war...«, fiel ihr die Schwiegertochter ins Wort, voller Eifer, sich etwas von der Seele zu reden.

»Na, so kann man das auch nicht sagen«, versuchte ich einen Einwand, wurde allerdings von meiner Enkelin unterbrochen. »Opa, guck mal – Muscheln«, hielt sie mir das am Strand Gefundene hin.

»Also hört!«, ließ sich Susann nun nicht mehr bremsen. »Schon auf dem Hinflug war mir so seltsam. Ich dachte, es seien die Turbulenzen, in die unsere Maschine beim Landeanflug auf Mallorca geraten war. Als aber in den Folgetagen das Unwohlsein anhielt, ging ich zum Arzt.«

»Eine Gastroenteritis«, nahm ich an. »Hattest du auch Durchfall?«

»Nein, das doch nicht...«

»Dann war es sicherlich eine Reizung der Vestibularnerven. Das Gleichgewichtsorgan, musst du wissen...«

»Heinrich!«

Erschreckt sah ich auf Franziska. Das eine Wort, so von ihr gesprochen, genügte, mich verstummen zu lassen. Ein »Heinrich!«, derart hingeworfen, war in der Regel gleichzusetzen mit einer Aufforderung oder auch einer Ermahnung, ersetzte gelegentlich aber auch ganze Sätze wie zum Beispiel den: »Kapierst du denn überhaupt nichts?!«

Meine Frau war aufgestanden. Mit halb erhobenen Armen ging sie um den Tisch herum auf unsere Schwiegertochter zu. Behutsam, als berühre sie etwas Zerbrechliches, stützte sie die Hände auf die Schultern, beugte sanft den Kopf zu ihr hinunter und legte das Gesicht an ihre Wange. Vier Augen waren es nun, die in stummem, beglücktem Verstehen mich anleuchteten.

Nun begann auch ich, zu begreifen. »Sagt nur, ich werde Opa?«

»Du bist bereits Opa!« Franziska trat auf mich zu. »Da sitzt dein Enkelkind!« Sie zeigte auf die Zweijährige, die gerade dabei war, ihre Muscheln zu einer langen Reihe anzuordnen. »Aber wenn du mit deiner Bemerkung die Vermutung zum Ausdruck bringen willst, dass du bald zum zweiten Mal Opa wirst – dann liegst du richtig.«

»Das ist ja eine Überraschung«, stammelte ich, überrumpelt von der Neuigkeit. Mit großväterlicher Begeisterung umarmte ich die werdende Mutter und beglückwünschte den freudestrahlenden Vater.

»So, jetzt wisst ihr's«, durchbrach Susann die allgemeine Rührung, die sie verlegen zu machen schien. In dem Versuch, von ihrer Befangenheit abzulenken, fragte sie noch einmal: »Gab's hier wirklich nichts Berichtenswertes?«

»Ach, weißt du«, Franziska schüttelte den Kopf, als müsse sie gar nicht darüber nachdenken, »das, was du uns gerade mitgeteilt hast, überdeckt alles, was wir erlebt haben. Wieviel schöner ist es, von werdendem Leben zu reden, als von Unglücksfällen und Tod. Nicht wahr, Heinrich?«

»Ja, meine Liebe, ja«, stimmte ich zu, »wieviel tausendmal schöner ist das.« Ich kniete mich neben die kleine Franziska, umfasste mit meinen starken Armen ihren winzigen Leib und drückte ihn, so innig und so zart, dass sie es kaum wahrnahm. Die Augen der großen Franziska ruhten dabei auf mir. Sie wusste, dass ich gerade an anderes dachte als an entgleisende Lokomotiven, dunkle Höhlen und stürzende Berge – und ihrem Lächeln entnahm ich, dass sie in diesem verzauberten Augenblick meine Gedanken voll und ganz teilte.

Anmerkung des Autors

Habe ich in meinen früheren Büchern hinsichtlich Ablauf und Handlung meiner Fantasie weitgehend freien Lauf gelassen, basiert die Geschichte diesmal auf Geschehnissen, die wirklich in unserer Region passiert sind.

Herrn Wilfried Hacker habe ich es zu verdanken, dass ich auf die geheimnisvollen Vorkommnisse aufmerksam wurde, die dieses Buch aufgreift. So gab es den Zug des Reichsverkehrsministers auf dem Bahnhof in Schwebda am Ende des Krieges tatsächlich. Ebenso existiert die Aussage des Bundestagsabgeordneten Reddemann, das Bernsteinzimmer habe sich möglicherweise, zumindestens kurzfristig, im hiesigen Raum befunden. Auch die Explosionskatastrophe in Waldkappel am Ostersamstag 1945 ist traurige Realität, genauso wie das Auffinden der Skelettteile 1971 in einem der Taterlöcher.

Dass Schichten des Meißners wandern, ist gleichfalls nicht erfunden, Risse in Hauswänden belegen die Gesteinsbewegungen. Die Verschiebungen sind jedoch so minimal, die Kontrollen so engmaschig, dass ein plötzliches Erdrutschszenarium, wie ich es im Buch geschildert habe, nicht möglich ist. Der Berg ist auch weiterhin risikolos befahrbar und begehbar, seine einzigartige Schönheit unverändert ein Genuss für Betrachter und Besucher.